我在这！小喵！我在这里！

小喵

我喜欢的人 被很多人喜欢

小央 著

海天出版社
HAITIAN PUBLISHING HOUSE
·深圳·

图书在版编目（CIP）数据

我喜欢的人被很多人喜欢 / 小央著. —— 深圳 : 海
天出版社, 2022.6
ISBN 978-7-5507-3485-2

Ⅰ. ①我… Ⅱ. ①小… Ⅲ. ①长篇小说 – 中国 – 当代
Ⅳ. ①I247.5

中国版本图书馆CIP数据核字(2022)第082492号

我喜欢的人被很多人喜欢
WO XIHUAN DE REN BEI HENDUO REN XIHUAN

出 品 人	聂雄前
责任编辑	简　洁
责任校对	万妮霞
责任技编	郑　欢

选题策划	他系力二工作室
装帧设计	他系力二工作室
封面绘制	Lia
插图绘制	mikan nnnnnian

出版发行	海天出版社
地　　址	深圳市彩田南路海天综合大厦 (518033)
网　　址	www.htph.com.cn
订购电话	0755-83460239 (邮购、团购)
印　　刷	北京盛通印刷股份有限公司　010-52249888
开　　本	880mm×1230mm　1/32
印　　张	10
字　　数	327 千
版　　次	2022 年 6 月第 1 版
印　　次	2022 年 6 月第 1 次
定　　价	45.00 元

|目录|

Contents

第 一 章

骆安娣是看外国名著《小公主》长大的，父母视她为掌上明珠，捧在手里怕摔了，含在嘴里怕化了，一路护驾到女儿上高中，从没让她吃过一点苦。

性格天真烂漫，长得还像阿 Sa 演的紫兰仙子，到哪儿都是大人们夸奖的对象。就这样，骆安娣成了名副其实的公主。

这却恰好是齐孝川最看不惯她的地方。

平心而论，设身处地想一下，他能讨厌她的理由数以万计，光"看不惯"实在是太客气了。

他们在十一二岁时认识。

别说只有大人有城府，有人的地方就有比较，孩子们也是如此。

假如说骆安娣是金字塔的塔尖，那么齐孝川就是最底层的尘埃。倘若桥归桥路归路也就罢了，偏偏他还一次又一次因她被卷进风波，吃了不少苦头。但严格来说，齐孝川也没君子到真一点厌恶没有。他还是个孩子，比绝大多数同龄人更懂事的那种，可能只是不敢罢了。

毕竟他全家人能不能吃上饭，都指望着她的家人。

齐孝川他爸是个幽默风趣的老头，之前为其开车的雇主被双规，人进去再没出来。

他失业两年，经熟人介绍，审时度势一番，最终成为了骆安娣她爸的司机。不仅如此，齐孝川他妈也顺势到她家做了保姆——姓齐的一家三口齐刷刷搬进了骆家。

如果这是虚构的影视作品，那往后恐怕就是《寄生虫》的剧情了。

然而现实并非如此。

骆老板是个鸡蛋里挑骨头也说不出哪儿不好的大好人，齐孝川他爸妈也完全没有什么歪念头，打从心底里感谢他和骆夫人。虽然两家人是发工资和被发工资的关系，却融洽得没话说。

要是孩子这边也能这样就更好了。

齐孝川第一次见到骆安娣，她身边已经围了一圈人，他是外来者。

而且她还不小心把球掉进了池塘。

面对骆安娣的目光，齐孝川感觉喉咙堵塞了。他比她年长三岁，事实上。

然后，她身边的孩子们开始起哄。

没有人不知道他是她家用人的孩子，他们也一定是因为知道才这么做。

"球掉下去了。"

"谁去捡球？要去叫大人来吗？"

"没必要那么麻烦。喏，"波光粼粼的湖水旁边，有才十来岁的孩子扬起下颌，示意愚不可及地站在那儿的齐孝川说，"让他去不就行了吗？"

下水捞球的必定不会是王子和公主，而是仆从。

在这里，他是唯一的后者。

没等到他们讨论出结果，水花四溅。

那时候是冬天，湖水冰冷刺骨。十指不沾阳春水，从出生起就生活在温室里的"花朵"们一拥而上，那棵相比之下完全是在荒野生长的"杂草"已经爬了上来。

如今想来，还在小时候，齐孝川那"少说话多做事""懒得废话就是干"的行事风格已经粗具雏形。

他浑身湿透，狼狈不堪，眼神却仍然沉寂而坚定，把球递给她。

骆安娣接了过去，然后才对他说了他们见面后的第一句话。不能说是早熟，至多只是愚蠢，不合时宜到令人咂舌——

"长大以后我可以嫁给你吗？"

那时候齐孝川到底是个孩子，实在没忍住，内心的匪夷所思彻底暴露无遗："哈？"

后来，这成为了他的噩梦。

做了很坏的噩梦。

这天早晨，齐孝川坐在床上发了一会儿呆。

他们家是在齐孝川高三时与原雇主解绑的。齐孝川他爸的朋友组建了个车队，稳定排班，比随时待命轻松得多。走的时候，骆老板还请他们吃了饭，祝他们顺利，以后常联系。

当然，他们再也没联系。

突如其来地梦到过去的事，总觉得不是什么好兆头。

到公司时，财务部的男下属问："齐总没睡好？"

"……"

对方乘胜追击，继续做出毫无眼力见儿的发言："看起来最近会有血光之灾。"

一大清早，本来就不想聊工作以外的话题，无缘无故还被诅咒。电梯门开时，齐孝川已经开始思索用"烦人"这种理由解雇他会不会被劳动仲裁。

来到办公室，他刚坐下，秘书就哪壶不开提哪壶："昨晚没吃艾司唑仑吗？"

"我看到很多副作用的报道。"

"那倒也是，"秘书在把方案一份份分开来摆放好的同时插话，"总吃药也不好，你压力太大了，不如试试找个工作以外的兴趣。"

"这个开会绝对过不了。"齐孝川盯着电脑，试图把重点拐回公事。

"哪个？现在让他们改？"话题转移成功。

上大学期间，和专心学业的同学们不同，齐孝川摆过一段时间地摊，之后开始在互联网上做女装生意，一度规模大到能租下一整栋公寓，楼下仓库，楼上供员工上班和住宿。

不知道从什么时候开始，就已经满脑子都是赚钱了。可能是穷怕了，也有可能是没什么内涵的缘故。倒不是学习上的内涵，他成绩很好，不然大一也不会拿到奖学金。但一发现做生意的收入不菲，就立刻半途中放弃了学业，维持着最低的绩点，赚最多的钱。

毕业后，他在拓展业务之际赔得颗粒无收，只好去给别人打工。工作不到一年，又和工作中认识的忘年交朋友合作创业。最初什么都要亲力亲为，甚至要自己挽着袖子到别人家爬六楼帮忙装家电，苦尽甘来，直到今日。

虽然也算阔绰，兼顾着员工的吃穿用度，满足了童年时的愿望，但偶尔还是会有烦恼。

比如眼下。

他是在陪客户吃饭时被介绍的相亲对象。既然轮到他亲自陪同，自然是地位非同小可的人。本来好端端地在谈生意，眼看着项目已成，正在心里享受着难得的成就感，突然间，对方没头没尾地问："齐总有没有女朋友啊？下次和我女儿一起吃个饭呗。"

猝不及防，齐孝川只能答应。原本也抱过对方可能就是随口一说的侥幸，结果饭局才结束，就被推了微信。

既然是商业合作伙伴，面子还是要给，于是也就约了。

吃过一次饭，对方是个会说"何不食肉糜"的小女生。最近快到她生日，不管怎么说，礼节性的礼物还是要给。秘书尽职尽责给出建议，贵的东西，只怕大小姐都看腻了，倒不如送个手工做的。

"太没分寸了。"他驳回，顺便多"犯贱"一句，"你怎么不让我送她我十一岁生日派对的录像呢？"

"我不也是看到楼下开了个手作店嘛。"他的话半真半假，秘书难免会错意，误以为他真的要和工作伙伴的女儿来个"牺牲小我，成就大家"。

电梯门关上，齐孝川才恍恍惚惚地想，他才没办过什么该死的生日派对。

几年前他生日，几位职员自作主张给他庆祝生日，以"文件丢失"把他从家里叫回公司，然后意想不到地发出"生日快乐"的大叫。

很难清理的彩带飞了满头，砂糖和蛋白霜堆集的食物出现在眼前，上面还插着不一定卫生的蜡烛。

齐孝川面无表情，脱口而出的唯一一句话是："我没让你们加班。"

值得一提，主办这场惊吓活动的女职员后来搞砸项目辞职了。

那时候，他们公司的状况还和如今相差甚远，办公的写字楼也就一层而已。

女员工专程找过来道别，开场白是"对不起，让你失望了"。

齐孝川赶着去吃饭，甩下一句"我不知道也不关心你是谁"直接就走，当时还造成了自己在公司内很长一段时间的形象毁灭。

生日、派对，这两个东西他都不喜欢。生日派对，到底是谁想出来的。

这天晚上，他又没睡好。

先是做梦梦到破产，然后世界末日，外星人入侵地球。他被素不相识的不明生物追着骂"狗东西"。

意味不明，真是疯了。

事业做起来后，刚开始的一阵子，手头的事自然越来越多。但多到了一定程度，又突如其来地减少，至少有空让他去做点自己的事。

齐孝川其实没什么个人生活。

饿了就吃饭，没有特别喜欢的食物，衣服得体就行，夜跑不知不觉能一次性跑十公里。不养宠物，对音乐流派一概不知，工作以外没有其他兴趣爱好，任何消遣他都不屑一顾。除了脸能看以外简直一无是处——就是这样无聊透顶的男人。

周末，他去看望父亲。

曾经开车的齐师傅做梦也想不到，自己的儿子竟然一步登天，变成了别人口中的"齐总"。如今他早已退休，和妻子种菜养鸡，每天过得很悠闲，时不时还会提起从前，比如一起开车的老伙计们、接送过的大小人物以及照顾过他们很多次的骆老板。

齐孝川经常以"不记得了"搪塞过去，他不是喜欢回头看的那种人。过去并不怎么重要，无法改变，也不值得追忆。

出来之后，他打算回公司干一会儿活。

提前给司机下了班，齐孝川步行过去。买了杯冰咖啡，结果竟然是烫的，他没好气地让重做，又要多等几分钟。低头看了眼时间，实在不耐烦，索性掉头就走。

他看到一间门口排了不少人的店。

招牌是木制的，店里点着鹅黄色的灯，布置桌椅橱窗的布都是纯棉，不像餐饮店。齐孝川忍不住多扫了一眼，隐约捕捉到一些小的工艺品，结合里面伏案作业的顾客，大约推测出是之前听说过的手作店。

他本来要走，余光却被什么硬生生拖拽回去。

一名穿着米色针织制服的女性正在俯下身，查看顾客手中装饰的作品，她抬起头，脸上带着微笑。那张脸与噩梦里的样子重合。

齐孝川蓦地转身，以至于和行色匆匆的过路人撞上。即便如此，他还是竭力向后退。

隔着一条马路，他看到骆安娣。

给少年时代的他带去无数麻烦的骆安娣，就算他说"长大后我不会娶你"也还是笑着回答"你再考虑考虑嘛"的骆安娣，这么多年音信全无的骆安娣。

仿佛收到信号一般，倏忽之间，她也往橱窗外看了过来。

初中时，上课偶尔路过艺体楼的围墙，能看到躲在那里抽烟的坏孩子们。一旦对上目光就糟了，整整一个礼拜的零花钱被洗劫一空也不是不可能。齐孝川从没中过招，只是时不时听到周围同学怨声载道，极大拉低了校园生活的幸福度。

等到下学期，真正让他的处境一落千丈的灾难才如同哥斯拉登陆般正式出现。

齐孝川获得了新外号，是否存在恶意有待商榷，反正难听得要死。十几岁的孩子根本称不上成熟，跟在他身后叫他"童养夫"。骆安娣每天放学都让司机绕道五公里，专程来学校门口接他。他上车也不是，不上车也不是，只能借口补习留下。

期末考试，齐孝川成功考到年级第一。总结报告时上台领奖，想起取得优异成绩的缘由，以至于脸臭出天际，和教导主任的合影也遭到本来就看他不爽的同学诟病"跩什么跩"。

能躲过的麻烦不叫麻烦。

放学这一关尚且能过，然而，回到家里却想躲也躲不掉。有时候回避得狠了，父母甚至还会大义灭亲，毫不在乎气氛地将他推入火坑，乐呵呵地火上浇油："孝川，不要这么害羞嘛。"

害羞个屁。

尽管知道父母没有也不敢有那种意思，但大人对孩子的事难免犀牛望月，作为骆安娣热情的受害人，他只感到毛骨悚然。

遇到这种尴尬的状况，如果是和父母关系亲昵的女生，或许纠结一阵也就说了，毕竟沟通才能解决问题。不巧的是齐孝川是男生，还是处在青春期、自尊心最强的男生，实在拉不下脸来。

退一万步，就算能摆脱羞耻心，他也不知道如何开口。

那时候骆安娣还是小学生，他至多也就是被小孩缠上了，齐孝川自我宽慰，仅此而已。

暑假时，他会去教她英语。

骆安娣的卧室在二楼，布置精美得恰到好处，玻璃窗外就是茂密的树叶，透过缝隙，能看到花园里镜子般的水面。

她很喜欢那个池塘。

放学回家时，他经常看到她在窗边瞭望。假如碰巧发现他，她立刻就会挥起手来，连带着清脆的喊声："小孝！小孝！"

她的语法比同龄人好，可是一点也记不住单词。所以，两个人独处时，通常是他拿着书靠在桌边，她坐着，一个一个字母往外蹦。时不时卡壳，动辄还要被他打断。

齐孝川不认为自己是个好老师，缺乏耐心，对学生还有偏见。说实话，他觉得这根本是浪费时间。她还没上初中，这么着急干吗。骆安娣却笑着说："因为这样才能天天跟你说话啊。"

他哑口无言。

然后，她又接着说："而且吹瞬也好努力。"

"他是天才嘛。"齐孝川不喜欢恭维。

在骆家生活了这么久，说诸如此类的奉承话不用过脑子，再者，骆安娣的双胞胎弟弟吹瞬的确是神童。四岁会五百多个汉字，小学三年级就通过名牌大学少年班的筛选。他爸妈很体谅孩子，沟通过后得到本人同意才送他去。他也如鱼得水，学习得很快乐。

休息时间，齐孝川会陪骆安娣去院子里散步。她一路叽里呱啦，总有说不完的话。而他则像公主资助的残疾学生，装聋作哑，一个字都不说。

骆安娣家对仪式感的重视非同小可。纪念日也就罢了，他们家甚至会办家庭音乐会，不少亲朋好友，包括之前要求齐孝川跳进池塘的孩子们在内，都会被邀请过来参加。

骆夫人弹钢琴，骆吹瞬拉中提琴，骆老板和骆安娣拉小提琴。

他们排练的时候，骆安娣的补习自然也得请假。那是齐孝川难得放松的休息时间，他可以看书，或者打一会儿盹儿。他们家就住在骆家宅院的一角，也会收到请柬。

弦乐声飘进窗户。这充斥着可爱之家风格的音乐会与齐孝川全无关系，他没有兴趣，所以一次都没去过。

但骆安娣怎会轻易放过他？某一天，他刚进家门，就看到门口摆放着的小皮鞋。骆安娣一双鞋的价格抵得上齐孝川三年学费。

她情愿背着小提琴在酷暑里满头大汗，也一定要到他家来演奏给他听。音乐考核成绩 E 的齐孝川被迫听完全程，还要为自己被浪费的时间拍手称赞。

她看着他，眼睛里像是有亮片在闪动："你觉得我运弓怎么样？"

假如只需要说"好"或"不好"，他当然直接说"好"。可被问得详细了，齐孝川却突如其来地严肃起来："这种事你去请教老师啊。"害得当时也在场的齐妈妈一个激灵，立刻推着骆安娣出去吃点心。

他们就读的学校是初高中直升制。得知骆安娣放弃私立初中，专程考来时，齐孝川如丧考妣。

他那时候刚升入高中部，本校来的同学不在少数，全都清楚他的黑历史。外加开学第一天，他和骆安娣就分别作为初高中的新生代表讲话。他是入学第一名，她成绩至多中上，很难说评判标准到底是什么，总而言之，演讲中途被台下人大呼"童养夫"实在不是什么值得自豪的经历。

他们不分场合、肆无忌惮地问他"你媳妇呢"，就连大人都跟着起哄，半开玩笑地称呼他"骆安娣的小男朋友"。

作为另一个当事人，骆安娣好像从不会为这种事生气，再说得准确一点，她好像从来不会生气。不论是什么玩笑，一般情况下，不会有人喜欢成为别人的笑柄。但骆安娣从未流露过丝毫不满，她只是笑眯眯地、轻飘飘地说："别这样啦，小孝会生气。"

马上就有一群人追着齐孝川称呼他"小孝"，音调拿捏得要多做作有多做作。

就算顶着这样的压力，齐孝川还是每天和骆安娣一起上学。当然，并非出于自愿，以至于最想不通的时候，他得用尽全力，才能忍住不对着自己脑门儿来一下。

齐孝川实在痛恨曾经的自己，为什么不大大方方说出来"我受够了""我不想陪小孩"，再刻薄一点，"我讨厌骆安娣"——只要能让他们划清界限。

不过，要是说了的话，他可能会变成全校公敌。

学校老师、门卫、打扫卫生间的清洁工，以及食堂打饭的阿姨，所有人谈起骆安娣，都会忍不住露出一副会心的笑脸。如此多的学校职工，能都认识某个学生已经很罕见，更别提还能有个好印象。

这还都要归功于骆安娣的公主脾气。从小到大，她是见到路边卖烤面筋的摊主都要打招呼的那类人。外加相貌出众，亲和力不容置喙，很难有人不喜欢她。

集体里难免会有不寻常的角色，初中时，骆安娣班上有一名同学，二百二十斤的体重意味着外形出众，满脸痘印彰显着相貌平平，不仅如此，那女生还颇具人来疯的特质，过分热爱社交，说起话来像机关枪连发，而且热爱数落他人，遭到排挤而佯装不知。综上所述，是个不怎么合群的孩子。

齐孝川在学生会活动遇到她，五分钟内说话被打断七次，给他的印象可谓相当糟糕。值得一提，他当时是高中部的学生会会长，也是高她三个年级的学长。

运动会是初高中一起举办的，在学校里，齐孝川一般尽可能避免与骆安娣说话，省得引来不必要的麻烦。但偶尔他还是会看向初中部，说不清道不明地形成了习惯。

那一天，不知道是吃错什么药，那位不合群的女同学居然报名三公里长跑。跑到一半，就爬行退场，浑身汗臭，身上还沾着操场的沙粒，周遭同学都躲远了。这很明智，因为下一秒，她就扶着课桌呕吐起来。

呕吐物泛滥成灾。

齐孝川正在跑道上充当裁判，远远看见，也只抱着写字板挑眉。

同班同学都避之不及，造成食物倒流事故的女同学也狼狈不堪，持续不断地伸出手，试图擦干，却令双手和衣服也污浊。

就在那一刻，一只手忽然覆上她肩膀。

有人递了纸巾过来。

"先擦一擦吧。"女生温和的嗓音说道。而她也干脆利落地拧干刚刚跑着去洗的抹布，直接擦拭起桌面。热腾腾的呕吐物恶心不堪，骆安娣却不以为意。

她低着头忙碌。她身后的同学里终于有人也上前，其他人拿了别的清扫工具过来，陆陆续续，加入清理的行列中去。

半个学期后，齐孝川去到食堂。骆安娣仍和簇拥她的人坐在一起，其中多了一个显眼的身影，正是运动会时被搭救的呕吐女同学，她看起来已经能和周围人正常地交流。

那一年，圣诞节刚好是周末。

有精力过剩的中学生吵着要聚会，庆祝是种传染病，不知不觉就大规模爆发。以齐孝川这样的人缘都有人问，虽然当即就被他拒绝了。

据说有八组人都在争抢骆安娣，吵着要她过去玩。骆安娣只有一个，自然不可能切块分给他们，因此最后，他们的解决办法是八组人一起聚会，欢乐一家亲，好不热闹。

齐孝川对任何节日都没兴趣，理所当然也没准备礼物，那天早早就睡下了。半夜迷迷糊糊，总觉得有什么不对劲，凭借本能睁开眼，竟然看到床前的黑影。

他吓得不轻，差点一拳揍过去。灯及时亮起，骆安娣不好意思地笑着，伸手替他掖被褥："你怎么醒了？"

"你……你在这里干吗？！"这种时候，论谁都很难压抑住低气压。

她却突然掏出一只礼盒，慢慢从后面探出苹果似的脸颊来，笑眯眯地说："我想学圣诞老人给你送礼物。"

"哦，"他脾气没消，还是皱着眉，总算清醒些，"白天拿不是一样的？"

"当然不一样啦，"她小心翼翼地把礼盒放到他桌上，然后才出去，走到门边，又用力挥了挥手，"我走啦。"

他已经起床，穿上外套，边揉眉心边说："我送你。"没别的意思，纯粹是为了职责。让小姑娘走夜路，到底不太厚道。

外面开始下雪，落到掌心化成水珠。

齐孝川困得要死，只想赶快送完她回去睡觉。可惜骆安娣不紧不慢，甚至有心思跟他闲聊："明天我可以跟你一起做作业吗？"

"嗯？"他打呵欠，可能太困了，所以比平时放肆，"这对我来说有什么好处吗？"

她丝毫不觉得这个提问冒犯。那天晚上，骆安娣穿着一件红色的呢子斗篷，在他面前转了个圈，发辫也轻轻摇曳。

她笑嘻嘻地抬起头："可以跟你聊天啊，这不算好处吗？"

齐孝川当然回答："这算什么好处。"

他本来也不是什么爱看风向的人，之前的客气顶多就是避开冲突，和巴结扯不上半点关系。加上眼下正犯困，睡眼惺忪，想什么就说什么了。

骆安娣一点也不觉得难堪，还是笑着，手背到身后，像朵降落伞似的晃来晃去。

她说："爸爸妈妈去工作了，你送我上楼吧。"

齐孝川什么都不想，从令送她上去，还不断打着呵欠。他伺候乳臭未干的小女生躺到床上，转身就要走，骆安娣整个人都躺在被子里，只有头露出来。她拍了拍床沿，抢在他走之前说："我睡不着。"

"要不你起来写一会儿奥数题？"

"不要！"她把被子扯了上去。

齐孝川找了张椅子坐下来，呵欠渐渐停了，但瞌睡还是止不住，像肥皂泡似的接二连三冒出来。他随手从桌上抽了一本书，却是《安娜·卡列尼娜》。

骆安娣当然不会放过这样的细节："你要给我读书吗？"

"快睡吧你。"他有点不留情面，继而用低沉的声音从第一页读起。

她插嘴，问他："有人说过你声音好听吗？"

他反问："有人问过你是男的吗？"

"那怎么一样？"她好像听不懂他是在讽刺，认真地睁大了眼睛，"你声音本来就很好听啊！"

他不理她，直接念了下去。

高贵的安娜·卡列尼娜，可爱的安娜·卡列尼娜，愚蠢的安娜·卡列尼娜。

还是很久之前，骆安娣还是小学生，有那么一段时间，她很喜欢玩西欧公主和骑士的扮演游戏。

小女生热衷于当公主并不可怕，可怕的是齐孝川是骑士的角色。

公主伸出手，他只能奉命唯谨、俯首称臣，吻她指背。注意，不是手背，而是指背。

嘴唇拂过，第一次，他也是宁死不屈的。

齐孝川感到很离谱。他尊重自己双亲的职业，也能理解自己必须对经济来源低头的状况。你可以让他陪一个孩子吃饭睡觉打豆豆，但是，不管怎么说，过家家似乎就有点过了，主要是他并不喜欢过家家。况且，二十一世纪了，这个动作怎么想怎么神经质。

骆安娣的解释却是："只是玩而已啊。"说这话的时候，她的眼睛还是亮晶晶的，漆黑的睫毛忽闪忽闪，漂亮得像是奢侈品商店货架上仅此一只的洋娃娃。

那时候，齐孝川才刚搬进骆家，假如是三个月后，齐孝川能在三秒内想出五百种脱身的办法，其中甚至包括一手刀把骆安娣劈晕这种非常规做法。然而当时他初来乍到，实在还没探索出那么多套路，再说了，鸭子下水也得先试试温度。

总而言之，他最后只想到两种选择，一个是照办，另一个是直接从八米多高的二楼窗户跳下去摔死。

隔天就是学校发助学金的日子，想到这个，最后，齐孝川还是没轻易效仿孙悟空。

骆安娣已经伸出手来。

他弯下腰，托住她的手，随即把嘴唇贴了上去，停顿几秒，放开，重新起身，问："怎么样？"

他看着她的脸，骆安娣的头发有点自来卷，因为时常打理，所以并不会乱蓬蓬的，反而柔软而细密。她笑起来，露出整齐洁白的牙齿，充满了无害的甜美感。

"不怎么样啊，"骆安娣说，"感觉没有感情。"她的口吻不让人感觉刁钻。

他内心狂喜，竭力压抑，不把快乐写在脸上："那玩别的吧。"可惜，几乎与他同时，她已经说了"多试几次吧"。

骑士精神是荣誉、谦卑、牺牲、英勇、公正和怜悯。太好了，齐孝川为人刻薄、斤斤计较，热爱身外之物，没有也不需要朋友，一遇到不能解决的麻烦就不择手段脱身，对他人忍耐力无限接近零——当真是八竿子打不着半点关系。在他看来，历史上所谓的骑士精神也只不过是贵族的游戏，为此吃亏的只有被牵连的农民而已，当真是虚伪至极，毫无意义。

《安娜·卡列尼娜》读到第五十页，骆安娣的呼吸逐渐趋于平缓。齐孝川扫了一眼，随即静静地合上书，放回书架，走出房间，然后关上门。

背后传来的声音稍微吓到了他。

"Merry Christmas and Happy New Year（圣诞和新年快乐）。"

是骆吹瞬。

齐孝川回过头，楼下前厅的灯透过楼梯间的缝隙渗上来，照在男生的脸庞上。骆吹瞬轻轻瞥了一眼门，随即才说："我姐姐喜欢你？有点麻烦吧。"不愧是同时拥有小孩和大人视角的天才，竟然不费吹灰之力就看穿他的难处。

他也不能堂而皇之地说"对，你姐喜欢我，烦我烦得要死"，所以只回答："晚安。"

他从楼梯走下去，骆吹瞬并不在意。然而，他又说："你应该对我姐姐好一点。"

骆吹瞬走了许久，齐孝川还在迟疑。他什么都没说，怎么聊天立场就变成小舅子和姐夫了？

"什么意思？"

骆吹瞬朝他笑了一下，关上门之前说："晚安。"

收回前言，太懂事的小孩他也讨厌。

骆安娣是个十足的小跟屁虫，她很快进了学生会。每周例会，初高中学生会都是一起召开的。当初她来面试，齐孝川刚好去找副校长拿长期假条了——不惜浪费自习时间竞选学生会会长，为的不就是能早退出校门去打工吗？但正因此，等他礼拜一拿到名单，骆安娣的名字已经明晃晃地出现在了名单中。

而且，第一次开会，他刚进门，就看到不少人坐在她旁边，甚至还有高中部的，都在主动分零食给她吃，都是在小卖部里买的，辣条、冰棍还有糖果之类的。

齐孝川脸色比埃菲尔铁塔上生的锈还青。

一看到他，骆安娣就跳起来，也不顾周围人都在看，直接冲向他："小孝！"

"嗯。"惜字如金的同时，他向看过来的其他校友投去杀人的目光，当即害得一群人做作地左顾右盼。

"我进学生会了！是不是很棒？"她笑眯眯的，一点也不显得得意，单纯就是很开心，"而且大家都好好啊。"

"他们不是好，只是对你还行。"齐孝川冷笑着挖苦，一句话几乎得罪了所有人。当然，大家要么敢怒不敢言，要么就是单纯习惯了。

他还没暴虐到不允许别人背后议论，恰恰相反，在这一点上倒是相当仁慈。

齐孝川把课下抽出时间记的工作报告往学生会书记面前一拍，拽着骆安娣就往外走，一直绕到走廊拐角才停下。

他心情实在不太好："他们给你什么你就吃什么？你吃点零食就不舒服，到时候回去，我要怎么跟你爸爸妈妈说？"

骆安娣不慌不忙地望着他，她说："小孝，你是在关心我吗？谢谢你！"

"……"齐孝川感觉自己像漏气的仙人掌，顿时说不出话来，"行吧。"

他掉头就走，她跟在他身后。

"小孝，我今天到你们班门口等你好吗？我们一起回家吧……小孝，等我上了高中，我也竞选会长可以吗？"骆安娣的声音很绵软，明明说了很多话，却一点也不给人喋喋不休的印象，仿佛只是娓娓道来，在讲故事一样。

齐孝川临时刹车，回头看向她，他皱着眉，一字一顿地说："楼下就行。"

"嗯，"骆安娣抿嘴微笑，"那放了学我到楼下等你。"

骆安娣望向窗外，盯着看了一会儿，然后忍不住地走出来。半晌，她默默地转身，回去店内，走到柜台后取了什么，又重新来到门外。

手作店门口的垃圾箱旁站着一名流浪汉，此时此刻正弯下腰，伸手进去翻找食物。

骆安娣好像说了什么，流浪汉回过头，从她手里接过那个她从家里带来的三明治。骆安娣笑了笑，这才转身，宛如什么都没发生一般，将新一批顾客迎进店内，领他们坐到位置上。

齐孝川目睹了全过程。

他也不知道自己为什么要躲藏，但一瞬间，本能驱使他这样做了。

他从街头电力箱后走出来，感觉自己无比愚蠢，如鲠在喉，难以忍受，恨不得立刻回去公司继续加班十几个小时出气。

他也的确是这么做的。

齐孝川刚回到办公室，大家就明显感觉得到中央空调低了几度，本来打算离开的职工都犹豫不决起来。他一个字都不说，板着脸进了办公室。

虽然效率还是一如既往，但秘书敏锐地觉察到了不对劲，并且采取了巧妙的求生策略，那就是和他一起加班。

做工作狂的搭档属实是高危职业。

在他的办公室里，浴室和厨房一应俱全。事实上，和周围人误会的情况不同，齐孝川对工作并没有什么好感，也不觉得这算什么爱好。只是这的确是最能稳稳当当把快乐握在手中的方法，就像古代男人都想升官发财，天经地义罢了。

忙碌到神清气爽，总算把来路不明的挫败感全冲散，他这才打算回家。

去乘电梯的路上经过休息区，女职员捧着咖啡杯在闲聊，见到他时草草打了招呼，又继续谈琐事。

真令人佩服，能有那么多闲情逸致。齐孝川正轻蔑地别过脸，未料对方突然强行将他拉入对话："齐总看着也好累，是不是该去治愈一下呢？"

他微眯起眼，摆出"那是什么蠢东西"的表情。

"就是露营啦，温泉啦，喂小动物这类的啊，不觉得很治愈吗？"

齐孝川不禁噗笑一声，毫不犹豫发表充满偏见的观点："把自己折腾得筋疲力尽才赚到钱，转眼又要用到那些莫名其妙的事情上去？"

几位职员工龄都有些长，不气不恼，只抱怨起老板"不解风情""直男癌""不知道会先孤独死还是过劳死"。当然，最后一条是等齐孝川进电梯以后才说的。

电梯下降时，重量毫无预兆地降临到肩膀上。

等到了车位他才想起，早晨被司机告知过，车被送去维修了。

走在街上，无缘无故总觉得自己好像迷路了，兜兜转转了好几圈，最后又回到原地。鹅黄色的灯光像小狗湿润的舌头，他讨厌动物，所以没什么好感。

手作店门口用来排队的线架已经撤掉了，店内空荡荡的，门口有几名年纪四十岁左右的女性聚在一起，站在台阶上的一个正在打电话，可惜迟迟无人接听，所以有空暇与身边人说话："她不会是不来了吧？亏我特意预约了四个人的刺绣课。"

　　"这也太讨厌了，为什么不提前说啊。"

　　"怎么不接电话？"

　　有人提议："我们先进去吧。"

　　另一位却说："那她下次不就跟不上进度了吗？"

　　刺绣，真是自找麻烦的优秀游戏，光是听起来就无聊到爆。齐孝川对家庭妇女的任何休闲活动都毫无兴趣，他只是单纯动弹不得而已。这并不是他的意愿，他只是不由自主，也不知道自己究竟在做什么。

　　"下午好。"他听到自己干巴巴的声音。

　　她们看着他，怪异又好奇地打量他。

　　齐孝川猜想自己只是不愿意一个人进去："可以拼一节课吗？"

♥

第二章

他到底在干什么？

和另外三位素昧平生的中年妇女坐在盖着白色纯棉镂空花边桌布的圆桌旁边，手持绣圈，闻着浓郁的香片气息，对照着铜版纸上印刷的图案，齐孝川拿着针，忍不住发出来自肺腑的疑问：我到底在干什么？

女性店员刚才已经招待过他们，但此时此刻还是过于热情地靠过来，尤其关注今天乃至于这半个月以来的唯一一名男性客人。

手作店不是没有男性客人，但实在不多，不仅如此，还有一大部分是陪伴女性朋友或家人前来。像齐孝川这种独自进门的简直就是大熊猫级别。除此之外，他那颇为接地气、过于讲究实用性的穿着打扮也和这里格格不入。黑色夹克脱下来，里面是灰色的高领针织衫。要不是长了张年轻俊逸的脸，刚进门就会被以为是从隔壁老干部活动中心过来问有没有骆驼奶粉和冬虫夏草卖的。

店员刚好是单身女青年，按捺不住好奇，只可惜正在绣丁香花的男顾客苦大仇深，完全没心情看美女，被针刺破手指都波澜不惊。他接过创可贴，半句话不说，立刻又继续绣。

用纸巾擦拭了血珠，想起几天前公司职员预言过的"血光之灾"，齐孝川很想立刻打电话给他，让他占卜一下下半年运势，回头做份项目风险规避方案及盈利分析过来。

值得一提，让他陷入眼下处境的人既可以说是骆安娣，但又不是骆安娣。

半个小时前，他在这间手作店门口主动向不认识的人请求拼课，理所当然地被拒绝了。不过，对方并不是那么不友好，甚至主动告知他有试听课。于是，机缘巧合之下，他还是和她们一起组成了刺绣小组。

然而，当柜台后的女店员帮忙记录时，齐孝川的心转瞬变成跌进牛奶中的青蛙。牛奶香甜，可沉下去就只有死路一条，正是这样复杂的情绪。

纯粹因为他发现对方并不是骆安娣。

不仅不是骆安娣，而且相貌差距还很大。难道是因为喝了受潮咖啡豆磨的咖啡，所以食物中毒，产生幻觉了吗？

这家刺绣店内部布置得很精致，令人想起诸如"柔软""模糊"之类的词语，颜色都是暖色调，音乐是放松的纯音乐，材质多半是纯棉或实木，香氛的气息令人舒服而不刺鼻。假如是普通人，来到这里或许的确能得到治愈吧。

只可惜，齐孝川显然又一次被排除在了"普通人"之外。

越是放松的环境，越是让人不愉快，他向来都是这么觉得的。安逸的环境反而让人感到危机四伏，就像身边方圆百里摆满随时会跳出小丑头的惊吓箱，齐孝川充满戒备地打量周遭。

女店员在他们旁边整理货架，殊不知自己已然化身司马昭。来上课的主妇们默契地朝彼此会心微笑，只是不戳破，各聊各的。

终于，她还是踱步来到齐孝川身后："您需不需要帮忙呢？"

尽管她移动起来一点声音也没有，但齐孝川还是没被吓到。他也不回答别人的关切，就像全世界最没教养的人一样把绣盘往桌上随手一放，站起身来时，眉心蹙成山川，满脸写着不愉快。

店员及时开口："吸烟室在二楼——"

"我做完了。"他干脆利落，语速很快，斩钉截铁，擦着对方的尾音说道。

"哦好……"不论是店员还是旁边同时做手工的主妇，女人们齐刷刷看过来。

齐孝川用过的绣圈就这么直截了当放在桌上，她们围过来，最先发出惊叹的是之前打电话给同伴的主妇："哇！小伙子！真人不露相啊！你是从哪个厂出来的？"

被问到工作单位，他也只继续皱眉。就连见过大风大浪的店员也吃了一惊，吞吞吐吐地感慨："是谁教你的垫绣？"

"那书上不是写了吗？"他示意那本从书架上随便抽出来的刺绣教导书。

"就算是这样，无师自通也很厉害。"

"是啊是啊！"

"太心灵手巧了。"

尽管迎来了一阵暴风夸奖，然而齐孝川完全没有任何波动。按理说不管是谁，被人称赞总该心情缓和一点，他倒好，一点不按套路出牌，还是那副有八百万外债没还的样子。

"要装裱起来吗？"店员问他，"还是做成手帕呢？"

结果齐孝川用像看到病患的眼神看向她，毫不掩饰困惑，直接问道："什么？"

"你总要带回去吧？"

"为什么？"他是真的一点都没理解，好像这些专程花钱过来做手工的人脑子不对劲。但实际上，别人都是为了得到消遣才过来的，反而是根本感觉不到治愈还特地来浪费时间的才是真的绝世大傻蛋。

而这位绝世大傻蛋还在问："非要带回去吗？"

他倒是没有急着走。

齐孝川去洗了一下手，现在没有客人，二楼没开灯。烘干时，他注意到了墙壁上的员工资讯。第二行的第三张照片是一名朝镜头笑着的女性。可能这个说法有些微妙，但他从未想到过，她也会到这个年纪。在他印象中，骆安娣好像永远是孩子，穿着裙子，梳着复杂而精巧的发型，玩着公主游戏。

那一天，他不由自主地回了家。

在住上面的花费是这些年来齐孝川唯一一次符合他收入的支出，即便如此，同圈子遇到的合作人也没少嘲笑过他。花园全部付款交由专人去办，卫生也是定期打扫，维持着维度最低的体面，家居丝毫没有个人风格，感觉像是一间别墅酒店。

之后，合作伙伴的女儿在生日当天收到了一份特别的礼物，来自目前做零售的齐孝川。这位身家比起她父亲年轻时只好不差的企业家送给她一条刺绣手帕，看起来就像义乌小商品店里一块五能买到的那种，她转头就扔进了垃圾桶。

齐孝川浑然不知，当然，就算知道了也不在乎，顶多口头骂两句——那可是他人生第一件也是最后一件刺绣作品。

他是在那个周末接到手作店的电话的。

登记试听课时，齐孝川留下了自己的工作号码，姓名却到最后都没写。对方打过来，是他秘书接听的。按理说，像这种琐事，他都该帮他处理好，但午餐时间，秘书还是当成八卦提了一句："你去了那间手作店？他们打电话过来了。"

齐孝川当时在吃外卖的沙茶面，一根没咬断，所以吃完才开口："什么？"

"下次要不一起去？虽然两个大男人可能会被当成……我以前没说过，别看我这样，其实我小学可喜欢《艺术创想》这个节目了呢……齐总看过吗？不是吧不是吧，不会真有人没看过《小神龙俱乐部》吧？"

齐孝川强忍住火气："那家店打电话来干吗？"

虽然他没留下名字，但心里也惴惴不安了好一会儿。青蛙又开始试图跳出牛奶杯。

他听到正在吃小馄饨的秘书作答："你把外套落他们店里了。"

青蛙沉入牛奶中，再也没有声息了。

他晚上十点下班，手作店已经打烊了，早晨六点到公司，手作店又还没到营业时间。

耽搁了好几天，齐孝川没让别人帮忙，提前联系过，自己在一个傍晚亲自去取。

把车停在路边，外面下着雨。他加快脚步进店，抖去风衣上的水珠，环顾室内，却没看到有人。

他在稍等片刻和离去之间犹豫，上次见过一面的店员姗姗来迟，将折叠好的夹克还给他，双手交叠，脸上带着热情洋溢的笑容。这件外套他穿了好几年，齐孝川道了谢，并不久留，转身就走。

雨似乎下得更大了，他仰头张望了一下，背后是女职员关于换班的交谈。

齐孝川往外走。

踩踏雨水的动静与呼唤声传来，他听到她说："等等！等一等啊！"冒冒失失、缺乏防备的嗓音。伞撞了一下他的后颈，疼得他失神，随即才取代灰蒙蒙的天空，化作云朵停在他头顶。怨言涌了上来。

齐孝川捂着脖子回过头，骆安娣仰着脸，身体几乎全在伞外，头发被雨水打湿，穿着手作店的制服，正朝他微笑。

"下雨了，"她看着他的眼睛，"撑着伞走吧。"

骆安娣是撞过来的，伞尖差点划破他的皮肤。虽不至于破口大骂，但什么都没干却飞来横祸，难免心生不快。

齐孝川转过身，阴阳怪气的话却悉数堵塞在了喉咙眼。她加深笑意，在这样暗的天气，两只眼睛仍然像宝石一般熠熠生辉。

他发不出声音，她却把伞交到他手中。还是那种从不考虑自己是否会被拒绝的亲切，还是那样好像一辈子没有烦恼的天真。

齐孝川下意识伸手，不容分说，先把她拉到伞下。在狭窄的范围里躲避雨水，他忘了表情管理，以至于整个人看起来异常严肃，终于开口，说的却是："那你呢？"

"没关系。"她笑盈盈的，侧着头伸手，做出说悄悄话的姿势，毫无预兆地开玩笑，"其实我是飞天小女警，所以不用担心啦。欢迎您下次光临。"

她当然不是飞天小女警，不可能直接飞回去。眼睁睁看着雨滴落到骆安娣身上，齐孝川久久站在原地，目送她消失在店门口。骆安娣停在门前的屋檐下，先晃了晃裙摆，然后才进去。尽管只是侧脸，却依旧盛满笑容。

他撑着伞回味了许久，再上车时，司机有点内疚地感慨："刚刚您特意说不用伞——"

齐孝川随口应付，眼下思绪彻底被其他事占据。车开出去几公里远，他才后知后觉意识到，她没认出他来。

他不在意。

仔细想想，回忆与今天之间的距离也上十年了。他能认出她来不奇怪，毕竟在记忆力上，齐孝川不说很有自信，谦虚一些，也该是过目不忘的水准。骆安娣就不同了，笑容傻傻的，办事呆呆的，小学三年级了走路还会平地摔。

他没有在介怀。

齐孝川忍不住努力回想，他以前到底给骆安娣留下了什么印象，才会让她把他当成在别人店里邋里邋遢丢三落四忘了拿外套的陌生人。

她给他惹过的麻烦可远远不只是用伞在脖子上划条红痕这种小事。

在没有恶意的前提下，骆安娣对"早恋是不允许的""老师是学生的管理者"和"人有好有坏"这类道理一无所知，她喜欢齐孝川，就像向日葵跟着太阳转一样简单。别人一旦问起就会老实回答，仿佛这和问她数学倒数第二道附加题拿了多少分没有区别。甚至面对老师，她都能保持这份坦率的纯真——当时她经常来齐孝川班级门口，屡次被齐孝川的班主任目击，人民教师随口一问，没想到她承认得落落大方："我喜欢小孝。"看呆一圈围观群众，简直是勇士中的勇士。

而且，不知道是不是她没什么恶意的缘故，其他人对她怀抱的善意也格外多。有一回，齐孝川去找教导主任要签字，出来遇到校长助理，略微打过招呼。关门时，他清楚地听到办公室里传来对话：

"这一届学生会会长出在低年级，真优秀。"

"是啊，他的小女朋友在初中部，特别可爱一小姑娘。"

总而言之，这份单方面由女方发起的关系可以用畅通无阻来形容，男方分明不情愿，却根本无人在意。

一周工作日有五天，起码四天，骆安娣会送点心过来。齐孝川的妈妈在她家帮佣，做的不是厨房工作，但也知道她家请厨师的要求有多高，因此时常唠叨满脸不快的齐孝川"贱骨头吗你"。

话糙理不糙，客观评价，他的行为的确有一点。

晚上她专程送上门，他冷淡地道过谢，转头就倒给园丁当女儿养的西施犬吃。结果还被怀疑不安好心，园丁拿着园艺剪把他追出半公里，扬言再搞名堂就抓他去给池塘的睡莲翻藕。这个帮骆家打理花园的糟老头子坏得很，之前他在池塘种荷花，齐孝川和骆安娣路过，骆安娣问"爷爷这是在干吗"，齐孝川随口说了句"玩泥巴吧"，未料竟然被记恨了几年。

投喂别人家宠物狗的第二天，他情愿在教室吃豆瓣酱拌面和豆瓣酱拌蔬菜。

也不知道骆安娣有没有察觉，反正不久后，她就换了方式，中午直接送到教室来。他婉拒，婉拒不成，分给周围男同学吃，吃完他们嘴都还没擦干净，女同学已经开始交头接耳评论他"渣男""负心汉"。吃人家嘴软的男同学没有落井下石，但也只做到在扑哧一笑时"扑哧"的音量小一点的程度。

齐孝川徒手把筷子捏断了。

他也没想到这么容易断，只能放学后去精品店买了一双新的，和洗过的饭盒一起还给骆安娣。骆安娣笑着问："好吃吗？"

他说："别送了。"

她的嘴角立刻下沉，眉毛也压了压，只有眼睛仍然清澈见底。骆安娣说："不好吃吗？那我下次再努力一点。"

无缘无故，他忽然就凝噎了。齐孝川说："这是你做的？"

"我也才刚开始学，对不起哦。"骆安娣抿起嘴唇，难为情地笑着说，"我就是想让你高兴一点。"

"……"他艰难地说，"也不差。"

她眼睛一下就亮了："真的吗？"

"做得挺好的。"齐孝川无论如何也想不通自己的台词为什么会扭转到这地步。

他对她做过的抗拒并不只是这样。

骆安娣的名声能在学校如此响亮，百分之七十的原因终究还是齐孝川。

齐孝川在高中也是传说。当上学生会会长，却利用职务之便偷偷到校外洗车行打工，为了降低遇到教职工及其座驾的概率，还特地挑了另一个城区的店。不仅如此，工作不久，他发现店里生意太好，水管时常破损，消耗很大，于是费心思进了一批水管保护套，跑去各个洗车行推销，成功大赚一笔。最后经过调试，又找工厂定制了效果最好的款式，被一间公司掏钱买断。就这么来回折腾，拿到了不少钱，他却像没事人一样，继续回小小洗车行任劳任怨洗车。

直到同学吹牛时不小心说漏嘴，大人们才头一次听说这样的奇人，同样感到新鲜。学校半个领导班子拿狩猎野生动物的架势去抓他。

他当时正手持擦车布，摇下车窗，凑过来说"SUV清洗价位不一样"，就看到车里坐满了学校老师。齐孝川懒得溜了，人"赃"俱获，被当场"逮捕"。

他写了三千字检讨，领导们没要求他按惯例在升旗台上公开朗读，只是撤掉了他学生会会长的职务。但他也临近高三，本来就快自动卸任，因此可以说是毫无惩罚效果。

这样的风浪轮番下来，自然引人注目。齐孝川虽然整天垮着张脸，但实质并非精神病患者，和人交流不成问题。

那时候，也有别的女生向他告白。

他本人没有自觉，事实是，齐孝川算受欢迎的那类男生。年级里最漂亮的女生也曾邀请他一起去食堂，被他误以为是要借饭卡，没好气地反问了一句"凭什么"。当时班上的语文课代表性别女，斯斯文文，说话条理清晰，是个优等生，一度和齐孝川走得很近。

他语文不好，所以经常找她借笔记和画重点，不知不觉就熟了。

女生是典型的聪明人，并不在乎他与骆安娣的"绯闻"。二人大大方方地来往。

齐孝川起初什么都没想，男同学像犯癫痫似的跟他挤眉弄眼，问他说："你这是腻了小老婆找大老婆了？"

"嘴巴放干净点。"齐孝川回答。

他想了想，忽然意识到一件事，骆安娣的确消停了一段时间。他对校园风云一概不关心，就连自己被奉为校内打工皇帝时，他都不知道他们口中那个"汽车美容陶朱公"是谁。

太阳打西边出来了，骆安娣都知道看气氛了。恰如《怦然心动》这部小清新电影里那个大聪明男主角想出的好主意，齐孝川发现，搞不好他也可以效仿。不需要和任何人确定关系，只要能让骆安娣知难而退就万事大吉。

他主动约了语文课代表到家里做客。

并且，他知道，只要没有小提琴课或其他事，骆安娣就会来找他玩。

于是，那一天，骆安娣兴冲冲推开齐孝川的卧室门，就看到他和另一个女生坐在一起，对着一本《古汉语词典》讨论。

"小孝，"她站在门口，脸上还是笑着的，"你有客人呀。"

"哦，介绍一下，"齐孝川只向一个人介绍另一个人，"初中部的骆安娣。这整个庄园一样的院子都是她家。我爸妈在为她家工作。"

语文课代表浅浅地点头。

齐孝川让骆安娣进来，骆安娣却没有照做。她笑着，手指抠住门框，轻轻地说："你们有事的话，我还是不打扰了。下次我再过来吧。"

"嗯。"

他望着她，看着她后退，然后侧过身。

骆安娣有点困扰的表情也很好看，带着颇具烂漫气息的真挚。有那么一瞬间，齐孝川想起，骆安娣不是完全没有烦恼，她唯一的烦恼大概就是他。

他忽然走出去，语文课代表问他"怎么了"。他回答："下雨了，她没带伞。"

齐孝川拿着伞追出去，一路种满了园丁喜欢的茉莉，还没到开花的季节，绿油油的很醒目。他向前走，没看到骆安娣，楼上的客人还在等，于是他及时折返。

那一天晚上，骆安娣发烧了。她连身体素质也严格遵照公主设定，再厚的鹅绒毯下的豌豆都能硌到她，淋几分钟的雨就重感冒。

作为罪魁祸首，齐孝川被他爸拿痒痒挠一顿痛揍，打得他隔天上学周围人不敢搭话，都以为他放民间高利贷得罪了谁。

齐孝川一声不吭，全程脸黑得能就地挖煤，放学到点就走，直奔初中部教室，旁若无人走到骆安娣座位旁。

她戴着口罩，在旁边同学报警之前笑着开口："你来啦。"

"嗯，"他面色不善，还是那副跩得二五八万的德性，"送你回去。要帮忙收拾书包吗？"

当初围在骆安娣身边，起哄要齐孝川下水捞球的王子和公主们不是游戏NPC，主角长大，他们也会跟着长大。只不过和骆安娣不同，这群标准的散财童子都去了私立学校，不是谁都有她这样的闲情逸致微服私访体察民情。

在学校里碰不着面，并不能妨碍这群吃饱了没事干的家伙跑家里来。

齐孝川连续护送骆安娣回家一周，骆安娣嫌戴着口罩坐在车里闷，于是快到家时，两个人就会下来步行。

她喜欢说些有的没的，他有一搭没一搭地回应。

有时候，关于骆安娣这非比寻常的气质，齐孝川也不是毫无头绪。这家伙对他人心情的体察能力意外强大，关注周围人的感受，及时给予照顾，这就是她习惯做的。唯一让他不解的是，他明明已经明确表示不喜欢，那她为何还不尽早看气氛离开。

实在让他不解。

齐孝川说："长大后我也不会娶你的。"

"你再考虑考虑嘛。"骆安娣回答，"考虑了再告诉我。"

她温和地笑着，那个笑容给人就算地球爆炸也不会动摇半分的观感。

他不再回答，只是牵住她上衣肩膀的位置，将她从道路中间拉回来，言简意赅地说："小心车。"

与此同时，有些事也在悄然改变。

骆安娣发高烧的事一出，本来就频繁往来她家的孩子们的不满终于爆发。之前只是频繁口头警告，这次终于有组织有纪律地出动，趁打板球的空当去堵齐孝川。

齐孝川正打算去图书馆，猝不及防就看到小竹林里拥出一批锦衣玉食的"土匪"，他面无表情地打量一圈，发现恒星公主殿下不在其中，加上他们也来者不善，索性放下伪装，应付豺狼就该用猎枪："干吗？"

领头的说："你能不能别揪着骆安娣不放了？"

齐孝川冷笑一声，他为数不多的修养还没低到允许他在此刻说出是某个女生缠着他，所以只回答："关你什么事？"

他们才懒得跟他打嘴仗，毕竟齐孝川言辞刻薄这件事不是秘密。为首那个年纪和他比较相近，开门见山，直言不讳："你配不上骆安娣。"

其他人附和："就是就是。"

"亏你还是全校第一，'君子爱财，取之有道'的道理不懂？别老想攀附有钱人。"

"你不知道你们差距有多大吗？小白脸，软饭男。"

齐孝川转身想走，他们立即形成关卡禁止通过。

他挑眉："你们觉得我没劝过她？"

"你那是欲擒故纵。不真的划清界限，破坏自己的形象，反而营造出被动形象，你还是男人吗？实在是太卑鄙了！"

"随你怎么说。"

"你就不能去跟骆安娣说你讨厌她，你希望她从你面前消失，再也见不到她吗？"

这就是他们的要求，理由也简明扼要——

"只有这样，骆安娣才能离你这种烂人远点，过得更好。你根本配不上她。"

听到这话，齐孝川实在很想翻白眼，他当然知道他配不上她，但那又怎样？他也根本就没想过要配她，无关利益的异性关系根本无关紧要。

恰好就在这时传来骆安娣的声音，那柔软得足以与弦乐相媲美的嗓音很轻，仿佛顺着微风吹来，舒缓地呼喊："小孝？小孝！你迷路了吗？"

有人从背后推了齐孝川一下。

他的身材并不强壮，向前迈了几步，徐徐回过头。

他们正抱着手臂，气势汹汹命令他现在就去，马上行动，刻不容缓。于是，齐孝川也只能向前迈。没几分钟就走到骆安娣身后。

她在灌木丛中间四处张望，身后传来窸窸窣窣的响动。回过头，就看到身材颀长、神色冷淡的男生出现在那里。骆安娣笑起来，声音像加入白砂糖后搅匀的冰西瓜汁："小孝！"

齐孝川脸上没有笑容，但并不凶神恶煞，他注视着她。

其他孩子偷偷潜伏在不远处监视，离得有点远，因此听不清他们的对话，只知道齐孝川对骆安娣说了些什么。

骆安娣背对着这边，所以看不到表情，却在听完后侧过身跑开。

人头攒动中几乎能听到每个人松一口气的声音，然而，下一秒，齐孝川已经重新走回来。

他手无寸铁，面无表情，步伐并不快，但自始至终目不转睛盯着这边。光是这样，就足以传递压迫感。他们之中已经有人下意识想开溜，即刻又被同伴抓住。尚且还剩几步之遥，出乎意料，齐孝川已经开口，脸上带着嘲讽的笑意。

他说："你们这群人，嘴上说得像是为骆安娣着想，其实只是想继续被她那样对待而已。为了自己舒服，所以压根不管她到底是怎么想的——"

重音越到句尾越频繁，最后，他被他们用板球拍砸中头和脊背，按到地上群殴。

正是天黑得早的季节，齐孝川先回家包扎了一下。脸上伤痕未消，凭空又添青紫，看着的确吓人，只好戴上口罩。再拿着课本到骆安娣房间时，她已经等了很久，吃过晚餐，听过弟弟的中提琴练习，在座位上看了好几次时钟，才终于听到敲门声。

她一边说"进来吧"一边去开门，他已经出现在视野里，顶着乱七八糟的头发和口罩上方不怎么愉快的眼神。

坐下时，齐孝川先语速飞快地说了句"我戴了口罩你可以不戴了"，然后才摊开课本。

"刚刚在花园,你为什么要我先上楼啊?"骆安娣问。

"有事。"他也不解释,一句话带过,直接对她说,"把周测试卷拿出来,我给你把错题讲一遍。"

"你感冒了?是被我传染的?"她翻开试卷,又紧兮兮地关切道。

他假装没听到:"你这道题都错?你上课在干什么?摊鸡蛋饼吗?"

她连忙把卷子拿过来,不好意思地更正:"是粗心……你不会是为了让我能喘口气故意戴的口罩吧?"

他笑了,已经给她找出那道题相对应的重点,把教材递过去说:"想得倒挺美。"

失去了洗车行的工作,齐孝川并没有轻易放弃。他当然不会甘心把全部时间都用在读书上,所以很快找到了新的工作,那就是在比萨店送外卖。

去应聘的时候,比萨店店长让他骑着外卖车转两圈看看。齐孝川二话不说就骑了上去,其实他根本不会,所以不知道怎么停下来,导致直接骑出人行道,冲向大马路扬长而去。店长一开始还频频点头,发现状况不对时已经晚了,追在后面大喊"偷车贼"。

齐孝川倒也不是要面子,只是纯粹太自信,太仰仗自己的能力,总觉得应该能不靠别人帮助琢磨透,因此毫不示弱,边骑边摸索。功夫不负有心人,主要还是这车操纵系统比较简单,他很快就停了下来,那张往往被负面情绪占据的脸上也出现满意的微表情。然而,悲剧来得猝不及防,抬头的一瞬间,他和刚好要去路边文具店的骆安娣对视。

虽然中间经历了不止一个小插曲,但最后,齐孝川还是得到了这份工作,同时也失去了自由。

周末,别的高三生都在起早贪黑地勤奋学习,而他则背上胸包,戴着鸭舌帽去城市的各个角落送比萨。

刚坐上外卖车,另一侧的车门就被打开了,骆安娣也坐上来,不论他怎么说都不肯下去。

齐孝川很想拿出平时反派角色的架子来,但骆安娣抱着包,看着他,那表情让人很难不投降。

他说:"万一你受伤,我会很难办。"

"你也有可能受伤啊，我在车上可以帮你看看路。"她说。

"就今天，"他重复，"就今天。"

送外卖的大部分时间还是在移动，中途骆安娣没少和齐孝川聊天。

她说："你很需要钱吗？"

"还行。"他目不斜视地回答。

"平时都花在哪里啊？"

"存起来。"

"有什么想做的事情吗？"

他停顿了一阵才说："暂时不确定，但到时候肯定要用的。"

他问她："你那天去文具店买什么？"

她眯着眼睛微笑，看向他说："去买绳子，想给你编一条挂符的钥匙链。"

"什么符？"

"你要高三了，难道不去庙里祈福吗？"骆家一直是有这种传统的，大人有重要的生意和小孩有重要的考试之前去庙里求签问卜。之前齐孝川听他爸说过，骆安娣他爸在功德榜上名列前茅，可以说是VIP。

他说："你也要中考，做给你自己吧。"

他其实不太确定自己究竟拒绝成功没有，但已经抵达目的地，所以先一步下车。顾客订餐时选择的是现金付账，正在从口袋里翻零钱出来，随便扔给他，没等接住就松手，任由纸币掉落在地。

齐孝川什么表情也没有，弯腰捡起，同时说道："请稍等，这就为您找钱。"

对方却不耐烦地回头斥责："烦不烦啊，就当施舍给你的了。"说完直接把门摔上。

他转过身，自顾自清理出零钱，放到胸包夹层，然后坐回车上，发动引擎返回。

骆安娣目睹了全过程，忍不住气鼓鼓地提问："那个人也太过分了，你就不生气吗？"

"工作嘛。"齐孝川却淡淡回应，"你想吃冰激凌吗？"

假如以为他会拿收到的小费请骆安娣吃冰激凌，那就太天真了。交班时，齐孝川和柜台后的年轻女同事交涉了几句，对方就兴高采烈为他打了支牛奶甜筒。他接过，稍稍笑了一下，走出来递给玻璃门外的骆安娣："回去了。"

她接过，先吃了一小口，然后笑着说："长得帅还有这种福利，真好啊。"

他皱眉："跟长相有什么关系？"

"只有全职才能随便吃冰激凌不是吗？刚刚坐外卖车，我看员工手册上写的。"她从口袋里翻出手帕，擦拭嘴角说。

谁对自己有意思这种事，齐孝川向来漠不关心，除非影响到他的生活。

她拿着甜筒，突然不再吃了。冰的东西也好，油盐重的东西也罢，骆安娣都不会吃太多。她也不知道该不该扔。正纠结着，他回过头来，不偏不倚注意到这一幕。

"你不吃了？"齐孝川问。

骆安娣点点头。

他果断地接过来，毫不犹豫就往嘴里送，三下五除二消灭干净，把她看呆了。

她说："那个我吃过了。"

"嗯？"他却完全领会不了其中的深意，"扔了多浪费。"

齐孝川骑自行车载骆安娣回去，他们出去的时候，古道热肠的比萨店店长还专程跑出来问他们住得远不远。骆安娣家的"唐顿庄园"的确离得很远，但店长提出让他们骑电动车回去时，齐孝川还是拒绝了。那单人座的电动车无法载人，非得两个人乘，就只能让骆安娣蹲在前面。就算骆安娣不介意他踩她的公主裙，他也不会接受的。

再说了，他经常骑自行车，带人也不是一两回。之前在加油站兼职，还带着身高一米八六的同事骑五公里去工商局。

骆安娣抓着他的衣角，齐孝川骑着车，天已经黑了。他看着交通灯，也不和她交谈，只在十字路口等待通过时拉住她的手，用力缠住自己的腰，顺便提醒她："别摔了。"

他骑着车，她看到他胸包的伸缩带稍微倾斜，于是帮忙抓过来。骆安娣莫名觉得他的包很像哆啦A梦的口袋，因为在这一天的打工中，她已经看过他从中掏出过零钱、工作证、口香糖和大把花花绿绿的比萨店优惠券。

到家的时候，主宅已经灭了大灯。齐孝川这时候才觉得有点担心，自己竟然害别人的女儿在外面给自己当了一整天监工。

骆安娣也看透这一点，还趁机安抚他道："没事的，我已经跟爸爸妈妈打过招呼啦。"

但这只能让齐孝川更紧张。

因此第二天早晨，他推迟了三十分钟去上班，专程到骆安娣家去道歉。

没有想到，他们不仅不怪他，反而还邀请他长假时一起去参加骆吹瞬的结课典礼——真是太奇妙了，双胞胎姐姐考高中，他竟然就已经能读研究生了。

总之，齐孝川受宠若惊地退出去，正准备去上班，骆安娣却追了出来。

他腿很长，走得也很快，而且是走在路上很少有人会向他搭讪那种类型。表情太凶了是一个原因，最重要的还是永远目视前方，给人一种走在去"杀死比尔"的路上的印象，谁敢阻拦，估计至少会被咬掉一只耳朵。

她穿着白色的长裤，跑得气喘吁吁，高声叫他："小孝！"

一连喊了好几声，他才回过头，看到是她，大概在计算迟到要扣多少薪水，却还是步行回来："怎么了？"

"你被打了吗？"她说。

有错愕在他脸上转瞬即逝，但很快又恢复成一种介乎不耐烦与不愉快中间的情绪。齐孝川说："谁跟你说的？"

"园丁爷爷说新种的斑竹全被弄坏了，所以管家就查了监控，然后才告诉爸爸妈妈的。"她露出可怜的神情，走上前来，目光关切地在他脸上流连，"痛不痛？"

竟然又是那个糟老头，亏他还答应了今晚跟他一起去放生青蛙，没想到转眼就被出卖。

"咳，"齐孝川尽可能摆出镇定的姿态回答，"已经没事了。"

"对不起，他们……"

"没关系。不怪他们。"他却回答，"他们也只是站在为你好的立场上做的这些。"

"这是什么意思？"

齐孝川还是那副讨打的德性，板着脸，毫不掩饰地连续看手表检查时间，可以说是一点礼貌都没有："你换个角度想，有个男的整天追求你，你却不喜欢她。那他的行为说白了纯粹就是给你造成困扰。我没有这么说你的意思，但我的确因为你吃了不少苦头。况且，他们还觉得我在玩弄你。"

骆安娣望着他，其实齐孝川有过片刻的担心。他赶时间，外加来自她的压力也积攒了一段时间，所以一时口快说了出来。他担心她会因此伤心，没别的意思，他只是单纯不想看到女孩子哭，尤其还是他家经济来源的宝贝女儿哭。

然而，他担心的任何状况都没有发生。

骆安娣笑起来。

她说："你真好啊。"

她的称赞总是来得这样没头没尾，莫名其妙，让人摸不着头脑。

齐孝川总觉得有点难堪，转眼间，愚蠢而不合时宜的角色变成他，他说："我考虑过了，长大以后不会娶你。"

他难得深刻地感到什么事是如此的棘手，平时的他习惯了游刃有余，即便不擅长也能飞快在回避和抛弃中抉择，然而，眼下，齐孝川竭尽全力才能让自己不支支吾吾像个傻子："并不是你有什么不好。只是我本身就是这种人。待人冷漠，品性恶劣，我行我素，不会考虑那些事……抱歉。"

她好像一点也没受伤，反而饶有兴致地端详着他。

"我这辈子都不打算和人一起生活。不只是你，其他人也不可能。"他说着，越发感到词穷，有种自曝弱点的滑稽感，"我的毛病数不胜数，根本藏不住。认识这么久，你也应该都知道了……就凭你的条件，根本没必要将就我。"

骆安娣歪着头，稍微想了想，随即问他，带着有些孩子气的友好神情："那你以后万一又想和人一起生活了呢？会来见我吗？"

"不会。"这一次，他回答得相当果断并补充，"我不会来找你。"

"有例外吗？"骆安娣的样子看起来根本不像在死缠烂打，反而感觉是大人在逗幼稚园的小孩。

齐孝川不觉得自己有被冒犯，他对这种非实质性的伤害毫不介意："有吧。"

"除非什么？"

骆安娣看着他，齐孝川脸上没有笑容，反而充斥着过于义正词严的肃穆。他说："你该回去了。"

骆安娣一怔，但并没有再继续问，只是用力点了点头。

他看着她的背影，她又转过身来，举起双手握拳，做了个加油鼓劲的动作："加油！"

齐孝川配合地点头。

后来想起来，他从一开始就处于被动，只要她在场，他总会显得很傻。

长假的时候，齐孝川本来是没想请假的。不是因为他和骆吹瞬关系不好，一言概之单纯是因为他太看重那点时薪。不过他爸在这时候起了决定性作用，他手持晾衣杆喝令他"我怎么教出了你这么个不识趣的家伙"以及"你不去那今晚就别进家门了"。

其实睡在外面也还行，无奈骆家绿化做得太好，除了住宅，其他地方蚊虫都不少，让他在外边待一晚上非得活生生被咬死。末了，齐孝川还是定时定点上了他爸开的车，自然，是和骆家人一起。

结业典礼，这种场合，注重仪式感的骆家人怎么能不全员出动？要不是地点在大学礼堂，他怀疑他们都该把晚礼服穿上了。

车内很宽敞，骆安娣穿着一条锈红色的背带裙，头发梳成精致而复杂的发辫。他上车时，大人心照不宣地推着他坐到她对面。骆安娣的妈妈还亲自给他倒了柳橙汁。齐孝川只稍微沾了沾玻璃杯杯沿，感觉气氛尴尬难耐。

万幸很快抵达目的地。

之前齐孝川有被大学冬令营招募过，但他权衡利弊，最终还是没去。反倒是骆安娣收到私立高中的聚会邀请，没想太多就答应了。

"因为他们俱乐部有观星台，"骆安娣笑着说，"我很想看看嘛。"

她对这个有兴趣多半还是因为双胞胎弟弟骆吹瞬。骆吹瞬就读的就是物理与天文学院，他对星星一直很感兴趣，论文也是相关题目。

不过，她怎么选都跟齐孝川没关系。他只高兴有小半个月她都不会在家，放了假，他总算能安心该干吗干吗了。

下车参观学校的时候，齐孝川默不作声，态度比往常在班上听复习课还认真。校园里生长着巨大的热带树木，他正到处转着，骆安娣突然出现在他背后，开朗地问他说："你想考这里吗？"

"啊……有点。"他回答，"分数线可以冲一下。"

她饶有兴致地继续问："你上大学最在乎什么呀？"

"各方面？"说了等于没说，但他千真万确不是在敷衍了事，大概心情太好，甚至还有闲心多问一句，"你呢？"

结果得到情理之中兼意料之外的答案，骆安娣笑眯眯地说："假如小孝愿意的话，我想和小孝一个学校。"

这么多年，他已经不会再像初次见面时一样满腹狐疑反应过激，只是淡淡地看向头顶，尽可能不与她对上视线："你还是多关心自己吧。"

到时间入场，进入大学的礼堂内，他们坐在一排。准备结业的学生们穿着学术服装，也呼朋引伴三三两两地坐下。

骆安娣的妈妈用数码照相机拍着照，骆安娣的爸爸则乐呵呵地提醒齐孝川和骆安娣："快看，吹瞬在第三列第五路呢。"骆老板当过兵，当初似乎还一度干到排长，"路"和"列"这类的说法很精准。

齐孝川也看到了骆吹瞬。事实上，他并不难找。少年大学生本身就不多，个子矮矮的，脸蛋也稚气未脱，非常显眼。更不用提，骆吹瞬和他姐姐一样，都是用极其优越的物质条件堆砌出来的孩子，背挺得笔直，头也微微上昂，骄矜而引人注目。

自始至终，骆吹瞬都没跟身边人交谈，轮到他上台领奖，他才起身，仿佛即将袭爵的贵族后裔。

真是了不起。

骆老板卖力地起立鼓掌，骆太太频频擦拭眼泪，骆安娣也微笑着，齐孝川拍着手。

典礼结束后，他们并不着急回去。骆老板和骆太太要去找托人介绍的教授，骆吹瞬本来也该去，但他答应了同学参加一个内部的小型讨论会。大人很尊重他的意见，于是分头行动。骆安娣对应酬没兴趣，所以也跟着骆吹瞬一起。

他向其他人介绍她："这是我的双胞胎姐姐，骆安娣。"

同学都是已经成年的年纪，一个戴着啤酒瓶底般厚度的眼镜的女生轻轻摇晃身体，以一种不太适应在公众面前说话的姿态开口："我知道你。之前Louis 有在公共课上展示过家庭照，你的名字用了一个'娣'字。我不知道这算不算是一种 sexism（性别歧视），actually（事实上），很不令我愉快。"

骆吹瞬的英文名叫 Louis，取自钟表品牌欧米茄的创始人，和"时间""瞬间"这种词相关。他也在这时候补充："Amy 之前在国外读书。"

"啊，其实没有的。"骆安娣睁大眼，还是笑着，轻轻摆手，很自然地回答道，"我爸爸妈妈的确觉得男孩子才能继承家业，但对我还是很好。"

女生继续强调："这就是一种 sexism。"

他们本来还要就这个话题展开说说，然而另一边，其他同学已经到位，同时召唤他们："快点过来吧。"

在那之后，他们讨论的都是专业问题。骆安娣不了解，骆吹瞬也注意到了这一点，于是打开一台笔记本电脑给她。不过其实她也不爱上网，索性起身出去转了转。教室外面有个凉亭，她进去转了两圈，嫌风大，于是又往回走。再进入教室的时候，骆安娣惊讶地发现，一开始在人群外围的齐孝川居然已经坐进了本系学生中间。

他也聆听着，甚至时不时还发言。不仅如此，他说话的时候，周围人也会停下来倾听。按理说，他绝对不可能有他们那样等级的学识。讨论到后来，他甚至还直接坐到了课桌上，抱着左侧的膝盖，眉头紧皱，一副审慎的表情，其他人也好像在特地说给他听。

直到一位助教进来，敲了敲门提醒这里要上课，学生们才恋恋不舍地散会。

齐孝川和骆吹瞬说着话往外走，差点就这么把骆安娣忘在身后。

她也不插嘴，直到走出很远，齐孝川才忽然停下脚步回头。她不远不近地跟着，带着笑脸说："你们再这样，我都要嫉妒了。是在聊专业课吗？"

"不是的。"齐孝川说，"他的同学刚刚在说，想把技术投入商业运作。但以那成本根本不可能。所以就吵起来了。"

"刚刚教室里的气氛不像吵架啊。"骆安娣有点好奇。

"还不是因为齐孝川太凶了。"骆吹瞬忍不住笑了。

比起正常读完大学四年毕业的人，当时还是高中生的齐孝川理所应当是后辈，然而，他身上总是附带着过于强硬的态度和与年龄不符的沉稳，市侩而不令人厌烦，刻薄却拿他没办法。这些特质足以令他在任何场合临危不乱，与所有人都不卑不亢、平起平坐地交谈，绝不会有半分动摇。

到底经历过什么，才会变成这样的人？而他将来又会怎么样？

在与他出身和生活环境截然不同的人眼中，约莫很容易产生这种疑问。

性别所能造成的差异往往比人想象中大。在骆安娣非得三顾茅庐才能让齐孝川听自己拉小提琴的前情提要下，骆吹瞬却轻而易举就能邀请到他，两个男生在房间里读书，拉中提琴，谈天说地。他们聊王小波的《一只特立独行的猪》，拿有很多球星签名的足球到楼下草坪练颠球。

骆吹瞬告诉齐孝川，他应该能去更好的大学，齐孝川也的确了解了不少自主招生的信息。

其实，骆吹瞬不像别人眼里那样，纯粹是个无聊的"别人家的孩子"。他也有喜欢的科学家，爱看的漫画，擅长或者不擅长演奏的曲目，比如德彪西。

齐孝川和他意外地相处得来，而且感情很好。

午后一起看书的时候，骆吹瞬会说："我很欣赏波姬·小丝那样的，你呢？"

齐孝川正在为考试复习，他不紧不慢地抬头，像是思考什么国家要事般想了想，然后才说："女明星？我喜欢沈殿霞，看她的电影我心情会很好。"

谁问他这个了，当真让人感慨孺子不可教。

和他姐姐一样，骆吹瞬比齐孝川小三岁。他们那时候是挚友。

后来，齐孝川没有选择成为骆吹瞬的学弟兼校友。他们没能联系。

过了几年，他从大学毕业，当时的蓝图在时势极其不利的情况下逝如指间沙。尽管如此，最后，他还是拿到了应届生无一不向往的机会，获得了相当如鱼得水的工作。

然而，生活不可能就这样平静。只是于他而言是这样。

他在那里遇到了后来合作创业的伙伴，比他年长二十一岁的周翰耀成。最初，齐孝川只是记得这个人的名字有四个字。到后来，却不知不觉变成能去对方家里留宿的忘年交。

"你还没交过这么老的朋友吧，哈哈哈。老朋友啊。"喝完酒后，周翰耀成躺在地板上，时常会发出略微上了年纪的轻叹，他妻子在旁边帮忙收拾，边唠叨边走来走去。

"上一个，"齐孝川不太理解朋友的定义，但也含糊地回复，"差了三岁。"

齐孝川长年累月在办公室加班，甚至连秘书提起自己要请假和爱人见面，都迟疑良久才反应过来。

这位秘书上岗多年，勉强算是得心应手的左臂右膀。但假如要问齐孝川这么久来最想开掉他的时候，那一定是在他问他性向的那一刻。听到他的提问，齐孝川实在很感谢，自己那价格高昂的擒拿课没白上。

"最近齐总心情不好。"

一开始，清洁工阿姨这么说，当时直接得到了办公室其他员工的一众嘘声。噫，光看表情，齐总哪天心情好？你不能强迫色感只是普通水准的人去判断脸黑的程度。

他对待别人的态度向来冷淡，颇有一种天生的"我一个人一国，你们都是外国人"的既视感。指出错误时丝毫不会因年龄、性别、工作经验等不重要的因素改变态度。会由于邻居家斗牛犬大吼大叫、随地大小便而检举，也会因为家政擅自吃他那盒自己也没兴趣的手工巧克力而直接解雇。对他来说，亲切、温柔和人性就像江西米粉店里自助添加的小料，常常被忽视，不放也可以。

新入职的员工对老板的印象多半会有"相貌端正"这一条，然而一旦真的打过交道，就会明白即便蒙古蠕虫长成尊龙那样也是怪兽的道理。

然而，事实上，最近齐孝川的心情确实不算太好。

不过，又有种放下了的感觉。

当时刚结束工作，难得有一天不用加班就提前收工，齐孝川打算去跑步，却被秘书询问："要不要一起去天堂？"

在齐孝川联系精神病医院之前，秘书及时说明了一番："'天堂手作'！就是楼下那间手作店啊！老板，你去消费都不看人家招牌的吗？"

"我没有去消费。"严格意义上来说就是这样，他只是用了试听课的券。

"要去吗？"秘书看了一眼手表，"他们那里的椅子特别舒服，整个人会陷下去。光线很好，蛋糕和奶茶也好吃。我最近在做刺绣，但是怎么都弄不好。虽然店员可以帮忙，但总觉得那就是别人做的了。"

齐孝川语塞："我去帮你那不也是别人做的吗？"

"那不一样。店员是女的啊，你是男的。"

"没区别吧？"

两个人不知不觉已经往楼下走。

回到家要做什么呢？齐孝川不由自主地想起来。

先脱掉鞋袜和外套吧，然后去洗澡，关上窗帘，之后躺在床上，打开电视但不看，就着音量适中的电视节目睡觉。

今晚会做噩梦吗？

那家店门口写着"天堂手作"四个字，他们抵达时，恰好一批客人离开。穿着毛茸茸、暖烘烘的衣服，脸上带着笑容，看起来很幸福的人们。

那个声音说："欢迎下次光临。"

那个声音。

甜美的，轻柔的，舒缓的，让人想起面包刚烤好时的模样，或者掌心暖和的温度。

　　骆安娣微笑着，她说："你好，有什么能帮你的吗？"

第 三 章

齐孝川没有回答。

"你好,有什么能帮你的吗?"骆安娣微笑着说。

秘书走在前边,伫立在他们中间那段距离里,他还没掏出自己的会员卡,就已经被说出了姓名,于是心旷神怡地进去。

正如之前所描述的那样,店里的灯光恰如其分,明亮而不会令眼睛感到不适。熏香淡淡的,不会过于浓郁,伴随着已经煮好的红茶香。

齐孝川将上次收到的雨伞抽出,不动声色地挂在门口的扶手上,随即默不作声跟进去。

他们选了靠墙的座位,座椅上的靠垫是手工编织的,桃色、蓝色和米白色交错在一起,不会太单调,工艺也很精致。

趁着齐孝川环顾四周打量手绘壁钟的空当,秘书已经端着红茶奶酥切块和红茶的托盘走近。店里不只他们,还有另外一组女学生,小孩子们低声嬉笑,窸窸窣窣,秘而不宣地频频回头往这边看。

秘书先喝了口茶,略微尴尬地调侃道:"果然,两个大男人来做手工还是挺奇怪的。"

齐孝川在翻刺绣花样书,听到他的话才扭头,无所顾忌地看了一圈,惹得小女生们卖力回避。他什么也没说,径自继续手头的活计,该干吗干吗。

"老板不介意?"秘书问。

"嗯。"他向来不爱分出任何闲暇给这些无关紧要的小事,"童言无忌,说两句也不会怎么样。"

秘书的确没谦虚，他的刺绣水平和用鸡犁地不能说是毫不相干，只能说是一模一样。手笨也就算了，他还偏偏选了个特别难的花样，执着于要做个满绣，把恋人的照片绣下来。

齐孝川当场给他在淘宝上搜了个工厂出货的定制真人照片绣，券后价格是三十五元，全国包邮。

"齐总，我说，"秘书抬起眼，仗着下班时间，有底气犯大不敬，"你不觉得你活得特别无聊吗？"

"你再说一遍。"齐孝川抬头。他发誓，他当时不是在威胁，是真的没听清，只是口吻习惯性地凶神恶煞，好像马上就要杀个人来吃吃。

好在秘书胆子倒也大，没心没肺地说下去："你最近基本都在上班，下了班也就回家睡觉，上次休假你去干吗了来着？哦对，去参加太极拳交流大赛，还为奖金扣税不扣税跟主办方吵起来。那都是两年前了。我作为下属，也还是很担心上司的心理状况的。"

齐孝川皮笑肉不笑地回敬了一句："不会给你加薪的。"说着夺过他手中几乎没开始的刺绣，随手帮他操持起来。

这幅刺绣已经打好了底，只需要根据原型进行加工。齐孝川先上手弄了一会儿，时不时看一眼手册，又掏出手机，轻车熟路从收藏夹里翻出了保存的电子书截图，放大来对照着摆弄，完全是行家里手的架势。

秘书吃面包吃得两手黄油，拿了纸巾边擦边询问："好家伙，这是什么？"

"小仓幸子。"齐孝川停顿了一阵，好像以为对方能靠自己的力量解读似的，等了好久都没回音，这才轻蔑地瞥了秘书一眼，不疾不徐地说道，"她的缎带绣教程不错，能给人很多启发。加一些也会丰富很多。"

秘书强忍住慌乱道："老板，你实话跟我说，最近没遇到什么想不开的事吧？"

齐孝川只丢给他一个白眼，顺势评价："这个出针都挺好，辅助很好绣。"

秘书捧着脸颊笑了，没来得及说话，另一个声音插入对话："谢谢！"

骆安娣出现，只需一瞬间，齐孝川就不自在起来。他侧过身体，下针也错了位置，匆匆忙忙补救，又不敢动作太明显。

骆安娣说："你的手真巧。"

她笑着，还是和以前一样澄澈而烂漫的笑，仿佛茂密成团的樱花，春日里郁郁葱葱，幻化成娇艳又纯洁的光景。

齐孝川不回答，秘书已经适应了工作内容里包含帮"不善交际"的老板打圆场这一项，于是主动笑着附和了几句。

他说："这个坐垫很漂亮。"

"是吗？"骆安娣笑着，轻轻掩住嘴，却不会让人感到一星半点的做作，"下次要做做看吗？"

"这也可以做吗？课程还有些别的什么？"

她穿着店里统一的制服，颜色很柔和，裙摆到膝盖的位置，不论是穿的人还是看的人，都不会产生任何负担："有很多哦。按照原本的安排，之后应该是羊毛毡。"

"羊毛毡？那是什么？"

齐孝川穿针引线，眉头越皱越深，只巴望他们马上结束对话。

骆安娣说："就是用针戳刺羊毛，直到毡化，塑形成工艺品的形状。"

"什么？还能这样？羊毛不会痛吗？"

"哈哈哈，应该不会吧。希望不会。"

不知道为什么，这一天，秘书的声音听起来尤为聒噪刺耳。

齐孝川突然敲击桌面。

茶杯发出清脆的哆嗦声，他们也齐刷刷看过来。他说："能安静点吗？"

骆安娣还是笑着，一点没乱阵脚，微微颔首道："当然。非常抱歉，影响到你了。需要我帮忙看看吗？"

出乎意料，齐孝川丝毫没有藏拙，直截了当递给她，伸手在示意图上滑动，示意道："这里有点……"

"嗯嗯，"骆安娣俯下身，帮忙补充线条，与此同时，柔软的发尾落下来，像蜻蜓透明的翅膀般无声无息地摇曳，"让我来吧。"

集中精神的时候，她习惯稍稍抿一下嘴唇，轻微而迅速得不易察觉，就是这么平淡的动作。很久以前，齐孝川似乎还针对这个抱怨过："你是吹管乐器的吗？"

她轻而易举就弄好，灵巧得像是双手生来就是为了做这个。倾斜视线时，他正注视着她的太阳穴，本该不被觉察的窥视顿时败露，他躲避了眼神，她却反倒聚精会神看过来。

"先生，"骆安娣说，"你一脸不幸福的表情啊。"

诅咒，又是诅咒，而且还是威力非同小可的那一种。齐孝川猝不及防："什么？"

刚刚出去接电话的秘书小跑回来，及时打断这一刻的僵局："我先回去了。我女朋友那里出了点事。"

"咦？"骆安娣也被转移注意力，拿起座位上的公文包递过去，"怎么了？慢一点，请不要落下东西。需要帮忙叫出租车吗？"

他急匆匆地回复，走之前还把杯中的红茶一饮而尽："不用了。"

齐孝川也站起身："发生什么事了？"

"她妈妈怀孕了。"

"什么？"

"就是她妈妈又怀孕了啊，我女朋友的妈妈。她气得半死好像，现在正一哭二闹三上吊呢，"秘书边往外走边说，"五十多岁的爸爸妈妈还生二胎什么的，真是……"

被留在原地的齐孝川和骆安娣没有面面相觑，却也不约而同地安静下来。

之后还说了些什么呢？齐孝川不记得了，他只知道骆安娣回了柜台后。然后他就继续绣着、绣着，绣着素昧平生甚至连一面也没见过的女人的脸。那不是一个小工程，但他的确做得很投入，灯亮度细微的改变都没注意到，直到茶杯在他面前被填满。因为长时间盯着针线，连视野都模糊了，抬起头，他一时间没看清她的脸。骆安娣说："也要注意休息哦。"

她是真的一点都没变。

即便在分别时也毫无烦恼般微笑的骆安娣，对待任何人都不可能放任不管的骆安娣，这么多年无影无踪的骆安娣。

不费力气地判断出按这进度，今天完成不了。齐孝川将未完成的手工艺品放回原位，随即起身去结账。

骆安娣熟稔地使用收款机。她没有涂指甲油，手指边也没有任何死皮，纤细的指腹突出了关节，垂着脸，因此睫毛也格外分明。

齐孝川目不转睛地看着她，思绪却飞驰到许多年前。

骆安娣忽然朝他伸出手来。

他不知道她想做什么，只能狐疑不决、踟蹰不前地望向她。她没有收回去的意思，反而用那干净的目光看过来。

齐孝川突如其来感到局促。又是那种久违的惘然，他已经很久没有过，这种并不明白自己到底该做什么的感觉，还只有是孩子的时候才会如此。

他只能低下头去，奉命唯谨、俯首称臣，吻她指背。

结果，却得到预料外的回应。骆安娣眨了眨眼，没有感到被冒犯，却也在忍耐笑意，礼貌地回复："那个，这是您的收据。"

他倏地一怔，这才意识到自己究竟忽略了什么。她并非单纯递出手来，拇指与手掌间还夹了一张灰蒙蒙的纸条，刚刚好与灰色的桌布融为一体。

那一刻，羞愤、尴尬、窘迫，任何词语都无法形容齐孝川的心情。他像是在冰面上剧烈地摔了一跤，而且还是在众目睽睽下。无法判断两颊传来的温度是来自愤怒还是羞耻，只知道喉咙堵塞，他短时间内已经说不出话。

齐孝川收起收据，什么都不说，毅然决然准备踏入门外的狂风当中。

然而，骆安娣在那之前开了口："是……小孝吗？"

齐孝川不希望自己被认出来，可以的话，他情愿立刻被埋葬到马里亚纳海沟，最好是世界末日、外星人入侵地球都不会被挖掘出来的深度。

骆安娣笑着说："是小孝吧！"

这一回，口吻已经笃定许多。她难掩雀跃地靠近过来，被倒映在她眼睛里的他显得愚蠢无比，一言一行都是那样地上不了台面。

"咳，"齐孝川干巴巴地给予问候，"你好。"

"我说我昨天怎么会做那样的梦，原来是因为会遇到小孝。"骆安娣笑的时候，嘴角上扬，露出让人心醉的梨涡，"对不起，一开始没认出来。因为你实在是变化太大了。"

变化并非托词。后知后觉地回想起来，齐孝川身边也不是没人这样说过。

他以前是标准的穷光蛋，一块钱掰成两半花，二十元一件的广告衫一次性买两件，翻来覆去地轮换。甚至上了大学，有一年高校马拉松，他还穿着高中的校服入场，以至于赛委会止不住广播提醒"慈善助学金的会场在另一边，这边是马拉松"。虽然他当时参赛的确是为了一年饭票的奖励。

最令人无话可说的是，有钱后，他在外观上消费的进步也就只是二十元一件的广告衫一次性买十二件的变化。朋友唠叨，他还振振有词："这不是多买了十件吗？你还想怎样？"

不过那也仅仅是私下。谈论公事，难免还是需要正装，不跟看起来赚不到钱的人交易的商业伙伴不在少数，他也只能被迫修边幅。不知不觉，直到现在，他时不时打扮得人模狗样，对自己相貌不错这件事仍然缺乏自觉，唯一继续坚持艰苦作风的活动是去天桥下找摆摊大爷剪十块钱的头。

原来自己真的变了。

"也有些地方没变。"骆安娣笑吟吟地说道，"我呢？变了很多吗？那时候我们还是小孩，都没有长开，现在变得成熟了。"

齐孝川不知道如何搭话，不经意地摩挲着虎口，低低地回应："呃，是。"

"啊，对了……"骆安娣说了一半，楼梯上忽然走下来另一名职员，和她穿着同样的制服。

年轻女性说："我来接班。"

"好的。"骆安娣说，随即从收银台后步出。

她出来的时候，齐孝川感觉心脏有些不对劲。惶惶不安，又或者说，他在紧张。

他说："你下班？"

"嗯。"她笑了笑。

"那，"齐孝川的表情看起来像被刺刀抵住了脊梁骨，然而身后分明空无一人，因此才显得越发笨拙，"一起吃个饭吗？"

他没来由地觉得自己像个主动上绞刑架的罪犯。

即便观察力达到光速，也很难从骆安娣脸上捕捉到任何迟疑。她笑着回答说："好呀。"

她一定想不到，她吐出"好"这个字的一瞬间，他的心情不亚于在东京奥林匹克运动会上荣获金牌。

"那我知道这附近有一间还可以的店……"齐孝川松了一口气，已经准备好调出应酬时最高规格的餐厅，中西皆宜，老少咸宜。然而，骆安娣好像又突然想到了什么。

"啊！"她像放学后匆匆向前冲，穿过十字路口却遇到红灯的女高中生，霎时间询问，"可以去我家吗？"

长大成人、混迹社会后这么久的时间里，齐孝川没少遇到过这种人。用他爸下岗时喝醉酒呵斥电视里那些贪官的话来说，就是"有几个臭钱就真把自己当回事了"。那时候，齐孝川还在准备中考，听到也只淡淡抱怨"吵到我看书了"，从未想过，自己居然有一天也会变成那么多钱的对象。

而且，真正有钱后，他才意识到，不是有几个钱就把自己当回事，而是当你有钱以后，别人都会把你当回事。

同性有，异性有，其中对他说过这句话的不胜枚举。

异性关系似乎总是在私密场合急速升温的，短短一句邀请，就能蕴含诸多成年人之间的进退推拉，充斥着暧昧而成熟的氛围。可是，对象是骆安娣。

那个和朋友一起观看《泰坦尼克号》删减内容时也面带笑容目不斜视的骆安娣。

齐孝川问："怎么了吗？"

"嗯，"骆安娣回复，"前段时间遇到一只受伤的小猫，去了宠物医院，然后只能带回家……我今天打算去买做猫饭的食材。"

他一点也不意外，因为是骆安娣，说这句话的是骆安娣，所以根本不用皱眉，不用怀疑会发生那些事。齐孝川说："那我陪你去。"

他开车载她去了会员制的百货超市，骆安娣拿东西，齐孝川负责拿和结账。

他说："本来也是我说的请你吃饭。"

她笑起来，并不跟他客气，这种细微之处总能透出她的出身如何优渥："小猫也要谢谢你。"

假如不是亲眼见到，大概很难想象骆安娣现在住在这种地方。也不是条件很差，只是普通的居民小区而已，但相比回忆之中总是穿着公主裙的少女，又绝对相差甚远。

最后一次听说骆家的事，已经是他就读于大学时某一年的深秋。齐孝川鲜少回家，定期寄钱回去，数额对于他那个年纪的同龄人来说绝对是一笔巨款，数额大到他爸怀疑他要么在经营地下六合彩，要么在非法场所陪酒，一度还偷偷打电话给他大学辅导员，结果收到儿子经常缺勤的回复，吓得险些大义灭亲，一个110把他给送进去。

他那次回去是因为妈妈被诊断出双肾多发性结石，卧病在床，急需手术。医院办事效率低，齐孝川他爸急得团团转，还是齐孝川及时到场，干脆利落办理转院，又做了后续的联络，雇请护工，一直照顾到妈妈出院。

他也才过二十岁生日没多久，静静地站在病房门口，一边低着头一边聆听医生叮嘱。实际上，情况并不乐观，恐怕激光治疗都不够，必须做最坏的打算。但他不慌不忙，走到病床边，对妈妈沉稳地说："没关系，会好的。"

那段时间，他时不时陪爸爸散心。一来是老齐想摆老爹架子，拿自己的人生经验教育教育小齐，二来是小齐担心老齐一天到晚待在医院里憋死。

在医院的便利店里买了牛角包，父子二人在河边漫无目的地步行，爸爸忽然说了："你知道吗？骆老板做生意失败，骆家破产了。"

"什么？"齐孝川一整天没吃饭。那时候他还在卖女装，工厂和写字楼两边跑，外加还要抽时间去医院，一天睡不到三小时，其中三分之二还得靠零散睡眠拼凑。在这样的情况下，饿肚子也是家常便饭，比如眼下，他在狼吞虎咽那个干巴巴的牛角包，很想喝水，却还是用嘶哑的喉咙开口。

"你妈也是听以前他们家帮佣说的，本来打算干完这一单就移民挪威，听起来多好啊。谁知道呢，竟然这么突然就……"

齐孝川蹙眉，下意识寻找合理的解释："什么意思？是资金周转不过来了吗？"

"谁知道。我不清楚这些，"爸爸一辈子只做过司机这一个职业，掌握的技能更倾向于如何操纵座驾加速减速，最擅长的事是闭着眼倒车入库，"反正什么都没有了。"

按理说，家大业大，并不会如此轻易地垮台。

当时齐孝川是这么想的。

但后来，不仅仅是骆安娣，连带着整个骆家都销声匿迹，他才慢慢回想起往事，五味杂陈地判断那传闻或许是真的。

世界很大，遇不上也正常。正当他这么想着的时候，却在公司楼下的手作店遇到了她。

骆安娣用钥匙打开门，只有三只脚的猫钻出来，黑色的皮毛蹭她脚踝，低低地发出叫唤声。

她俯下身，先摸了摸小猫的头。齐孝川走在后面，留意到她上衣背后的袖口有线头，虽然没有说任何话，但还是忍不住盯着看了很久。

骆安娣是在楼梯间捡到这只小猫的，不知道是遭遇了车祸还是什么，它的一条前腿已经血肉模糊。她当时下班，顺着声音找过去，看到时吓了一跳。

到了宠物医院，因为是流浪猫，所以费了好大工夫才让医生同意做手术，结果直接是截肢，生生花掉她半个月的薪水。

但能怎么办呢？总不能把受伤的小猫丢在路边，她只能把猫抱回家去。

骆安娣很喜欢做给猫吃的饭，将鸡肉和胡萝卜都切碎，然后放到锅上蒸。她走出厨房，发现齐孝川正百无聊赖地靠在窗台，看那几盆她用合味道泡面杯种的兰草。三条腿的猫咪在他身边转来转去，似乎很想吸引这个初次见面的人的注意。

远远地望着，她笑着说道："亚历山大·麦昆很喜欢你。"

"谁？"齐孝川好像不怎么喜欢把"自己""别人"与"喜欢"关联在一起。

"麦昆。"骆安娣说着，那只猫就跳到她怀里来。虽然只有三条腿，但行动与平常的猫已经没有区别。

他走近，严肃地问："为什么叫这个？"

"亚历山大·麦昆设计的黑白色衣服都很好看。"她回答，两颊的笑容让人想起挥动羽翼的安琪儿。

那只猫身体的大部分都是黑色，只有爪子和脸部两边是白色，看起来滑稽又可爱。

"说起来，刚好你来了。"骆安娣突发奇想，噔噔噔跑回房间，只听里面传来什么挪动的声响。齐孝川走进去，发现她正在卖力把一张沙发推出来，"帮我一下，往外拉就好。这个一个人很难搬得动。"

他几乎是条件反射般地搭手，有人帮忙果然快得多。从门口搬运出去时又迎来新一轮难题。楼梯间太狭窄了，而且公寓还没有电梯。挪动方向的时候，齐孝川站在墙壁与沙发形成的缝隙里，差点被活活碾死。

"这是前一个租客留下的，我用了一段时间。前几天坐在上面边吃炸酱面边看书，结果不小心洒了……"伴随着骆安娣不好意思的解释，齐孝川已经在沙发上搜索到一片棕色的汤汁痕迹。

两个人往楼下搬运沙发，时不时要停下来歇息一阵才能继续。

靠在沾着炸酱的沙发上休息时，齐孝川气喘吁吁地问道："你看的是什么书？"

"小说。"她笑起来，刘海被汗打湿了，却一点都不狼狈，反而衬托得眼睛愈发明亮，"小孝平时看什么书呢？"

"很久没看了。"他实话实说，抬头看过去。齐孝川不喜欢说谎，更不用提是在被骆安娣望着的时候，看的多半是些集团手册之类的。

等将沙发放到垃圾回收站，再回到家时，两个人已经汗流浃背、筋疲力尽。

没有了沙发，两个人只能站着。骆安娣把做好的东西取出来，齐孝川意外地发现，三个盘子里的食物都是一样的。

骆安娣把猫饭放到地上，轻轻发出"喵喵"的声音，哄着名叫"亚历山大·麦昆"的猫过来进食。齐孝川端起属于自己的那份猫饭，并没有多少犹豫，面无表情，直接拿起勺子准备吃。

"等一下，"她却拦住他，给他小心翼翼加了酱油，然后才笑起来说，"好啦。"

他们两个人，站在窗台边，和猫一起，享用和猫相差无几的晚饭。

意外地还挺好吃的。齐孝川试图回想起自己上一次正儿八经吃饭是什么时候，却总在自己抓到下属用茶水间微波炉煮汤圆时中断回忆。那时候他其实也想吃，可惜刚出现就把人吓得不轻，最后只能用茶杯泡浓缩汤来喝。

他抬头，发现她接近整张脸都埋到碗里。齐孝川说："你做了什么梦？"

"什么？"她看向他，嘴唇沾着亮晶晶的香油。

"之前你说昨晚做了梦，结果之后就遇到我。"他想替她擦拭嘴角，或者把她碍事的鬓发绕到耳后，但他只是短暂伸直了盘子底下的手指，"做了什么梦？"

她自己拿了手帕，轻轻地擦干净，折叠，仰起头来笑着说："我梦到草地了。"

"草地？"

"嗯。太阳底下的草地，"骆安娣笑着，仿佛闭着眼似的，用松散的声音徐徐说道，"风吹过来，所以用帽子遮住了脸。小孝和我一起坐着，肩膀碰着肩膀，你给我讲了冷笑话——"

他蹙眉回答说："我不会讲冷笑话。"

"不会吗？会的吧。"她又来了，那招牌的、让人无法回绝的声音，那叫任何人都不得不迟疑的神情。骆安娣说，"反正很开心。"

她想去草地吗？齐孝川第一时间想的是这个。附近哪里有不会被人打扰的草地？他从没度过假，对休闲之类的场所也一无所知。不过委托秘书调查一下就行。假如她想到那种地方，任何周末都可以约着一起去。

他想问她以后还能不能见面，并且能判断得出她不会回绝。骆安娣就是这样的人，理所当然地做着温柔的事，即便对齐孝川这样的人来说毋庸置疑很恐怖。

他准备开口。

就在这一刻，玄关传来了响声。

门被推开了，面色苍白的年轻男人走进来，背着双肩包，摘下鸭舌帽，诧异而警戒的目光肆无忌惮地投来。

"哦，式微，"骆安娣起身，用丝毫未变的笑容说道，"你来啦。"

为了同一个女人，两个初次见面的男人对彼此没有任何好印象可言。

仲式微上下打量起齐孝川，他问："这个男的是谁？"

真好意思问啊。在场同时这样想的人极有可能不止一个。

仲式微看着齐孝川，一度纳闷如今推销保险竟然还亲自上门，差点义愤填膺挥拳把他赶出去。毕竟骆安娣这个人就是容易上当受骗。

齐孝川也大大方方任他看，年龄和社会经验的差距在这一刻显露无遗。他回头，假装让一步，实则装模作样地询问："介绍一下？"

"这是我的好朋友，式微。是我大学低我一级的学弟，经常来我家玩。"骆安娣温和地说道，语气像在介绍幼儿园的两个小朋友相互认识，"……这就是小孝啦。"

"'小孝'？"被素昧平生的男性呼唤昵称着实是种微妙的体验，要不是齐孝川脸皮厚，就该起鸡皮疙瘩了，仲式微来势汹汹地逼近，"你就是小孝？"

齐孝川被迫近距离检查仲式微的面孔。年轻男人大概是回族或维吾尔族，颇有一番混血气质，虽然几个钟头后得知他其实是俄罗斯族，但目前还不清楚。只知道男生肤色苍白，双目深邃，要是去染个白金色的卷发，马上就能混入外籍人的队伍。

仲式微停顿良久，然后勉勉强强挤出几个字，给人感觉就像在厨房里忙碌了四个钟头结果只拿出一份美剧里常见的纸盒中餐外卖："安娣经常提起你。"

当齐孝川追问"提起我什么"的时候，他已经扭头开始向骆安娣推荐手中的炸酱面。

"你上次不是很喜欢吃吗？我特地绕路去买的。"仲式微朝她展露丝毫没有预兆的爽朗笑容。

只可惜骆安娣却双手并拢，很客气地道歉："不好意思，式微，我刚刚吃过了。你吃嘛。"

他已经将一次性筷子拿出来："我买了两份。"

做男人不能对女人穷追猛打，就像仲式微现在做的这样。齐孝川心里想着，不由自主插嘴道："我还饿，我想吃。"

接收着仲式微恨不得泼来硫酸的注目礼，齐孝川惬意地接过一次性筷子，把多的那份炸酱面也取过去。

"太好了，这样就不会浪费了。"骆安娣对他们无形的短兵相接一无所知，只笑嘻嘻地提议说，"吃炸酱面要配奶绿才行。"

齐孝川不经意地抬起眼，随口问了一句："有吗？"就看到骆安娣已经在门口穿鞋："我去买一下，马上回来。"

"等等！"

"别去了。"

这一次，两个大男人的意见总算达成一致，可惜骆安娣已经说着"顺便缴下燃气费"关上了门。

谁知道她是不是真的要缴燃气费，骆安娣偶尔也会说谎。"善意的谎言"，好像有人会这么形容，虽说在齐孝川看来，那更像是温柔。

炸酱面的味道很好，面条筋道，酱汁香浓，配菜丰富。

然而，仲式微只觉得难以下咽。

谁要跟才认识的大男人一起吃炸酱面啊，而且对方明摆着还有另一重身份。

"你也在追求安娣吧？"他义正词严地问。

"什么？"齐孝川倒是吃得很香，他有着随时随地都能悠闲生存的本能，既然眼前有好吃的食物，即便明天就是世界末日，那也先吃完再说。

"别装傻了，脸那么明显。"仲式微挑眉，毫不吝啬自己一泻千里的厌恶，他说，"你可配不上她。"

又是这句话。

使用筷子的速度和幅度都没有一丝一毫的改变，齐孝川埋头填饱肚子。想起来了，忽然之间。上一次循规蹈矩吃饭是在一个礼拜前，他去看父母，一起吃了晚饭。他妈妈做的脱骨鸡翅煲很下饭，但他吃得很少，帮忙洗了碗才离开。

他配不上她。

说这话的人一个个叽叽歪歪的，像蝉一样每年夏天都会从地下钻出来呢。

齐孝川面无表情，好像一点也不在意："所以她以前提到我什么？"

"啊？你在听我说话吗？我说你……"

"嗯嗯，听了。我配不上她。回答我的问题。"

仲式微狐疑地回答："就那样，说你头脑很聪明，对人凶巴巴的，但是是个温柔的人……"

"后面那句是你编的吧？"

"我骗你，你会给我钱吗？"

仲式微翻了个白眼，嗤笑一声，就要低头吃面。

未料下一秒钟，齐孝川抽出纸钞，坦然自若地交代道："多说点。"

回来的时候，骆安娣完全不明白为什么他们几乎快打起来，万幸炸酱面没有被打翻，不然弄脏了又要清理。

吃完黏糊糊的炸酱面，再喝一口清爽的冰镇奶绿。走之前，齐孝川郑重其事地将自己的名片递给了骆安娣。

"有事打我电话。"他说着，倏地为是否要补充"没事也可以"而迟疑。

还没决定好，仲式微已经强行把他拉了出去。

他们一起下楼，齐孝川刚要迈开步子，就被仲式微猛地推开。他偏偏要走前面，好像这样就是赢家一样，甚至还耀武扬威地用鼻子"哼"了声，把齐孝川整得有点莫名其妙。他看着他沉浸在自己的世界里扬扬得意地下楼，这才无所谓地走上前去。

齐孝川把车停在楼下，仲式微是骑摩托车来的。他们没必要也的确没打算向对方打招呼，就这么各自离开。

发动车子后，齐孝川回了一条工作信息，骤然有人敲响车窗，往外一看，是取下头盔的仲式微。

他说："你践什么践，老头子。"

骂完扬长而去。

然而，齐孝川因为没开车窗所以根本没听到，只花了一秒钟去困惑——他不会是在要那碗炸酱面的钱吧。

之后，又是新一轮昼出夜伏的工作。

齐孝川和秘书以及几个同事去了一趟澳大利亚，因为是监工，几乎在相反的季节里接受了无遮无拦的暴晒。到最后一天时，几名女下属都在抱怨，一边谈论着一边从酒店的水疗中心上楼，却在会议室看到正在整理文件、皮肤条件依旧优越的顶头上司。

"明明是个男人，实在是太无耻了。"

"发脾气是什么驻颜秘诀吗？"

"啊，假如老板是个花瓶该多好，好端端的，非要做人，还是个男人。"

她们还在夸张地长吁短叹，齐孝川已经走到门口，扶着门框说："到了就快进来开会。"

结束以后回国，秘书打了个呵欠，和他一起由司机驾车接送，懒洋洋地仰着头对后视镜开口："谈下这个项目可不得了。"

"今天不去'天堂'吗？"齐孝川没头没尾地问。

"嗯？"秘书回答，"不去，有点太累了。你要去吗？"

"我没有买课。"

"买不就好了。套餐很不错的，一次能在那儿玩半天。做点东西，留个纪念多好啊。"

纪念这种东西，齐孝川向来认为是无用的仪式感，而且很容易被商家拿去做噱头钻空子，专门哄骗自我意识过剩的消费者自我感动。

在国外期间，他始终有请助理帮忙关注来电，及时转给他。眼下也是如此。

秘书看在眼里，于是提问："是在等电话吗？"

"嗯，给了一个人号码。让她有事找我，但估计等不到。"

"可能是怕打扰你吧？"对方理所当然用正常人的思维推导，"你肯定很忙，但凡认识你的人都知道。"

齐孝川把手肘搁在膝盖上，悠哉地看向车窗外，肯定而确切地回答："不是。她就是这种人，烦你时一点自觉都没有。但要是真需要帮忙，绝对一个字都不会说。"

"看样子是很熟了。"

"挺熟的。"他撑住下颌，不自觉遮掩嘴唇，淡淡地说道，"应该算熟吧。"

升入高中之前，骆安娣收到私立学校的聚会邀请。受孪生弟弟影响，那时候的她对星象仪和天文望远镜萌生兴趣，因此对于有观星条件的活动，很快就答应了。当然，其中也有其他小伙伴要去，邀请她陪同的缘故。

别墅在象山森林公园里，没有一定背景，别说踏入住宅区域，就连在景区过夜都不可能。

白天的活动有野外烧烤，他们在溪水边唱歌、聊天。

她的好朋友想和自己喜欢的男生单独相处，于是拜托骆安娣帮忙掩护，两个人偷偷摸摸幽会。

也就是那时候，骆安娣在山里迷了路。

身上没有带钟表或手机，所以完全没有时间概念，只能大概猜测，自己在山里停留了五个小时左右。天已经完全黑了，而且正是因为在山里，所以感觉黑得比以往更早。之前就听说过，象山有猴子，这一天才亲眼见到。搞不好连野猪之类的野生动物都存在，幸好这个季节没有蛇出没。

觉察到自己迷路之后，骆安娣就不再贸然移动。然而眼看着星星挂满天际，却还是迟迟没有任何人出现。身体很冷，她抱着手臂原地打转，灌木丛里传来充满危机感的窸窣声。

骆安娣看过去。

黑暗中拿着手电筒出现的是齐孝川。

他是在休息中途得到通知的。骆安娣失踪了。骆老板在外地，所以由骆家产业的职员一同前往。其中，齐孝川的爸爸趁他走神把他也塞进了车里。

他永远都不会忘记那一刻的骆安娣，刚被找到，体温异常的状况下，她最先做的表情是微笑。第一句话是："包被猴子抢走了……"

她其实也一直记得，齐孝川突然就出现了，用难得一见的惊慌神色回复她："我再给你买。"可能是她看起来太可怜了，以至于那一刻他不断重复，声音也比以往窘迫许多："我再给你买，买很多。"

后来想起来多么可笑，就凭当时他的经济状况，想用钱去买她的安心，根本就是自取其辱。

他背着她下山。

当时几个救援队分头搜查，齐孝川承认自己脱队有点冒险，但他性格最大的缺陷就是对自己太自信，太仰仗自己，也因此闹过笑话，好在这次还算幸运。

及时联系了大人们，他背着她往下走。说实话，这不是他第一次背骆安娣，之前那群有钱子弟很爱起哄，强逼着他参与他们的游戏。那时候，齐孝川总是被捉弄的那一个，他很清楚他们只是想看他大发雷霆，或者恼羞成怒，只要他那么做了，或许他们对他的兴趣就能消减，但他偏不要。

齐孝川不是讨厌向人低头，某种意义上，他只是不想看到自己讨厌的人如愿。

最烦那些诡计得逞后扬扬得意的嘴脸。

骆安娣伏在他背上，并不会像其他女生一样难为情地僵硬，反而伸展四肢，仿佛他真的只是坐骑而已。这样更好，齐孝川也乐得自在，提防着特殊情况，小心翼翼地往前走。

她拿着手电筒，另一只手按着他肩膀，慢吞吞地问他："小孝，你喜欢什么样的女孩子啊？"

"什么？"他不是没听清，纯粹不喜欢这个问题罢了，"短头发，比我大，性格直……最好背起来能轻松一点。"

骆安娣咯咯地笑起来，忽然抓住他耳朵，甜丝丝地说："那不就完全跟我相反嘛！"

齐孝川被揪得有点疼，扭头挣脱，没好气地回答："是啊。"

她在遇到他后才放松下来，声音慢慢地轻缓下去："小孝，我困了。"

他下意识想说"别睡"，又莫名觉得跟极地里对遇难者说"睡着了就醒不过来了"一样，怪晦气的，所以改口只说："马上就出森林了。"

"你不害怕吗？"她问。

真是问到点子上了，像他这种被仇家抓去倒吊在屠宰场也不会怂，还能冷笑着嘴硬大骂"太好了我想死很久了"的人，当然理直气壮地回答："不害怕，有什么好害怕。"虽然那一刻心里想了一下，万一突然冲出来一头野猪，他这样还真躲不过。

骆安娣说："那你给我讲个冷笑话吧。"

他卡壳了，没来得及说出口，眼看着面前已经出现灯光。越过树木就是台阶，然后看到了其他人。

回想起这些来的时候，齐孝川刚热完冰箱里的罗宋汤，准备端去餐桌上，边喝边看会儿文件。手机忽然响起来，他吓得一抖，汤原本就很烫，直接一股脑儿洒了一身。他倒也没说什么，先去拿电话。看到是私人号码，接通的动作又加快几分，结果听到的却不是那个声音。

"喂，喂？"那边不知道是不是信号不好。

"你说，我在听，"齐孝川拿毛巾擦拭衣服，"嫂子。"

创业几年后，周翰耀成患上了癌症，癌变部位发病率低，死亡率却很高。病得最严重时，齐孝川去医院看他，他被化疗折磨得脱了相，却还坚持工作。

齐孝川说："给你买了曲奇。之前你很喜欢吃的那种。"

"哦，太好了。"周翰耀成直到最后也没告诉他，那时他已经不能吃这些了，他只是笑眯眯地戴上眼镜，悄悄示意刚来查过房的护士，"那个小姑娘挺漂亮的，刚好还没有男朋友。你去要个手机号来。"

"要你个头。"

"别要我的头啊，我还病着呢。"

"我要回去了。机场那个单子还得到场盯，之前招的经理没一个靠谱。"齐孝川骂骂咧咧，"人事干什么吃的。"

周翰耀成苦笑，无可奈何地劝道："这话你可别当着他们面说。"

果不其然得到理直气壮的答复："那我这不就是背后嚼舌根了吗？我已经跟他们说过了。"

离开时，齐孝川走到电梯口，临时又折返，探出头来说："快好起来。"

"嗯，放心。"周翰耀成笑着回答，"等我回来，咱们哥俩大有所为。"

"谁跟你是哥俩……"

"那就父子好吧。"

"……"

那个庆功宴后总是偷偷结账，又给同为公司创始人的同伴提供宵夜的忘年交好友终究死去，成为殡仪馆里单薄的遗像。当时他们的事业才略有起色，齐孝川甚至没有闲暇悲伤，充当丧主后立刻回到岗位上去，生怕已经谈好的投资因为变动而撤销。

周翰耀成一生真诚友善，光明磊落，待人周到，接济过的朋友无数。留下的除了公司，就是与他相濡以沫大半辈子的妻子。

大学毕业以后，骆安娣没有着急求职。早在提供实习经历时，她就也如此，没怎么手忙脚乱过。春秋招有参加，甚至还有企业当面拍案，要她这个应届生隔天去上班，可惜被她以"我再考虑一下"婉拒。同级生询问缘由，她也只笑道："嗯……想先休息一下吧。"

分明低一级，仲式微却经常在他们班神出鬼没，突然出现搭腔道："就是最近很流行的'间隔年'吧？西方那边的年轻人经常做的。"

有其他学姐又好气又好笑地抱怨："仲学弟！"当然，多半没有什么真的不满。毕竟他长得还算赏心悦目，喜欢缠着骆安娣这件事也不是一两天了。

没能认出齐孝川后的轮休日，骆安娣去了图书馆。

她习惯去综合图书馆的生活区。

偶然看到一本植木有希的手工童装书，忍不住翻开来，一边拿出有道词典翻译，一边囫囵吞枣地读下去。然而看了半天，还是想带到店里去找精通语言的店长帮忙解读。找到志愿者询问了一下，却很遗憾地得知新书暂时还未开通外借功能，仅提供馆内阅读。

骆安娣只能掏出笔记本，临时将书上的图片画下来，顺便加深记忆，便于构想。离开书店后直接去了店里，之前交班的同事也在，表情难掩兴奋地问她："你和上次来的客人认识？"

要是她没提就好了。

骆安娣好不容易才让自己不去想的。

纠结好久，她还是按捺不住，不禁掏出自己小时候的照片递给同事，顺便配上自己现在挂着急于求证的表情的脸："我是不是……变化太小了？"

虽然这问题有点没来头，但同事还是凑过来："哇！这是你小学还是初中？好可爱！"

"我被认出来了，但是我一下子竟然没认出他。太尴尬了。"骆安娣掩住发烫的脸。

"这也没什么啊。要现在让我见中学同学，也不一定能认出来。就算认出来了，能不能叫出名字也悬。"

骆安娣不怎么喜欢化妆，平常也只礼节性地化淡妆就去上班。她肤色原本就白，嘴唇涂上颜色后，整个人就已经足够精致。在小时候，她也是天生唇红齿白，因而差别并不大。其实齐孝川也没变化到认不出的程度，她却没能立即认出他，究竟是为什么呢？

在店里用吐司机做了火腿芝士三明治，吃过之后才回家，骆安娣走进地铁站。

虽然错开了下班的时间点，但人熙熙攘攘仍旧很多。她站了好久，手也够不到离自己最近的扶手，不舒服地摇晃着，脚微微发麻。

就在这时，还算幸运，面前座位上的乘客下车。已经转乘过一次，站立着度过了十几站，还剩几站，终于能坐下来。

骆安娣刚坐下，就看到从车门外进来了一位带小孩的妈妈。

背还在疼痛，她重新站起身来。

带孩子的妈妈边坐下边道谢，骆安娣微笑着，从口袋里翻出一颗棒棒糖递给小朋友。

从地铁站离开时才发现，外面已经下雨了。被从天而降的瓢泼大雨困在站内的人不在少数，有准备的人勉强顶着被猛烈敲击的伞面离开，也有商贩特意赶来兜售雨伞。骆安娣站在人群内侧，仰起头来，望向深色玻璃屋檐上密密麻麻的水珠。

她想，雨等会儿会小一点的吧。

身边没急于离开的人无一不掏出手机，骆安娣环顾一周，也慢条斯理翻出手机。

昨晚没充电，所以也没多少剩余电量。与其说她不怎么用手机，倒不如说除却 POS 机外的现代科技都不怎么擅长，就连处理手作店的课程预约也磕磕绊绊，所以时不时会被身边人开玩笑说是古代人。

掏出手机时，夹在包底的名片也被带出来。那上面写着齐孝川的姓名和公司，正面有联络方式，但名片背面也有手写的另一串号码。她试着输入，准备保存到通讯录，备注写的是"小孝"。可是技术到底不娴熟，一不小心就拨了出去。

她"啊"了一声，本来是要挂断的，右手食指笨拙地点来点去，不知道怎么又变成了拨号界面。但通话还在进行中，齐孝川很快接了电话。

"喂？"他说。

"喂？"她也说。

"骆安娣？"他已经认出她的声音，随后问，"怎么了吗？"

即便知道对方看不到，骆安娣还是不由自主地露出笑脸。她说："没有。你在做什么呢？"

"刚送了客户，准备回公司。"他可能内心是迟疑的，但嘴上还是立刻做出回应，两个人像是家里新装电话的小孩，趁着放学后大人不在的空隙打给对方，"你呢？在干吗？"

"嗯……没干吗。"她笑了。

对话到这里就适合暂告一段落，然而，齐孝川清了下嗓子，忽然又说："我刚好路过你家这边，你在家吗？"

"是吗？好可惜啊，我还没到家呢。"骆安娣回答，"下次再一起吃饭吧。"

"好。"

电话该挂断了，她拿开手机，准备钻研一下如何回到通话前的界面。听筒里再度传来声音，她只好匆匆贴到耳边，重新听到他的话。他说："你那边雨声好大啊。"

"嘿嘿，有吗？"骆安娣说。她抬起眼睛，一个兜售雨伞的人已经走到这边，"等一下。"她准备翻找零钱。

地铁站出口淤积着浩浩荡荡等待回家的人们，骆安娣站在很里面，最里面。那一刻，就连专注于做低头看手机的陌生人也忍不住抬起头。

西装革履的男人站在雨中，撑着一把黑色的高尔夫伞，像脑子有问题的人一样扬起脸高声呐喊："骆安娣！骆安娣！"

齐孝川说："骆安娣！你在吗？"

抵在耳边的手机不知不觉下滑，她像被定格了似的。不过很快，骆安娣就举起手臂，在几乎将她淹没的人群当中。

"我在这儿！小孝！"她回答，"我在这里！"

Chapter 04

♥

第四章

　　滂沱大雨中，握伞的手被震荡得微微发麻，齐孝川讨厌雨天，更讨厌所有不必要的麻烦事。但他听到她的声音，看见她在人群中举起的手臂，即便踮起脚来也无法完全露出的笑脸，在那一瞬间，任何杂念都抛却，他只是望着她。

　　骆安娣说："我在这里！"

　　她那张小小的、白皙的脸，就像永远万籁俱寂的月亮。刹那间天地无光，他只看见了月亮。

　　她试图往外走，但因为人群坚实厚重而显得尤为艰难，好像被茂密枝叶困住了的蝴蝶，在斑斑点点的阳光中挣扎。他不喜欢这样的情形，没等反应过来就上前，强硬地挤进人堆中间，攥住她的手腕，把她用力拽出来。

　　周遭也有人投来不解风情的嫌恶目光，却被齐孝川狠狠用眼刀回敬过去。不痛不痒，反正他也从来都不关心无关人士的想法。

　　骆安娣歪歪扭扭地冲出来，撞到他的雨伞下。

　　她高兴地望着他："小孝，你怎么在这里？"

　　他想别开目光，迟疑着搪塞："刚好路过地铁站，想着该不会……就随便下来看看。"

　　"真有缘啊。"骆安娣的笑容让他越发说不下去。

　　上车的时候，秘书也在车里，正翻阅夹在一起的文件。面对齐孝川突然间下车又上车也没多少意外，淡淡地抬头，反倒是在看见骆安娣的一刹那感到惊讶。

"你不是……"他诧异极了，同时瞥了眼自己的上司，随即做作地摆出恍然大悟状，虽然什么都没说，但不是什么也没想，"哦！啊！"

"不管你脑子里现在装着什么，都给我立刻用洁厕灵刷一遍冲到马桶去。"齐孝川头也不抬地摆弄手机，将骆安娣住处的地址分享到司机那里，随即冷冰冰地询问刚上来的乘客，"你吃晚饭了吗？虽然我今天还有工作，不过你可以到我们公司食堂试试看。"

"我在店里吃过了。"骆安娣笑着，稍微张开手提包，大大方方地分享说，"我今天轮休，所以去了图书馆。你要看我借的书吗？虽然字有点多。"她先拿出的是比较大开本的手工书，然而最终展示给他的却是一本波伏瓦的《第二性》，而且还是两册中的第一册，说"字多"是一点没谦虚。

齐孝川回答："好的。"

这个回复明显是正确答案，因为骆安娣看起来很高兴，而正因为满意，所以她继续说了下去："虽然不打算吃饭，但我也有点好奇……可以去你公司转转吗？"

他不经意地吞咽，"当然"二字还没来得及脱口而出，秘书已经抢在他面前回答："好啊，太好了，我们零食区有卖巨无敌好吃的麻薯，跟你们店里的乳酪蛋糕有得一拼，一定要来试试看！"

骆安娣笑着说："是吗？感觉有点期待啊。"

"我记得你姓骆？我是听小若说的，她平时是接你的班吧？"

"是呀，你跟小若做好朋友了吗？"

"哈哈哈，说过几句话而已。别告诉我女朋友哦。"

"这可不行啊。"

他们聊得热火朝天，假如是不知情的人过来，怎么看秘书和骆安娣都更像老相识。相比之下，坐在旁边心不在焉阅读《第二性》的齐孝川实在是煞风景，假如是偶像剧，导演肯定也得喊"咔"把他赶出去。

车行驶到写字楼门口，齐孝川先下车，不管不顾地径自往前走。

骆安娣好像想和他说什么，但完全跟不上他的脚步，所以只能小跑上去，努力拉住他的衣袖。

他猝不及防回头，映入眼帘的，是她充满担忧的表情。这种神情在她脸上出现的频率似乎有点高，高到他光是看到就皱眉的程度。

秘书笑起来打趣，也算是不动声色替他解围："走那么快干吗？老板加班也太积极了吧。"

齐孝川并不理睬，自顾自对他说："那你带她去吃点东西。我先到楼下。"进电梯时，他替他们按了楼层。因为他办公室的楼层低一点，所以先一步离开。走之前还朝他们点了点头，看不出来到底是什么心情，手里拿着包和刚从她那里得到的书，终归就是很无趣。

电梯门关上后继续上行，秘书掏出手机，发现收到新的信息。齐孝川用文字说：别害她太晚回去，叫司机送她。我可以打车。

他拿给骆安娣看，她笑了，用有些稚嫩的脸说："真好，帮我谢谢他。"秘书接应下来，止不住好奇地打量她。

眼前的女人浑身透着微妙，不论是在工作地点还是平常打扮，不能说是不体面，但绝对与富垍陶白搭不上边。可就是这样的一个人，举止中习惯受人照顾的痕迹随处可见，说话时吐字清晰、语调适宜，温和的笑容下透着一股难以言喻的神气。和任何人打交道都把握着恰到好处的亲和力，不吝惜给予交流，却未流露出一点一滴的屈服。不卑不亢到了一定地步，因此反而显得高贵——打个或许并不恰当的比喻，就像落了难的公主。

他内心这样想的时候，她正站在落地窗边，侧过身来，带着笑容对他说："能看到海呢。"

齐孝川结束工作时已经是十一点钟，他准备回家，却在一楼看到骆安娣。

她坐在室内绿植边的座椅上，背对着他，所以直到走过去，他才发现她在打盹儿。不论是睡着还是醒着，骆安娣从不会东倒西歪，她的仪态仿佛永远美好，和最累时在哪儿都能睡的齐孝川存在云泥之别。

其实，后来他也偶尔想起过她。

在公交环线上睡过头的时候，在公园长椅上凑合了一晚上腰酸背痛的时候，他也想过的，骆安娣出生就有张夸张的公主床，而且动不动就替换，她曾大大咧咧让他坐过。他本来差点直接溜走，然而不知怎么又没拗过她。

他躺在她那张大床上。那大概就是他这一辈子碰过的最柔软的东西。他感觉整个人像是陷下去了，开着空调的室内气温很适宜，加湿器也把湿度控制得很好，好舒服，好舒服。紧绷的神经没有松弛，只是被吞没了。

沉睡两小时醒来时，齐孝川想死的心都有了。

当时骆安娣不在房间里，她在楼下和其他小伙伴玩球，树叶的影子落到她身上。

回到现在。他走过去，出声也不是，伸手更不妥当，正犹豫要怎么叫醒她比较好，骆安娣及时睁开了眼睛。

就像自始至终都没有睡着一样，她的眼睛还是清澈明亮，声音也爽朗舒畅："小孝，你下班啦。"

"你怎么还不回去？"他说着，完全没觉察自己语气有多差，"走。我送你。"

不过，骆安娣也丝毫没介意，她说："去喝一杯吗？"

"什么？"在齐孝川心中，骆安娣和十多年前那个小女生的区别大概少得能去玩大家来找碴儿，以至于刚听到这个提议时，他第一反应不是回绝。

也就这么半推半就一起去了附近的清吧。

进去后，齐孝川是以监护人的心态坐下的，台词也颇具老父亲风采："喝杯柠檬水就回去！"

"好的，"骆安娣和颜悦色地问酒保，"有柠檬味的酒吗……杰克丹尼？听起来很好喝，那就麻烦来两杯。"

齐孝川额外要求多加冰："你很喜欢喝酒？"

"嗯……也就还好啦。小孝呢？"她问他。

"不怎么喝，也不太懂靠酒量应酬的意义。遇到那种人，不管甲方乙方一般都会溜，因为反正努力也没用。"与言之凿凿的不满相反，他喝酒时其实很干脆，一句多余的感慨都没有。

"是吗？"骆安娣望着他，笑眯眯地说，"这样的小孝，我好喜欢。"

仅仅一杯就足够令他略微上头，有种回到中学时代的错觉，一点没感到高兴，甚至毫不留情地反问："你还喜欢别的什么？"

"别的什么？"

"对。你还有其他喜欢的东西吧？"

她边回想边说："有是有……我喜欢手工，喜欢看书，喜欢午觉睡到自然醒，喜欢家人……"

他忽然冷笑，没有说话，但态度已经足够恶劣。然而，等她回头才诧异地发现，他竟然仅仅一杯就醉成这样。

骆安娣笑起来，伸手去戳他的脸。往常总是不容侵犯的人并没有入睡，只是比平时更用力皱眉，躲开她的手道："我就知道。"

他勉强一条胳膊腿都没少地到了家，羞耻心让人有点不愉快，所以只好变本加厉地工作。

齐孝川特意挑了骆安娣值班的日子去手作店。不用好奇他是怎么知道店里的排班表的，有钱总能摆平很多事。

他本来是想去道歉的。

推开门进店时，最先向他表示欢迎的竟然不是店内的职员，而是仲式微。仲式微朝他怒目而视，一方面大概源于私交，另一方面也可能是因为齐孝川走进来时说："你们店如今能收废品了吗？外面怎么停了一堆破铁？"

"你瞎了眼吗？"仲式微一贯地直言不讳，"那是我的摩托车。"

骆安娣正在为客人登记，所以无暇分心注意这边。他们等待着，外面走进来一群穿着初中校服的女学生，说说笑笑，还不小心蹭到仲式微摩托车的复古哈雷后视镜。走在最前头的女生经过齐孝川跟前，书包碰撞到他手臂，却反倒翻了个白眼："啧！"

"真是……"齐孝川硬生生把脏话咽了下去。

仲式微冷哼一声："一群死小孩。我最讨厌初中生。"

骆安娣终于顾及这边，轻飘飘地跑过来，双手并拢问候道："小孝！式微！你们今天是过来看我吗？"

两个人上一秒还都满脸不快，这一秒就一扫而空。

"不好意思！"但是，骆安娣却冷酷无情地扔来炸弹，将他们的装模作样定义为无用功，"我现在要带客人去做可爱的琉璃灯，所以抱歉抱歉！"重复道歉的时候，她微微眯起了眼睛，那样子真的很可爱，可爱到即便手中攥着的是钻石，也一定能捏出水来。

与地面对面的两人显而易见也受到这个魔法的蛊惑，转眼就像说梦话一样失去抱怨的能力。

"那我先走啦。"她挥了挥手。

"等一下。"齐孝川最先开口，他说，"我想要一盏琉璃灯很久了。可以让我也参加吗？"

"什么？"咆哮出声的是仲式微，他双目中燃烧着的绝不是钦佩之情，而是饱含着"你这家伙竟然来这招"的鄙视。

"可是……"骆安娣偷偷回头看了眼，随即凑近，压低声音说，"她们还是初中生，有时候可能会打扰到同组成员哦。"

是男人就下一百层，不下是真男人。仲式微已经挺身而出，自信满满地回答道："没关系！完全没问题！我也想要一盏可爱的琉璃灯！"

手工琉璃灯的制作方法并不难，但也说不上很简单，先是分发图纸，大家在充分了解构造后开始在亚克力板上动手。

初中女生们学校里大概也有实践课程或社团活动，绘画也是必修项目，所以还算上手。

齐孝川更不用说了，没几下就把亚克力板立起来，面无表情地问："是这样吗？"

只有仲式微。

只有仲式微，他的心情简直就像费尽千辛万苦从海南坐飞机经济舱到北京CCTV参加少儿频道《智慧树》栏目节目录制，却在名叫红果果和绿泡泡的主持人指导做手工时因为手太笨而临时被逐出儿童演员名单，只能哭着坐绿皮火车回老家一样。

裁剪时浪费了三块亚克力板，剔覆膜的时候把好不容易弄直的热熔胶毁掉了，费尽千辛万苦上了滴胶，终于到了调色环节，却怎么看怎么不满意。

"太用力了会破坏滴胶的哦。"就连另外一组的店员都忍不住提醒。

齐孝川早早地做好了，甚至还额外添加了花纹，已经坐在那儿等待店员帮他放置晾干。他看着仲式微绞尽脑汁仿佛第四次复读参加高考般凝重的样子，终于还是忍不住伸出手，接过来帮他处理。

骆安娣的主要精力还是在初中女生那边，帮她们处理一些细节，为她们解答一些提问，然后才过来转了转。

这时候，齐孝川已经把整理过的作品放回仲式微跟前。骆安娣看到时眼前一亮，笑着说："哇！式微，你好厉害！"

齐孝川也不戳穿，任由他们像过家家似的高兴。

骆安娣却不经意来到他身后。

"之前我看了小孝的刺绣，"骆安娣垂着头，鬓角的头发打着转垂下来，贴在陶瓷娃娃般的脸颊两侧。她笑起来，让人想起种满郁金香的草丛，清晨的第一道阳光落下，就是那样安逸而美丽的画面，"手好巧，感觉又想起以前了。"

他沉浸在注视她的片刻安详中，因此并没有立即为她话语的内容而运转大脑。她一直都记得的。

还是小时候，骆安娣穿着白色的新洋裙，去参加父亲酒庄的剪彩仪式。齐孝川也去了，虽说肯定又是不情不愿，被闹钟和父亲的命令从被窝里强行拉起来的。酒庄里主要种植的花是蔷薇，她从中间的羊肠小道穿过去，未料裙摆粘连，就这么被花枝上的刺刮破。

骆安娣并不是会为一点小缺漏大喊大叫、乱发脾气的那种千金小姐，但礼服划破属实不太圆满。午后暖洋洋，她索性躲在花园中的小木屋，膝盖上摊开一本书，不疾不徐地读起来。

不是没有人觉察到她不见，只是骆吹瞬还在，也没什么非得要她出席的时刻。因此妈妈也只叮嘱帮佣多留意一下，马上就将精力投入更重要的应酬上去。

她读着书，门外响起枯枝被踩碎的干燥响声。骆安娣不想给人添麻烦，于是立刻蹲下身，躲藏到壁炉后面去，只从缝隙里露出两只亮晶晶的眼睛。她看到男生走了进来。齐孝川穿着与派对格格不入的套头卫衣和牛仔裤，手插在口袋里，左顾右盼地走进来——这是骆安娣她爸常常教育他们不要有的姿态，简单来说就是比较没品，显得人不太正经。

齐孝川试探着说："骆安娣？"

"不在啊。"他好像在自言自语，转身就出去。

不知道哪里来的勇气，骆安娣忽然站起身，从那扇厚重的木门追出去："小孝！"

他立刻回过头，看到她时，脸上也没有笑容，只是说："你躲这儿干吗？我说你跑哪里去了。"

她并不遮掩，直接把被刮破的裙摆给他看。

齐孝川蹙眉，默不作声，似乎思索了一阵，然后让她稍微等一下。他偶尔会被园丁差使来帮忙，所以对这里还算熟门熟路，连续打开几个抽屉，终于在壁橱底层找到针线。他招手，言简意赅地说："你过来。"

弄坏的地方比较低，骆安娣迟疑要不要把裙子拎起来。这动作有点不雅，但眼下也只有他们俩，正要这么做，他却旁若无人地蹲下。

齐孝川长着一双非常漂亮的手。

和朋友们一起看《魂断蓝桥》的时候，罗伯特·泰勒握住费雯·丽，单手环抱她的腰身，骆安娣望着那双手，忍不住想到齐孝川。并没有多少自我代入的纯情，只是觉得那一幕必定很美。

他为她把刮破的地方补救好，继续蹲着身打量。她在那一刻说了："谢谢你，我太喜欢小孝了。"

他那时候还不太适应这种说法，顺理成章以为自己把"我喜欢草莓"或者"我喜欢米高梅"之类的听成了不该听到的话："你喜欢什么？"

"我喜欢能在我消失的时候发现我不在的人，也喜欢会专程过来找我的人。"骆安娣低着头，望着他微笑，好像有点害羞，所以抿了抿嘴唇。露齿笑在她这里丝毫没有傻气，只是纯粹的天真，彻底的烂漫，仿佛一场白昼的烟花，明亮得无以复加。

齐孝川终于站起身，也只闷声回答："是吗？"

"你不相信我？"

"你平时表现得可不是这样。"

"会吗？"

他终于直奔主题，生硬地别过脸："是大人要我来，我才过来找你的。"

不过，那条裙子，她也就只穿了那一天。有钱人的礼服重复穿只会凭空掉价。

琉璃灯并不是当天做了就能出成果的，他离开时，秘书到门口来接他，也就只是一条地下通道的距离，刚好他出来吃晚饭，顺路就来天堂手作店一趟。

齐孝川手拿外套出来，不动声色侧头示意了一下里面，女初中生中为首那个也做好了，正百无聊赖地看着时尚杂志。

"认识吗？"齐孝川随口说。

秘书微微眯眼，仔细打量着问："是谁？"

"之前我们不是跟池氏谈过？高枫的女儿。"必要的时候，齐孝川的记忆力总是好得没话说，文字、图形、人的长相，即便时隔多年，就连场地的布置都能记得一清二楚，实在是让人怀疑启蒙时期是"冒险小虎队"系列丛书十级学者的程度，"我听到她们叫她高洁了，而且校服上的校徽也对得上。"

"怎么？因为跟高枫谈崩了所以要绑架他女儿？我准备好了，随时待命。"

"有替我坐二十年牢的觉悟再说准备好了，不然还不如通宵去把《重案六组4》第31集多看几遍。"他把传递过消息的手机直接按到秘书怀里，"聊不了公事聊聊私事，有的人也吃这套。总不能每次投标一点进步都没有。"

物业也好，城市管理也罢，往常对这一带管理都很严格，然而不知道为什么，这一天的地下通道里竟然有乞丐正在乞讨。年纪不大，身材瘦小，灰头土脸，遍体鳞伤。

秘书多瞄了几眼，倒也只摇摇头叹气："有手有脚，做什么不好，非得做这个。"

"可不是嘛。"

起初他还没反应过来，毕竟齐孝川的个性并不喜欢闲聊，甚至偶尔会在职员寒暄时突然打断，自顾自开始说正事，堪称气氛杀手。

回到公司，只略做调整了一会儿，就到了与访客见面的时间。之前齐孝川被动交换过微信、主动送了条刺绣手帕还被嫌弃的年轻女性不是继承人，她的哥哥才是。

苏逸宁风华正茂、仪表堂堂，尽管在齐孝川眼里就是再寻常不过的人模狗样，却也阻挡不了部分职员过于没出息的关心。和白手起家走到今日的齐孝川不同，他是含着金调羹出生的那类人，学历系远渡重洋而来，礼貌中透着傲人的骄矜。直到见面结束，他也一口都没动过咖啡。大概是嫌弃品质不好，齐孝川不知道，同时不怎么关心。他已经伺候够少爷小姐了，如果暂时的的确确能带来利益，那么睁一只眼闭一只眼地相互了解就很好。

那一天是要去探望父母的日子，齐孝川按时下班，进电梯前明确听到办公区域下有下属发出了过年般的赞叹声。

假如放在平常，多多少少内心会发出"啧"一声的感慨吧。然而，那一天的他却想，大家能偷偷懒懒享受生活也不错。

其实他也经常感到疲倦。

累的感觉就像滚烫的水，沿着干裂的缝隙渗透到灵魂里，这种病态的温暖能够给他海市蜃楼般的安全感。

骆安娣从不这么想，她喜欢惬意的时光，慢吞吞地做任何事，搞砸了也只无奈笑着微微叹息。齐孝川不喜欢她，甚至觉得她很麻烦，但他并不讨厌和她在一起。

他在离家还有一公里的地方下了车，裹着毛毯对司机说："你也回去吧，最近辛苦了，今天好好休息一下。"对方受宠若惊，尽管也有过半秒钟怀疑老板被鬼上身了，但那又如何，有假不休的人才是真的疯了，因此道过谢就扬长而去。

妈妈是他大学毕业后才做的肾移植手术。父母都是 AB 型血，他却是 O 型血，就因为这个，当时在医院里，护士用微妙的眼神打量了他们好几圈。记忆又回到小时候，父母带他到医院体检，医生看到他身上的伤痕吓得不轻，差点以为在现实生活中遇上虐童。

然而现实总比以为的更夸张。

为了合适的肾源，周翰耀成奔走了很多次。坐在医院走廊上，他问起来的时候，齐孝川仰着头，盯着天花板上白色的缝隙说："我不是我爸妈亲生的。"

"这想也知道了。"面对他的搪塞，周翰耀成只是苦笑。

"我几岁的时候被拐，换了很多个城市，忘记了家在哪里，也不记得亲生父母是谁。就这么跟着到处乞讨。"

"……"

"为了能博取同情，就在身上弄出伤痕来。等伤好了，又重新做新的。一次又一次。没被砍断手脚已经很好了。下雨天要不到钱，不多费劲一点要不到钱，遇到的同行多了也要不到钱，那种时候就被打。"他斜靠在椅背上，侧脸没有表情，"烦都烦死了。"

周翰耀成望着比自己年幼二十一岁的男孩，一时之间陷入沉默。

齐孝川反而轻笑，回过头来，笑着说了这样的话："不过，人真是很坚强的东西。我现在也没留多少疤，慢慢都长好了。怎么会这样呢？其实人根本不会受伤吧？不舒服，困和饿，累和痛，可能都只是幻觉。"

后来想起来，那个秘密，他只告诉过这一个人，而这个人把它带进了坟墓。

齐孝川接到一个电话，乍一看没有备注，本来不打算接听，结果对方继续打来。第三次时，他才接听，对面传来略显陌生的声音，颇为聒噪单刀直入地问他："吃了晚饭没有？"

不是，你谁啊……虽然很想这么说，但齐孝川还是下意识回答："还没吃。你是？"

"我是仲式微，"虽然长着那样一张毛子脸，但仲式微说起话来一点俄罗斯血肠味都没有，"我们今天才交换的号码。"

"我没跟你交换号码。"齐孝川耿直地回答，语气平淡，一边还帮爸爸把沙发上的床单叠好，"是你在我填顾客信息的时候硬凑过来看的。"

仲式微说："你都老大不小的了怎么还这么爱计较？我打给你，是对你的认可，也是专程来跟你分享情报的。你不是才和安娣遇到没多久吗？她的事，肯定知道得不多吧？行，不想听就算了，我这就挂——"

"你说。"齐孝川起身，替妈妈顶过熨烫的工作，手机夹在肩膀和侧脸之间，倾斜着脖子开始熨衣服。

才大学毕业没多久的年轻男生没忘记挖苦一番："哦！耳朵一下就竖起来了！"

齐孝川表现得很不耐烦，但却丝毫没有挂断电话的意思："快说。"

仲式微说："你周末有空吗？"

齐孝川立起熨斗，边用喷雾往衣服上喷水边问："你不会要找十几个壮汉套麻袋把我打一顿吧？"

"你有病啊！"仲式微在听筒那端翻了个白眼，"到时候一起吃个饭吧。"

齐孝川淡淡地开口，语气波澜不惊，措辞有条不紊："你要是能给我弄个八位数起步的项目来，我倒是可以去。"

只可惜仲式微已经完全摸清他的死穴，无所谓地撂下一句"反正是跟安娣有关的事，不来你就别想知道了"，收线收得干脆利落。

吃晚饭的时候，和爸爸妈妈久违地闲聊了起来。

齐孝川并不喜欢谈天说地，除非是感兴趣的话题，否则大多数时候都习惯缄口不言，假如非要问他意见，也只会得到皱着眉的一通异议。他没少被说过性格乖僻，但身边的人走走停停，留下来的多半清楚他的本性，因此争执几次后就习惯，甚至能当成梗来说。

还是读书时，齐家一家三口在餐桌上，齐孝川时不时会把妈妈惹恼，以至于笑着去拍他的头。"你这孩子。"这是妈妈常常挂在嘴边的话。他知道的，比起爸爸，妈妈对他是养子这件事更在意。不客气与亲昵偶尔能画等号，所以，那种时候，他并不讨厌。

这一天他发起话题用的是："我遇到骆安娣了。"

听起来多么普通的一句话。

仿佛一颗细小的石粒向地面坠落，从宇宙，穿越大气层，飞驰，飞驰，擦燃了剧烈的火焰，耗费数以万计的时间，熊熊燃烧着朝地球砸来。

"什么？"爸爸放下饭碗，恨不得把脸贴过来，"你遇到谁了？"

"安娣？是骆安娣吗？骆家的女儿？"妈妈也深吸一口气，难以置信地捂住了嘴巴，"她在哪儿呢？过得还好吗？"

齐孝川镇定自若地往嘴里送着饭，这副德性让人实在很想迎头给他来一闷棍。他说："在我公司附近的一间手作店。"

"'手作'是什么？"爸爸对这种外来词汇不太了解。

"就是类似DIY。"

"DIY又是什么？"

万幸妈妈直截了当跳过这个，郑重其事地追问："你跟她见了几次面？她还健康吧？天啊，佛祖保佑，观世音菩萨保佑，我们安娣那么好的孩子……"

"见了有几次。"齐孝川也实事求是，回想着骆安娣红润的脸颊作答，"应该没什么大灾大病。"

爸爸则边喝汤边抱怨起来："你这死心眼的孩子，怎么不立刻把她带到家里来呢？我们多惦记她和吹瞬啊！也不知道骆老板他们如今怎么样了，在哪里高就……你打听了没有？"

上一秒才被骂过"死心眼"，齐孝川越发心虚："……没。"

于是后脑勺又结结实实挨了一下，爸爸恨铁不成钢："生你不如生块叉烧，你再这样子，活该打一辈子光棍！"

这跟他单不单身又有什么关系？齐孝川百思不得其解，但与父母打交道的多年经验告诉他别说话，多说多错，索性埋下头去继续吃饭。

离开的时候，妈妈临时取了一整袋的柿饼给他。齐孝川刚想说"我吃不下"，妈妈就打断了他，神情急切地叮嘱道："一定拿给安娣吃，知道吗？你把那间手作店的地址给我吧……我这样去是不是有点不太好……下次带安娣过来吃饭，记住了吗？"

爸爸还在后边看热闹不嫌事大地帮腔："带不回来你就别进家门了！"

他拎着柿饼下楼，边吃边坐进车里。回家以前，他无缘无故又去了天堂手作店一趟，在外面掉了个头。

看不清橱窗里值班的是谁，但他其实知道，现在轮班的应该是别人。

齐孝川只是抱着一种莫须有的希冀，连他自己都不肯承认，他竟然寄希望于偶遇。假如她刚好交班回家，他能送她一趟，那该有多好。

几天以后，秘书问要不要帮忙去取他的琉璃灯。齐孝川拒绝了，托词是"我下班顺路去一趟"。但截至当时，他已经连续四五天都至少是晚上十点下班。

"但你最近没那么凶了哦，黑眼圈淡了不少，还请员工吃下午茶。"秘书将桌上的纸张收好，摆齐，意味深长地笑起来，"大家都说'如春风般温暖'，希望这场春风能吹久一点呢。"

齐孝川剜了他一眼，冷冰冰地回答道："买下午茶是提醒他们好好工作，少在背后议论老板。"

下班之前，他给骆安娣发了一条短信。

删删改改，编辑了很久，为一个"：）"的表情反复犹豫。他行文向来刻板，难免会被认为严肃，又或者客套过头。但发了的话会被误解吗？微笑好像不太礼貌，不然换成"：D"呢？太傻了，还不如什么都不加。

折腾了半天，最后还是单纯以一句"下午我会来取灯"告知行程。

骆安娣回复很快，内容是这样的：好的，那我在店里等你！ ^^

光是阅读这则短信，就足以令人身心松弛。他盯着最后的文字表情。区域负责人恰好过来，没有恶意地寒暄："齐总今天心情好好啊。"

"什么？不好。你有事吗？"齐孝川用了三个短语，轻而易举营造出了恐慌氛围。如此别扭，十足难搞，撇开工作能力不谈，简直就是上班族的公敌。

该忙的公务告一段落，没有心思继续找事做，齐孝川索性下了班。他是在去手作店前去赴的约，因为晚上还想多在店里打发点时间，最好能送骆安娣下班。

仲式微预约了一间时髦到令齐孝川排斥的餐厅。坐下时，他就郑重声明各付各的，引发仲式微好一阵鄙夷。

"明明是你求我，怎么还跟大爷似的。"仲式微不满地喝着冰镇啤酒，"这就是年轻企业家的美德吗？"

齐孝川在看菜单，漫不经心地反唇相讥："不是美德，是生存之道。让步越多谈判越难，太与人为善可不是优点……来杯红茶。"

服务生取了菜单，收走多余的餐具才离开。

他问："你要说什么？"

仲式微说："有个男的一直缠着安娣。"

"你在自我介绍？"

"叔叔，你是想打架吗？"

"那总不可能是在侮辱我吧？我可没有缠着她。"

"你这脑回路还真是神奇……"

背后传来门被推开的风铃声，尚未到正餐时间，店内顾客并不多。仲式微扬起下颌，年轻气盛的脸庞上呈现出极力压制厌恶的戒备，他招手。齐孝川也回过头，随即看到十几岁时就有财力和时间去萨维尔街定制服装的男人朝这边走来。

对方叫出他名字时，齐孝川才确认，眼前并不是和苏逸宁长得像双胞胎，同时还有钱没地方花的某位陌生人。

苏逸宁说："齐先生，好巧，你也在这里。"

仲式微说："介绍一下。这位是苏逸宁，安娣的朋友。这位是孝……你叫'孝'什么？"随着素质教育的推广，如今的孩子反而是越来越不像话了，竟然连名字都不知道就敢呼来喝去。

苏逸宁长着一双眉目含情的桃花眼，眼波流转，转瞬便清楚了局面。"好巧。"再一次说这两个字，其中含义已经大不相同。

服务生正好将红茶送上来，齐孝川接过账单，准备离席。

"我们不都是为了同一个女人聚在这里的吗？"苏逸宁笑着，手指轻轻敲击桌面，"坐下来聊聊呗。"

仲式微已经觉察出他们的嫌隙，默不作声来回打量。

"初次见面时，我认为齐先生有头脑，也有魄力，说实在话，的确是符合要求的合作伙伴。不过或许是出身使然，不怎么修边幅，品位也着实一般。"

苏逸宁端起那杯红茶，慢条斯理地送到唇边，"但现在，我又对你改观了。"

三个男人，性格各异，年龄不同，除了性别为男以外只有一个共同点。

这场面滑稽到可媲美卓别林影片。

齐孝川回过头，不以为意的散漫中透着不愉快："所以呢？难道你们还想成立骆安娣兴趣俱乐部？"

Chapter 05

❤

_____

第五章

_____

　　餐厅服务生才帮忙停好车，就看到齐孝川目不斜视迎面出来，夺回车钥匙，倒车掉头，扬长而去，一气呵成。

　　去往目的地的路上，他完全没有超速，一次交通规则也没违反，甚至在没有摄像头且轮到绿灯的斑马线上强行等待放学的小学生通过才发车，丝毫不顾后面等待的路怒症司机在车笛声中爆发的脏话，全心全意在心里诅咒擅自喝他点的红茶的苏逸宁能立刻呛死。

　　在马路对面走了很久的神，自始至终一直盯着木制的店招牌在想，"天堂手作"，"天堂"究竟是什么意思？

　　他吃着柿饼，掏出手机，原本想给骆安娣发条消息，告诉她今天他因为工作的事情来不了了。但上一次编辑信息时的焦灼感再度将他吞没，这一次不是为了该不该发文字表情，而是到底句末用"啊"还是"呀"。到最后他也没拿定主意，索性选择见面，按照原计划去取那盏花花绿绿的破灯。

　　进门时，里面点着薰衣草的熏香。齐孝川很不喜欢这个气味，捂着口鼻走到柜台后，询问女店员说："骆安娣在吗？"

　　店员自告奋勇，兴致盎然地要为他领路。不过一间两三百平方米的小店，根本不需要这种导航服务。齐孝川也不喜欢别人跟着自己，婉言谢绝，径自一头扎进薰衣草的海浪中去。

　　轻纱被恒温空调吹起，转瞬化作蓬勃的雾气，而在起伏之后所露出的，是女人微笑着的侧脸。

骆安娣在帮学员修改作品，齐孝川一动不动地站在原地。就这么让他站在原地化作雕塑也没什么不好，毫不夸张地说，他很希望那一刻能延长。

骆安娣接收到前台传递来的信号，随即才直起身环顾四周，她看到他，茫然的表情被笑意替代。齐孝川不喜欢骆安娣朝他小跑而来的模样，因为总疑心她会跌倒。他一度怀疑这是不是某种后遗症——毕竟小时候，骆安娣磕着碰着，不管他在不在场，跟他有没有半毛钱关系，大人们都会齐刷刷像追捕通缉犯一样找齐孝川算账，仿佛也才十来岁的他就是她的第一担保人。

骆安娣将他做好的灯递给他，告诉他说："到时候穿过灯泡，可以弄成吊灯或者台灯，会很漂亮的。可以的话，记得拍照发给我。"

缤纷而坚硬的灯，齐孝川一点也不知道这究竟有何意义。家用灯只要能照明就行，想要漂亮的话为什么不去家居店买？他随口回答："是你们店的传统吗？"

"嗯？"骆安娣仿佛没理解似的，停顿了半晌才回答，"不是，是我想看。"

"……"

骆安娣笑着说："小孝做了这么漂亮的灯，我当然想看看用起来是什么样子。"

他望着她，长久地沉默，然后才露出不带任何温度的微笑。那是不带任何感情的笑容，就连他自己都不知道意义何在，大概只是纯粹不想她觉察出任何不安的端倪。齐孝川说："那就送给你吧。"

她困惑地笑着，微微侧着头看向他。

"那个什么，"他已经快忘了自己上次如此闪烁其词是为了什么，大概是大学辅导员问他实习公章是从哪儿来的时候吧，糟糕透顶，真是糟糕透顶，"我其实没有合适的灯泡。不然就送给你吧。"

搞砸了。

他想。

可是，骆安娣只犹豫了半秒不到，就已经做出让人松一口气的答复："太好了，谢谢你！"

齐孝川感觉手指微微发麻，她的善解人意徒然给人增添负罪感。他说："那我先回去了。"出去的时候，齐孝川撞到了门口的招财猫，他很尴尬地道歉，前台的店员弯腰捡起，摆回原位，顺便告诉他"没关系"。他跌跌撞撞地离开，背影显得十分狼狈。

女初中生们叽叽喳喳，本来是放学后的聚会，未料撞上面色铁青的成年男性，坏了一天的好心情。领头的女生名叫高洁，悄然露出不容侵犯的得体微笑，及时安抚同伴道："不用理睬那种人。平白无故，何必为他人的错误惩罚自己。"

大家也当即附和，骆安娣已经走上来，抱着写字板打招呼："请往这边走。"

十四岁时，高洁是高岭之花的存在，高雅，洁净，身边总是围着想要靠近她的人。这样的她家境富裕，正值青春期，从未受过什么委屈，也没有想要却得不到的东西。来这间手作店是她的提议，而她来这里，也和名叫骆安娣的店员脱不开干系。

那是半年前的一个艳阳天，她在迷路、手机没电以及鞋子不合脚的情况下走进这间店，本来只想摆着架子充电，却在什么情况都没透露的情况下被递了创可贴。

面对素不相识的人，不需要诉苦，也不用刻意放下警惕，骆安娣总会报以十二分的温柔与善良，就好像能感知到其他人的痛苦一般："很痛吗？在这里休息吧。没关系的。"

之后再来这里，她也不是没向骆安娣提出过工作邀约。高洁时常感到很孤独，假如她能去她家帮忙该多好，但听闻时，骆安娣只是愣了愣，然后很快就敬谢不敏了。

"谢谢你，但是我对我现在的工作很满意。"那是她谢绝时的说辞。

不知道为什么，高洁总觉得，那时她的微笑似乎与以往不尽相同。

世界上有人不会伤心吗？

高洁并不这么觉得。

只不过很难想象骆安娣伤心的样子。

给骆安娣请柬不是出于弥补，单纯是想请自己有好感的人去。事实上，就算是高洁，手头也只有一两张而已。学校里眼巴巴谄媚着希望得到请柬的朋友不在少数，但她还是留了下来，专程送到骆安娣那里："这是我爸爸公司的庆祝会。到时候会有烟花秀什么的，非常漂亮，晚餐也应该会很好吃。欢迎你过来。"

和其他人不同，即便受到邀请，骆安娣也不会表现得特别高兴，只是微微一笑，充分表达她的谢意。

高洁在心中排演了好几次，假如被问"为什么"，究竟该如何回答。然而，骆安娣根本没有问，她也由此松了一口气。

本来是想说的，"因为你那三句话"。

"很痛吗？""在这里休息吧。""没关系的。"

人这种动物很奇怪，明明恨不得昭告天下"我最强"，却又在背地里偷偷因为别人的一两句话得到安慰。

那一天，骆安娣刚好没有排班，所以换了一条不太日常的连衣裙，又把头发编起来，就这么叫出租车去了会场。高洁接到电话，急匆匆下楼来接她。两个人说着话上楼，父亲叫高洁过去，于是骆安娣挥着手，先一步在一侧品尝起自助的甜点。

看到这一幕时，齐孝川下意识往后退，想藏到灰褐色的窗帘后，却反倒被人刻意地叫了名字。苏逸宁说："齐先生准备回去了吗？"

自从上次不欢而散，齐孝川就尽量避免了与此人相会。诚然这世界上不缺天赋异禀脸皮厚到不知"尴尬"为何物的人，但至少他不在其列："苏总。"

二人面面相觑，也算有过一阵寂静的较量。

苏逸宁说："我其实很好奇你喜欢骆小姐哪里。你知道你们俩没什么共同点吧？"

"所以？"假如这个聚会的承办人是齐孝川，那他估计已经抬手开始召唤保安。召唤保安把他自己拖出去，以防下一步就跟人扭打在一起。齐孝川不喜欢苏逸宁，不喜欢他娇生惯养的丫头气，也讨厌他分明不太看得起人，却还非要假装民主友善的做派。

与之对称的是，苏逸宁也不怎么喜欢齐孝川，因此勉强扯平了。他对他的偏见大约并不像上次见面时说的那样冠冕堂皇，纯粹只是齐孝川为人处世太我行我素，缺乏圆滑，不懂低头，偏偏出身又卑微，能走到今天仰仗的无非是个人能力，如此不知天高地厚，积攒下来的陋习实在不止一星半点。

他笑着，先发制人道："我是真心喜欢骆小姐。插足他人感情并非君子所为，希望齐先生自尊自爱。当然，假如你与我抱有同样的心情，我也并不介意与你公平竞争。"

这话说得滴水不漏，齐孝川怎么听怎么不快，冷笑一声回复道："这你大可放心，我对骆安娣没有那种想法。不过，你也不是她喜欢的类型。"

"什么类型……"刚提问，苏逸宁就觉察到自己上钩，于是改口接下去说道，"做生意重在和气生财。既然如此，能不起冲突最好，也劳烦你不要妨碍我。"

交谈到这里，骆安娣已经不偏不倚发现他们，问候时仿佛日光碾压过境，将刚刚发生过的风暴轻松驱散："你在这里啊。"

"是啊。"

"嗯。"

两句应答不约而同地响起。

苏逸宁与齐孝川对视，骆安娣说的是"你"而非"你们"，这一刻，她也未揭晓答案，搁置了一开始最先留意到谁的谜团，转眼就将话题顺水推舟下去："你们认识吗？"

"工作上认识的。"齐孝川说。

"太巧了，"骆安娣笑起来，"都是店里的顾客，又都认识。"

苏逸宁是和齐孝川截然不同的男性，更温文尔雅，也更缺乏攻击性，说实话，在择偶方面，或许他才是更优越的选择也说不定。

苏逸宁说："骆小姐，今晚你有什么安排吗？上次在店里，我们的聊天也没进行到最后，有些事，我还想找你谈谈。不知道能不能赏光共进晚餐？"

骆安娣眨了眨眼睛，爽朗地回答他说："可以啊。"

苏逸宁脸上所表露的，是真实的欣喜若狂。他说："那晚上喝鳕鱼丸子汤可以吗？"

骆安娣温和地回答："好呀。"

"前菜挑芦笋培根卷呢？"

"听起来很不错。"

齐孝川不动声色地移开目光。骆安娣善良、美丽，有教养，两人真是郎才女貌、天造地设。谁拆散他们都是十恶不赦，下到十八层地狱被倒挂在铁树上受刑才好。

苏逸宁还在继续询问意见："那晚上的饮品选苹果醋怎么样？"

"不行。"

发出声音的并不是骆安娣。

他们猝不及防看向他，谁都没想到竟然会有人在这时插话。

他不是着急了，也没有捣乱的意思，单纯看不惯而已。齐孝川看不惯骆安娣很久了，她软绵绵的笑脸，半吊子的喜欢，不分对象胡乱温柔的个性，害他根本放心不下。

齐孝川说："我最讨厌吃酸的。"

齐孝川讨厌吃酸的，骆安娣也不是没印象。还是小时候的寒假，过年他们出去玩，在广场吃糖葫芦。骆安娣很喜欢吃那个，但肠胃向来不太好，进嘴巴的东西多半都要大人点头，规矩严到媲美紫禁城里的格格。

难得出去玩，又看到浇着冰糖汁、闪闪发亮的糖葫芦，骆安娣看得眼睛都直了。齐孝川站在旁边，双手插在口袋里，别过脸去假装看风景。

挣扎了一会儿，骆安娣还是维持住了底线，转头准备回去。她穿着保暖的白色羊毛披肩，戴着并指的手套，针织帽压住两条打着卷的发辫。小女生回过头，忽然发现同行的人不见了。周遭滑旱冰的行人来往穿梭，她四处张望着，忽然感觉身畔凉了一下。冰沙似的风轻轻摩擦脸颊，回过头去，齐孝川正递出刚买的冰糖葫芦。

骆安娣的脸上像蒙了星光，难掩雀跃地看向他，却又下意识退却："你跟我分着吃好不好？"

齐孝川全然不为那个求情的神态所动，相当铁面无情地回绝："我讨厌吃酸的。"

但是后来，某一次学生会组织参加养老院义工活动，齐孝川和骆安娣都去了。就像某种谜一般的磁场作祟，所有老爷爷老奶奶都围着骆安娣转，摸着她的手直笑，将压箱底的小零嘴全掏出来送给她。

其中有位热情的老人特意洗了金橘。水果送到嘴边，骆安娣也不好不领情，咬了一口，却被超乎忍耐能力的酸味震慑到，牙都快酸掉了，和着水才硬吞下去。剩下半个拿在手里，扔掉是不可能的，但也实在不能再吃。

就这么僵持着，她还在一边听老爷爷老奶奶说话。骆安娣不知道齐孝川是什么时候过来的，只知道他在门边看了许久。他刚刚去陪其他老人写毛笔字了，这时候走过来，不动声色坐下，一声不吭，径自从她手里接过金橘，毫不犹豫地塞入口中。

骆安娣吓了一跳。

咀嚼的时候，齐孝川面无表情，腮帮子微微鼓起来，看着很可爱。她趁间隙靠过来，想和他说悄悄话，他却皱着眉后仰，一副嫌弃的样子。那时候，骆安娣已经清楚他在某些方面并不注意细节的习惯，所以只压低声音，问他说："酸吗？"

他心说"废话，忍着呢"，但嘴上还是回答："我喜欢吃酸的。"

齐孝川不止一次在口头和行动上嫌骆安娣烦，但与此同时，他往往也是最常看着她的那一个。苛刻的他，凶巴巴的他，不留情面的他，偶尔喜欢酸口偶尔又讨厌的他。她却仅仅笑着说："小孝真是个怪人。"

齐孝川不讨厌"怪人"这个说法，骆安娣有些时候笨笨的真是太好了。

"怪人"也比"骆安娣兴趣俱乐部"这种东西正常多了。

就在他打断他们预约晚餐的时候，苏逸宁居然气笑了，颇为不愉快地反问道："齐先生这是也想与我共进晚餐吗？"

"嗯。"齐孝川才不会被区区这种水准的挖苦绊倒，面不改色地大放厥词，"我久仰苏先生大名，想向你请教很久了。"

完全是放屁。

但齐孝川唯一喜欢苏逸宁这类公子哥的地方就在于他们不爱撕破脸，再怎么在火山爆发边缘，也不至于当面气得跳脚，终归会自圆其说地顺应下去。苏逸宁回答："是吗？那么有机会下次再聚吧。"

齐孝川还想坏心眼地补充一句"干吗等下次"或"择日不如撞日"，只可惜，其他人加入了对话。

高洁穿着小礼裙，别着水晶天鹅似的发箍，快步走过来，目标明确地揽住骆安娣。她抵触地扫向两个大男人，顺便和骆安娣撒娇道："今天说好了陪我的，不能提前走哦。我们去那边吃点东西吧。"

骆安娣被拽着徐徐离开，临走朝他们露出略带歉意的笑。

苏逸宁欲言又止，齐孝川丝毫不介意，甚至还故意挡住他的去路。

"齐先生，需要我提醒你吗？不到一刻钟前，你才对我说过什么话。"他恪守修养，处处透着受过高等教育的痕迹。

齐孝川挑眉，冷冰冰地反问："'你不是她喜欢的类型'？"

"是你自己说的，"苏逸宁不受挑衅地揭晓答案，"你对骆小姐没有意思。"

"我的确——"

"那就请你务必别再做这种小孩子吃醋才会有的行为！"

齐孝川硬生生吃瘪，说不出话来，默默盯着他离开。

骆安娣已经被初中女生拉去就餐区域。生鱼片是今天的主角，她不喜欢吃，因此只悻悻喝着汤。

乐队拉着手风琴悠扬奏乐，节奏轻快。高洁的父亲在英美都有留过学，邀请来的朋友不少也深谙罗曼蒂克情调，几个人两两摇晃身体，跳着随心所欲而不失优雅的舞蹈。

骆安娣这个人，天生有种引人留意的光彩。不论和谁说话，她都会轻声细语、温和从容，宛如绕指的水，绝不会擦伤谁。当她还是骆家的公主时，仅凭衣着打扮和出行架势就足够光彩夺目。事到如今，天差地别，她却还是昂首挺胸，得体地微笑着。

她被人邀请跳舞，但很快就拒绝了，骆安娣并不想与人跳舞。但她的美丽足够吸引他人。在一旁观望的齐孝川很快明白了，苏逸宁也好，仲式微也罢，甚至包括高洁在内，就算骆安娣一贫如洗，他们被她吸引也理所当然。

事实上，齐孝川已经想回去了。他往常参加聚会从不耽搁时间，向来都是有正事要办，不得已才出席。这次彻头彻尾是吃错药。不是不想走，可骆安娣竟然还磨磨蹭蹭，不知道站在那儿干吗？

该不会是在等苏逸宁邀请她跳舞吧？

一旦产生这种猜想，一切便如开了闸的洪水滚滚而来。齐孝川喝着玻璃杯里的苹果醋，同时寻找服务生询问饮品的酒精含量。不过稍稍错开目光片刻，再回头，骆安娣竟然不见了。

她其实就躲在露台上，喝了一些葡萄酒，所以脸颊微微发烫，正吹着风散热。本以为这里算个无人问津的清净宝地，未料玻璃门猛地被推开，就看到齐孝川冲出来，看起来一点不像是在参加企业的聚会，而是刚参加四乘一百米接力跑没找到下一个接棒人的中学生。

骆安娣忍不住笑了，直起身来道："你这是干什么来？"

"你在这里做什么？"他走上前。门自己阖紧了，灯光透过纱帘与落地窗渗出来。

"随便转一转，"她抬起手腕，手掌朝上，手臂内侧有片肌肤泛起红色。骆安娣笑着说，"结果被蚊子咬了。"

这样的天气，附近都是园林，在夜晚的阳台，被蚊子咬再平常不过。齐孝川走近，与她并排靠在围栏处。他微微弯曲其中一侧的膝盖，正装衬托得他身材颀长，脸上的神情却很淡，淡得好像什么也不在乎。

骆安娣不由得盘起上肢，指尖轻轻搔着蚊子咬过的位置。

他就在这时候开口，不经意地说："别再挠了，之后才不会肿起来。"

"可是我忍不住嘛。"她回答。

齐孝川的掌心生了不少茧，掠过骆安娣光滑的小臂，仿佛沙漠亲吻云层，细细摩挲着，无声无息，盖住她刚才忍不住拨弄的地方。

他说："那我帮你按着。"

他们都望向彼此，狭窄的露台上晦暗不明，唯独两个人在场。中提琴声像是湿润而绵长的雨季。

她端详着他郑重其事的眼睛，倏忽间，就这么霍地绽放笑容。夜色静谧，他静静地凝视她，温柔的脸很适合治愈人心，但也并不欠缺潜然的天赋。心脏不安地鼓动，那是齐孝川一生里寥寥无几特别想吻谁的时候。

他想要问问她这些年过得怎么样，住在哪儿，和谁一起，却直到现在都还没能下定决心。覆在她手臂上的掌心微微发烫，但怎么说也不肯轻易挪开。

不知不觉，当他意识到自己没把握好距离时已经迟了。骆安娣说："小孝，你今天是为了我来的吗？"

"怎么可能。"齐孝川发出招牌的冷笑。那于他而言太熟练了，讽刺、轻蔑、嘴硬和犯贱向来都是他的拿手好戏。

——怎么可能。

何止今天。昨天，前天，上个礼拜，每一个在天堂手作店门口转圈的日子，待人接物流露出亲切的每一秒钟。

都是因为她。

"这样啊，"骆安娣不慌不忙地笑了笑，故意皱着鼻子做了个鬼脸，假装气鼓鼓地说，"那我也不喜欢小孝好了。"

"什么意思？"齐孝川顿时打起十二分精神。

"进去吧，"骆安娣已经推开门，"外面好热啊。"

"骆安娣？"

"你也早点进来哦。"她朝他提醒道。

齐孝川进去时心情差到极点，"闷闷不乐"已经完全无法形容他濒临暴走的状态。他取了杯香槟，差不多准备离场，就看到高洁站在去往安全通道的必经之路上。他无意多管闲事，但也不想学蜘蛛侠飞檐走壁，所以只能打个照面。

但高洁竟然也只是在那儿偷听。

被偷听的那个女人和骆安娣差不多年纪，穿着紫色的修身礼服，看侧脸有几分似曾相识。齐孝川多打量了几眼，这才发觉不是生面孔。小时候，她是常常围绕在骆安娣身边的公主王子之一，昔日他变成落汤鸭，其中绝对也有她出的一份力。

他倒没那么记仇，只是乍一听，那自说自话的方式一点没变。她与骆安娣也是久别重逢，又惊又喜，大呼小叫像唱歌剧《塞维利亚的理发师》："妈妈咪呀，你真的是安娣吗？安娣，你知道我有多想你吗？听说你家公司倒闭了，我心里着急得不得了。你搬家以后知道我哭了多久吗？"

骆安娣还是在笑，表现出有些头疼的模样："对不起，因为有很多事要处理……"

"你的头发没有以前漂亮了。你这身衣服是什么啊，根本算不上礼服嘛。安娣，你现在住在哪？有饭吃吗？"女人焦灼地追问，"要不要住到我家来？到我家公司上班吧！我联系一下以前的朋友，他们一定也高兴坏了！放心，交给我就行了！"

骆安娣柔软地推辞着："谢谢你，真的不用。"

她终究是脱身了，留下女人继续站在原地，低头飞快敲打着手机，估计在向四面八方汇报情况。

高洁满心忧虑，但终究还只是一个十四五岁的小女生，许多事也下不了定论，只能停留在原地犹豫。

齐孝川向前走时，她下意识拉住了他。

"你要干什么？"高洁惶惶不安地质问，"她其实没有恶意！"

"那又怎样？"他却理所当然地反问，"没有恶意就不算恶吗？又不是什么免死金牌。"

接受着"为人理应光明磊落""退一步海阔天空"这种教育长大的女生说：

"你是男人吗？怎么会这么睚眦必报？"

而他反唇相讥，不以为耻反以为荣："跟是男是女没关系，单纯因为是我而已。"

他们的争论不算小声，女人踩踏着高跟鞋靠近，看见他们时停住脚步。她没认出齐孝川，只是抢先咄咄逼人地发起火来："你们是谁？"

齐孝川看向她，上下打量，眼神轻慢到几乎能惹毛禅学大师。他说的第一句话是："你很闲吗？很闲就去找个电子厂上班。"

对方大概从出生起就没被人如此开门见山挑衅过，一下居然语塞起来："什……什么？"

"就以你这爱管闲事的水平，"他说下去，继续发挥尖嘴薄舌的专长，"去电子厂怎么说也是个副厂长。"

哪儿来的乡巴佬，竟然这么口无遮拦？！

女人恼羞成怒，气血上涌，好不容易才挤出一句："你……你这就不算多管闲事了吗？你怎么不去找个电子厂上班啊？"

本以为也算以子之矛攻子之盾了，齐孝川却不以为意，继续哂笑着回答："我不是说了吗？你充其量也就是个副厂长，厂长是我。"

"你这人怎么这么缺德啊？"

他丝毫没有怜香惜玉的意思："我又不是你爸爸，凭什么对你和蔼可亲细致耐心啊？"

"你你你你！气死我了！"

眼看着女宾客马上就要不顾形象扑上来用指甲挠人，为了顾全父亲宴会的大局，高洁当即跳出来，抓住齐孝川就往后拉："快走吧，那边他们在找你——"

"谁在找我？"结果不知道齐孝川是真傻还是装傻，竟然不领情地反问，"我刚和他们都打过招呼了。"

高洁难得摆脱那张引以为傲的名媛面具，保持微笑从牙缝里挤出催促来："少废话！走吧你！"

终于脱身，高洁自认为也算是替齐孝川解围了，没想到齐孝川看了眼壁钟，直接低声自言自语"这么晚了"转身就走，堪称无差别扫射，气得高洁都强压怒火。

她问他："你是骆安娣什么人？"

"你们好像一天天地就知道'骆安娣'这'骆安娣'那，"齐孝川嘲笑别人，心中全然不觉得自己与他们是同类，"无不无聊？"

高洁抱起手臂，一副小大人的样子，透出与年龄不符的成熟感。她说："在这世界上，遇到一个想要真心相待的人都不容易。和她在一起，我就是忍不住围着她转，那又怎么样？"

他原意是想继续奚落，但话说出来就变味了，挖苦讽刺都好像是心理医生收费谈心："搞不好是太累了，一个劲想被治愈，所以就身不由己了吧。"

快步走下阶梯，司机已经在外面等待，坐上车，他并不打算回家，而是计划转战公司办公室。他的内心毫无波澜，仿佛把人气到哑口无言也只是家常便饭，转眼就抛到脑后，根本没有让人耿耿于怀或是耀武扬威的资格。

乘车出去，结果在半路看到正步行离开的骆安娣。

她把头发盘得很高，正与负责核对来宾的安保人员微笑致意。骆安娣就是这样，谦和大方，彬彬有礼，不会因身份高低或财富多少高看或低看任何人。

她朝外走，然后就在拐角处遇到他。齐孝川说："我送你一程吧。"

"你要回哪里？"骆安娣问。

他如实回答，随即看见她笑着摇头。骆安娣轻轻靠过来，笑容满面，用极低的声音说道："公交很方便，我家不顺路。这么晚了，也让司机先生早点休息吧。"

她退开一步，道谢后道别。

不是客气，也没有拘谨的意思，骆安娣只是愿意为他人着想罢了。

齐孝川在公司休息室过夜，隔天换了衣服直接去开会。提出了问题，一大屋子的人却迟迟提不出好的修改意见，啰里啰唆浪费时间。

这几年来他的脾气已经有所收敛，周翰耀成还在的那时候，他几乎动不动拍案和同事吵架。假如只动嘴皮子还好，偏偏他在打嘴仗上骨骼清奇，随随便便几句话就能把人气得脑出血，效果还不亚于下午的一杯"一点点"奶茶，硬生生能让你精神到半夜两点，躺在床上还气得在脑内编排如何还击。遇上暴脾气的，一时冲动跟他打起来也有可能。然而这就更糟了。和那些坐办公室的老板不同，齐孝川可是亲力亲为到发四十度高烧还跑现场监工兼上手的实干派。

别人先动手，那他自然也二话不说就奉陪。

打到最后进派出所，说是双方责任都没人信，警察苦口婆心隔着铁窗教训他："小哥，你对照你俩的伤情看看，这能算互殴吗？别再混社会，九龙城寨都拆了，还想当大佬咋地。长得人模人样，尽早金盆洗手吧。"

一通媲美岳母刺字般的劝告，硬生生让齐孝川把"我是良民"四个字给咽了下去，无可奈何地点头反讽："好，我不干了。"

"这才好嘛，回头是岸！"人家民警根本听不出来，两眼一亮，激动地拉住他的手，大概很久没见过这么好做思想工作的社会闲散青年了，"回去跟你妈咪团聚吧！"以至于一旁来保释的周翰耀成捏了把汗，生怕他再来个袭警罪名。

但最近，齐孝川的脾气好了不是一星半点，遇上会议这种状况也只兀自起身，给了时限，懒得苛责，几乎让人私下猜测齐总是不是去练了养生瑜伽，要么就是在哪间教会被感化了，不然实在很难解释这突如其来的良心发现。

他走出去，出乎意料接到秘书知会，周翰耀成的妻子来公司了。

"我已经让人过去了，我也马上去帮忙。你先回办公室吧，暂时别到会客室那边转悠。"秘书贴心地做出了安排。

齐孝川略微颔首。说实在话，内心也快对这种状况麻木了。公司的确是他和她丈夫共同的心血，如今也变成大部分员工一并努力的成果，于公于私，他当然也不愿接受周翰耀成猝然长逝，但当时离公司登顶只差临门一脚，他的确有所受益，至少在她看来是这样。

已经不想再面对双眼通红、抱着他朋友遗像前来静坐的女人。

她曾经也在他去周翰耀成家时帮忙煮过夜宵，系着印有丁香花图案的围裙走来走去，脸上总是带着包容的笑。就是那样美丽而温柔的女人，最后却变成声嘶力竭质问他晚上睡不睡得着、心虚不心虚的恶鬼。

他也回答过一次，似乎是在医院大厅。齐孝川说："睡不太好，但不是因为他。单纯压力有点大而已。"语气舒缓，神情平静，仿佛对方只是在关心他生活状况的嫂子。

本来就要按照最恰当的安排回避，手机收到信息。他正在往办公室走。

打开时，他看到骆安娣发来的照片。

是他给她的那盏琉璃灯。

骆安娣把它装饰在了家里，穿过灯泡悬挂，灯沿着彩色的灯身散布开来，柔和而安静。附带的文字内容是：非常谢谢你的礼物，我已经用上啦。

本来想要叹息的咽喉忽然平寂下来，齐孝川回复：喜欢吗？

发送出去后又很想撤回，然而对方已读，好在他很快补充了"猫它"两个字。

骆安娣懵懵懂懂读了一遍才理解这个倒装句，回复他：猫它很喜欢！

之后是黑猫睁着水汪汪的眼睛的照片，以及她笑着抱住亚历山大·麦昆的自拍。

他也不知道自己为什么平白无故对猫不爽，低声抱怨"真是会装可爱"，下一秒存储第二张照片。等回过神来时，自己竟然正在设置壁纸。

齐孝川收起手机，侧过头去张望落地窗外。外面艳阳高照，有些人却执着于顶着这样的烈日赶来。身边人逝去，妻子的伤心比起朋友只会多，不会少。他沉默了一阵，无缘无故，忽然想起昔日骆安娣坦然自若承认她喜欢他时的情形。而他现在在这儿做什么呢？畏畏缩缩，躲躲藏藏，懒得解释，单纯不愿影响企业形象，不知道究竟想要糊弄谁。

他用座机拨给秘书："老周的太太还在吗？我现在过去……嗯，没关系。"

挂断后又等待了好一阵，他再次掏出手机，在同一个文本框里输入了三个不同的问题，分别是"你在做什么""今天可不可以见面"和"你有男朋友吗"。

视线在它们中间反复逡巡，他长舒一口气，暗骂自己真是疯了。

然后就不小心发了出去。

骆安娣习惯乘公共交通工具去工作，大部分时候是地铁，不堵车也偶尔选择巴士。这一天，她乘坐巴士去店里交班，牛仔裙口袋里的手机轻轻振动。乘客拥挤，要弯曲手肘，去拿手机也不容易。她直到下车才查看，边走边翻开来，走到路边树荫里停下脚步，然后看到出现在收件箱里的提问。

她想了想，很平常地回复说：在去上班。因为今天排的班要到晚上，所以除非在店里见面，其他时候不太方便。我现在没有男朋友哦。

发完以后也什么都没想，正打算加快脚步以免赶不上打卡，就意外听到了身后响亮的哭声。

回过头，她看到一个正在站台边号啕大哭的小男孩，以及周围一圈频频回头，却也没有在宝贵的上班时间停下脚步的成年人。

她三步并作两步跑过去，弯下腰来询问情况。小男孩哭得上气不接下气，只一个劲用手指着已经扬长而去好远的公交车，断断续续喊着"妈妈"。足够心大的母亲独自乘上了高峰期罐头般的巴士，却忘记了自己今天不是独自出门的，如此"断尾求生"，把留下的孩子给吓坏了。

骆安娣连忙蹲下，双手轻轻握住小男孩的双臂，用温柔却确保对方能听清楚的声音说："小朋友，先别怕，你知道你妈妈的电话吗？"

看到小男孩点头，她才安下心来，掏出手机，让他依次读出妈妈号码中的每一位数字。

这一天，骆安娣穿着一条藕粉色的荷叶边连衣裙，蹲下时，裙摆直接落在地面上，她并没有在意。

电话通得很快，小朋友的妈妈接到电话时还不知道发生了什么事，估计上了车就在看手机，把什么都抛在了脑后。联系过后，她又搜索了巴士公司的电话，麻烦他们联系了指定的司机。在等待孩子妈妈赶回来的时间里，骆安娣就陪着小男孩在原地等待。

小朋友哭个不停，她给他买了一条脆香米巧克力，他就边吃边哭，样子相当有趣。好不容易抽抽搭搭地暂歇了，又泪眼蒙眬抓住骆安娣的袖口问："我妈妈……我妈妈是不是不要我了？"

"怎么会呢，你妈妈就过来了呀。"她伸出手，慢慢为他翻好衣领，随即笃定地说，"爸爸妈妈不会不要自己的宝宝的。"

等了一个多钟头，小朋友的妈妈才姗姗来迟，焦急地搂过儿子，匆匆向骆安娣道谢。骆安娣摆摆手说了没关系，眼看着这对母子渐行渐远，这才转身去上班。而在这时候，她已经迟到四十分钟了，再继续赶到店里时，差不多刚好迟到一小时。

全勤奖是泡汤了，万幸一次有两位员工值班，所以并没有太过耽搁其他同事。骆安娣换了衣服，一边把手臂绕到背后系亚麻围裙一边往外走，传呼机上得到老板指令，她转头上了二楼，敲了敲隔间的门才进去。

天堂手作店的老板是一位不惑之年的女性，传闻原本在做房产销售，而且还是业界内月成交额冠军的保持者，其能力之强可想而知。然而站在众人向往的巅峰时，她却急流勇退，辞职后开了这间店，如今正在进行胃病、失眠和焦虑症的治疗，平时不怎么来店里，偶尔会以古装风的打扮出现。

骆安娣做好了因为迟到被教训的准备。

老板穿着一条自己手作的牛仔工装裤，头发盘成蓬松的丸子头，打招呼说："哦，你来了。有个任务要交给你。"

她往里走了几步，才发现另一侧还站着另一个人。仲式微转过身来，不紧不慢地点了点头。

"这是新来的员工，之前也是店里的客人。你应该认识。"老板说，"就由你来带他吧。"

骆安娣领着仲式微出去。他已经换上了店里的制服，浅色的头发也梳起了小辫子，在其他人面前十分一丝不苟，等走出去才询问："你迟到了？"

"嗯，没摆好前辈的架子呀。"骆安娣长长地舒了一口气，淡淡地笑着说，"你怎么也到这里来上班了？"

"之前我不是说了吗？想找个地方打工。"

"但你没说要来我们店里……"

"我也没说不来。"

他们说说笑笑往外走。

仲式微学东西不算很快，但兼职工资不高，并不容易招到人，本身也只是为了应对突增顾客的高峰期，所以也没有大影响。唯一有点棘手的就是他总缠着骆安娣问东问西，其他同事一旦主动想教他，就只能感受他骤降的温度。但他的确长相出众，又颇具北欧风格，在店里很受欢迎，主动要求和他合影的也络绎不绝，不用提醒就主动在社交账号上发布，也算是给手作店进行宣传。老板得知后满脸得意，一副早有预料的样子，毕竟爱美之心人皆有之："仔细一想，我们店本来主要客源就是女性。要么以后索性把店员都换成帅哥好了。"

有员工不留情面地质疑："所以我们以后不做手工，改办白马会所了是吗？"

"小若好冷酷哦，安娣也不说说她。"

骆安娣只静静地笑着。屏幕上亮起呼唤服务员的按铃信号。她率先出去，游刃有余地带上茶壶、点心和镊子，过去后先默不作声压低目光转一圈，补足饮品，用镊子添了曲奇和泡芙，然后侧着头聆听要求，之后客气地回复。

偶尔也不乏令人感到棘手的顾客，大吵大闹的，吹毛求疵的，体味影响到周围人的，故意浪费太多原材料的。人的性格千奇百怪、形形色色，世界上大部分人都认为只有自己正常，拿自己当标准要求其他人，甚至以自己为中心，认为大家理应围着自己转。

骆安娣代表着最高的服务水准，永远和蔼可亲，永远心平气和，永远都能用让人挑不出刺的态度面对客人。就连老板都对她满意到极致。一般收到顾客对店员的投诉，都需要在了解情况后定夺，然而但凡被投诉的对象是骆安娣，则直接把顾客拉入黑名单就好。

因为手笨做不好手工却堂而皇之举报店员教得不好的大有人在。自己是刁民，却专门从别人身上找问题，觉得别人素质低、水平差、对人不友善，从不想想自己是什么态度，也不承认自己愚笨，典型的宽于律己严于律人，自我感觉良好到爆棚。

每当提起这类人，店员们难免气得牙痒痒。然而骆安娣从未在任何抱怨的场合发过言，她总是笑着，在同事陷入困境时出手相助，包揽困难，事后还会及时给予安慰和鼓舞。

所以遇到像仲式微这种明显"醉翁之意不在酒"的男生，同事们倒也不排斥，默默相视一笑罢了，午休时间还向他八卦："你告白了吗？"他当时在吃店里提供的配餐意大利面，慢吞吞回答："我心里有数。"

店门被推开，他立刻放下餐盘，擦拭嘴巴招呼着"欢迎光临"出去，然后就看到齐孝川走进来，用同样"你怎么在这儿"的不友好表情看过来。两个大男人对视，齐孝川最先撇开私交，直接走过来说："我要办卡。"

仲式微在咬牙切齿的同时回复："好的，我这就帮您办。请您提供一下名字和手机号。"

他平静地说："我之前有登记……"

"我上班还不到一周，有些信息调查不了。"仲式微显然在公报私仇，"请您重新填写一次。"

齐孝川不气不恼，目光向下倾斜，细微挑眉，心情不易觉察地好了一点，饶有兴致地翻出钢笔，有条不紊地照办。

再怎么不满，仲式微也不能违背职业守则，除了折腾点小动作外别无他法，能做的只有亲自为齐孝川办理了会员卡，并且为他订购课程："我记得您的手工很灵巧，课程这种东西，主要还是为初学者设置的……"

"是初学者和我手巧不冲突，麻烦全部选上。"齐孝川抱着捉弄他的心态开口，似笑非笑地继续道：

他们像电视剧里死对头一般忘情地瞪着对方，女主人公却已经登场。他们在前台耽搁得太久，前辈登场得理所应当。

骆安娣游刃有余地拍了拍仲式微，代替他完成工作："你好，接下来由我为您服务。请问要订购什么课程呢？"而齐孝川和仲式微也立即表演川剧变脸，无一不将注意力放到她身上。

老板下楼时，齐孝川已经在喝奶青看手工书。此时此刻只有一组客人在单独作业，他不远不近地坐着。

她主动套了个近乎："齐总，我们店面要升级了，有没有合适的宣传公司啊？"

结果齐孝川抬起头来，看了她很久，才不咸不淡地问了一句："……你是？"

"我是这家店的老板啊！"好在老板也是老麻雀了，这点状况还动摇不了心态，摸爬滚打，能屈能伸最重要。况且，她也能觉察得出，眼前这个看似目中无人、不可一世的男人其实并不是什么坏家伙。

"有方案吗？"

"嗯，可以稍微先透露给你一点点。"她从柜台后面取了电脑，稍微打开几页预览，给他过目一番。

齐孝川面无表情地看下去，大概奶青真的很好喝，所以自始至终端着茶杯。末了，他才冷冰冰地说："这种规模的，不用找公司，选好宣传平台自己弄也行。"

老板已经拉开椅子坐下来："不鸣则已，一鸣惊人，我还是想扩大影响力嘛。你人脉比较广，有没有可以介绍的靠谱外包？"

齐孝川的恶劣性格在这时候才暴露无遗，虽说他也从未有过掩藏的意思，皱着眉反问："帮你我有什么好处？"

老板意味深长地一笑："你要是帮忙，以后你过来，我都安排骆安娣教你的课。"

齐孝川放下茶杯，合上书本，面不改色回答："你把升级方案、价位和联系方式都发我一份。"

到了下班时间，仲式微换过衣服，和上楼回办公室的老板擦肩而过，就看到老板一脸阴谋得逞的坏笑，同时还自言自语"真好懂啊"。

掀开门帘出去，戴上头盔跨上宝贝摩托车，仲式微身材高挑，相貌也属实优越，走在校园里不知有多少女生关心有加，唯独他中意的女人却无动于衷，对他也好，对路边要饭的乞丐也罢，通通一视同仁、心无杂念。

骆安娣正在跟齐孝川说话，不知道两个人谈到什么，她轻轻笑起来。

那一幕当真是要多碍眼有多碍眼。

殊不知，齐孝川难受得濒临窒息。她是两百瓦功率的灯光，而他则是一尊呆头呆脑的雪人，马上就会融化，立刻就要融化了。失手发送了越界的短信，他整整纠结了一天，有时候会觉得想和骆安娣见面简直是自虐，偏偏他好像已经上瘾，实在是可悲。

"那个，我爸妈……呃，就是，他们其实一直很挂念你，"就算是最贫穷的时候，齐孝川也从未如此窘迫，支支吾吾，像个青春期的纯洁处男。只不过请人去家里吃顿饭而已，为什么这么没出息？他反复辱骂自己，却毫无助力，"有空的话……"

自始至终，骆安娣只耐心地聆听着他的话，绝不打断，也没有任何负面反馈。

他快要说完了："可不可以考虑去我家——"

"安娣。"

发出这个声音的自然不是齐孝川，因为时至今日，他都还对骆安娣直呼其名，连名带姓，一点也不亲昵，一点都不熟悉，就连 Lady Gaga 和泰勒·斯威夫特都比他们亲密。

仲式微说："安娣，你可以过来一下吗？我有话对你说。"

"式微？"

骆安娣流露出困惑的神情，另一旁的齐孝川则完全一脸蒙，突然被打断，还要眼睁睁看着不受自己控制的状况发生。

"我实在是受不了了，这个人凭什么……我会保护你，珍视你，绝不会让你受一点伤害。" 仲式微并没有像他所说的那样等待她过来，相反毅然决然地靠近，很快抵达了骆安娣身边，"我喜欢你。"

帅气的弟弟型角色当众告白，这种梦幻场景竟然在现实当中出现。有那么一刻，齐孝川希望变形金刚能突然出现，一脚把这里夷为平地。他悄无声息别过目光，只见骆安娣用力眨了眨眼睛，随即惊讶地捂住了脸。

第六章

　　齐孝川感觉自己就像电影《偷自行车的人》里的主角，穷得叮当响，家里还有几张嘴要喂，唯一能谋生的自行车却被偷了。求助无路，除了去偷一辆新的来别无他法，但他偏偏还没这个技术。就是这样难堪的时刻，无法坐上自行车坐垫，所以只能站在地面上干瞪眼。

　　假如不用负责的话，他恐怕已经像切水果一样横七竖八给仲式微来了一套连击。然而，事实是，现实的他就像字面意义上的"麦田里的守望者"，一动不动地站着，宛如眼睁睁看着《回家的诱惑》里林品如点了颗痣就能大变身这种戏剧性情节发生，虽然拼命咆哮"这也太扯了"，却除了继续看下去以外什么都做不到的一名普通观众。

　　这场舞台剧的男女主人公分别是仲式微和骆安娣，和他八竿子打不到一起。非要拉点关系，那也就他俩是五阿哥和小燕子，齐孝川是福尔泰，剧情没开始多久，他就到西藏当赘婿去了，和主线基本不搭边。

　　骆安娣用手压着脸，不好意思地笑起来，说："可以让我考虑一下吗？"

　　"当然，"仲式微回答，充满诚意的目光落在她身上，他说，"我会一直等你的。"

　　然后他转身出去，毫不拖泥带水，手臂底下还夹着黑色头盔，走到室外，长腿一迈，跨坐上昂贵而气派的摩托车，在轰鸣的马达声中扬长而去，潇洒异常。留下天堂手作店里的人们久久难以缓过神来，纷纷朝骆安娣投去关注的目光。

　　骆安娣脸上也微微泛着红晕。

同事朝她挤眉弄眼："不得了，'下一站是幸福'啊。"

她用力摇头，尴尬地摆手道："还在工作时间呢。"

冷不防身边有人提问，齐孝川说："这都不开除？"

骆安娣回过头，好像这才想起他还在似的："刚刚，小孝问我考虑什么来着？"

比起考虑是不是要答应告白，考虑去不去吃顿饭实在太简单了。齐孝川的果断来得太晚了："去不去我家吃饭。我爸妈很想你，你还记得他们吧？"

"齐叔和齐阿姨吗？好啊，我一定去。"果不其然，骆安娣不假思索就答应了。

她今天这班要一直上到晚上，齐孝川吃了点东西就走了。踏出店门时，他难得觉得风那么凛冽。

回到家洗漱，之后很想倒头就睡，打开电视机却不看。他正拆卸腰带准备进浴室，忽然间，跃动的声音和光影吸引了他的注意力。齐孝川倒退几步，先是凭借听力，随后回过头，目不转睛盯着电视屏幕。

良久后，他临时掏出手机拨通了电话。

之后通话中，他和对方讨论的问题基本围绕这个展开。齐孝川坚持他上次关掉电视时收看的是付费的台球比赛转播，可现在却变成了著名小妞电影《公主日记》，而且还是两季连播。而家政公司显然觉得他是一名有被害妄想倾向的精神障碍人士，此时此刻所做的是胡搅蛮缠妨碍正当工作。

"我不觉得委托别人清理我家代表授权别人动我的财产，"齐孝川走来走去，"你应该彻查你们的员工。"

对方回答："或许您有没有想过是您忘记自己上次调换了频道呢？"

"你在搞笑吗？还是说你平时就是个连自己早餐吃了什么都不记得的人？那我可能记性比你好一点，至少我知道去年今天的现在我正在西班牙看展览，手里拿了一杯 BEZOYA 的纯净水，还问旁边的翻译味道为什么这么怪。"

"……很抱歉，您可能有什么误会。但您的问题我会记录下来，如果有什么后续，我们再联系您。"客服不能承认这种错误，因此只好给出既定说辞。

"后续？什么时候？春节联欢晚会取消合唱《难忘今宵》的时候吗？"

齐孝川无端想起之前在某个峰会遇到苏逸宁，他"借过"后去接听一个私人电话。可能是马术俱乐部或者保险公司之类的，反正苏逸宁疲于争辩，最后以一句"你知道我是谁吗"收的尾。

那一刻，齐孝川鸡皮疙瘩都快起来了。最恐怖的是，他的确知道那句话有效。而眼下，假如他脸皮够厚的话，着实也很想直接撂下这句台词，然后在对方"你以为你是李嘉诚"的辱骂中怀着阿Q精神三分讥笑、三分薄凉、四分漫不经心地挂断。

他没睡好，又没睡好，这次梦到自己在参加集体跳绳。里面有其他人在轻松地跳跃着，只有他，怎么也跟不上节奏，只能站在一旁望而却步。

不知道为什么，他清晰地记得自己看到了骆安娣的脸。她还是小时候的样子，梳着两条麻花辫，跳起时笑着仰头，日光亲吻她的脸颊。

少女整个人都是暖洋洋的橘色。

第二天去公司上班，齐孝川提前了两个小时到。大家说说笑笑到公司，他已经挽着衬衫袖口专程下来催文件，顺便面无表情将搁在公共区域的臂力器拧弯到极限，然后松开，扔回原位。

办公室的聊天群里立即被"狂暴哥莫拉再降临""大白鲨重生""老板又退化回小学鸡了"刷屏。

还在试用期的新员工一时没能搞清楚状况，竟然失手在当事人也在的项目群里提问"小学鸡是谁"，万籁俱寂，比核武器降落后还安静。齐孝川看到了，因为没找到三节棍，所以想报复也只能作罢。

和父母说过骆安娣要来，两位老人高兴得像是要接待什么外国来宾，专门打扫卫生买了菜，就差挂个绶带，在家门装个充气拱门了。

刚得知骆安娣没有男朋友时的心情，齐孝川已经忘得差不多了。印象更深的，终究是她对仲式微说的那句"让我考虑一下"。目睹那一幕的他内心只有三个字，分别是"那""我"和"走"，外加一个疑问号。但回过神来仔细想想，他于她而言，也的确什么都不是。

因为事先约定过，所以她已经提前准备好，换下了店里的制服，穿着无袖的纯色上衣和包臀裙，卷卷的长发盘在脑后，像花坛般精致。

那样的骆安娣说："小孝。"

齐孝川为她打开车门，安顿好后才回到驾驶座。因为反正要回老家，之后的安排还没定，所以自己开车。

骆安娣一点也不介意地坦白："好久没见到齐叔和齐阿姨了，感觉有点紧张啊。"

"有什么好紧张的。"他强压下告诉她"你今天很漂亮"的念头，继续板着脸说道，"他们准备了你以前喜欢的菜。"

可能只有骆安娣会这样，毫不客气，却不会给人任何傲慢的感觉，像柔顺的网纱一般笑着说："好期待，好想吃啊。"

行驶路途中遇到了几个红灯，等待的时间并不短，齐孝川问她："那个人之后还过来了吗？"他想问的是仲式微。

骆安娣怎么会知道他含含糊糊指的是谁，左思右想，斟酌了几秒钟，随即做出了判断，也没想那么多，落落大方地回复道："你是说苏先生？他过来了。前几天带了栀子花过来，好像是在他家花园里，自己用剪刀剪的。很漂亮。"

"苏逸宁也来了？"齐孝川一时间没控制住语气，顿了顿才解释，"我跟他工作上不太对付，你们是怎么认识的？"

骆安娣没想到他竟然不知道，毕竟他们初次见面时就显得很熟，颇感意外地解答："你不知道吗？他和老板是朋友，好像也是经过朋友介绍认识的，天堂手作开业初期帮了很多忙。可能资金有他一份也不一定。我也不太清楚啦，毕竟只是偶尔见一见。"

一听她这若无其事的口吻他就来气："你太没防备心了。"

"啊？"

"你没觉得他对你很特殊吗？平时也老在你旁边转。"

她还在无忧无虑地微笑："没有吧，店里谁都可以来。他送我的东西，其他人也都有份呀。"

"但他不是请你吃饭了吗？对别人也这样？那他也太有空了吧？你们店里每个人都请一次？"

"那……那个我不太知道，但他人挺好的。"

"你怎么知道？"齐孝川语气淡淡的，"别老这么傻乎乎的，别人叫你吃饭你就去。"

骆安娣望着他，良久没出声，好一会儿过去，她才没头没尾地轻笑，百无聊赖地说："那小孝叫我，我就可以去了吗？"

他霎时间被噎住了，断断续续，百般踌躇，然后回答："……那是因为我对你没有别的心思。"

她不急着说话，手机响起来，骆安娣接通了，似乎是和工作相关的事。有客人私下向她预约课程，她立刻记录下来，等挂断后传送到同事那里。

刚刚的话题也就这么不了了之。

两个人进了门，齐孝川面色铁青，骆安娣笑容满面。

他爸爸妈妈主动到门口来迎接，见到骆安娣时，齐爸爸眼眶都红了，齐妈妈更是当场泣不成声。一时间场面全乱了，慌忙递纸巾的，一脸不高兴旁观的，发现锅里还炖着鱼的，几个人忙成一团。

小时候，其实骆家的用人们也会称呼骆安娣"小姐"，夸张而富有小资情调："小姐，你过得好不好？终于见面了。"

"安娣，知道你要来，叔叔连觉都没睡好。本来还想开车来接你的。好久没坐叔叔的车了吧？"

齐孝川冷眼旁观着一切，默默感觉又到了自己该离场的时候。

他不太擅长融入热闹、温馨或煽情的气氛，也适应不了。刚要走，却被卷进风波。

"安娣啊，你不知道，"齐爸爸向来是齐孝川的克星，不论是拿着能胖揍孩子的物件时，还是随便动嘴皮子的时候，"孝川也特别想你。"

齐孝川咬牙切齿："我什么时候——"

下一秒，他就被推开，齐爸爸语重心长地说下去："他那时候整天死要面子活受罪，净知道瞎折腾。跟你待在一块才好一点。安娣，他那么没出息地喜欢着你，你可是他的救星。"

用来形容爱慕之情的说法有许多种，"掏心掏肺""执迷不悟""深深地爱"，但放到齐孝川身上，却变成了"没出息"地喜欢。

他有异议。

而且，他也不承认自己有做过任何父亲口中所说的行为。

眼看着齐孝川马上就要和爸爸打起来，骆安娣始终乐呵呵的。而齐司机不仅在公路上是老司机，在捉弄儿子这件事上显然也不生疏，直接无视他的控诉，全心全意关心许久未见的大小姐。

"你过得怎么样？骆老板和骆夫人呢？吹瞬少爷还好吗？"

骆安娣微微笑着，刚要回答，就听到厨房里传来一声闷响。

他们冲过去，只见齐妈妈正跌倒在地，用力地喘息着。

骆安娣花容失色："阿姨！"

齐爸爸大喊出声："老婆！"

齐孝川一言不发，立刻蹲下身去，从旁边的架子上找到纸袋，顺便叫他们立刻联系医院。

本来应该是感动人心、值得纪念的重聚，谁能想到最后竟然演变成搞笑又突兀的闹剧。

救护车呼啸而至，万幸妈妈在等待过程中已经渐渐平静，但最后还是躺上担架，在齐爸爸的陪同下离开。

齐孝川和骆安娣单独驾车去医院，结果最后一大桌子菜，连口水都没喝上。

医生的诊断是呼吸性碱中毒。可能是因为一时间太激动，因此才造成的呼吸困难。虽然不是那么常见的疾病，但好在还能控制，只需要多加注意就好。医嘱中的判断也不算严重。

走出去时，骆安娣才松了一口气，苦笑着说："我还真是个扫把星，一过来就害阿姨不舒服。"

"跟你有什么关系？"齐孝川凶巴巴地反问，没好气地说道，"别随便包揽责任。"

他被爸爸推搡出去，千叮咛万嘱咐一定带骆安娣去吃点好的，填饱肚子。

这两夫妻关系倒是几十年如一日地好，当初结婚没多久，家里穷得叮当响，齐妈妈挺着大肚子，齐爸爸没日没夜开出租车赚钱，一心只想着未来的美好生活。只可惜天不遂人愿，没想到齐妈妈在月份相当足的时候滑跤了。

在要么冒着生命危险保留孩子，要么失去生育能力抢救的两难境地下，齐爸爸当机立断，坚定地选择了后者。从此之后，他们就再也没有孩子了。

齐孝川的奶奶连夜赶来妇产医院，进门时，小两口已经抱头痛哭过，眼圈红红，都做好了负荆请罪、低头认错的准备，未料老太太敲着拐杖进门，抑扬顿挫地怒喝一声"傻孩子"，毫不犹豫抱住了儿媳妇。

"让你受苦了。那娃娃去了，是我们没缘分，没有办法的……你的命才最要紧啊。"老太太的肺腑之言中浸透了悲伤，"往后能好好的就好。"

有如此觉悟，在那一辈人中自然还是少数。齐孝川的爷爷就从此再未踏入过儿子的家门，逢年过节见着他和儿媳都嗤之以鼻，对这"害我们齐家断子绝孙"的两个晚辈毫无好印象。

在不孕不育数年后，他们偶然得到了领养的机会。福利机构里的孩子很多，大多都有先天性疾病，因为条件差，瘦小的不在少数，年纪大了还连话都说不好的比比皆是。

刚见到齐孝川时，他被归纳到孤独症患者的行列，和患有唐氏综合征、小儿麻痹症或其他疾病的孩子住在同一个十二人的房间。

说实话，那时候，领养齐孝川和他们知识面狭窄脱不开关系。

他们并不清楚孤独症是怎么一回事，只知道不是智障和身体残疾，至少比其他小孩好得多。甚至连齐孝川是装病这一点，他们都一直没有意识到，单纯觉得自己运气不错，捡到了个挺省心的便宜儿子。

齐孝川的膝盖和小腿骨上有几道不自然的凹痕，都是以前乞讨时为了假装残疾而留下的。本来直接砍他一条手臂就能解决问题，采生折割并不算新鲜事。但他跟其他被拐的"细蚊仔"相差甚远。他很机敏，随机应变能力强，缺胳膊少腿都搞不好造成损失，就连"事头"都对他有几分好感，因此逃过一劫。

警方终于着重关注起职业乞丐，逐渐开始侦破案件，齐孝川也随之获救，可惜早已忘记来时的方向，依稀残留的记忆里，也只剩下自己在绿皮火车上被掳走的剪影。

人贩子多次转手，其间下落不明的嫌疑人数不胜数，交代的信息也含糊不清。他彻底丧失了回家的可能。随政府安排转移时坐的还是火车，这些年来挨过不知道多少打，见识过多少同伴的死亡。浑身伤痕，麻木不仁地立在站台，再听到火车悠长的鸣叫声，出乎意料，已经什么感觉都没有了。

在乞丐中间，他的外号是"蛤蟆"，青蛙的意思。原因是有次差点被其他帮派的人抓，他跳进水里躲藏到天亮才脱身。

最后一次用这个名字是在指证的场合，时常来送饭和收钱的事头婆破口大骂："蛤蟆你不能这么没良心，是我们给饭吃你才没饿死的啊——"

进入机构，他也有过一个短时间的名字，姓氏和其他孩子一样是"党"，后来出去后才更换。

他对人并没有什么信任，也缺乏一切出自积极面的思考方式，人的善意是无稽之谈，凭借获利的动机行事才合理。就这样，他一开始并不打算被领养，所以不论谁对他说话都置若罔闻，时不时还故意搞些麻烦，久而久之就被来福利院例行公事的医生定义为孤独症。

被领养是歪打正着，但顺其自然，居然也风平浪静。

他变成了齐孝川。

他们就近进了一间百货商场。

齐孝川并不挑食，所以主要还是想看骆安娣的喜好。骆安娣也主动说不饿，只在看到冰激凌店时眼睛亮起来。

"那我去买，你在这里等吧。"他二话不说就把她安顿下来。

"可是，小孝……"骆安娣其实是想说些什么的。

冰激凌店主打的风格就是甜美可爱系，尤其最近热卖的主打产品还是粉红色的樱花味外加满满当当的草莓味的威化饼干，此时此刻排成长队的人们是清一色年轻女性，化着精致妆容的女大学生，打扮休闲时尚的女上班族。然而，齐孝川却好像没看到似的，又或者说，他根本不觉得自己过去会有违和感，至少不认为别人的目光有什么重要。

齐孝川走进去，手里还拿着骆安娣的外套，目视前方的广告牌，给人的直观印象就是为女友跑腿的忠实猎犬，引来周遭一圈湿答答的关注。这架势太过标新立异，即便忙碌的店员接待他时也不由得端正态度，很难忽视这样一位不苟言笑、外貌帅气的男性顾客。

买完以后取餐，整个过程中，他都游刃有余，在众目睽睽之下回来，将她想吃的冰激凌递给她。

骆安娣笑着仰起头，吃了一口，然后慢条斯理地开了口。她声音很轻，所以需要齐孝川略微低下头来。

他靠近她，听到她说："大家都在看你呢。"

他蹙眉，满脸严肃地反驳道："错觉吧？哪有人吃饱了没事干盯着别人看。"

"你平时不关心其他人吗？"她问他。

"为什么要关心不认识的人？"他的回答是问句，但也和陈述句差不多，况且，最后还有追加，"我看着你就行了。"

骆安娣望着他，缓慢而温和地任由笑意延展。她无缘无故地叫他："小孝。"

而他也应答了，即便这个称谓给他带来过不少糟糕的经历："嗯。"

"小孝。"她起身，仰起脸注视他。

"干什么？"他问。

她想起了很久以前，他在打工的比萨店擅自违背员工守则拿冰激凌来吃的时候。

眼下，她把冰激凌朝向他："你也吃。"

齐孝川一反常态地摇头，拒绝得干脆利落。

骆安娣有点纳闷："怎么了？"

他说："你想吃，我就不抢你的了。"

她一怔，笑容加深，灿烂得令人想要回避："你对我真好，就像我妈妈一样。"

他是突然想起来的，但之前并非没想过要问。骆安娣和她的家人一起，杳无音信了这么多年。

两个人渐行渐远，走在回车上的途中。天被暮色覆盖，茫然而寂寥，月亮来不及升起，繁星点点缀满夜空。

齐孝川垂下头："骆夫人呢？这么久了，一直没听你提起过。"

骆安娣吃着冰激凌，味道冰镇了舌尖，除了甜以外什么也尝不出来："妈妈……在去医院的路上遇到事故，被车撞到了。伤得有点重，所以没能挺过来。"

"……爸爸呢？"

"爸爸当时在医院。妈妈是去见他最后一面。本来也有心脏病，后来受了很大打击，还要去看精神科医生，喝了太多的酒，结果很突然。是猝死。"

她的语气很平缓，几乎让人难以觉察所说的内容如何残酷，就像玻璃碎片闪闪发亮，像宝石一般。

在骆安娣最常读的外国小说《小公主》中，女主人公曾经落到居住在阁楼里、受尽屈辱的境地。有那么一些日子，能支撑着她的只有父亲过世前赠她的洋娃娃。但就算是这样，她也有过崩溃的时刻，已经濒临绝望地喃喃自语"我就要死了，我已经受不了了"，以及歇斯底里地摔开布偶哭喊："你只不过是个洋娃娃！洋娃娃！你什么都感觉不到！"

骆安娣有过这样的时候吗？

她微笑着，目不转睛地看着可爱的、甜蜜的冰激凌，不疾不徐说下去："小时候，家里有个池塘。到了晚上，星星倒映在水面，真的非常漂亮。"

他好像说了"嗯"，又好像自始至终只是沉默。

"爸爸本来希望等吹瞬毕业，再把家里都交给他的。计划是这样。家里出了事，吹瞬其实很着急，又很自责。他对自己要求太高了。"她的嗓音像拎着落满尘埃的裙摆在原地踱步，"其实池塘不深，应该是不会有事的。本来是不会有事的……"

初次去骆家时，齐孝川跳进了那个池塘。

水不深，只是很冷。

被所有人视作"神童"的骆吹瞬专精天文，偶尔会流露慧极必伤的细节，对比自己年长三岁的朋友交代过"你应该对我姐姐好一点"。

拉着中提琴的少年像梦一样消失了。

"还好遇到了小孝，终于又跟小孝见面了。"骆安娣回过头，望着他，笑容晕染成阁楼窗外的炊烟，叹息似的、模糊的、湮没无音的。她说："就只剩下我一个人了。"

再去天堂手作店时已经是礼拜四，雨季迟迟不来，绿植也都干瘪枯槁。

齐孝川隔天要出差，他在快餐店解决午饭，草草收拾完东西下班。新办理的会员卡还没启用过，之前陆陆续续收到信息，进门后被店员精准无误地叫出名字，单独迎到楼上的教室去。

比起一般的客人，会员可以自主选择饮品的种类，甚至连桌布花纹和香氛的喜好都被照顾到了。

桌上摆放着装满材料的竹篮，他正想伸手拨弄，轻盈的脚步声传来。

骆安娣出现了，满面笑容地问候："小孝！"

齐孝川想起她十几岁时的那张公主床。

光是接触就仿佛会陷下去，令人紧绷的压力也悉数纾解，柔软而洁净，舒服得像是身体要消失了。

听到她的声音，耳朵就像融化了一般，她的眼睛就同在无刺激的前提下洗涤过。但凡她哭泣，即便是石头也会动容，别说是替她捞起遗失的金球，就是要他去死，他也没准会失去灵魂地回复："好的，当然。我马上就去。"

骆安娣将手臂背到身后，微微前倾上半身，零碎的卷发垂落胸前，眼睫翕动着。她抽出松软的羊毛，慢慢地卷起来，一边做动作示范给他看，一边用低低的声音说明流程。

自从上次他送她回去以后，两个人已经有段时间没见过面。

回去之后他做了梦，他和骆吹瞬并肩席地而坐。他们仰着头，星空璀璨夺目，骆吹瞬说："我不是说了，你要对我姐姐好一点吗？"

反驳的话有那么多可说，齐孝川却一反常态地示弱："对不起。"

他们不说别的话，明明过去曾经花过数不清的时间谈天说地。不仅如此，不知道为什么，齐孝川怎么也看不清他的面孔。

醒来以后，齐孝川很想告诉骆安娣这个梦。

然而，计划总是无法与现实齐平。

按照固定流程卷好羊毛，然后用粗针一下又一下地戳刺，如此机械且枯燥无味的活动，齐孝川却丝毫不觉得无聊。

况且，他也不是独自一人在做。

苏逸宁比他来得更频繁，会员开通时间也更长，上次完成了一部分的他，这一回已经调换成中针，直接进入塑形的后阶段。他甚至有闲暇主动和齐孝川搭话："你有没有听说前段时间的虚拟货币？我大学时的教授很看好。"

齐孝川目不斜视，聚精会神忙于手头的事，冷淡地回答："我劝你看着点手。"

果不其然，话音未落，苏逸宁就戳到了手指，痛得倒吸凉气。

骆安娣端着茶杯上来，既表示关切，又不带慌张地靠近，替他检查伤口，同时娴熟地从口袋中掏出创可贴："要小心呀。"

苏逸宁接过去，天生含情脉脉的眼睛看向她，但刚要说点什么就被打断。

齐孝川道："我弄好了。"

他身体后仰，贴住椅背，以便骆安娣走过来检查。

"做得好好啊，现在可以继续毡化了。"她的夸奖并不是客套，能如此轻松上手的人的确不常见。

齐孝川很快拿起了一根细针，接二连三、勤修不辍地对着羊毛刺下去。

苏逸宁索性看都不看自己的了，全身心投入观察齐孝川："你这个地方该用粗一点的针，还是学徒，怎么能总想一口气吃成胖子。得一步步来啊。"

齐孝川不是被人看就会怯场的那类制作者，仍然我行我素，自顾自地继续做羊毛毡："不关你的事。"

"齐先生，我记得我已经开诚布公地向你坦白过心意，骆小姐今天刚好有空，这里只有我们上课。那么，你还是改日再来比较识趣吧？"苏逸宁说。

最烦这种冠冕堂皇的话术。齐孝川头也不抬，直接边扎羊毛毡边掏出手机。大约几秒钟后，就听到楼下传来动静，本来因为一些乌龙被排班排除在外的仲式微从天而降，用镊子往餐盘里添了仙豆糕，同时将充满敌意的目光朝另一端的苏逸宁投去。

苏逸宁并没有流露不满，只是眼神降低了温度，用若无其事的口吻打招呼："式微也在啊。听说你来这家店兼职，老板私下和我夸了你好多次呢。"

"呵，"仲式微轻笑一声，干脆利落地服务，果敢无畏地回复，"不如给我加工资。"

苏逸宁顿了顿，说："需要钱的话，你不妨考虑换个工作。你看，齐先生的公司规模那么大，不也肯定会缺人吗？"

齐孝川及时插话："不缺。"

"那我这边……"

仲式微霍地打断："不去。"

于是，本来两个人的组合就这么变成了三个人。

事实上，像是扎羊毛毡这样的活动，需要指导的部分和自己作业的工程比起来九牛一毛，大部分时间，大家都只是埋头在戳自己的。

花钱寻求治愈是蒙昧无知的行径。为了赚取更好的生活而榨干自己，感到疲惫是情理之中。然而，好不容易得到了钱，却白白要拿这些以承担压力为代价换来的事物去舒缓压力，实在本末倒置，简直不可理喻。

手工就更让人迷惑了。假如是为了省钱那还好，但如今工厂流水线出品的东西皆物美价廉，为什么还非要自己动手制作，真是吃饱了撑的，自己给自己找事做，有那个时间还不如去多看两页书，多跑两圈步。干点什么不好，非要自寻烦恼。嫌时间多请去当志愿者，钱不需要的话可以捐给希望工程，没必要在这里闲得发慌地制造次品，试图用这种吃力不讨好、毫无意义的活动来虚有其表地改变生活方式。

但齐孝川的个性是做什么都要尽全力。

苏逸宁时不时找骆安娣，借提问羊毛毡的制作方法来引导对话。

仲式微被店长警告过不许再打扰骆安娣工作，因此只能端着茶壶转来转去，视线却一直停留在他们这边。

只有齐孝川，屏气凝神，专心致志，整个过程中只埋头苦干，反复用戳针刺进羊毛。形状渐渐凸显出来，覆盖羊毛重新固定，间歇性地挤压塑形，按照书本和视频中的方法加以改造。他面前的茶杯里始终是满的，点心也一口没动，整整几个小时都在戳羊毛毡。

到最后，苏逸宁将完成进度没有提升多少的羊毛毡留下离开，仲式微也打扫了一圈卫生。

女同事捏着白色的门帘驻足观望，随口叫住经过的骆安娣道："他都弄了一下午了，真的没事吧？"

"嗯？"骆安娣抱着材料篮，笑眯眯地探出头看了一眼，"很认真啊。怎么了吗？"

穿着一模一样制服的女店员撇撇嘴："不是，你肯定也知道的吧？这几个人专程跑来这里究竟是为什么。"

"为了什么？"骆安娣摆出真不清楚的天真神情来。

"……"假如不是打过这么多年交道，真的很难不觉得眼前的女人有高段位，"你回复那学弟的告白了吗？"

她笑一笑，点头舒了一口气："嗯。其实当时就想回复的，但是当着大家的面不太好开口。我拒绝他了。"

"啊？"同事垂下眉毛，露出一副惋惜却不意外的表情说，"虽然猜到了，但还是挺好奇的，那么一个混血风格的小帅哥，你对他就一点感觉也没有吗？"

骆安娣明显不想说得太过分，只能压低额头，细声细语地笑道："未来他一定会遇到更好的女生的。"

她们轻声地讨论着，殊不知仲式微就站在走廊尽头的视觉死角。他握着打扫工具，尚未脱去少年气的脸庞上隐隐约约透出失落。

呼叫铃响起，骆安娣临时折返，不偏不倚和他撞了个满怀。

她的头发都弄乱了，退开来后连忙整理，又软绵绵地笑起来说："我好笨啊。"骆安娣好像从来不知道自己笑容的杀伤力有多大。

齐孝川选的图案是一只小动物。对于新手来说，一开始就挑战高难度并不明智，但他还是坚持不懈地戳着羊毛毡。不断修改，不断加工，最终戳出了一个胖乎乎的小猫头部。

"眼睛的零件我直接用了盒子里的。用了挺多羊毛，还没做完。"齐孝川站起身来，活动着肩膀道，"总是很奇怪，脸的形状太难弄了。"

这是他这几个钟头里第一次主动和骆安娣说话，内容全部围绕羊毛毡展开，不知道该说他是心无旁骛，还是跑题跑到外婆桥后心安理得地在那儿安了营扎了寨。

骆安娣拿在手里转了转，抬头微笑说："第一次能做成这样已经很了不起了！"

恰好刚来上课的主妇们遇到，又再现了一次看到他刺绣时的场景，围着连连赞叹，甚至掏出相机拍照："这不是做得很好吗？"

"比我上次戳的兔子钥匙扣好多了。"

"怎么才能做成这个样子啊？"

面对太太们的热心求助，齐孝川像个大爷似的站着，想了半分钟才说："别偷懒，多戳针。"

他只是随口一说。

也不知道这些年龄能当他姐姐甚至妈妈的主妇们到底是想挖苦他还是什么，竟然稀稀拉拉鼓起掌来，害齐孝川难堪到想找个地洞钻进去。

骆安娣完全没在意，她直接坐下，拿起羊毛拉扯薄，包围到小猫的脸部周围，然后用细针修饰起来。她轻巧地做着这些，氛围与他那时候截然不同。

童话里常有这样的设定，说一句话就吐出一颗宝石，流一滴泪就形成珍珠，骆安娣没有那样的魔力，却和那种角色相似，拥有善良得无可挑剔的美德，最后迟早会遇到王子。

齐孝川站在一旁打量她。不论过去还是现在，在骆安娣跟前，齐孝川总是自惭形秽，他自知鄙陋，也从不奢望去企及她这样的存在。他曾义正词严拒绝过她，而她却一而再再而三追问他会不会有例外。除非怎样，他才会接受她？他心想，除非她需要我。

但她永远不会需要他。

那一刻，他并没有把话说下去。

骆安娣戳着羊毛毡，即便教顾客时会强调直着下针，但她无须遵守这些也照样能完成得很好。不过一会儿，猫脸周围已经植上一片毛茸茸的羊毛，转瞬弥补了之前的走样，软硬适中。

确保不会坍塌，落到桌上也会有足够的弹跳力，她双手拿起来给他看，笑着问他："怎么样？"

其他客人已经各自散去了，楼层里只剩下他们这里的一缕光。他望着她，像是短路的电脑，也类似被电击过了头的实验动物。

齐孝川没有回答她，只是说："跟我一起生活吧。"

她慢慢地伸出手，把戳针和羊毛毡都放回桌上。这不是适合一下子提出邀请的事，同理也不适合眨眼就做出回复。但是，骆安娣仍然当即开口，爽朗而阳光地说："不行哦。我现在的房子还没到期呢。"

不答应也算是意料之中，但轻描淡写以这样的理由带过倒是有些奇妙。

骆安娣没有任何搪塞的意思。

她是以一年为期限签的合同，之前和别人合租，但对方并非本地人，很快就因无法适应这里的生活节奏决定回老家。价格、交通、地理位置，租房要考虑的要素很多，她没找到更合适的地方，一度准备辞职。然而听说她要辞职，老板竟然自掏腰包主动提供了补贴金，帮忙解决了燃眉之急。

老板伸出援手的行为倒也不能说是别有用心，主要是能遇到骆安娣这种员工实在是破天荒。她才入职没多久，会员人数就成倍增长，其中半数以上都会自发提出希望她来招待。骆安娣是不可多得、无可替代的人才，这是但凡雇主稍微有一丁点脑子就能得出的结论。所有其他员工都抵不过她一个人。说得夸张一点，就算让她去拿"能百毒不侵"这种漏洞百出的谎话卖白萝卜，她或许也能一举成为销售冠军。

假如说亲和力是一种天赋，那骆安娣就是货真价实的天才。

齐孝川把还没做身体部分的羊毛毡留在店内，登记后离开。

临走的时候，骆安娣送他到门口，笑着说"欢迎下次光临"。他转过身，不由自主撑住后腰，外套后摆被卷起褶皱，露出里面单薄的衬衫。

忽然间被拉了一下，他回过头，发现她正牵着他的衣角，表情却完全没有自觉，等回过神才发觉。

骆安娣也吓了一跳，把手抽回去，笑着说"不好意思"。

他没点头也没摇头，兀自上了车。

司机驾车过来接他，他全程默不作声，路上没有像最丧心病狂时一样挤出零散时间工作，不闲聊，只是双目空空地看向车窗外。

他自己也有点迷茫，为什么会突然向她抛出那种提议？

小时候不至于考虑那么长远，只不过，其他人默认将来与人结婚生子的共识时，他就已经和他们背道而驰。与人一起生活是昂贵而恐怖的事，结婚对象终归是自己以外的生命体，再怎么沟通也会有分歧，总会要争执，总会要妥协，离婚也没什么好大惊小怪。综上所述，结婚根本没有意义，负担的风险注定比收获多。他这辈子都不打算考虑和人一起生活。

原本应该是这样的。

回到家，齐孝川像僵尸一般移动，用玻璃杯装了直饮水，边喝边走进房间。打开电视，他看到里面自动续播的《BJ单身日记》。

这一次，他没有再像上次一样狐疑，直接点开播放记录，随即看到整齐的女性电影，从《律政俏佳人》到《歌舞青春》，由《麻雀变王妃》至《公主保护计划》。

齐孝川感觉血压在飙升，但只吐出简短的埋怨："有完没完了。"

他走回客厅，用力把门拉开，盯着门锁的位置看了半天，之后又在室内转了一圈，来到摆放杯具的地方，视线上下核对一遍。最后翻出电脑，一边调出门口的监控，一边重新拨打了家政公司的电话。

好死不死，通过电话为他服务的竟然还是上一次那位接线员。齐孝川记得对方的声音，也从对方那一连串的工号确认了判断。他对于上次被说"没有证据""只是猜测"耿耿于怀，因此这回准备好了充足的证据。

齐孝川边操作电脑边据理力争："我走的时候把杯子摆成了一百三十五度

角，结果现在变成七十多度了。门关到剩下四厘米，我之前交代了不用打扫这边，但门还是开了。傻子也能看出来有人动了吧？"

客服带着一如既往的职业操守，滴水不漏地还击道："我们公司的职工或许没能为您收拾到位，非常抱歉，但是就这么判定我司员工动您的财产，会不会有些贸然了呢？我们的员工都经过系统性的培训，请您一定放心。"

"怎么可能放心？你是在说反话？万一明天我的播放记录从小妞电影变成了《安娜·贝尔》呢？"为了极尽讽刺，竟然愿意杀敌一千自损八百，真不愧是齐孝川，"我做过很多亏心事，怕鬼怕得要死。"

"呵呵，"对方在关键时刻开口，"我斗胆说一句，像您这样的脾气，或许伴侣也不会愿意和您一起生活呢。"

仿佛一脚急刹车，齐孝川猛地噎住了。

但如果会这样认输那就不是他了。

对方挽起袖子扬扬得意准备耀武扬威收兵之时，齐孝川最后一次开口说道："……你们公司邮箱给我。"

那时候智能家居并未普及，不管怎么说，习惯独来独往，却在自己房间里装监控摄像头的人绝对是少数。

他把女家政人员带着几名好友在他房间看电视、吃炸鸡、唱歌跳舞的监控录像作为附件发了过去。

之后的一个星期里，家政公司都在努力地主动联络他。

出差回来以后，齐孝川才抽出时间回复。家政公司高层亲自带着涉事员工登门到他公司来道歉，他趁着午休过去，还没吃饭，叫了越南菜的外卖，但迟迟没到，所以心情不太好。

朱佩洁看起来不像吃了豹子胆，只因爱慕虚荣而自毁前途的那类人。恰恰相反，她长着一张冰清玉洁的脸，打扮朴素，浑身透着自尊心强的特质。

家政公司前辈赔着笑脸想要为她说明情况，还没开口就被拦了下来。她站起身，突如其来地提出要自己说。

她的条理也的确很清晰，大概就是陈述自己有个如何爱慕虚荣的妹妹，为了在同学面前撑场面谎报了自己的家庭条件。作为姐姐，鬼迷心窍，竟然利用职务之便为她打掩护，带着妹妹的同学们到自己兼职做家政的客户家中吃喝玩乐。

歉她也道了，不知道为什么，被道歉的人却一点被道歉了的感觉都没有。齐孝川还没开口，朱佩洁就红了眼眶，用发誓的口气说道："造成的损失，不管要花多长时间，我都一定会赔偿给齐老板。"

手机振动了一下，他看了一眼，是秘书说外卖到了。齐孝川准备走人，末了又觉察到什么微妙之处。如今员工里有人叫他"老板"，也有人叫"齐总"。称呼就只是称呼，怎么叫都无所谓。不过，这几年生意做大了，"齐老板"这样的称谓总显得像个背着蛇皮袋走南闯北的批发商。

这样的风格让人怀念起从前。

他临时转过身，皱着眉问她："我是不是见过你？"

朱佩洁原本把头压得很低，这时候才勉为其难抬起来。她艰难地吞咽了下唾沫，继而回答："以前，我有帮你卖过女装……"

齐孝川骤然想起来了。

他那时候经常自己跑仓库，订单多了，包吃包住雇用了一些职员当客服或打包，朱佩洁就是其中一个。她出身农村，但长得漂亮，和其他女生相处得不怎么好。当时齐孝川也只是学生，年纪比一些员工还小。

女生们抱起团来非常可怕，集体诬陷她偷东西。事情闹得很大，直接把正在行军床上补觉的老板给吵醒了。

朱佩洁的头发被抓乱了，行李也被直接扔出来，整个人狼狈到了极点。其他同事同仇敌忾，义愤填膺，只等着仰仗人多力量大来博取胜利。

然而，齐孝川对一团和气和稀泥这种事向来没好感。

他直接质问谁丢的东西，什么时候丢的，朱佩洁什么时候有机会下手，她是不是真的缺那东西。一条一条列举出来，分门别类推导一遍。她们的诬陷本就是空穴来风，根本经不起仔细琢磨，随随便便就轰然倒塌。

最后，他打着呵欠以"再瞎吵就全散伙"收尾，转头回去睡觉。

朱佩洁一直记得他，这个比她小一岁的老板，比她见过的任何人都更有野心，也具备与之匹配的能力。

按照家政公司的规定处置，大概也就是开除，影响到下一次找兼职，如此而已。

齐孝川准备就这么干，反正犯错负责天经地义。可是这样的事，似乎之前他也有过。还在骆家时，那些试图用类似手段让大人将他，乃至于齐家人一起赶出去的孩子们也从未消停。他的确渴望财富，但对骆安娣家的那些东西并没有过觊觎。即便如此，贫穷就是原罪。

在外号里，"童养夫"已经不算什么，"倒插门""小白脸"和"吃软饭的"才更有侮辱意味。

面对别人形形色色的观点，骆安娣很少反驳，少有的提过异议的事无一不和他相关。她总是担当帮助他人的角色。可惜事与愿违，大家背地里还是将其视作"为齐孝川解围"的善意举动，但实际真就是这样也不一定。

太体贴了，太温柔了。是骆安娣的话，一定就会这么做。

最后，齐孝川索性谅解了朱佩洁。

回去办公室，外卖已经到了，他没心思吃，只是迫切希望立刻和骆安娣见面。

第 七 章

加班的人并不只有一两个，大家吃过夜宵才回去，秘书折返过来拿车钥匙，看到齐孝川冲过凉，竟然就打算在休息室过夜。

平时就连午休都嫌公司床不够软的人忍不住开口："在这里休息不舒服吧？"

"人活着又不是为了舒服。"齐孝川又开始贩卖歪理邪说，"想睡得好的话去坟墓里睡。"

"人活着不是为了舒服那是为了什么呢？你难道是为了折磨自己才工作的吗？"

齐孝川才没空管别人的立场："快滚，我就这个想法，你爱怎么觉得怎么觉得。"

秘书单独到了楼下，在门口看到守株待兔的朱佩洁。她没有走过来，远远地颔首打了个招呼。

秘书猜到她是来找谁的，也劝告了一句"在这里不太好"，但这个时间点了，加上先前他也听说了她是齐总认识的人。拿不准关系远近，猜想齐孝川还没睡，索性打了个电话。

齐孝川出人意料地好事做到底，竟然穿着 T 恤和运动裤和她在楼下会客室见面。当然，秘书也被迫推迟了一会儿回家，在自愿的情况下。

朱佩洁说："齐老板……齐先生愿意谅解我，我真的很感谢。但在我的印象里，你不是会随便发善心帮助谁的人。我蒙受了你的好意，心里实在不安，所以特地取了这些钱……虽然不多，但真的已经是我现在全部的存款。"

她拿出一个信封。

齐孝川没有接，只是低着头，随意拈着沙发垫上的线头，若无其事地回答："这么热的天，还穿高领。一般人也不会一直戴着护腕到处跑。"

他的措辞很简略，语气也平淡，却让她在一瞬间破了心防，胆战心惊地抿住嘴唇，右手也轻轻覆上左手的手腕内侧。她彷徨了太久，在迷失和清醒的间歇里喘不过气来，在每一个赶去上班的清晨都会无缘无故流泪。就算没有发生任何事，就算还没有被逼到绝路，眼泪就如断了线般地流下来。她时常觉得该结束了，有什么东西已经到了极限，但身边却没有人察觉。忙碌的生活中，所有人都只盯着自己，设身处地将心比心多么麻烦，为什么非要去做这种麻烦的事呢？

秘书不动声色瞥了她一眼。

"我还没闲到谁想去死都会插一脚。"要真做到那地步，恐怕去评选感动全国十大人物也绰绰有余。齐孝川说着，以放松的姿态望向她，"但是，死了的话，就连回旋的余地都没有了。你多想想吧。"

将处于悬崖边缘的人推下去并没有任何乐趣，他不喜欢同情和被同情，但也不是以迫害他人为乐的反社会人格。

秘书差不多观望到剧终，起身以"我送您出去"来邀请朱佩洁同行。

乘坐电梯下去，离开写字楼，马上就要分开，秘书柔声寒暄一句，也算尽职尽责，主要还是受不了女人一个劲哭泣："齐总要是说了什么让你不高兴的话，麻烦你一定多谅解。他这个人嘴硬心软，其实不是什么坏人。"

朱佩洁哽咽着发出声音，支支吾吾，在眼泪中回复："我知道。"

骆安娣望着落地窗外走神，服务生一连呼唤了好几次，她才恍恍惚惚回头，笑着说："稍微再等一下。"

因为交通堵塞，苏逸宁迟到了几分钟，坐下时止不住地道歉，回头又劳烦侍酒师开了一瓶新的红酒，和骆安娣的出生是同一年份。他双手交叉，用盛满微笑的眼睛看向她，好像怎么都不会厌烦似的。

倘若是别的女性，被这样帅气多金的男士深情注视，一定多少会有些羞涩。但骆安娣不以为意，她根本没察觉，察觉了也不会在乎，只游刃有余享用着晚餐。

之前参加高枫组织的聚会，苏逸宁就借机向几位朋友介绍了骆安娣。说实话，他们的评价并不算太好，毕竟两个人的家世背景的确差甚远。但这完全影响不了苏逸宁的心情，他只是通知他们，没有让任何人替他拿主意的意思。加上苏逸宁从小和家人分居两地，谈恋爱交朋友，他们向来也疏于管理。

骆安娣一直以为，她和苏逸宁是在天堂手作的开业仪式上遇到的。但其实在那之前，她没有对他留下印象的时候，他就认识她。

当时他刚失恋，对方是相恋七年的高中同学，在慕尼黑留学期间与同学出轨了。他在国内，才接手父亲的事业没多久，遇到困难无处吐露，什么都要硬着头皮学，与恋人分手简直是屋漏偏逢连夜雨。

他那天参加应酬，喝醉后坐在便利店门口，身上只有卡没有钱，也并不想去买东西。大家都行色匆匆，只有一个人停下来问了一句："你没事吧？"

骆安娣一视同仁的态度迷住了他，但最令他困扰的，或许也正是这一视同仁的态度。

这顿饭他约了她四次，第一次她要去给同事代班，第二次她要帮邻居接上幼儿园的孩子，第三次跟齐孝川约好了，直到第四次才有空。假如她是成心吊他胃口，那不得不说，实在是做得太成功了。

他们正在用餐，侍者将车开到了餐厅门前，苏逸宁先一步买单，笑着朝骆安娣道了个歉。

她也只点点头，却不急着离去，反而在他转身后回头，抵达附近的某张餐桌旁，笑着问候道："您就是苏逸宁的姨妈吧？"

从二三十年前起就代替姐姐照顾外甥的姨妈未免有些保护过度，她自己心里也清楚，所以才偷偷摸摸，特地选了不那么容易察觉的位置。她对苏逸宁之前的女友并不满意，那女孩子太有自己的想法了，不仅如此，还有以和大人对抗为乐的倾向，谈婚论嫁就像蹦极，实在是危险。与之相比，这回这个就好多了。模样标致，打扮斯文，言行举止也落落大方，家里没钱也好，好操控，懂事又听话。

姨妈正这么想着，突然间，毫无预兆，骆安娣就已经走了过来。

很难说她是怎么察觉的。骆安娣年轻过了头，看起来懵懂天真，并不工于心计。但在苏逸宁都没察觉的情况下，她竟然发现了，如此敏锐，不知道是真的聪明机警，还是瞎猫碰上死耗子。

俗话说伸手不打笑脸人，就算撞破了，骆安娣也还是笑眯眯的，友善而从容，让人根本挑不出刺。

姨妈索性反客为主，不避讳不退缩地承认："是的。我是逸宁的姨妈，打扰到你们吃饭了吧？不好意思啊，我也是定过位子，才发现和你们撞了的。要是我这个老家伙煞风景了，还请你多多包涵哦。"

立长辈的架子不难，难的是如何用道德绑架来令对方知趣。骆安娣的反应完美符合了她的期待，没有任何一星半点的不快，反而顺着她的说法径自带过。不仅如此，最可贵的是毫不做作，仿佛真相信了这种说法："他们这里的鳜鱼做得很不错。"

"是啊，你也喜欢？"姨妈的满意到达巅峰，大约被高兴冲昏了头脑，一时间多说了些，"下次到我们家里来吧，我叫家里的厨师做给你吃。你要想学的话，也可以跟着学一学，到时候移民以后还能做。你这样的好孩子，等逸宁他爸妈见到，指不定有多满意。"

就在这时，苏逸宁久等不见人影，因此回来找她，刚好就看到这一幕。

他英俊的脸霎时涨红，这样的失态对苏逸宁来说着实罕见。他紧紧护住骆安娣，生怕这样的乌龙事件影响到她："姨妈？您不是答应过我不再叨扰？"

见到外甥本人，姨妈顿时没了方才贵太太的气魄，变成了一个普通的操心长辈："我只是担心……"

"担心什么？有什么可担心？"苏逸宁叹了一口气，无可奈何地说，"您不是我的妈妈，更不是我的管家。"

他带着骆安娣离场。

其实苏逸宁没什么好遮掩的，刚认识不久，他就和骆安娣以诉苦的形式说过自己家的情况，她知根知底，也从未流露过任何厌恶，甚至连怜悯都未曾有。这种平易近人的气质令他沉醉其中。但眼下，他还是希望她不会因此讨厌他。

"我姨妈她没对你说什么吧？"苏逸宁并不想胡乱怪罪姨妈一通，只是认认真真对骆安娣表示关切，"对不起。她并不是坏人，就是太……太宠爱我了，总把我当小孩子。之前我也跟你说过，因为被家族和爱人伤透了心，她只能移情到照顾我这件事上来。"

骆安娣也颔首："你姨妈很不容易。"

她没让他送她到家门口，转而在花店附近下了车。骆安娣买了一束满天星，捧着花掉头，乘坐地铁去了别人家。

得知骆安娣来的时候，齐爸爸和齐妈妈都高兴得像是过年，就差在门口放鞭炮了。

骆安娣带了花和慰问品，水果是出地铁站时在生鲜超市买的柑橘。虽然不太懂得怎么挑，但试吃的部分很甜，而且闻起来很香，看着也金灿灿的，可以说是心甘情愿掉入了营销陷阱。当然，她最关心的还是上次的意外："阿姨身体没事吧？"

"没事没事，就是见着小姐太激动了。"齐阿姨拿起猕猴桃切花刀。这是过去她最擅长的活计之一，如今已经很久没用过，现在看来也还是宝刀不老。

"安娣都这么老远地跑来了，孝川这小畜生倒好，打个电话就了事。"齐司机忍不住数落起自己儿子来，嘴上毫不留情，不是亲爹却比亲爹还亲，"不行，我得打个电话给他。"

齐妈妈也笑着说道："嗯，一年见不到几次的，叫他回来吃饭。"

电话响了几次，接通时，齐孝川还是那副"有事启奏，无事退朝"的欠揍语气，张口就是："干吗？打麻将又输光了？"

当着骆安娣的面，他爸爸的骄傲可以说是拉到最高档，当即骂骂咧咧呵斥："说什么屁话！我上桌就是赌神周润发好吧？"

齐孝川冷笑一声，还想挖苦自己父亲两句，对方已提上正题："今天到这边来吃饭吧。"

他答得飞快："不行，上班。"

齐爸爸为了面子继续死撑："回来嘛。"

"我挂了。"

还是妈妈在听筒旁边恨铁不成钢，笑着插嘴："安娣来了。"

齐孝川正准备挂断，思绪却在一瞬间凝滞，他没问是真是假，只因为骆安娣做出这种事再正常不过。关心每一个人，照顾所有人的感受。

他还是挂了电话。

再也听不到回音，齐孝川他爸拿开手机，颇为不高兴地骂了一句。他妈妈倒是胸有成竹地微笑："晚上做他的饭，他会回来的。"

果不其然，齐孝川踩着饭点进门，骆安娣朝他微笑。他环顾一周，不问自己那动辄吹胡子瞪眼的老爸在哪儿，反而关心起别的事："你的猫没事？"

　　就连骆安娣也有片刻诧异，他还记得她要喂那只叫亚历山大·麦昆的残疾猫，明明只见过一次面。

　　"我准备了猫粮，"她说，"你爸爸在菜园里。"

　　他点点头，不着急过去，反而在她对面坐下来。

　　或许因为童年营养不良，齐孝川是很难胖的体质，为了有充沛的精力工作，所以还算锻炼得当。他经常皱眉，习惯用的表情也多在不爽和冷漠间切换。于这样的男人而言，最恰当的形容词并非傲慢，而是乖戾。信奉简单粗暴，挑剔得惹人生厌，言辞刻薄到缺乏教养。认识他的人偶尔会坦言，齐孝川是个没有同理心的家伙，极度不情愿理解他人，同时也不指望被任何人理解。

　　他坐在她对面的沙发上，与以往位于大庭广众下时不同，整个身体都惬意地躺倒，像是一座坍塌的塔。

　　她认真地端详着他，不由自主地露出会心的微笑。悄悄别过头，就听到耳畔传来询问。

　　齐孝川说："怎么了？"

　　他明明对别人的视线很警觉，态度也相当不恭敬，却唯独到她这里就迟疑。他自认对恶意最为敏感，但她的基础设定里就没有这个词。总是理解他人的骆安娣，从来没有发过脾气的骆安娣，叫他束手无策、避之不及的骆安娣。

　　骆安娣笑着回答："没什么。我去厨房帮齐阿姨的忙。"

　　她像针织的布料，满面都是细细密密的孔，看似真心诚意，因而越发扑朔迷离。骆安娣转过身去。

　　"怎么了？"齐孝川重复刚才的话，回头望向她的背影，"你好像心情不好。"

　　骆安娣略微睁大了眼睛，她是忽然靠近的，三步并作两步，立刻来到他身边，拿开抱枕坐到他身旁："小孝。"

　　齐孝川的心跳漏了一拍，表面却只比平时看起来更烦躁。他蹙眉侧身，有些刻意地避开肢体接触，好像嫌弃似的说："干吗？"

　　"其实……"她根本不介意他的反应，只是难为情地笑起来，接着往他那边贴，"确实是有点事，不知道该跟谁商量……"

齐孝川面无表情地回过头。

脸上是"关我什么事"和"我脑袋又没被驴踢，凭什么浪费宝贵的时间来听你叽叽歪歪"。

心里是炸成烟花、琉璃色柳条般的流星雨坠落海面以及出门遛个弯儿竟然捡到中奖一亿元的彩票。

他轻微地改变坐姿，满脸不情愿地抱起手臂，看起来十分勉为其难地问："什么事？"

短暂的露齿笑后，骆安娣又飞快地抿起嘴唇，小心翼翼地说："虽然也不是什么大事……"

她把白天遇到苏逸宁姨妈的事情说了一遍。

"我知道的，道理我都懂。他姨妈确实很不容易，年轻的时候所托非人，以为遇到一生挚爱却被骗光积蓄，明明很嫉妒姐妹却又只能投靠她……光听着就觉得有够坎坷。这种情况，苏逸宁根本就是她的精神寄托，关心则乱，说话过分一点也正常。但是啊，"说到这里，骆安娣像在演话剧似的握紧拳，轻轻捶了一下自己胸口，摆出无可奈何的样子来，"但是，不知道为什么，她那样对我，好像我不是人，而是件东西一样。真的好不开心啊。"

她明明在吐露衷肠，他却满脑子都是"好可爱"。

在理智与感性激烈斗争中，齐孝川深刻地感觉到痛苦，很想左右开弓给自己两耳光，继续垮起脸说："你是为了什么不开心？是因为自己被人那样指手画脚，还是因为那个人是苏逸宁的姨妈？"

骆安娣想了想，随即回答："主要还是因为被指手画脚吧。"

他发出轻笑，优哉游哉地告诉她："很正常。不是我说，从小到大谁敢这么对你说话？让你学做菜？用你讨他们欢心？说要你移民你就移民？以为自己是皇亲国戚？搞笑。"

他正一副无法无天的态度，却看到她目不转睛、意味不明地注视他。

齐孝川无意识地挑眉，骆安娣就这么回答道："小孝以前对我不也很不客气吗？"

"……"像是没防备她突然翻旧账，齐孝川的神情仿佛凭空吞了一整瓶六味地黄丸，憋了半天才吭声，"我那是……怕了你。"

"怕了我？为什么怕我？"她对这个问题上了心，一个劲追问起来，"我对小孝很凶吗？"

凶，很凶，非常凶。

只是不是凶恶，而是凶猛。他对她敬而远之，视她为洪水猛兽，只因她拥有他没有的财富，而且不知好歹地穷追猛打。

骆安娣几乎要趴到他背上来，因为小时候也这么做，他倒也没多排斥。

齐孝川躲避视线，能做的只有转移话题："你喜欢他？"

"什么？"她恨不得推搡他，猝不及防听到这一句，第一反应是反问。

齐孝川尽可能让自己的语气像是刑警面对嫌疑犯，而非男人盘问中意的女人："咳，你对他有那种意思吗？"

骆安娣抽回手臂，慢慢地坐直身体，思索一番，成功让他们的对话演变到小学生级别的课后聊天："哪种意思？"

"不是说了吗？喜欢，喜欢，喜欢。"他不耐烦，刻意急躁，极有可能是在试图掩盖别的什么，"你喜欢他吗？"

她伸长手臂，肘关节撑在膝盖上。

骆安娣真的在思考。

"嗯。我现在……"她看向他，用解开鞋带般的口吻回复，"没有喜欢的人。"

怎么说呢，也没什么好说。

齐孝川回看向她，表情没有变化，他把头栽下去，整张脸沉没在灰蒙蒙的阴影里说："好。"

他站起身，轻车熟路走进厨房去帮忙。

只听到齐妈妈尖尖的声音在说："晚上吃牛杂……怎么高兴成这样，痴线啊你？"

吃饭的时候，骆安娣坐在齐孝川对面。

她穿着他妈妈买的拖鞋。说是妈妈，其实是养母，偶尔会教训他，时不时也会露出生疏而悲伤的眼神。齐孝川有一次做梦梦到她说他是"养不熟的白眼狼"，实际情况有一定差别。当时他执意辞职，齐妈妈没有愤怒，只是无奈地苦笑，然后感慨了一句"怎么就养不熟呢"。他知道自己让妈妈担忧了太多。不管为家里做了多少，他终究不是个合格的养子。这也没办法，毕竟浑身上下没哪根骨头是顺着长的，硌得他自己都疼。

骆安娣对此一无所知，仅仅笑着称赞菜肴美味。

齐孝川的爸爸刚刚分明在菜园，但进来得尤其快，不知道是不是一直在窗外偷听等着开饭。果不其然，他进来后开口头一句就是："某些同志真的搞笑，这年纪的天煞孤星，还在那儿整天纠结'喜欢'不'喜欢'。"

齐孝川费了很大的力气控制自己不大逆不道把一整碗炖汤对着他泼过去。

骆安娣吃了两碗饭，回去时一直说"太撑了"。齐孝川想送她，她执意不肯，于是由他送她到车站。

他们在黄昏里散步，齐孝川根本没吃什么，骆安娣倒是一如既往地轻松。

他没来由地主动发起话题，放在从前实属太阳打西边出来："……你居然也会为这种事不高兴。"

"嗯？什么？"骆安娣看过来。

"就，苏那什么的姨妈。"他闷头说，"你平时应付么多人，我还以为早不当回事了。不然肯定动不动就难受。"

她眨巴眨巴眼睛，像是花了一点时间去消化他的意思，然后笑着回过头："才没有呢。虽然我可能是有点迟钝，但别人欺负我，我也会伤心的啊。"

"那当然。"他伸出手，没有别的想法，只是无缘无故就是想这么做。

齐孝川摸了摸骆安娣的头。骆安娣并没有所谓的样子，反倒是齐孝川拿开手后焦虑了半晌，手掌和心脏都有点麻麻的，该不会是胸廓出口综合征吧。

到了分开的时候，他站在原地，看着她往前走。

骆安娣转过身来，一边后退一边说"拜拜"。

他想起什么，临时又补充说道："你要……慎重一点。你知道你对人总是善良过头吧？别人对你有所图，你愿意的话，施舍他们也行。但你要是不愿意，就一定要说'不'。"

她笑起来像憨态可掬的小动物玩偶："知道啦。"

他有点迟疑，但是，终于还是说了："不管怎么选，记得想好你到底喜欢谁。不要委屈自己。"

骆安娣还是只点头，看不出究竟有没有在听。

齐孝川目送着她走进人群，消失不见。

不论结果如何，我都会支持你的。他克制住自己没发出声音。

新一届太极拳交流大赛正式开赛，齐孝川提前半个月开始准备，每天将本来就早的起床时间再提前四十分钟，起早贪黑跑步去公园请教形象类似扫地僧的老头子们，相互勉励，共同进步。

秘书否认这是健康的兴趣爱好，因为有一次他偶然骑着山地自行车路过河边，遇到齐孝川用平时和股东讨论年度财务报表的架势解答路边老大爷诸如"退休金怎么从医保卡里转出去"和"连竿怎么钓不上鱼"的提问。

齐孝川对他的反对嗤之以鼻，扬扬得意地宣扬："这届冠军奖金能退税。"

值得一提的是，这公园果不其然是惠民设施，待上小半个月，碰到的人还不少。就连朱佩洁过来晨跑，都能撞见他在公园长椅边看人下象棋。

那几个棋坛高手也算修炼多年，江湖高手相约一战，不分上下，楚河汉界。齐孝川围观时的派头太上道了，差点被过来扫瓜子壳的环卫工人当成收保护费的。他看了半天，按捺不住出言不逊，三两下点破局，气得好不容易占上风的老爷子抄起拐杖要跟他干一架。

他最终在比赛中取得了第二名的好成绩，非常精彩地输给了新搬到附近养老院的退休大学教师。人家之前是教哲学的，见齐孝川年纪轻轻爱好这么特别，怕他想不开，专程跟他聊人生："你是谁？从哪里来？要到哪里去？你活着是为了什么？"

竟然敢挑衅他。

齐孝川冷笑："下次我会赢的。"

不料，太极拳协会马上就把规则修订成未满六十岁严禁参赛。

但这位哲学老师对他可谓是相当感兴趣，一次碰壁，下次继续，抓着他一个劲唠嗑，还专程请他去吃早茶。那间店七拐八拐，很难预约，齐孝川对任何享乐都无感，却拗不过老教师一片热情，把他直接哄骗到店里。

烧卖和虾饺都吃了些，粉丝又香又入味，他喝着茶，总算被对方软磨硬泡得愿意开口。两个人也算聊了些，莫名地，齐孝川想，今天他之所以有空，或许都是因为想起了某个名字有四个字的人。那时候他们也是这样。周翰耀成极其喜爱美食，探店的事更是数不胜数，一见到好吃的，就肯定要拉他一起去。

截至今日，只剩下他的遗孀对他穷追不舍。前段时间她频繁打电话过来，放弃线上联络后，又听住处的物业保安汇报情况，总有个上了些年纪的女人来打听他的事。

齐孝川愿意为她做很多弥补，但让他如她所愿下地狱就算了，把家产全部拱手让给她也不行，那到底是他辛辛苦苦赚的钱。话说回来，公司现在也不是他一个人的，就算把股份全给了她，董事会大概率也还是会聘他来上班，这是齐孝川寥寥无几还算有点把握的事。

他们吃得差不多了，隔着落地窗突然看到熟悉的身影。

骆安娣拎着一个手工缝制的环保袋，自然卷的长发散落，穿着卫衣与长裙，松松垮垮在早餐摊旁停下。几处摊位的生意有好有坏，却有人特意去选冷清的。她是老好人，大善心家，童话里拥有"水晶般心灵"的角色。

齐孝川远远地观望，旁边的太极拳好友随口询问："认识的人？"

"嗯。"他继续喝茶，茶杯已见底，"喜欢的人。"

对方恍然大悟，只可惜还没来得及追问，就见一架狂跩酷炫的摩托车呼啸而来。

实在很难想象，除了仲式微谁还能堂堂正正做这么丢脸的事。他穿着夹克，很帅地给她扔下一份要排队才能买到的私房小笼饺，留下飒爽的背影潇洒离去。不过须臾，又有一辆市价接近百万的豪华跑车停到路边，烧成灰也能认出是苏逸宁的男人小跑下车，举手投足间透着热络，堪称虔诚地打开副驾驶座的车门。

苏逸宁坐上驾驶座，为骆安娣系好安全带。二人相视一笑，甜蜜而温馨。

因为敞篷，一切都看得再清楚不过，比在电影院第一排观众席看电影更令人头昏脑涨。

前大学哲学老师犹豫片刻，终究开口评论："你喜欢的人……好像被很多人喜欢。"

"对，"齐孝川风轻云淡地喝了一口茶，从容自若地复述道，"我喜欢的人被很多人喜欢。"

齐孝川吃饱喝足之后去上班，还额外打包了小几千的奶茶去办公室，叫秘书拿去分给同事自取。

助理过来，询问被挤到周六的例会是否照开，齐孝川想了一会儿，末了还是改期："算了。我预约了手作店。"

等到门关上，秘书才一边清理着邮箱一边说："就算是你，想做也还是能做到的嘛。这不就交了好几个朋友，还培养了好些个爱好嘛。"

爱好暂且不提，与人有关的评价着实令人迷惑。他好像下一秒就打算买凶灭口，用一大清早触霉头的焦躁态度问："你说谁？"

"之前不是有个男孩子还打电话给你吗？姓仲的，骑一摩托车的。还有苏家的大公子，他妹妹看不上你，但好歹人哥哥乐意拉你一起玩，最近看你们走得挺近。"

齐孝川觉得自己秘书疯了，必须换人，不换不行。

他周末去了天堂手作店，熟门熟路登记后，取出上次没做完的羊毛毡，在店里特意挑了几支顺手的戳针。

虽然看到了骆安娣，但并没有能像以往一样顺利地相处。原因无他，人祸而已。

高洁过来了，小姑娘明明看着也像模像样，却出人意料不擅长任何手艺活。对上齐孝川微妙的眼神时，不知道心虚还是什么，她难得一见放下高岭之花的姿态，清了清嗓子解释："我喜欢时尚，将来只要会画图，让别人给我做就好了。"

"呵，哪有那么简单。"这一次泼冷水的倒不是齐孝川，而是一边露出邪魔附体般的笑容，一边恭恭敬敬给他们倒茶的仲式微，如此分裂，亏得他没变成双重人格。

高洁冰雪聪明，到底也只是嘴上要面子，这种道理哪能不清楚，她破天荒地沉默了一阵，然后才说："我会努力的。"

在他们闲聊期间，齐孝川只顾着戳羊毛毡。

他心里也不是一点杂念没有，尤其是在做重复机械性动作时，许多想法便不受控地泛滥成灾。比如那个口口声声说会给他排骆安娣课程的老板竟然套路他，又比如公司的扫地机器人是不是传感器坏了，再比如上次那个新加坡的区域代理是不是讨厌他，不然为什么一见面就对他说"恭喜发财"——惊人的是，所有想到的事竟然都和羊毛毡沾不上半点关系，难以理喻得像某种黑魔法。

他拿起来看了看。

"羊毛毡不能做得太着急，慢慢来吧。"骆安娣不知道是什么时候出现在他身后的，撑着膝盖俯下身，认认真真地提醒道。

齐孝川缓慢地往前靠，不动声色远离她即将接触到的范围内："嗯。"

他想和她聊点什么，刚要开口，旁边的女初中生就横插一脚。高洁对骆安娣说："上次我们说好的，小安姐你还记得吧？"

果不其然，骆安娣的注意力立刻转移到了她那边："嗯，刚好年假没有休，签证我也弄好啦。"

"什么？"齐孝川强行加入谈话，手里握着名为戳针的凶器，"你们要去哪儿？"

骆安娣微笑着，视线飘向高洁，显而易见是在等她的信号。

高洁微微斟酌，坦白道："我要去见喜欢的人，在加拿大。有点紧张，所以邀请小安姐一起。"

最近"喜欢的人"这个词组出现的频率似乎有点高，齐孝川默默想。他持反对意见："你自己去就行了吧？为什么非得拉着她？"

高洁淡淡一笑，架起手臂，轻轻抵住下颌，优雅而易惹怒人地微笑："怎么了？你也想去？"

真搞不懂这小女孩的逻辑。齐孝川稍稍眯起眼，将挑衅的力度调节到最大档："对，我可太想去了。看着人如其名的高大小姐苦恋的是个什么人，顺便和他好好交个朋友，用过来人的身份带他见见世面，教他别自找麻烦，这世上不是只有麻烦的公主型女性——"

"你敢！"高洁难得形象崩坏，到底脸皮还是没眼前这厮厚，年纪上差距也有些大，斗起嘴来难免落下风。

齐孝川是随便去申请签证的，委托秘书折腾了表格和材料，然后没想到就到手了。

事实上，高洁对他去并没有什么异议。毕竟她刚好有点纠结，自己万一要是有机会和喜欢的男生独处，带着骆安娣是电灯泡，不带又有点太无礼，毕竟是她邀请人家同行的。但假如有人能陪骆安娣，那一切问题就迎刃而解。出发当天，往常总跟小大人似的高洁也流露出些许美滋滋的孩子气。

高洁喜欢的男生和她算是青梅竹马，她父亲更是能和对方父亲有着开"我女儿就托付给你儿子了"这种玩笑的关系。她将他视作命定之人，之前在天堂手作店的作品也都是奔着能送给他做礼物去的，不过事到如今，仍不具备拿出手的水准就是了。

对于上司要陪熟人出国这件事，秘书最初的反应是狂喜，甚至做好了放松一周的准备，哪想到齐孝川二话不说甩了一张自己做的时间规划，准备在多伦多待的时间比航班耗费的时间还短，回来之后甚至直接预约了和高洁她爸高枫所在的公司应酬，根本就是司马昭之心。

秘书本来还搜了些旅游攻略想给他，他倒好，盯着厚厚一沓公务文件，边看边露出比蒙娜丽莎还诡异的笑容："他们公司要改名改制，又有变动，真是太好了——"

骆安娣出去度假，齐孝川总觉得恍如隔世。依稀记得小时候，骆家每逢假期都要出门旅行，有时候是希腊，有时候是西班牙，她妈妈骆夫人很喜欢海，所以沙滩是必选的地点。

如今，骆安娣戴着麦色的遮阳帽，穿着吊带连衣裙，好像还是和以前一样。

她笑着低下头，又抬起来说："好不好看？我特地买的。"

话语卡在喉咙里，怎么都吐不出来，不想让她得不到回音，因此齐孝川勉强逼迫了自己一把。

他开口："很……"

话茬儿却被别人抢走。

高洁说："真好看。等到了那边，我们也去逛逛商场吧。"

原来这个问题并不是专程问他的。

等高洁去盥洗室的时候，齐孝川才单独问骆安娣："你到底为什么陪她去？不至于真是因为想帮忙吧？"

骆安娣环顾四周，悄悄靠近时抬手掩住脸，压低声音跟他咬耳朵："因为她爸爸说可以给我报销。"语毕，朝他颇为俏皮地笑起来。

话是这么说。他知道，那也只是她这么说而已，八成还是高洁请她帮忙的缘故。高洁还是初中生，对男女之情本就懂得不多，加上自视甚高，对任何形式的败北都如临大敌，这种情况下惴惴不安到了极点。骆安娣一定又想着不过是举手之劳，索性就一起跟来了。

不过也不坏。

漫长的飞行过后，看到骆安娣下车时洋溢着快乐的笑脸，齐孝川内心还是萌生了这样的想法。

"所以你现在要去见你的朋友了吗？"齐孝川一点没掩饰自己赶紧送走高

洁的心思，堂而皇之催促，"等你走了，我们就开车到处转转。"

不知道是不是特意来见心上人的紧张使然，高洁居然都没听出话里有话，单纯作答道："他……他放假经常是在魁北克的亲戚家里，飞机过来也要一个钟头。等会儿我会去接他。"

"是法国人吗？"

"不是。他初中才过来这边，画画得很好。我也是因为他才在学校选修视觉艺术。"

齐孝川对这种校园生活缤纷多彩的国际部毫无概念，干脆回避话题。倒是还没到骆安娣的知识盲区，所以继续搭腔。

初中小女生的初次恋爱怎样怎样，想对谁穷追猛打都与他无关。可能是齐孝川脸上这些讯息太明显，就连骆安娣都看过来。

她说："小孝根本就不懂。"

关键时刻，面对特殊对象，他当然要努力过关，只可惜实在不善于装傻充愣，又不能强词夺理，他只好沉默不语。

高洁也点头附和："就是说啊。他根本不懂少女情怀。"

齐孝川按捺不满，还是没忍住抱怨："我要是能懂，那我现在就在言情小说网站做专职作者了，哪至于每天还拼死拼活上班——"

但实际上，他心里也终于意识到异样在哪儿。有所谓"喜欢的人"的初中女生，数年前，别人眼中的骆安娣也是这个角色。一想到这个，他终究还是刀下留情，认栽地闭上了嘴。

没有等待多久，高洁就兴高采烈朝远处冲去。只见出口熙熙攘攘出现了一波人流，她精准无误地直奔某一个身影，仿佛对方身上在发光。那光芒也朝望着它的眼睛飞驰而去，独一无二，璀璨夺目，照亮特定对象的整个世界。

高洁的父母为她安排好了住处，分别之后，一切像是才进入正题。

工作狂也开始意识到自己只图谋工作的计划有多目光短浅，只能火速发送求助信息给有时差的秘书，顺便搜刮起仅有的记忆。

骆安娣在看免税店的毛茸茸的钥匙链，不做预告地回头，拿着两个晃动给他看。

她说："好可爱，我们一起用吧？"

他死机好久，才缄口不言点头，立马又别过目光，只是不想失血过多而死。

齐孝川和骆安娣驾车去游览瀑布。

等到两个人真正独处，齐孝川才发觉自己比女中学生还窘迫。他实在是不知道说什么好，骆安娣却沉迷于钻研谷歌地图。

他其实是想和她聊点什么的，但实在词穷，也不好勉强。两个人的对话差点就往"你吃饭了吗""我不是跟你一起吃的飞机餐吗"和"今天天气真好"的方向发展。

齐孝川暗自产生强烈的挫败感，只好安慰自己，没关系，不是他的错，是租的车的错，是车里那个只能连到法语频道的电台的错，是加拿大多伦多的错，等会儿一定有合适的场合聊天。

一定会有的。

骆安娣突然地说道："等今晚看完瀑布，我们就早点睡觉吧。"

"嗯，好。"他下意识应答完，才意识到异样，"什么？"

"他们都说晚上的瀑布和灯光一起很好看，好期待啊。住的地方是我订的民宿，因为也不想太麻烦高洁，所以不是那么豪华。没关系吧？"骆安娣的笑容足够纯粹，纯粹得齐孝川想立刻把自己掐死。

他竟然游移不定："嗯，没事……"

骆安娣的笑容能让任何有七情六欲的人产生罪恶感。她说："我们今晚要一起住啦。"

第 八 章

不知道其他人有没有过这样的体验，平时明明固若金汤的理智，却偏偏在一些极端重要的时间点断线。

齐孝川能明确感觉到自己的失态，例如面对多伦多有些强烈的气温差，他竟然从头到尾没想起要给自己添件衣服，以至于到达目的地时头痛欲裂，严重怀疑明早起来就会演变为重感冒。

车程比想象中久，当然也不排除是齐孝川中途神志不清走错路的缘故，总而言之，等他们抵达的时候，已经根本没有时间去看夜间的瀑布了。所以最后，他们甚至连饭都没吃上，毕竟已经和房东约定过时间，欣赏灯光的计划也只能推迟，暂时先去办理入住。

白人房东说的是英语，领着他们在室内转了一圈，走之前视线掠过他们二人，算不上友好地咂嘴。

骆安娣走在最后，偷偷贴近，压低声音用普通话说了句："评价上好像说他不喜欢三十五岁以下的情侣。"

"那别接受我们的订单不就好了。"齐孝川拿出一贯的态度，既然是自己占理的状况，基本还是少为对方考虑为好，毕竟得寸进尺才是人之常态。

等到对方关上门离去，面对猫眼和门上的挂饰，他才后知后觉意识到，刚刚他和她究竟一起默认了怎样的误会。

室内亮着暖融融的光，说实话，有点让齐孝川想起小时候的家。当然，提到他的小时候，就不可能和骆安娣毫无关系。他的家位于骆安娣家中，虽然只是不起眼的角落，放在一般的概念中也是独栋建筑。他住在二楼，天花板不太高，但天冷时气氛很好。

两张床并排摆放在同一房间，齐孝川刻意从客厅走了过去，地板吱呀作响。

骆安娣洗漱以后边擦头发边转悠，没有看到他。她坐下发了一会儿呆，在床头翻到一本法文书，完全看不懂。

齐孝川进来的时候拎着药箱——他刚刚就是去找这个了，因为很担心明天感冒严重到起不来床。

他没有坐到床上，而是靠在墙边，找出能预防感冒的药来。齐孝川挽起了袖口，整个人看起来令人舒服又愉快。就是这样一个外貌突出的生命体，身处有床也有座位的室内，却执着于贴墙站着。

舒服的灯光下，他拆开取出药片直接咀嚼。

她望着他，本来要问别的，却先笑起来说："不苦吗？"

"嗯？"他好像没听清，正皱着眉，但他平时也常常皱眉。

"不苦吗？"

"有点吧。"其实真的很苦。

骆安娣把旁边的那本书抽出来，认认真真地问他说："你知道这是什么意思吗？"

齐孝川的法语并不好，如果高洁在这里，或许还能为他们读上一两页。但他只能远远地身体前倾，尽量不靠近她，在昏暗的光线里看了一会儿。

他说："'女孩的记忆'。"

她看着他："嗯？"

他解释："这本书的名字。"

"是讲什么的呢？"她追问。

他伸出手臂，她把书递给他。齐孝川的读写成绩比听说稍微好点，尽管他的学习也仅仅是在出差前夕看看同行其他同事的书。记忆力好这一点实在帮了大忙。他尽可能用出版社的语句更加简洁地进行陈述："差不多就是……一个女人去外地参加一个夏令营，然后和一个男人度过了一个晚上。"

她捕捉到他的视线，骆安娣似乎没有深入思考那是什么意思，只是无声无息地加深了笑意。齐孝川默不作声地回看向她，他出奇地冷静，淡淡地说："我去把药箱放回原位。"

他走出去，她把那本书放回架子上，然后慢慢躺下。

床还是很舒服的，但可能是要倒时差的缘故，加上在飞机上也睡眠充足，所以并不是那么困。

齐孝川在楼下烧水泡杯面，等待期间把笔记本电脑搁在膝盖上敲键盘。差不多到点，他才拿着筷子去端杯面，还没开始吃，就看到门边像蝙蝠一样露出半张脸来的骆安娣。

她说："你肚子饿了，所以才在这里偷偷吃东西啊。"

"……"他回答，"倒也不是偷偷。"

既然窥视被发现，骆安娣索性走进去，弯腰坐到他旁边的位置上。他才搅拌两下，还没来得及吃，想了想推出去，抱着尝试的心态问她要不要。

骆安娣接过去。

之前他就觉察到了，虽说过了这么多年，境遇也天翻地覆，但她的仪态还是一如既往地好。握筷子的姿势特别漂亮，吃东西一点都不香，真让人火大。

他接回去，面条几乎没少，自然地吃完。

骆安娣并不久留，撑着膝盖起身，笑嘻嘻地说："那我先去睡了。你也早点休息哦。"

齐孝川喝了口汤，放下杯面，无缘无故像是款待什么贵族，下意识直起上半身目送。

房间里静悄悄的，推开窗有凉飕飕的风。稍微吃了点东西，骆安娣心情不错，觉得胃舒服一些了，这才侧身睡觉。

闭上眼睛前，她仰躺着，睁开时依然如此。骆安娣坐起身，打着呵欠看了眼时间。居然还是睡了四个小时，大概漂洋过海身体还是感觉到了疲惫。然而，最让人意外的是，另一张床上仍然没有动过的痕迹。

十二个小时的时差，不额外补充睡眠也没什么，但印象中齐孝川今天一整天都在工作，再怎么说还是要让眼睛休息一下。

骆安娣下了楼，转了一圈都没看到齐孝川。笔记本电脑已经不见了，厨房也收拾得很干净，垃圾分类有整齐地做好。

她回去，甚至低低地呼唤出声："小孝？小孝你在吗？"但都没得到回音。

她兜兜转转，心里猜想他一定是出去了。明明已经放弃了，在最后顺手握住了浴室的门把手，抱着莫名的心态压了下去。

打开时，她静静地屏住了呼吸。

齐孝川睡在浴缸里，膝盖弯曲架到外面，睡梦似乎十分不安稳，以至于神情也和醒着时一样严肃。

骆安娣站在门口，忽然低头笑起来。笑容按捺不住，即便掩住嘴，也由指缝与眼睛蜂拥而出。她默默地笑了一会儿，掉头出去给他找了一床薄毯。蹑手蹑脚接近。其实总觉得他可能会突然醒来，毕竟不是没有前例。但直到她重新阖上门，他都没有睁开眼。

虽然还想睡一会儿，但为了生物钟，他们还是很早就出门了。

早餐去吃薄饼，骆安娣倒了太多枫糖浆，被齐孝川盯了一会儿。她是真的没关心，直接拿起手机阅读起高洁发来的消息。高洁现在在私人飞机上，拍来的照片非常有炫耀的风格，但发来的消息充分展现了她内心活动的混乱，每隔三句就要插入一句"我好喜欢他"，其他的也大部分是围绕喜欢的男生干了什么，可以想见小女生两眼直冒桃心的样子。

"哈哈哈，"骆安娣轻笑着编辑回复，丝毫没有芥蒂地提起往事，"高洁好可爱啊。不过我也没坐过私人飞机呢。就算是小时候，家里也没阔绰到这种地步。"

齐孝川随口问："你想坐吗？"

她摇头，反问他说："小孝平时经常旅游吗？"

"不怎么。"他这话说得太保守了。何止是"不怎么"，严格意义上来说，旅游可是娱乐活动，他这辈子连卡拉OK都只去过两次，还是团建，全程大家高高兴兴，只有他闷头拿着电脑身体力行清理客户信息，十二点之前就嫌太吵结账走人了。

旅游未免太奢侈了，他不觉得自己适合。

齐孝川问："你大学和仲式微念的是同一所，那不是也还不错？为什么选择了现在的工作？"

即便是大学里有过交情的那些同学，问这类问题时难免透露出不满与同情。私营店面的工作并不是那么被大众接受。然而，眼下说这话的是齐孝川，就因为是他，所以完全没有那层含义，也不会让人感到不舒适。

骆安娣喝了一口茶，笑着回答道："因为很喜欢手作，也没有其他有兴趣尝试的工作。所以想做就做了。"

"……是吗？"

"嗯，"她说着，双手徐徐合拢，十指也交叉压平，垫在下颌前端，慢条斯理地说，"亲手制作的东西，是有特别的意义的呀。"

早在刚踏入天堂手作教室时，这间店的老板也曾用类似的口吻对齐孝川说过"手作是有温度的"。

当时他的唯一感想是：什么东西是没有温度的？没学过物理吗？就算是零摄氏度也不能说没有温度。

骆安娣的措辞比那更缺乏修饰，却能让他像失去灵魂一般忍不住想要附和：对。没错。是有意义的。

骆安娣不想坐船到水上，所以他们最后也只在远处观看了瀑布的景致。

飞流而下的急湍化作银色的屏障，绝无阻断，长久伫立。各国的游客都很多，他们坐在咖啡厅露天的位置。有僧侣从人群中出现，这种天气还笼着橙色衣袍，不知不觉就来到他们身边。他打量着骆安娣的脸庞，说了一连串词语。齐孝川面色不善，抬头用英文请他滚蛋，骆安娣则不知所措地回头，随即苦恼地笑起来，劳烦对方放慢语速。

像这样的流浪僧侣走南闯北，怎会轻易被齐孝川的一两句恶言动摇，他拉开座椅坐下时，甚至还满面笑容与齐孝川对视。

僧侣说："你的一生付出的比收获的少，坎坷会比愉快更多。你身边的人会因你而变得幸福，但你自己很难开心快乐。"

当他谈论到这里时，齐孝川已经遏制不住不快，手指用力敲打着桌面。

然而僧侣点到为止，站起身来伸出手，理所当然地报了个数字。倒是骆安娣，反应占卜的内容需要时间，还没回过神，就又被讨要报酬。她懵懵懂懂，来不及去取钱包，齐孝川代替她将纸钞重重敲在桌上，甩去驱赶的眼刀。

他是不迷信协会的高级会员，毕竟假如信命，那他现在大概早死了，最好的结局也是作为残疾人留在社会上吃低保。

僧侣微微一笑，气定神闲地向骆安娣行礼，又对齐孝川用法语说了一句"但你得到了钻石矿后去见她"。

齐孝川感到意味不明，所以没放在心上，只回头告诉骆安娣："这种鬼话根本没必要信。他就是瞄准你来的。"

"啊？为什么这么说？"

"你看起来就是不会拒绝，又容易动摇的性格。"他没好气道，"如果是我，放眼这里，也会有目的性地找你这种人。"

骆安娣有点不服气地苦笑："什么呀，你的意思是我很好骗，很容易受人影响吗？"

"嗯。"

"你这是小看我，"她忽然较真，"小时候我可能是不太聪明，也被家里保护得很好。但现在，我也在社会上摸爬滚打了好几年。士别三日，即当刮目相看。"

齐孝川在咖啡杯边缘掀起眼睑，漫不经心地舒了一口气。他忽然开口："其实我也没钱了。"

骆安娣笑起来："现在就开始骗我了吗？我是不会相信的。"

"随你信不信。"他将脊背向后靠，手也不自觉滑下桌面，交叠着搁置到身体一侧，视线往下坠落，淡淡地回复说，"我创业的时候有个朋友，他比我大差不多二十岁，很可靠，一开始财务那边都是他管。"

"嗯，嗯。"她敷衍地吃了一块松饼。

"但是他死了。你可以用谷歌、百度，什么都行，搜一下，就知道是真的。他前些年病故了。"

听到这里，骆安娣有点将信将疑，作势真的要查找一番，也没从齐孝川脸上发现心虚或不安。

他继续说下去："他离开以后，我也赚了不少钱。但这段时间全球境况都不好，叫我下台的也不少。我本身学历也比较普通，刚起步的时候更是傻，被他们忽悠签了份文件。总之，指不定很快，我就没钱。如今城市管理那么严，乞讨都不行，也不知道以后会怎样。"

"没钱又怎么样嘛，"她大概不知道自己现在的表情有多忧虑，"不要再开玩笑了。"

"没有开玩笑。你相信也好，不相信也罢，"他深深地望着她，不费吹灰之力就用视线穿透她的心脏，"到时候我一无所有，再去给比萨店送外卖……你还记得那时候？希望偶尔你还能愿意跟我见面。"

骆安娣终于忍不住发出声音："我当然会陪在你身边了。"

然而，转眼间，齐孝川脸上的颓丧与悲伤就烟消云散，取而代之的是风轻云淡边喝拿铁边吐出的一句"你看"。

就算发现自己上当了，骆安娣也一点没有生气，只是恍然大悟，随即笑着埋怨："怎么这样！"马上就把这一页揭过去。

他们起身准备返程，他自觉承担了所有搬运行李的工作。不知道高洁那边出了什么状况，骆安娣的手机接连不断振动，她站在离车不远的空地查看。

几名年轻男生突然走来，兴致勃勃跟她搭讪，随即热情洋溢地问候起她，大致问的也就是"你的衣服很可爱""你叫什么"和"愿意一起去玩吗"。骆安娣并非不能交流，但没有多少经验应付这种事，因此笑容里掺杂着苦恼，仅仅简单做出婉拒的答复。

只听男性毫无回旋余地的"NO"响起，齐孝川杀气腾腾地朝这边走来。没等他们抗议，牵住骆安娣就走。他握住她的手，需要移动的距离很长，见她有些犹豫，于是又转过头来，将她拉近，直到手指穿进她的指缝，牢固到两个人密不可分，这才继续行走。

他们坐上车，她自己系上安全带，自始至终都有些没回过神。他却表现得好像一切理所当然，平平无奇到没什么好谈。

可齐孝川还是说了："我不需要你陪在我身边。"

猝不及防，骆安娣从后视镜里看过去。

年幼无知时，她喜爱西欧公主和骑士的游戏，齐孝川厌烦至极，却还是陪她玩一次又一次。只不过，他的身份或许比骑士还不如，乞丐而已，连她裙摆都触摸不了的乞丐罢了。他说："不用担心，也没必要相信那些命运怎么样的鬼话。再有什么坎坷，我会替你摆平，需要你付出的地方，我来帮你办到。"

"你什么都不用管，"齐孝川看过去，不自觉感到局促，因而又错开了目光，"只要考虑怎么过得开心就行了。"

高洁将爱情视作功课，即便得不到回应也有努力的余地。再者，陷入恋爱那一刻，她实际上的选择权就已经消失了。爱是精神病毒般的存在，能分泌控制激素的腺体暂时还没长出来，她跌倒了，沦陷了，成为喜欢这种心情的俘虏。在这种状态下，她做的事还能算是她出于自己的意愿所做的吗？

加拿大的地域实在是太辽阔了，高洁在酒店高层的房间里哭泣了半天，骆安娣才赶到。

当然，其间帮忙订机票，联系车运行李，做一切后勤工作的齐孝川也同时抵达，但根本没人在意。

等到骆安娣来时，高洁已经不再流泪，只是恳切地冲上前来，义愤填膺地诉说着自己的遭遇与打算："我知道他不喜欢我，对我没兴趣，但我一直都在尽量向他靠近啊。没关系，只要我坚持不懈，只要我再努力……他一定还是会喜欢上我的吧？"

她望着她，眼睛里像飞满了萤火虫，迫切地等待一个她想听到的答案。骆安娣搂住她，好不容易才让小女生先到客厅里坐下，柔声细语安慰着"你先别着急"。

冷不防，有人在后面百无聊赖地插嘴："不可能。感情跟股市一样，不是努力就有用。"

高洁伤心透顶之余还不得不挤出闲情剜齐孝川一眼。

骆安娣倒是一次都没回头，她按住高洁的手腕，关切地问道："这么久了，你有没有饿肚子？有什么想吃的吗？"

"我想喝思乐冰，"高洁回答，恶狠狠地看向齐孝川，"我要那个人去给我买。"

之前就连声"叔叔"都不肯喊，这下倒好，直接降级成了"那个人"。

齐孝川的脸色之差突破新低，毫不掩饰糟糕的态度："你让酒店管家去不就是了？"

高洁真没见过这么讨人嫌又不会看气氛的家伙，要他说会儿话的时候打死都不开口，脚底抹油溜得飞快，让他滚蛋的时候怎么踹都踹不掉。她竭力维持教养，咬牙切齿微笑着说："既然你在这里只能煞风景，就不能稍微避开一下吗？"

你让我走我就走，那我多没面子。像是秉持了这样的念头一般，齐孝川直截了当驳回："不去，凭什么——"

然而骆安娣回过了头。

她望着他。

话到嘴边硬生生扭转，齐孝川说："你们别乱跑。"

他出去，下楼过程中向偶遇的客房部职员询问便利店，走进电梯时，里面已经站着其他人。年幼那个手臂下压着最新款的任天堂游戏机，年长的倒是西装革履，意气风发、芝兰玉树，甚至主动朝之后进来的齐孝川一笑。两个人不论外貌气质都极上得了台面，加上从顶楼来，料想也是有钱人家从小就用锦衣玉食和琴棋书画堆出来的儿子。

齐孝川和这类出生在罗马的人有着云泥之别，但没有多少偏见，他略微点头便立到另一侧。

倒是对方多留意了他几眼，忽然朗然开口，主动以中文搭话："是齐孝川齐先生？"

齐孝川回头，立即也回想起对方的身份，正是高枫所在企业风传势头正盛的继承者，于是也回报以问候。

对方性格稳重端正，并非自来熟，纯粹是擅长为人处世，寒暄拿捏得刚刚好，敦诗说礼介绍起身旁的小男生："这是舍弟。"

原本只需随意附和一句，但齐孝川心中生出疑问，便顺势随口托出："我记得令弟不是应当更年长些？"

"那是我第二个弟弟，"青年也落落大方地做了解释，"这是最小的弟弟。"

电梯门打开，停在中间那一层，齐孝川目送对方出去。年幼那个侧过脸来瞥了他一眼。

初中男生还是彻头彻尾的小孩，联系他们和高洁家的关系，齐孝川心里已经有了个大概，只不过懒得验证罢了。

他买了思乐冰上楼，打开酒店房间门，穿过外面的客厅，站在走廊里，远远看到高洁依靠在骆安娣身边。骆安娣揽着小女生的肩膀，轻轻抚摸着她的头发。

齐孝川停下脚步，在万籁俱寂中望着她们。他看到她微笑着，骆安娣的笑容偶尔只为安抚别人而存在，但也有时候，正因为能温暖他人的心，所以才附带着自我价值实现的满足。她的确为身边的朋友而感到悲伤，她那乐于助人的性格也在这种时候才体现得淋漓尽致，就像月光在夜晚里才缱绻。

他们尽快订了最近一趟回国的航班。

飞机上，骆安娣连接了机舱的 Wi-Fi，原本只是想看看落地时的天气，却收到信息提醒。

高洁问她：小安姐，你真的不愿意来我家里工作吗？你很厉害，对人也很好，需要的话，爸爸也会很乐意为你安排职位的。

骆安娣先是编辑了一大段的谢绝，但迟疑片刻，又还是通通删除干净，重新写了一条发送：你的好意我心领啦。

见她没有休息，高洁又发了一则消息过来：小安姐谈过恋爱吗？

还没得到回复，她就继续说：算了。你那么受欢迎，我都知道的。之前那个骑摩托车来天堂上班的男的还说过，你在大学班上人气有多高。也是，心地善良，长得也漂亮，谁会不喜欢呢。

骆安娣说：别想东想西了，好好休息一下吧。

可惜高洁并不打算照办：你有喜欢过谁吗？

高洁耐心地等待着回答，却迟迟没看到新消息的提醒，因此放下手机，回头去看窗外过于蓬松的云。好一会儿，骆安娣才回答她：肯定有呀。

高洁连续发来好几个惊叹号，继而会心地感慨：那个人上辈子拯救了地球吧！

骆安娣：哈哈哈，喜欢一个人的时候，只会觉得能遇上他的自己上辈子拯救了世界吧。

女初中生的心情终于放松了一些：一点没错，我就是这么想的。他那么优秀，我到底何德何能才遇上了他……可是说幸运的话，又好像不够幸运，为什么他不喜欢我。小安姐，那你和那个人最后怎么样了呢？

骆安娣不疾不徐地看向机舱外。

天空辽阔而寂静。

飞行途中，齐孝川拥有了充足的补觉时间，以至于精神昂扬，决定立刻杀回公司工作。司机呵欠连天过来接他们，他索性让司机就近回家，自己送骆安娣。

这次旅游还算愉快，齐孝川心情很好，有了在车上调试电台的闲情逸致，换了个播放歌曲的频道收听。

骆安娣打着呵欠，看得他眉头直皱，忍不住问："你在飞机上没睡觉？干什么去了？"

她摇摇头，实话实说道："陪高洁聊了会儿天，然后不那么困了，就开始看《生活大爆炸》。没想到一口气看了这么久。"

他没发现自己笑了。

和骆安娣在一起，齐孝川似乎总是比往常更乐观。不过他没有自觉，使得周遭同事在制定老板心情晴雨表时很难掌握规律。

交通灯彻夜运转，车停在斑马线边。快到她家了，骆安娣马上就要下车了。齐孝川并不想承认，他其实希望那一刻晚一点到来。

骆安娣突然想起什么，费力地把手提行李包打开，从里面翻出一只剃须刀递给他。她的笑在挡风玻璃外蔓延而来的车灯灯光中熠熠生辉："你那天忘在洗手间了。"

他其实是要扔掉，转头想查找一下外国垃圾分类的方式有无不同才遗落的。但齐孝川一个字都没提，只是收下来，搁置到车载的收纳箱里："谢谢。"

再一次驾驶车子前行时，他问她："你还记得我在瀑布旁边跟你说的话吧。你什么都不用担心，全部交给我就好了。"

她无端地安静，令他有些慌张。空隙间回头，也只看到她淡淡的表情。骆安娣没有看他："其实我没有什么需要你帮忙的。"

齐孝川回答："我知道。"他觉得自己有过那么一刹那的心虚。

她的手轻轻放在身前，带着笑的目光细细密密将其浸润："你已经对我很好了。"

"没有。"这一句，他又吐出得很有底气。自己并不是个温柔的人，也不擅长待人和善，这点自知之明他还是有的。

铁皮的交通工具里像是盛满温热却即将归凉的水，停到路边时，齐孝川主动下车，骆安娣拎着为数不多的行囊，在夜空之下笑着对他说："小孝你对我来说，真的是非常非常重要的人。"

她用了两个"非常"，耐人寻味的咬字令他不由自主放慢呼吸，生怕自己会忽略任何一个与她独处时所能捕获的细节。

他诚挚地希望她幸福，这个想法超越了与他自己相关的所有心愿。假如这就是天煞孤星知之甚少的"喜欢"，那他已经认同得一塌糊涂。

齐孝川坐回驾驶座，脑海里飞逝而过的，是他年轻气盛时对她说过的话与做过的事。不算什么值得人耿耿于怀的内容，但他的确曾竭力将她推远。他没说过"骆安娣我讨厌你"，却说过"骆安娣你真的让我觉得很麻烦"，他没把她弄哭过，只是看着她的笑容逐渐晦涩。

他觉得自己多少还是该问一次，至少一次。

他再度下车，迎着刀锋般的夜风朝前走，却看到她也匆匆向他奔来。

齐孝川说："骆安娣，你现在还喜欢我吗？"

骆安娣说："小孝，可以请你帮我个忙吗？"

茂密而微微带卷的长发依在她脸颊，骆安娣将被风扰乱的头发压到耳后，露出焦急而担忧的神情。她说："苏逸宁刚刚打电话给我，好像喝醉了，一个人在外面。"

自己去买醉的人或许多半抱了点想被人照顾的动机，格外刻意，所以令齐孝川相当厌烦。假如由他个人决定，那他的应对办法只有放任对方自生自灭。既然那么想堕落，那就如你所愿好了，在外面被呕吐物噎死也好，大冬天露宿街头体温过低冻死也罢，反正是你自己希望的吧。

但是，即便齐孝川内心波涛汹涌，他还是驾车载着骆安娣停在了俱乐部门口。

灯红酒绿间，骆安娣尽量往里面移动，齐孝川把车钥匙扔给门童，随即跟着进去。他到的时候，她已经在入场交接，回头看到他，立刻向工作人员指明："我和他一起，两个人。"

他们戴上手环往里面移动，齐孝川感觉血管濒临爆炸，却在听到她说"两个人"的瞬间短暂闭眼，很好，要是一直只有两个人就好了。

骆安娣却毫无知觉，甚至回过头关切："很晃眼睛吗？我也觉得有一点，等会儿就出去。"

演出已经结束，价位档次不比刚才，但精明的商家还偏要缴付费用。要不是骆安娣在场，齐孝川是绝对要抠抠搜搜的。

音乐吵得要命，骆安娣几次被人流挤开，又被齐孝川强硬地拽回来。他握住她的手臂，她有些吃痛，他只能松开，用手臂环住她往上走。穿过阶梯，终于在尽头的卡座看到独自享受宽敞沙发的苏逸宁。

真是疯了。齐孝川回头，理直气壮开始使唤旁边的少爷们，同时内心发下毒誓，自己这辈子死也不要喝醉成这样。远离酒精，否则会变得不幸。

骆安娣倒是满腔担心，走近拍他膝盖："苏先生，苏先生？苏逸宁！"

苏逸宁睁开醉醺醺的眼睛，以混沌的笑意看过来，用最甜蜜的嗓音呼唤她："安娣。"他突然抱住她。

这举动对一个醉汉来说太过平平无奇，齐孝川看到这一幕，却像被烫到尾巴的汤姆猫一样暴跳如雷，当即将骆安娣救出来。

齐孝川怒不可遏："你是故意的吧？知道我最近跟你爸抢订单，故意想用杀人罪把我弄到监狱去是吧——"

刚刚还在看热闹的几名俱乐部少爷这时候知道多管闲事了，齐刷刷过来劝阻。

他们最后还是把没缺胳膊少腿的苏逸宁给运了出去。

平心而论，虽然比不上高洁，但苏逸宁也是实打实的富二代，没喝醉的时候还算是个正常人，怎么可能缺愿意来接送的亲朋好友。这种状况下不忘将骆安娣放在紧急联系人中的第一个，根本就是别有用心。

齐孝川只觉得自己能主动提出陪她来实在是明智之举。

齐孝川原本是打算送苏逸宁回去的，刚要指挥店员把他搬上车，就看到骆安娣急急忙忙拿着手机小跑过来，告诉他说自己已经叫了车。

"万一他吐在你车上，那多不好啊。"骆安娣用一种细致入微的笑容望向他。

"……我会让他付洗车费。"他简短而迟缓地回答，眼神却翻来覆去落在她身上徘徊。

并不是没有路灯，只是树枝层层叠叠，像伞似的遮蔽了光线。他们像是站立在极夜当中，风梳开了疲倦的四肢。

苏逸宁软塌塌地倒在花坛边。骆安娣在看他，而齐孝川看着骆安娣。她目不转睛，而他也全神贯注。

她终于回过头已经是很久之后，骆安娣目视前方，淡淡地仰起头："人为什么要喝酒呢？"

"你为什么喝酒？"他反问她。

"说得也是，虽然最近要上班都没去。"她笑出声来，"喝酒的时候会觉得很轻松吧？"

他心情其实不算差，只是习惯性摆出不高兴的表情，望着前方反问："为什么？"

她像撞见外星人，藏不住讶异地看向他："小孝你不觉得吗？"

被这么郑重其事地提问，他反而有点犹豫，慢吞吞地说："喝醉了也无济于事不是吗？问题又不会解决，等酒醒还要浪费时间。是我的话，就不会变成一摊烂泥，情愿做点有意义的事。"

说这话时，他垂下眼睛睨了一眼苏逸宁。

酒精真是神奇的东西。平时精致而考究的男人，现在竟然大刺刺坐在地上，那身昂贵西裤和外套的设计师知道了大概也会流泪。齐孝川把注意力放在他身上，完全没想到骆安娣会在这时候开口，所说的话也宛如离弦的箭，猛地飞来，擦伤后才觉察涂满剧毒。

"小孝真坚强啊，"骆安娣说，"跟我们都不一样。"

他有些始料未及地回头，她向前走了一步，迈下台阶，也踏上了铺满汽油般灯光的马路，只留给他一个转瞬即逝的微笑与后脑勺。

齐孝川问："你在生气吗？"

"没有啊。"骆安娣没有回头。

"你喜欢苏逸宁吗？"

"不知道。"

"那你还喜欢我吗？"他边说边朝前走。

"不喜欢了。"她的回答很笃定。

他不厌其烦地追问："不喜欢小孝了？"

"嗯。"她作答，"现在的我很讨厌小孝，就算喜欢傅慎行也不会喜欢齐孝川的。"

"那是谁？"

"你不知道吗？《掌中之物》的男主角，一个心狠手辣的男人。"

心狠手辣？齐孝川还是不知所云，但他已经绕到了她身旁："卤香辣虾尾的餐厅师傅吗？"

"才不是。"骆安娣又好气又好笑地回头，恰好与他四目相对。

他们仿佛在彼此眼睛里找自己的影子。

齐孝川说："你生气了吧。"

骆安娣摇头："没有。"

窘迫后知后觉地涌上来，他难堪地把手按到背后无措起来："呃……"她竟然讨厌他，这么久以来，他居然一点也没察觉。

她像是松了一口气，倏然说："好吧。是有一点点。"

这可能是他最近七天里听到过的最好的消息，甚至可以说是唯一一件让他产生愤怒、不快以外，心潮起伏的事。

"大家都有脆弱的时候，为什么你能这么坚强呢？"骆安娣喃喃自语般地说着，"高洁喜欢的人不喜欢她，式微被年级的男生孤立，苏先生希望得到长辈的认可，只有你才这样。"

她是真的在疑惑。

和高洁相遇时，高洁迷了路，手机没有电，穿着不合脚、磨破脚的鞋。她这辈子想要又得不到的东西，而她也一直以拥有它们的高标准要求自己，直到她喜欢的男生闪亮登场，却只带来令她陌生且措手不及的眼泪与无助。

仲式微的爱好特别、性格孤僻，受异性喜欢这一点反而引来诸多不便，标新立异在校园这种地方尤其让人容易成为眼中钉。但事实上，他只是一个虎头虎脑的男孩子，再怎么假装孤傲，心里也还是时常沮丧。

苏逸宁从小被父母留在国内。比起他，双亲更关心公司收益的多与少。姨妈对他的溺爱令他喘不过气来，但也的确令他体会到了被爱的滋味，如同沉重而年迈的情人，变成长满铁锈的枷锁。

他们都找到骆安娣，抓住她，握紧她，向她倾诉，需要她的温柔。

她看向他，纯真而隐匿欲念的脸上挂着微笑，像碧蓝色浅滩上升起的弯月一般，海天一色，惺忪不明："就只有你这样。"

预订的网约车姗姗来迟，齐孝川硬生生多付了三倍的钱才说服司机搭载苏逸宁，额外留下了地址要求对方把票据寄到公司来，情愿多付同城邮费也要拿去给醉汉本人报销。

马上，骆安娣自己叫的出租车也到了，坐上车前，她朝他挥了挥手。

"要早点休息哦。"骆安娣说。

齐孝川觉得自己就是《魔法灰姑娘》里的艾拉，不论骆安娣提出的要求多么不受主观影响，他也一定会办到。齐孝川知道自己会一夜无梦，第二天精神饱满地醒来。没有理由，他就是知道。

他是那之后第二个礼拜去完成羊毛毡的，收尾工作并不比之前简单。到店时，冷气扑面而来，叫人神清气爽。

骆安娣说："欢迎光临。今天有其他客人在，要去单独的教室吗？"

去的话，见到她的次数会减少。

齐孝川说："不用了。和别人一起坐在楼下就好。"

他继续戳羊毛毡，做好之后要怎么处置？这暂且还不在考虑范围内。之前做的时候，几乎每次遇到主妇团或初中生班，都会被她们团团围住叽叽喳喳好一阵。齐孝川承认自己很擅长手工活，万一哪天破产，搞不好真的能找个工艺品厂上班，虽说如今全部智能化、机械化，轮不到人工操作——做这些细致而重复的工作时，他的思绪总忍不住跑到九霄云外。

隔壁忽然有一名中老年妇女落座，摘下头巾与墨镜，随即品尝起香甜的红茶和曲奇。

骆安娣从不远处经过，苏逸宁的姨妈忙不迭放下茶杯，当即举起手臂与她打招呼。

工作时间，骆安娣只颔首微笑，姨妈也心满意足。

齐孝川目睹这一幕，缄口不言，继续低下头给羊毛毡塑形。

苏逸宁的姨妈分心看过来，吐出的感慨是他已经听得耳朵长茧的称赞："哦，小伙子，你做得不错嘛。这个容易做吗？"

齐孝川压根不理睬她。

但姨妈根本不是顾及别人感受的那种表达者，强行将座位挪过来，指指点点地说："你这是扎出来的？哟，好神奇啊，这是怎么弄出来的呢。看得我也想做一个了……"

想直接递给她两百块钱让她出去打车找个相亲角随便找别人聊去，又怕女人尖着嗓子闹起来没完，到时候影响骆安娣的业绩。齐孝川索性一声不吭。

姨妈自顾自说："小伙子，像你这个年纪，不和女朋友出去约会，怎么跑这种地方来玩呢？"

为什么这个年纪的人都好像天生具备查户口的职责，不管认不认识，不管对方愿不愿意，只要她想，就一定要从头把你盘问到脚。

"安娣！安娣！"姨妈没得到回应，立刻从其他地方寻找自己存在的价值，"过来帮姨妈倒杯水。"

骆安娣与旁边的同事耳语几句，便走过来照办了："您要稍微了解一下我们的课程吗？"

"哎呀，我先看看。"姨妈接过手册，笑着体贴她，"你先去忙吧。"

齐孝川终于抬起头。而苏逸宁的姨妈也沾沾自喜发现他的视线，大方地背着当事人对第三者介绍："刚刚那是我外甥的女朋友。"

胡说八道。他冷笑，终于暴露毫无修养可言的真面目："你有什么证据吗？"

像是偶遇神经病，苏逸宁的姨妈也露出古怪的表情："什么？这需要什么证据？她和我外甥就是那种关系，他们感情很好，经常两个人在一起。"

"又没人规定两个人在一起就是男女朋友。"他放下羊毛毡和戳针，以防发生意外被人追究手持凶器，拿出耍无赖的态度说，"唐纳德·特朗普和约瑟夫·拜登还在一起参加总统大选辩论呢，他们也不是情侣。"

姨妈忍无可忍："脑子有问题吧？别人好端端地谈对象、交朋友，轮得到你来多嘴？你是在故意找碴儿吗？"

齐孝川面不改色地继续："是我故意找碴儿还是你在这里乱嚼舌根？"

"你！你！你！"做了这么多年的阔太太，姨妈显然也没被几个人这样顶撞过，"你这人怎么回事？真晦气！你是报复社会的渣滓吧？看不惯别人过得好，自己不幸福，就要这么到处找不痛快！"

他坐在原地，被她以敌意从头到脚滚了一遭。

不知道是被哪个字眼刺到痛脚，齐孝川出乎意料地沉默下来。

"假如她真的……"再开口时，他说，"那我当然没话说。"

就连他自己都对即将冒出来的话语退避三舍。

觉察到骚动，新来的店员不知道如何是好，连忙请前辈帮忙。

骆安娣快步到场时，齐孝川最先想到的，是自己终究还是给她添了麻烦。他起身，被问怎么回事的时候随口回答："没事，随便吵吵架而已。"

羊毛毡完工，不顺眼得要命，他毫不犹豫就用力捏紧，直接扔进了地下通道旁的垃圾桶。

新的季度来到了，原本还想过许多其他事，如今只剩下要再接再厉地工作。

想要赚钱。

更多的，更多的钱。

到底要多少钱才能买到时光机器回到过去？又或者，更脚踏实地一点，要多少钱才能让骆安娣过上以前那样的生活？假如变回那时候的生活，她就能更简单地开心了吗？又或者说，他就有能力让她开心快乐了吗？

他在想自己或许不再去见她会不会更好。毕竟，假如他成为她幸福的绊脚石，那他恐怕永远都不会原谅自己。

手机振动。是来自骆安娣的信息。她问：发生了什么吗？怎么有种你再也不会来了的感觉。下一次课是学藤编还是继续做羊毛毡？ ^_^

齐孝川立即推翻自己上一秒的决定：藤编吧。

骆安娣读到他的消息，很快对他说：嗯，好的，那我帮你预约。

她缓慢地编辑消息给他：要一起去给吹瞬扫墓吗？

想了想，又一个字一个字地删除。

骆吹瞬的忌日渐渐接近。他们是同一天出生的双胞胎，就像两头孪生的狮子，从小一起长大，即便性别不同，能力也不一样，但还是那样亲密无间。

女孩子理应温柔、善良、善解人意，从爸爸妈妈那里得到的教导早已失效。他死去之后，她时常有种感觉，她的一部分也随之死去了。她并不恨他，不过还是会想起过往的回忆。

"姐姐，"骆吹瞬把耳朵靠在她肩头，两个孩子依偎在一起。他经常问她，"你真的喜欢小孝吗？"

第 九 章

在骆吹瞬也支持的大爆炸宇宙论中，有那么一个时期，宇宙体系是在不断膨胀的。星系之间彼此日趋远离，越来越难以触及。

他坚信人与人之间也是如此。

投湖时，Louis两手空空。遗书写在满是物理运算公式的草稿纸上，留给父亲和母亲的是"我能做的，姐姐会做得比我更好"，而致骆安娣的却是简短的英文"Love yourself as love me（像爱我一样爱你自己）"。

他死之后，原本就陷入困境的骆家更找不到出路，本来由儿子接班的蓝图转眼化为空想。悲剧已无法挽回，骆老板开始终日酗酒，沉溺在悲伤中无法自拔。骆太太四处奔走，却也无济于事，还债、破产，一切如顺水推舟，从天堂跌落地狱也不过如此。

祸不单行正是形容这种境况。

巴士上的乘客逐渐减少，最后去往墓地的只有骆安娣一个人。

她带了花束和饮料。

扫完墓以后，骆安娣原路返回，没有坐巴士直接回家，而是在途中停下来，绕道走了二十多分钟，去一家朝鲜冷面店吃了碗面。

那还是他们家以前的传统，虽然当时都是家里驾车。爸爸妈妈都喜欢吃酸甜口，加上冷食本身有祭奠的意思在，所以每次给爷爷奶奶、外公外婆扫过墓，就一定会来吃。

骆安娣正在吃面，手机振动起来。她拿到桌上，边吃面条边查看，发现是苏逸宁发来的消息，询问她现在的位置。她随意回复了一下，没有想到，等她就餐结束踏出门时，他竟然已经亲自驾车等候在门口。

"怎么了吗？"她有点意外。

"本来打算和你一起吃饭，没想到你已经用过了。所以想着至少来接你。"苏逸宁下车，为她打开车门，细心地替她掖好裙摆，微笑着告诉她道。

骆安娣没有想得太多："谢谢你。"

他坐上车，然后才开始为自己上一次的叨扰道歉。

"对不起。我当时喝醉了，也不知道怎么就真的联系了你。"声音逐渐降低，苏逸宁自责地看向她，不论语气还是心情，完全都浸润在歉疚之情当中，"麻烦到你了吧。"

骆安娣笑起来，连忙宽慰他道："不会……其实大部分也不是我做的。"她把齐孝川供了出去。

然后眼睁睁看着苏逸宁的态度从惭愧变成狐疑，由狐疑变得微妙，最后完全陷入无话可说的地步。

他长长地舒了一口气，随即意味不明地感叹："哦，那个人啊——"

"他本来打算让你坐他的车，自己送你回去。我看你的状态不太好，所以才叫的出租车。"骆安娣娓娓道来，"不然其实会是小孝送你到家的。"

"他？在我醉成那样的时候？"苏逸宁不敢相信，反复确认，"主动要载我？"

齐孝川竟然是这种古道热肠的角色。苏逸宁难以置信，但骆安娣没必要为这种小事说谎。

苏逸宁忍不住问："齐孝川是这种外冷内热的性格吗？"

"嗯……这我也不太清楚，"骆安娣笑着想了想，"也许是吧。"

远在办公室的齐孝川大概在猛打喷嚏吧，光想想就感觉很有趣。

苏逸宁把骆安娣送到了店里，她直接上工，而他本来也该回公司的。说实在话，苏逸宁本人比不上齐孝川对他公司的重要性，忙碌程度也不可同日而语，他爸爸更是时常拿与苏逸宁年纪差不多的齐孝川敲打他——不论多大岁数，别人家的孩子永远不会过时。他对齐孝川的反感并不全来自这一点，然而，就这么突然听说他对自己亲切的另一面，倒也是非常奇妙的体验。

就之前的经验来看，齐孝川身上的标签本该是"脸臭""嘴巴贱"或者"周星驰电影里的男主角都没他草根没他猛"，没想到实际却是"乐于助人"和"刀子嘴豆腐心"。这是什么反差？这算什么人格魅力？他以为他是《外来媳妇本地郎》里的大多数女性角色吗？！

苏逸宁内心遏制不住胡思乱想，身体却还是开着车到了齐孝川公司门口。本来也没什么计划，正准备走，恰好遇到齐孝川走出来。

降下车窗，苏逸宁抛出笑容："齐先生没开车吗？"

"你怎么在这儿？"齐孝川一点也没掩饰嫌弃，也不回答他的提问。他只是出来吃个饭，所以没叫司机，"苏总是打算在我公司写字楼前面建儿童乐园吗？天天往这边跑。"

他其实猜到他是为了骆安娣过来，因此才更值得讽刺。然而，齐孝川大概做梦都想不到，这回，苏逸宁真是奔着他来的。

果不其然，面对他的刁钻话术，苏逸宁有点噎，但还是很快询问："吃饭了吗？我要去那边的餐厅，要不一起？"

齐孝川向来很相信"无事献殷勤，非奸即盗"这句老话，因而戒备地看向他。

苏逸宁补充："我在他们店的 VIP 卡还差点积分，凑单更实惠。"

齐孝川心安理得坐上了车。

朱佩洁对手作没有兴趣，也没有关心这个的闲暇。人生二三十年，欣赏工艺品的次数也屈指可数，上回可能还要追溯到表姐的女儿参加幼儿园的美术展，做了一个简易水下潜望镜——假如那也算手作的话。

下班路上，她偶然被长得像外国人的男店员强行塞了试听课的券，拿回家里，被妹妹瞄到，随即约好休息日一起去。

有双休日的公司并不愿聘用她，现在的岗位每周只有一天假，往常她习惯躺在床上，从早到晚刷一天短视频，又或者运气差一点，接到妹妹这样那样的要求，于是不得不为她奔波劳碌。已经不记得有多久没安排过周末了。朱佩洁翻出皱巴巴的衣服，将短发大剌剌用发箍压好，对着镜子垂头丧气一番，这才出门。

这间店名叫"天堂手作"，柔和的布置，温暖的灯光，静谧的氛围，在快节奏的城市里显得那么格格不入。

一开始，朱佩洁就很后悔。

她并不想做什么，不想给自己做什么东西，也没有什么想自己做了送给别人的。没有那样的对象，没有那样的心思，没有那样对待生活的兴趣。

进去之后，提交了试听券，身边的妹妹轻车熟路出示了购买过课程的会员卡。

"你这是什么时候办的？"朱佩洁忍不住拧起了眉头，"你哪来的钱？"

每个月给妹妹零花的开销已经足够大，但她根本没听说过还有手工这回事。

妹妹满不在乎地咂嘴："现在同学都来，我不来就不合群了？放心，用玩剑三的钱办的。"

她依稀想起那是妹妹玩的一款游戏，每个月用去充值买各种各样电子商品的钱简直像扔进水塘，听不见响。不管怎么说，都也还是花钱。

朱佩洁忍不住啰唆："你多花点钱吃饭，长身体要紧，别减肥。鞋子、游戏什么的都先放一放。"

"好了，好了，我知道了——"

两姐妹就要争论起来，店员已经来到跟前。女人微笑着说："请往这边来。"

朱佩洁不是刻意去看她的。只是这名店员的确有种奇怪的吸引力，光是看到她的脸庞，就不由得移不开眼。她走在她们正前方，引导她们往里行走，安置她们坐下时又周到地询问"红茶还是绿茶"，完全不会给人任何不愉快。

那一节课，她们做的是编织饰品。朱佩洁做的是胸针，妹妹做的是发卡。

朱佩洁很快学会了使用钩针来编线，只是动作不够娴熟，只能慢慢地做。倒是妹妹有些笨拙，几次绕错了圈，导致毛线打结。朱佩洁见状，立刻放下自己的来帮忙，但自己的打到一半，就这么搁置了，又要帮妹妹拆开，越着急越容易出错，耽误了很多时间。

"我来帮忙吧。"又是那位笑着的小姐。她穿着店里的制服，轻轻俯下身，柔软而自来卷的发辫盘在脑后，微微漏下些许碎发。接过别人手中的东西时，她既不会显得强迫，也不会让手指触碰到对方。

骆安娣转动着钩针，有条不紊地将毛线排列在一起，那些图纸上的花样对她来说信手拈来。即便如此，也不会给人练习过许多次的印象，只让人觉得与生俱来，就像雨燕生来便会筑巢。

那枚樱花胸针被交还时，朱佩洁忍不住看呆了。花瓣上甚至用蓝色的线装饰了水珠，精致到极点。她伸出手去接，不小心碰倒了茶杯。茶水顿时溅开来，弄脏了衣袖。朱佩洁下意识挽起，却完全忘记了手腕上密密麻麻的刀片划过的伤疤。妹妹就在身旁，那是她在这世界上唯一不愿暴露任何软弱的对象。她慌里慌张要遮挡，手帕忽然落到了手上。

骆安娣说："非常抱歉，是我的失误。到那边我帮您处理一下好吗？"

朱佩洁连忙起身，跟着她往休息室走，留下妹妹坐在原地，根本没意识到发生什么事。

骆安娣将湿巾和吸水纸递过来，又拿来了衣物清新剂。整个过程，她都没有贸然去搭手，给了朱佩洁充分的安全感。

朱佩洁望着她，难堪地道着谢。她却摇头。

"你的妹妹经常提到你呢，"骆安娣笑着，稍稍抿了抿嘴唇，"说姐姐为自己付出了很多，经常用自己的方式为家里付出。我有个弟弟，所以很懂你的感受。"

朱佩洁望向她，终于能将衣袖安心地翻下去。她试探着问："你和你弟弟……关系好吗？"

"嗯，很好。"

"那还是不一样。我和妹妹经常吵架，很多事，我也不想让她一个小孩去承担。"

骆安娣望着她，真挚而温热的眼睛目不转睛凝视她的脸："但是，谁也不知道以后会怎么样。有时候，可以的话，还是坐在一起聊聊天吧。可能她不想领情，你也觉得很辛苦，这样下去对谁都不好。"

她先走了出去，给朱佩洁充足的时间去收拾。

这一天结束时，妹妹那个皱巴巴的并不好看的发卡还是做好了。

她的脸皮比朱佩洁厚得多，一直坚持不懈缠着骆安娣要她帮忙改，终于调整得稍微能见人了才罢手。

送她们离开天堂手作店时，店员笑着说了"有机会再见面"。

朱佩洁问起来，妹妹才若无其事承认这是自己订购的最后一节课。

"我好像还是没什么天分啊，想着要给姐姐做个礼物的。"小女生长叹一口气，"之前在展柜里看到一个大叔做得都比我好。"

朱佩洁本来只顾着往前走，听到这话，过了片刻才回过神："什么？"

"送给你了。"妹妹抛下礼物，毫无仪式感地说，"我用学生证订的课，其实没有很贵。"

"这是送给我的？"

"你不喜欢吗？不喜欢就还给我！"

"没有没有……"很难相信，这个妹妹竟然有一天也会送她礼物了，朱佩洁把发卡攥在手心，忍不住说，"但是真不怎么好看。"

"那还是还给我！"

到了交班时间，骆安娣与值班同事打了个招呼，绕进去换下衣服，又摘下工作证，打卡之后才出门。

离开时经过隔壁房间，说是男休息室，但眼下店里也就只有仲式微一名男员工，所以算他专用。

她看到他正背对门坐着，聚精会神不知道在想什么。听说学校该期末考试了，骆安娣走进去，原本是想寒暄一下，未料刚出声，仲式微就像撞见了可怖的幽灵，手中的电子阅览器便摔落在地，正面朝上。呈现出的页面是一篇论文，白色背景上以小四号加粗字体清晰呈现出这样的段落：白骑士综合征，孟乔森综合征的分支之一，代理性孟乔森氏症候群的俗称——

句子断在"满足个人的救助欲"之后，剩余的内容隐匿在翻页处，给人平添想象空间。

骆安娣弯下腰，捡起电子阅览器，神色自若地阅读起来。她静静地浏览。

怎么办？怎么做才好？仲式微一时间化身为僵硬的匹诺曹，不知道是否该夺回，想要说什么，又怎么都绕口："呃，这个，不是的……我是为了小组作业才在学习。不是为了谁在调查，真的……安娣。"

骆安娣微笑起来，目光从字里行间抽离，然后把阅览器还给他。

"真的不是因为你……不是的……"与人来往的经验并不充分，又是这种急需随机应变的场合，仲式微挣扎过，分明对方什么反应都没有，但他还是倒塌了，"好吧……我只是觉得有点像。对不起。"

骆安娣摇头。

"没关系啊，可能是有一点，我自己也觉得。"她轻飘飘地说着。像是一叶小船，不论是平静的池塘，还是激流勇进的瀑布，她都随遇而安，"况且我也不是第一次被人这么说。"

很久很久以前。

很久很久以前，久远到公主还居住在城堡里的时候，有人这样问过她。

"你有需要别人的时候吗？"齐孝川过着与她相差甚远的生活，他是无时无刻不在为将来做准备的那类人，永远未雨绸缪，习惯动荡不安。面对骆安娣对他的好，他不胜其烦，终于这样问她，"从大人那里听说了我的来历，所以帮我能实现自己的价值。你的喜欢难道不就是这么一回事吗？"

齐孝川这一生里为人刻薄的时候很多，为了避免冲突，因此特意在工作场合养成了少说话多做事的习惯。然而，仿佛为了弥补回来似的，私底下就变得越发为所欲为。

比如此刻，发现苏逸宁根本没有用 VIP 卡积分后，他对盘中餐是否有毒的怀疑再度蔓延开来，边吃边意味深长地打量他。

苏逸宁只觉得好笑，为自己轻易就左右了他的心情感到扬扬得意。他正吃着云吞，末了又抬起头，似笑非笑主动问了一句："没准其实我俩很适合做好友。"

犹记得几个月还是几周前，齐孝川曾因秘书类似的台词动过买凶暗杀的念头，因此眼下只拿踩到口香糖般的态度反问："你是东西不够吃吗？还是说吃得太饱了？"

又想起前些天才在天堂手作店里与疑似他姨妈的人大战过三百回合，莫名心虚，担心起眼前的"姨宝男"是来为长辈寻仇的，率先道歉会不会比较好。经常互通合作的企业，决策者的交际圈也难免重合，早就听闻苏逸宁有个外甥试岗期间都相陪的嫡亲阿姨，加上后来读了仲式微传来的信息，对事态早有了解。可是，这不也是因为他姨妈先口头冒犯？摸着良心说，齐孝川不觉得自己有错。

他只好发起试探："你有话要和我说？"别是爱的大告白就行。

苏逸宁一反常态，笑得很是爽朗大方："没有，就是单纯想谢谢你。"

中华文化博大精深。"我谢谢你"和小品《卖拐》中范伟的"谢谢啊"都能巧妙表达出不同于"谢谢你"的微妙含义。

齐孝川不怎么确定，苏逸宁已经贴心地解释道："那天我喝醉,谢谢你帮忙。"

原来是那件事，齐孝川寄完票据就将它抛在了脑后。虽然他也不觉得自己有做什么。

默默地吃过饭，直到最后，苏逸宁都没有从桌底突然掏出一把枪的迹象，有惊无险。

他驾车，齐孝川也步行回公司去。分开之前，苏逸宁大概是良心发现，终于也受不了自己这违背反派人设的言行，主动说道："过两天我家的子公司剪彩，请了天堂手作店出席。我打算那天开口，邀请骆小姐正式做我的女友。"

他的说话措辞太正式，有股上了年纪似的说教气息，却又无法反驳，害齐孝川徒然不快。

他连一个音节都懒得施舍，转身就要走。

苏逸宁已经不会再为他的这种反应讶异，饶有兴致地追问："齐先生不介意？"

齐孝川脚步快，毫无留恋之意，已经走出很远了。

天堂手作店是被特别邀请的，提供了当天其中一件纪念品的制作。作为每个人都会被派发的物件，老板专程率领最优秀的制作团队一起加班加点，才赶出不输给其他承包商的作品。

当天骆安娣要值班，刚换好衣服，就被老板拍着柜台催促："安娣，来不及解释了，快上车！"

骆安娣扶稳差点被震倒的多肉，摸不着头脑地询问："什么呀？"

但正如老板催促的那样，她还没问出个所以然，就被拉到了剪彩活动现场。

换了个地点工作，内容不算麻烦，只是派发她们前几天赶工的手作罢了。骆安娣朝来领取的客人微笑，老板也在一旁帮忙，顺便保持着微笑，趁空当与她闲聊："你那个学弟怎么突然就辞职了呢？"

"嗯？"骆安娣好像缓了缓才知道她指谁，"啊，式微吗？不知道啊，可能要准备找正式工作了吧。"

"说得也是哦，一直打工也不是长久之计……"

骆安娣低低地笑起来："老板是在提醒我吗？"

"不是！哎呀！"老板只是随口一说，属于无心之失，"我只是觉得……他不是为了追求你才来上班的嘛。被你拒绝，觉得没希望，走也很正常。"

"好抱歉啊。"

"别这么说！这不是你的问题！"

骆安娣正和老板说笑，慢慢回过头，忽然像觉察到了什么一般，抬起头来，看到玻璃走廊里眺望这边的苏逸宁。

他们对视。

手机响起来，她从口袋翻出，是苏逸宁的来电。

老板抓住机会去和各个有可能的投资对象社交，留下骆安娣在原地收拾东西。

她把杂物放进纸箱，随即抱在怀里，不紧不慢移动到车上去。刚迈开脚步，就撞到像墙壁一样堵在跟前的男人。

齐孝川不容分说地接过去，顺便居高临下板着脸问："还有吗？"

骆安娣先笑起来，也不客气，直接把剩下两个也叠上去。

手中的东西变得更沉，齐孝川有点吃力，却也碍于面子不可能临时反悔。他搬着走向厢式车的方向，骆安娣跟在他身旁。

她问他："你也是过来参加剪彩的吗？"

他回答："本来不打算来的。"

她也不问缘由，清澈的笑容像是悬浮的河水，波光粼粼。

他在考虑要怎么问她苏逸宁的事，但在迟疑的瞬间，已经不加修饰地问出口："苏逸宁他……跟你说了些什么吗？"

骆安娣笑起来，同样坦率地回答说："是啊，你怎么知道？他说想跟我结婚。"

"结婚？！"齐孝川被吓到，有理有据地认为自家公司收购合作者指日可待，"你答应了吗？"

她不急于回答他，只是继续朝前走："小孝，你是特意来问我这个的吗？"

"……也可以这么说吧。"

骆安娣像是感觉好多了，忽然一切都好多了："我觉得，我也有可能喜欢他。"

"那就好。"齐孝川也不知道自己想了些什么，只知道脑海仿佛蜂窝煤，黑黢黢又密密麻麻地凝结成一团。他无缘无故合上眼，再睁开，又重复了一次，"那就好。"

他们在延绵不绝的林荫小道上往前走。

他突兀地确认："你是真的喜欢他吧？不是因为别的？那你多少要把握度，保护好自己，知道吗？"

她笑着，像是碰倒什么一样侧过头，有点无可奈何地说："我知道，放心。不会有事的。"

"嗯，那就好。"他本来该安下心来的，却反而皱眉，"你真的可以吧？我真能放心吗？你以前就很会带来麻烦，毕竟身边总围着一大群人。"

她不说话。

齐孝川的不满是一点一滴逐步累积升温的，他走得越来越快，止不住地说着："他家里的情况好像很复杂。"

她明明知道得一清二楚，可还是含糊其词："好像是有这么一回事。"

他表情很糟，忧心忡忡被掩盖在接二连三有理有据的质疑下："之前不是还说移民什么的吗？靠投资还是亲属？我记得他还是中国国籍……你也会跟着一起过去？"

将来还是未知数，她当然只能如此回答："不知道啊。"

"真离谱，"齐孝川冷笑一声，"他们会尊重你吗？你又是那种性格，别人稍微装装可怜就能如愿——"

骆安娣发出体贴的声音："为什么非要那么说呢？"

他看向她。

骆安娣的自来卷被发夹固定，连衣裙下套着方便走动的长裤，仰起头，明亮的双眼里找不到瑕疵。与此同时，齐孝川刚加过班，打扮也是毫不考究。

片刻后，他掉头就走，把手里的箱子放到厢式车上，随即又原路返回，重新来到她面前。

齐孝川凶神恶煞地折回来，却高高举起轻轻放下："……反正我已经完成了自己的任务。"

他径自离开，一次也没有回头。司机在等他，见他比预想的更早上车也没说什么。

骆安娣站在原地。

就像最后所说的那样，齐孝川的任务结束了。当有别人出现在她生命里的时候，他的存在也就没必要了。没有哪个骑士会和公主结婚，也没有哪个公主真的会嫁给青蛙。他并没有中诅咒，只是天生卑微。数不清的人告诉过他"你配不上她"，他从未有过异议，也不会往心里去。

到了要消失的时候，从今天这一分这一秒开始回到以前。无聊透顶才是齐孝川的常态。

她喜欢等待她救助的对象。最适合她的是渴望她帮助、沉溺于她的人。这个人以前不是齐孝川，现在不是，将来也不可能。

司机像以往一样把车停在了不远处，齐孝川差点诘难他失职，但想起前段时间自己的大度，又将怨言咽了回去。

他下了车。

步行回去的过程中什么也没想，只顾及隔天的工作。

她是突然撞上来的。闪电般地出现，趁他失神的瞬间跟跟跄跄后退。

女人笑了，那是筹备许久而大功告成后释然的笑容。

他对此并不陌生，很久以前，去周翰耀成家过夜时，每当听到丈夫对他们的事业高谈阔论，她也总会露出这种表情。即便齐孝川从未觉得自己对不起她。

他低下头，匕首还插在腰间，血汩汩地流下。

他按住伤口，另一只手拿出手机拨打急救电话。

如愿以偿，她总算将失去那个人的悲伤彻底报复在他身上。

他从容不迫地通知急救中心地点。

物业保安正在小跑过来，司机比他更快赶到。

有人在叫他的名字。

齐孝川想说什么，或许是"明天我晚点上班"，也可能是"别让股东知道"。但反正，最后他挂念的只有一件事，说的话也只有那一句。

对可怜者情有独钟的骆安娣，热衷于照顾他人的骆安娣，无法对悲惨遭遇坐视不理的骆安娣。

"不要告诉骆安娣。"他想这或许并非出于自尊心，只是不愿再为新的噩梦做铺垫。

第十章

齐孝川不是爱做梦的体质。最近频繁梦到沦为被执行人，董事会拿公章玩击鼓传花，他的车在跨江大桥上被放气，以及不认识的男人找上门来抱着襁褓中的婴儿说是骆安娣的孩子。

但眼下这个梦与以往都不同，并非虚构，而是实际发生过的事。

他放学回家忘带钥匙，于是转而去骆家的宅邸找母亲。前厅的帮佣认识他，因此也很快指明方向，他三步并作两步上楼到书房，刚要敲门，就听到里面隐隐约约传来的谈话声。

骆安娣的妈妈骆夫人说："别再哭了。"很快，她又说了一句："有什么需要帮忙的，随时来找我。千万别见外，能够被需要，我就很高兴。"

然后是齐孝川他母亲夹杂鼻音的回复："我知道自己已经很幸运。那孩子极端聪明，很有主意，我和老齐恐怕生都生不出。可是，我也真的从未觉得自己像个母亲，孝川他太独立，太坚强了。就连小学被高年级同学扔进垃圾池，都一个人静悄悄地回家，洗澡换了衣服。要不是老师联络，我和他爸根本不知道。这样的孩子，真用得着我们这么没用的爸妈吗？"

"男孩子的心思……"骆夫人又开口，轻轻叹息，"他懂事得早，又有那种身世，大概也要强吧。等长大成人，遇到了合心意的女孩子，总有一天会改的。"

门外，齐孝川已然了悟了母亲将他的过往告知他人的现状，冷冷发笑，默默想着：可惜，那一天永远不会来了。他们总能对他做出形形色色、五花八门的误判。

这并不能撼动他运筹帷幄的心态，他转身就要走，却在这一刻听到第三个人的声音。

"小孝该回家了。"骆安娣说，"阿姨，别再哭了，会让他担心的。"

梦消散时，医疗器械的监控数据有序跳动，雪白的天花板侵占视野，疼痛感在麻醉散去后才一泻千里。凶器刺穿了腹壁，由此可见行凶者恨他到了哪种地步。

不过也在意料之中，毕竟女人被警方带走时都不收敛，凄厉地怒斥他为"狗东西"，也算与之前的噩梦相呼应。

他在最后还插着刀自己叫了急救车，直到失血过多昏迷前都十分镇定，做出的判断也绝对没问题，但显然，有的人没按他的要求办。

护士为他做了检查，医生也过来确认情况，好在没伤到重要脏器。齐孝川平躺着，内心最强烈的念头是想喝鱼片粥。向来在饿死前夕都非得招呼大家把会开完的男人，竟然明确有了想吃的东西，属实难得，难以启齿。

病房外响起脚步声。

她曾无数次这样呼唤他，从窗户里探出身来时，在人群中举起手时，捕捉到他目光时。"小孝，小孝。"就是这样的声音。

骆安娣说："小孝，你没事吧？"

她的担忧悉数写在脸上，遮阳帽跌落到了脖颈后。

骆安娣抚摸他的脸和肩膀，眼睛里积蓄着透明的水："真的吓死我了，我多害怕啊。我还以为你要死了。"

她把脸贴在他手臂上，眼泪湿漉漉地晕染了病号服，很难形容他的心情。

齐孝川艰难地看向床边，女护士意味不明地也红了眼眶，年纪略长的医生则用慈祥到微妙的眼神望着他们。

"骆安娣，"他说，"……你能帮我联系一下我爸妈吗？"

"啊，对。你的秘书还瞒着他们呢。"骆安娣像是被启发了一般，连忙拿起手机。病房里还有其他人，因此她暂且欠身道歉，先一步退出去。

明明是自己驱赶的她，齐孝川却无法抑制目光随她走动。

这也正常。哭的时候，骆安娣的脸更加苍白，眼泪像断了线的玻璃珠，委实是楚楚动人。这种姿态，很难不引人注目。

等她出去，医生才开口说道："齐先生的爱人一直守在外面，和手术有关的人都被她求了个遍。你可要好好待人家。"

齐孝川平生最厌烦说教，更厌烦的是莫名其妙的说教。但他深知对方好意，因此也没在清醒后就对救命恩人口吐恶言，只言简意赅地解释说："她不是我爱人。"

此番轮到泫然欲泣的小护士眼前一亮："什么？！那你更应该好好珍惜了。"

理智告诉齐孝川他最好闭嘴，再说一句，恐怕身边人极有可能趁他重伤抬他上担架强迫他去民政局领证。

骆安娣返回后，再度朝白衣天使道谢，白衣天使也相当多此一举地留他们单独相处。

看到齐孝川，她的眼泪又开始在眼眶里打转。骆安娣目不转睛看着他，眼泪落下来，砸在床单上。即便如此，她也没眨过眼，仿佛怕他下一秒就消失。

骆安娣说："到底是怎么一回事呢？你能不能跟我说说？"

齐孝川回望向她，却半天都没吭声，末了才淡淡酝酿出一句："以后再告诉你。"

不勉强别人说不愿说的事是骆安娣至关重要的优点之一，她点头，忧心忡忡地朝他微笑："医生还没说你现在能不能吃东西。我跟店里请了假，这两天都会在这里陪你。有什么需要的，你尽管告诉我。"

不安的感觉席卷了他全身，她这是要改行做他的护工？

齐孝川搭住骆安娣的手腕，两个人看着彼此。他迟疑着想说什么。

亲爱的 / 爱上你 / 从那天起 / 甜蜜得很轻易……

骆安娣懵懵懂懂地眨眼。

齐孝川面无表情地回过头，对着病房门口的秘书不苟言笑地说道："易伟豪，你再外放音乐，我就杀了你，然后把你的头挂到公司一楼大厅。"

而刚刚赶到的秘书正手忙脚乱试图把自己在播放《告白气球》的手机掰断："不好意思齐总，我女朋友的妈妈打电话给我催我回去修马桶——"

得到上司"快滚"的恩惠，秘书连滚带爬百米冲刺离开。

骆安娣感慨着"他喜欢周杰伦吗"，而齐孝川终于夺回发言权："我可以请护工，不需要你陪护。况且医生也说了，再休养几天就能回去。"

"小孝，"骆安娣露出关心的神情，突如其来探他额头，另一手贴住自己脸颊和额头，"你是不是在发烧啊？"

因为有些发热，担心是腹膜炎，所以之后又做了一系列检查。

齐孝川劝退骆安娣的计划也自然而然不了了之，她全程陪伴在他左右，万幸并没有什么恶化的迹象。

骆安娣真的请了假，齐孝川很想让她走，但眼下还有更加紧迫的事。

清醒第二天，他就已经在病床上用手机查看工作邮件。

秘书奉命带了一大堆文件过来，就连看到的护士都忍不住叱责："你们以为这里是什么地方？！要是病人有个三长两短，你这就是害人！"

"对不起，女士。"秘书挂着加班后的黑眼圈彬彬有礼地回复，"但要是我不这么干，病人本人会先把我抛尸荒野。"

齐孝川一点也不介意下属当面编排自己，只皱着眉催促："少说点会死？让你盯着财报会你干吗去了？快补起来。"

秘书埋头工作，埋怨当然也不能落下："不是我说，你倒不如开设一个玄学课堂，教教大家如何平时损德还能运气这么好，被刺还避开了要害。"

理所当然惹来上司威胁性命的鄙视："你也想来一刀试试？"

要处理的事还有一大堆，齐孝川只觉得头奇痛无比，却又经秘书提醒偶然想起一件事。周翰耀成的妻子年轻时是学医的。

真正的大救星终于降临。

骆安娣带着便携式的果蔬机驾到，看到这一幕时差点惊叫出声，一边放下东西一边问他们："你们在做什么？这就工作吗？小孝！"

"你别管。"齐孝川单手拿着钢笔，随意绕到耳后，漫不经心用中指和无名指指背摩擦颈窝。病号服并不是那么舒适，消毒水味也令人烦躁，更不用提日日夜夜输入的点滴。

她却不依不饶，但不多话，只是猛地攥住他的手。他吃了一惊，错愕地看过去，骆安娣望着他，又郁闷，又悲伤，无害到了惊人的程度，以至于齐孝川打好的腹稿不论好话坏话通通付诸东流。

她坐到他病床边，工作是不可能了，秘书也瞄准机会赶紧离开。

骆安娣随手翻出一本《大卫·科波菲尔》，随即给他念起来。

卑微的大卫·科波菲尔，平庸的大卫·科波菲尔，刻薄的大卫·科波菲尔。

骆安娣的嗓音很轻，像搅拌咖啡牛奶似的不断旋转，将人不由自主地带入其中。齐孝川没来由地说："你现在英语还好吗？"

骆安娣侧身坐在椅子上，脊背单薄，听见他提问时稍稍耸肩，身体向前压，笑起来道："偶尔看看书。大学的时候考八级，词汇还是很差。"

阅读是好习惯。齐孝川颔首，却不说别的话，他向来讨厌那些不给钱就指手画脚的家伙，当然，给了也不代表就能品头论足。

他想着忍耐两天就完事，甚至连第三天的工作都安排好，没想到一大清早，骆安娣就直接带着做好的点心来了。

她穿着一件灯芯绒的吊带裙，里面是草绿色的内搭，在这样的天气里显得有些古怪，但在空调房里就不突兀了，显而易见是专程穿到医院来的。

齐孝川望着她，心里觉得好看，却什么都没说。仔细想来，她穿什么不好看？说了也是废话。

骆安娣是挤地铁过来的，她笑着把带的东西从包里拿出来，还盯着输液管问他说："会不会太凉？速度还好吗？"

齐孝川根本不关心这些："快点打完就好了。"

"小孝，你不能这么不把受伤当回事。"她整理着东西，与此同时不经意地说道。

"本来也没必要太上心。"齐孝川疲于纠结，本来言之凿凿，却没来由地压低分贝。

骆安娣还是听到了。她抬头看着他，有那么一瞬间，他猜想她会不会诡异地破口大骂，然而并没有。骆安娣只是伸出手，轻轻拍了拍他的手背。

他强忍着清了清嗓子，随即说："那个，我很快就出院了，医生也答应了，明天就签字，真的不需要你。你还是去上班吧，去找……朋友吃个饭什么的，再不济到烈士公园摆摊也行。"

"式微帮我替班了。"骆安娣看了他一眼，不以为意地继续剥了个橘子，把上面的筋络去掉，然后送到他手里问，"你家门锁的密码是多少？"

"……5357，"齐孝川说，"怎么了？"

"不是你说可以一起生活的吗？" 骆安娣手肘撑在膝盖上，手掌撑着两边的侧脸，轻轻笑起来，"我要把东西搬到你家去。"

暴虎冯河的疯女人，厚脸皮的恐怖分子，入侵地球的外星人。

齐孝川从未想过，有一天，自己竟然会把这些想法套到骆安娣身上。非要追根溯源，他过去也不是没有类似的观点，只不过现在更加无可抑制。

出院那一天，经过他秘书以职业生涯相逼的一番请求，好说歹说骆安娣还是回去上班了。齐孝川办理出院，离开时在一楼遇到苏逸宁。

好家伙，女朋友走了男朋友来是吧，以为玩接力赛呢。

齐孝川心情不佳，擦肩而过时甚至懒得打招呼，略微点头就想走，苏逸宁却冷不丁来了一句："现在才演苦肉计，不觉得太晚了吗？"

刚从手术台上下来没几天的男人回头，忍无可忍回答："你见过谁为了女人差点把自己弄死的吗？"

苏逸宁用满是怨念的眼神看过来，几乎让人以为他下一步就要模仿宫斗剧里的妃嫔来上一句"不入虎穴焉得虎子，此招虽险胜算却大"，没想到最后只回答："罗密欧？萧宝卷？花无缺？"

齐孝川懒得理他，翻着白眼就想走。

结果苏逸宁还跟了上来。

"苏总好像很有时间，是也来医院看病？" 齐孝川纳闷，"是否需要我带路？精神科在那边。"

苏逸宁却说："骆小姐呢？她说要来照顾你，怎么没见到她。"

你的女朋友你来问我？齐孝川强咽下潜台词，反而趁此机会全盘托出心中所想。

"你最好和她沟通一下，省得她再心血来潮冒出一些乱七八糟的计划。你们既然决定了要在一起，那就应当多多交流……"这种苦口婆心与他的画风不符，以至于说到一半就卡壳，自己也感觉鸡皮疙瘩掉一地，然而，真正想说的还在纠结之后，那句台词太熟悉，熟悉到说出时都在无意识模仿那个人的语气，"你要……对她好一点。"

像是有所迟疑，苏逸宁回答："我自从那天后就没见过她。"

"……"

"她当时说要想一想，也提过不讨厌我。"苏逸宁望着他，往常的矜贵在此刻荡然无存，站在眼前的只是一个失意的普通男人，"我本来很有把握。但是——"

他没有说下去，但停顿后面是什么也已显而易见。

"然后她就凌晨发消息过来拒绝我了。"

一开始，苏逸宁甚至怀疑是她的某位追求者盗用她手机发的消息。原谅他自信到这种地步，但在骆安娣那儿得到的善意的确支撑他产生了这种误会。他实在想不出自己被拒绝的理由，因此主动打了过去。

"你是不是威胁她了？还是给她灌了什么迷魂汤？"苏逸宁并没有恼羞成怒，只是纯粹不悦地上下打量他，"否则她怎么会这么突然就改了主意？"

齐孝川回看向他。这位即将顶替一代的二代毋庸置疑很幸运，作为天之骄子出生，自己也不是没有能力，成长路上顺风顺水，只需随波逐流就能得到众多人景仰。然而，这一刻，他真是愚蠢得无可救药。

原来如此。

齐孝川嘴角颤抖，末了扯开一个冷笑，实在掩饰不了讥讽："你对骆安娣，还真是什么都不知道啊。"

司机还在门外等候，他这些天接受PTSD心理治疗的次数比被害人本人还多。但很难解释，当接到新工作安排的那一刻，原本因目睹伤害场面而产生的惴惴悉数消散。

齐孝川身上有种秉轴持钧的气质，他年纪不大，不习惯笑，乐于听别人有用的建议，说话深谙多言数穷的道理。

出院后，他第一个去的不是家而是公司。

回想起成功劝说骆安娣今天别待在医院去上班的是秘书，于是给了他"不用加班工作慢慢来"的指令。上司罕见的体贴实在令人受宠若惊，不是惊喜，而是"惊吓"的"惊"。

秘书担心老板患了绝症，临终怕下地狱才抱佛脚行善，专程到总裁室晃来晃去关心他身体，结果自然是被齐孝川用"调岗申请发邮件就行，不用自己过来"恐吓离去。

过几天原本还要去医院换药，为了节省时间，齐孝川还是被迫找私人医生签了协议。用钱能解决已经是三生有幸，比起这个，律师已经主动联络，还要考虑起诉行凶者的事。

一想到这个就头大，齐孝川冠冕堂皇地拿工作当借口，逃避一切不准备面对的问题。

他在公司自己专用的独立盥洗室剃须，手握剃须刀，不由得又回想起骆安娣。从加拿大回来时，她收起了他的剃须刀，最后也在车上还给了他。

"安娣你最近怎么都在穿同样的衣服？"

"啊，因为在准备搬家。"骆安娣朝同事笑了笑，"有些东西都收起来了。"

同事诧异："可我记得你现在的房子还没租多久吧？合约就到期了吗？"

"没有呀。"

"找好要住的地方了吗？"

"哈哈哈，想住到认识的人家里，但还不一定能住进去。"

"你你你！你这是发什么神经啊！"共事的女职员也是太心焦，"你是不是因为大家都喜欢你，被保护得太好了，不知道这年头日子有多艰难。你要实际一点啊。那一个个围着你转的男的，要我说，没一个是好东西！你就是太依赖他们了！"

受这激动的架势刺激，骆安娣不由得往后退了退，她也是头一次听说这种论调，慢慢笑着说："是吗？我会改的。"

"光是嘴上说可不行，要动起来啊！"

"嗯嗯，"骆安娣已经准备去工作，临走扔了其他话题回去，"你也记得注意身体。妈妈的事还没圆满解决吧，好好照顾自己。"

名叫"小若"的职场伙伴平时很爱与她抱怨生活琐事，其中一件就是母亲进戒毒所。提到这个，她又想多说几句，不过到了骆安娣必须去岗位上的时候，只好作罢。

下班的地铁上，手机轻轻地响起来，人很多所以没听到铃声。

骆安娣进便利店时才看到消息。齐孝川问：放在我家玄关的，是你的行李？

她回拨过去，路上的行人来来往往。他刚淋浴过，接通后开口第一句就是"把东西拿回去"，和以前一样不留情面。

骆安娣却置若罔闻："你吃饭了吗？"

齐孝川还有很多台词想说，却身不由己去回答她的提问："……没，你吃了吗？"

"刚刚才下班，肚子很饿，"她的声音像从光溜溜的墙壁上慢慢滑下去，"好想吃大餐。"

他沉默了。

齐孝川问："你现在在哪儿？"

"在回家路上。"她说。

"到了以后别上楼，我马上过来。"

骆安娣轻轻笑起来："去吃好吃的吗？太好啦。"

"嗯，"齐孝川十分不耐烦，相当不耐烦，不耐烦到极点，"你想吃不是吗？"

她挂断电话，把准备买的奶茶和三角饭团放回去，转身从便利店走了出去。心情不知不觉变得很好，以至于不禁晃悠起手袋。

天色渐渐暗了，骆安娣到家时还是上了楼，更换了猫砂，又添了猫粮。在沙发上躺了一会儿，一直没收到联络的电话，所以才慢吞吞下去。没想到的是，熟悉的车已经等在那里了。

齐孝川耗费了太多时间去纠结，一而再再而三找她的自己着实过于殷勤，自己也不是不要面子。他把手机拿出来，停留在通讯录界面，犹豫到底该不该拨出去。就这么挣扎了半天，骆安娣已经出现在挡风玻璃后。

"小孝。"她快速地拉开了车门，上来时脸上带笑，"等了很久吗？怎么来了也不说一声？对不起，我看麦昆去了。"

他坦然地撒谎："没有等很久。"

"那就好。去吃什么呀？"

进入餐厅，面对面坐到座位上，将菜单交还给侍者，齐孝川才说："我记得你喜欢吃法国菜。"

亏他还记得，就连齐孝川自己都惊讶。

骆安娣也做出了一样的反应："你还记得吗？小时候是很喜欢。"

"现在不喜欢了？"他本来只是随口一问，等了几秒钟才觉察异样。这提问难免有点双关的既视感，只可惜另一位当事人一点没察觉。

"嗯，喜欢啊。"骆安娣笑着说，"喝搭配菜的葡萄酒，心情会很好。"

他心虚地掩住脸咳嗽："那就好。"

气氛恰到好处，侍酒师上前，倒酒的同时介绍道："我们的主厨是二十岁就担任米其林三星餐厅副主厨的优秀厨师，祝福二位度过一个美好的夜晚。"

齐孝川只颔首，骆安娣则回复了一声"谢谢"。

这一天的晚餐也的确相当不错，齐孝川懂得不算多，只能做出最简单层面的评价，即便如此，也能感觉得到好。

骆安娣理应是懂得的，虽然没说什么，也一个劲微笑。

有那么美味吗？让她那么开心。吃好吃的就能开心吗？

齐孝川默默盯着她。

骆安娣垂下眼，再抬头，笑容又加深。她说："跟小孝一起吃饭，感觉像做梦一样。"

"做梦？"那是他不喜欢的词语，谈及梦就没什么好回忆，"为什么？"

她坦率地说："很开心啊因为。能和小孝一起，就像做梦一样开心。"

像针刺进心脏。

齐孝川感觉就像被针刺中了心脏，很痛，却又不完全只有疼痛，正是因为那一点突兀的刺痛，所以才清晰地回想起来，原来还有一个器官像这样固执地存在体内，仿佛为了提醒即将来到的浩大灾难。

恋爱是海啸般无可避免、无处可逃的灾难。

他什么都做不了，沉默了半天，也只能询问："甜点好吃吗，需不需要再续一份？"

用餐以后，主厨还专门出来问候一番，负责攀谈的是骆安娣，友好的、有礼节的、善意的。他们说话的时候，齐孝川就在一边旁观。

出去时已经很晚。

他们吃得很撑，所以两个人一起去附近的河边散步。

沐浴着河对岸的霓虹灯灯光，齐孝川终于还是说："为什么把行李放在我家玄关？"

"贸然搬进去不是不太好吗？"骆安娣边走边仰起头，惬意地眯起眼睛回答，"但又还是希望你知道，我已经做好了打算。"

"你……"他居然停顿，颇有些不知道说什么好，"是我不好。我当时太自以为是了，刚听说你的身世，觉得很对不起你。这么多年，都没有早点去找，结果只想着怎么能让自己心里好过一点——"

她说："这不怪你啊，小孝。再说了，当时爸爸很要面子，也故意放了消息说出国。"

"我觉得不好过。"

"不要不好过。"

"我就不好过。"

他们的对话冒着只有他们俩才不会嫌弃的傻气。

骆安娣看着他，齐孝川却低着头。两个人忽然都笑了。

齐孝川只是勾起嘴角，骆安娣笑得弯下腰。她垂落的发尾像鱼鳍轻轻摆动，夜色里，常见到不行的笑容也闪闪发光。

她看着他，他的神情定格在脸上。期望能多看几眼，偏偏现实不如人希冀。

骆安娣忽然留意到什么。

一对衣着简陋的老夫妇正驻守在路边，看到骆安娣时便起身走近。他们自称是来城市看病的乡下人，却因手头拮据没钱填饱肚子，因此想向人索要二十块钱买点吃的。

面对这样的乞讨，骆安娣感到难办地皱起了眉："对不起，钱的话，可能我没办法给……"而她这么一表态，对方也不继续强求。

骆安娣却没有就这么放弃，转而环顾一周，终于眼前微亮。

她小跑离开，再回来时拿着两份从街头餐车买的热狗，还热着，用塑料袋装在一起，递给两位老人家。

骆安娣回来时，齐孝川已经靠在护栏边等了好一阵。她微微喘息，他打量她被风吹乱的头发和额角的汗珠。

他淡淡地说："他们是骗人的。"

她一点也没有犹豫，好像早料到了似的，轻松愉快地回答："假如能少一个过得那么辛苦的人，也算是好事。"

是了。

齐孝川也是这一刻才恍恍惚惚想起。像她这样，经常对人伸出援手，对虚情假意和口蜜腹剑领悟得不会比他少。

"一点点吃的而已，给他们也行。只要他们想，只要我可以。"骆安娣只是笑着，"只要他们需要，给他们也可以的。"

不可以。

徐徐吐息的河风里，他看着她。

即便他们想，就算他们向你要。

不可以给他们。

因猜测她感受过的每一次失望而不安，因自己没有一直保护她而愤怒。

齐孝川轻易维持着没有表情的面孔，一字一顿地对骆安娣说："我想跟你一起住。"

齐孝川先一步进去，脸上无懈可击，细微的动作却出卖了他的局促，摩挲着手说："请进。"

骆安娣拖着行李箱，穿着毛茸茸的拖鞋，进来时仰头张望，由衷地感慨："好漂亮。"

小时候，骆安娣的爸爸不怎么在意室内装潢，搬家时直接沿用了前任房主的布置。就算那样，也是很漂亮的，只是风格更偏向复古。而齐孝川家的设计却更时髦，虽说本人没操心，纯粹给钱请人办事。

对她来说，有钱的气场已见怪不怪，但赞美却不多余。

亚历山大·麦昆刚到新环境，四处转了转，倒是一点也不怕生。

"你住的房间，我提前整理出来了。"齐孝川不知应不应该把矿泉水递出去，最后也只不远不近放在桌边，"还有什么需要的，你随时跟我说。不方便也可以提。你会开车吗？我一般固定用其中一辆，假如你要开……"

骆安娣稍微吓了一跳，忍不住确认："是你整理的吗？小孝你本人？"

"……我跟之前的家政公司闹得不太愉快，最近都是自己打扫。"

她完全没想到会这样，难为情地说："其实你提前让我自己弄就行了……我搬来已经害你不方便了，还带了猫。房租我会参考周边价格付给你。"

"不会，"齐孝川还是那副死人相，假如非要用表情判断心情，那一定时刻都心存芥蒂，"我的收入够我用很久，不用再从你这里赚。是我希望跟你一起，你能跟我一起住，就已经很好了。"

骆安娣并不多推辞，只是好奇地询问："不过，你是为什么突然改变了想法呢？一开始是很坚决想赶我走的吧？"

"我没那么说。"

她走近了，探头进去打量属于自己的卧室，顺势替他追溯前情："不是说了吗？那天晚上一打过来就说了，要我赶紧把东西拿走。"

"我不记得了。"他转头逃避，转移话题道，"你想看奈飞新上线的医疗剧吗？"

"哇，4K！我想看那个丧尸剧。"骆安娣两只眼睛都雀跃地冒星星。

"……你喜欢看那种吗？"

搬进新的住处，骆安娣做的第一个决定是去买张沙发。

齐孝川听说时很狐疑："叫家居店送一张来不就行了，你要几座的？"

骆安娣感到匪夷所思，瞪大眼睛说："小孝，你的家具都是这样买的吗？"

他强按下脑海里浮现的疑问号，反问她道："用的东西……这样买不是很正常吗？"

"买来是要放在家里的，而且估计会放很长时间。换句话说，就是陪伴你共同生活。当然不只要挑能使用的，眼缘和舒适度都很重要呀。"

面对齐孝川一脸听波兰语般不知所云的神情，骆安娣找了最近一个没有其他安排的周末，强行拽着他陪她一起去家居店。

其实，齐孝川家的家具也不是完全交由装修公司与设计师操办，有那么一段时间，他也在网上购置了灯盏和桌椅，但送到后总有这样那样的不合适。起初搁置在一边，后来进进出出实在碍事，做维护的钟点工甚至还以此为由要求加钱。他没吵赢人家，一气之下载着实木家具去野炊，乐在其中地劈了做柴烧，其余则全捐给了山区，也不知道人家乡村自建房有没有用上他那盏价值不菲的泰尔扎尼吊灯。

这么丢脸的事，当然不可能告诉骆安娣。

骆安娣也是真的不知道，认真在导购员的带领下挑选着沙发。

但逛家居店，很难不跑题。

"这个洗手间的架子好实用！"

"这是厨房里用的吗？"

"这个儿童课桌太可爱了！"

骆安娣坐在矮矮的桌椅边，朝齐孝川笑着说道："感觉尺寸小的东西就格外可爱。"

"可爱个头，买了也用不到。走了。"齐孝川回过头。

长得很像电影《雷神》里洛基的店员微笑："等二位有了孩子可以考虑购入呢，先去看看沙发吧。"

听到这话时，骆安娣恰好起身，一个不小心被绊到，整个人往前栽。万幸齐孝川就在身边，眼疾手快扶住她。她大半力气磕在他的肩膀，他却丝毫没有动摇，将手臂绕过她，掌心抵住她手肘，不费吹灰之力支撑起她。

骆安娣没来得及抬头，只听他寡淡地给予对方答复："好的，谢谢你。"

终于站定，骆安娣再去看齐孝川，他也穷极无聊地看过来，完全没觉得自己说了什么怪话。

每看一张沙发，骆安娣都要坐着试看。虽然舒服和不舒服是能一言概之的，但有些不可言说的感觉也很重要。

一连坐了不少，内心也记下了排名，不记得第几张时，她忽然拍了拍身侧，仰头对齐孝川说："你也坐坐看。"

他的态度依然故我地差，尤其全程走神有些没防备，不快地回答："你喜欢就行。"

店员见状，知道他们大概要讨论一阵，因此识趣地借口离开。

"来嘛。"骆安娣笑眯眯的，继续催促道，"快坐坐看。走了这么久，你不累吗？"

怎么可能累，以前背着八十磅家电挨家挨户跑，还遇到过爬上十八楼才得知走错公寓，结果只能下去换栋楼重新爬的状况。

他脚底抹油想走，但立即被捉住了手腕。

骆安娣拽住齐孝川，硬是拉着他坐下来。

他勉为其难，但刚坐下就感到似曾相识，坐在小时候曾在骆安娣卧室里见过的那张公主床上就是这种感觉。

骆安娣把脖子贴住靠背，舒服地问："感觉怎么样？"

齐孝川说："还行。"

这实在是违心的评价。实在太舒服了，舒服到他甚至愿意偷偷买了放到办公室每天坐上十五分钟。

她来回摆动了一下头，像是想找个最合适的姿势："就是让我长在这张沙发上也行啊。"

优越的面料和质地媲美童话故事里的吐真剂，导致齐孝川也不由得表白真心："嗯。"

她继续移动着，脖子怎么都不舒服，大概还是要挑个时间去找医生看颈椎。然而，就在这一刻，他忽然抬起手，把她的头按到自己肩上，不容回绝地说："别乱动。"

她起先被吓到了，但身体渐渐放松，很快就被恰如其分的感觉吞没。

终于，骆安娣一跃而起，看了眼标价，马上就去联络店员。

确认订单、付账、派送犹如行云流水。

齐孝川惊讶于她的效率之高，骆安娣心满意足，和他一起去了附近的快餐店。点单时，收银员和颜悦色在将目光聚焦齐孝川的前提下给出了关于套餐的建议，齐孝川原本就要随便点，却被骆安娣猛拦截。

"等一下，"骆安娣望着挂满餐品的灯牌，迅速地推断说，"这个套餐可以更换，半价可以加饮料。这样买比较划算。"

她干脆利落地点单，最后要了小票，边核对边去找座位。

齐孝川替她拿包，意味不明地盯着骆安娣看。她好久才觉察视线，回过头来，用明亮的眼睛问他怎么了。

"感觉你有些地方变了。"齐孝川说，"但也有可能是我并不清楚你。"

快餐是直接用手吃的食物，骆安娣也熟练地送到嘴边，回答他说："小孝你是喜欢工作吗？"

他在吃奶昔："还可以吧。怎么这么问？"

"你的秘书经常提到你，"她侧着头，"说你经常在工作，很敬业，又很可靠。"

"……"他板着脸盯她一阵，然后说，"你可以说实话。"

她忍不住笑出声："他确实是这个意思，只是说法不太一样。"

齐孝川想了想，稀松平常地说："谈不上喜欢。"

"讨厌吗？"骆安娣很讶异，"那你还能一直坚持。"

"我不排斥，至少不用从事自己不擅长的工作，又能实现抱负。"他吃东西的速度很快，却不会给人粗鲁的感觉，"况且我喜欢赚钱。"

隔壁餐桌忽然传来声响，不知是什么事谈崩，女人拿雪碧泼向对面的男人，没想到其中一侧的座位背靠墙壁，以至于水溅回来，牵连到同样坐在内侧的骆安娣。

她只觉得肩胛骨一凉，立即起身也没躲开。背上湿透了，一滴一滴顺着衣摆落下去。

齐孝川想也没想就脱下外套，先给她披上，才朝沉浸在争执中的男女看过去。

男人也被泼到，稍微瞥了他们一眼，显然不打算为自己女伴的无厘头行径买单，掉头就想走。女人则更不会理睬无辜人士，她歇斯底里地拽住男人的衣摆，怒斥对方不许和自己分手。

两个人一来一回，正伴随着伤感音乐演绎内心戏，没料想第三个人突然出现，二话不说，轻轻拍了拍男人的肩膀，拿着另一杯饮料，朝看向他的二人更为精准地泼过去。

除了对清扫人员感到抱歉外，齐孝川丝毫没觉得有不妥，把骆安娣安顿到门外，再去找快餐店店家支付赔偿。留下两人面面相觑，满脸茫然，连要发脾气都没反应过来。

骆安娣睁大眼睛，同样地始料未及，担心却又直白地问："他们没关系吧？"

"我跟店员道歉了，也留了名片。"齐孝川答非所问，用力拉住她，不容分说将她推向前方道，"别管了，回去换衣服。"

等他揽着骆安娣向外走，被打击报复的两人这才回过神，同仇敌忾追上前。

女人尖着嗓子大喊："你知不知道我爸是谁？！"

男人则怒吼："泼了人还想跑？"

某位驰名小心眼人士慢条斯理回过头。

骆安娣已经坐上车，想下来，却被他硬生生塞了回去。

齐孝川顶着藏不住烦躁的神态往前走："刚才那一下还不够你们洗脑子？"

他脸上没有任何恼火的样子，纯粹就是嫌麻烦，以及对各方面完全不值得入眼的对象百分之两百的鄙夷。

"爸爸也行，爷爷也行，能叫过来就叫过来。"齐孝川说，"我理解你们老大不小了都还不能独立行走，麻烦你们也体谅我耐心有限，实在不想跟巨婴讲话。"

早在几年前，齐孝川被以优秀企业家和成功创业者的名义请回母校办讲座。大学时给他爸打小报告的辅导员发来连环催命符，他本来不想去，但又不能对公司宣传部的 KPI 置之不理，最后还是接下来。

往常惜字如金并非意味着不善言辞，那一天的工作如愿完成，掌声雷动间迎来提问环节。可能也有齐孝川异性缘好的原因，踊跃举手的女生占七成，正经问题也都问了个七七八八。到最后快结束，一名男生被室友推搡起来，嬉皮笑脸开玩笑问了句："之前也听说学长大学就创业，请问其间谈了几个女朋友呢？"

齐孝川回答："时间有限，看你想干吗了。"

男大学生和同学刚打过赌，不问到指定答案绝不坐下，周围同龄人都在憋笑，快乐洋溢在年轻的脸颊上。他避开工作人员追问："所以是几个呢？换人的周期一般多长？"

齐孝川本来已经放下麦克风，重新拿起来，默默盯着他们看了几秒，随即平静地开口："这位同学，你有狐臭吗？你妈妈给你起的乳名是什么？你尿道有没有问题？"

只见站在听众席间的男生脸色一变，还没吭声，讲台上的男人已经接着说下去："假如你现在心里在骂我有病，不如先拿根竹竿去校园里粘了知了吧，大夏天的吵死了。反正你闲着也是闲着。"

一席话齐孝川说得轻描淡写，随即示意工作人员到此为止。

他这段问答在人人网的流传范围比讲座本身内容还广，影响深远，以至于短时间内几所大学校报都来申请采访他，露骨的甚至直接提议能否以"毒舌"为关键词做一期专栏。

齐孝川觉得自己和这群自由奔放的年轻人必定有一方得立刻去死，而他不觉得自己能干过这群人多势众又层出不穷的后浪，不如当即就一头撞死。

早就恨不得篡位的秘书还在旁边火上浇油："下次可能就是校方医学院来请你开课了，如何催化心肌梗死这种。"

回到现在，他把初次见面的陌生人气了个半死，转头就驾车带骆安娣驶离现场。

她还有点担忧："小孝，你到底是怎么活到今天的？都不知道人家到底是谁，万一爸爸真的是市长呢？"

哪能想到齐孝川很有把握地回答："那类人眼睛长在头顶，不会来这种店吃饭。"

他这话并不是毫无根据的揣测。

公司刚开始赚钱时，为了物色投资商，齐孝川也被周翰耀成推出去应酬过不少次。之所以要轮到他做这种事，主要还是年龄的缘故。在周翰耀成应付大人的同时，齐孝川也需要陪那些二世祖吃吃饭、喝喝茶、打打扑克、逛逛街。

当时齐孝川谈不上穷，却不可能有他们那样的家世。在这之中，最大的差距不是钱包里的现金数目，而是能否眼睛都不眨一下就全用在投币扭蛋机上的底气。他在那些年轻人中间就是笑柄，可笑柄本人根本不当回事，就算知道自己被瞧不起，也懒得做任何反应。他从不关心无关紧要的小角色。

差距是会改变的。短短一年后，他打交道的就已经是那些人的父辈。

进了家门，骆安娣被齐孝川催促去换衣服，却还有心思看着窗外的花园说："这种的是小叶栀子吗？要是能种黄刺玫就好了。"

"救护车很吵，你要是感冒我不会打120的。"齐孝川只关心别的事，大概是小时候她的体弱多病给人留下了心理阴影。

说实话，住进齐孝川家后，骆安娣并没有特别明显的改变。

因为有多个房间，洗手间、浴室甚至连休息的房间都进行了划分，就差横空来一条"三八线"，你不管我，我不理你。

齐孝川上班比骆安娣早很多，也比一般人早很多，他习惯运动完草草解决早饭，随即就赶去公司，一大清早就像打仗似的不喘息。搬过来以后，因为要赶去公交站，骆安娣本来打算提前一点起床，却没想到前一天晚上就接到司机电话，告知她自己平时负责接送齐孝川，眼下接到新的任务，每天帮忙送她去上班，需要的话下班也可以联络。就因为这样，骆安娣反倒可以推迟出门。

而晚上，齐孝川十天里有八天加班到深夜，骆安娣则是在规定时间就回家。两个人的作息可以说是完美错开。就连齐孝川去医院换药这件事，等骆安娣知道时已经进行了两次。

周末，他们才在家门口遇到。

当时骆安娣才回家，有车从身边经过也没注意。然而很快两次继而三次地有车经过，几乎让她纳闷哪来这么多住户，结果才发现，是同一辆车一直开过去又掉头，就这么在周围打转。

齐孝川把车停下，下车时的表现好像是不知道说什么好，别开视线问："明天还要上班？你们是一个月四次假？吃过东西没有？"

骆安娣望了他一会儿，舒了一口气，随即继续朝前走，嘴上倒是也回答了提问："要上班。吃了便利店。"

"家里预约了新的家政面试，到时候你可以帮忙看看。我买了蛤蜊，明天带去吃吧。"

"谢谢你，小孝。"明明在说这么郑重的话，她却根本没看他的脸，"但是明天我应该在店里，估计会吃员工餐。"

他跟在她后面进门，多多少少也觉察到异样："你是在不高兴吗？"

她倒也不是埋怨，就是有些闷闷不乐，也并不绕弯子让他猜。她进门后就转身，诚恳而难过地对他说："有一点点。但也就是一点点，我会自己调整好的。"

说完又笑起来，推着他的肩膀转身，把他往座位上按下去，恢复以往的精神："不用担心。你还没吃饭吧？蛤蜊在冰箱吗？我热给你。"

骆安娣说着就要走，手臂忽然被攥住了。

齐孝川坐着，从下往上看向她，目光干净得叫人意外："你又在一个人考虑什么？"

这句台词来得没头没尾，连她也不明所以，因此只愣住看向他。

"你不是经常这样吗？"齐孝川没有表情，可并不严肃，甚至还有闲心模仿她的口吻，"'让我考虑一下''我稍微想一想'……然后就一个人琢磨。"

骆安娣原本想反驳，又发不出声音，就像猝不及防滑进深深的湖水，本该挣扎，意外发现水温恰到好处，舒适而安宁。

骆安娣没回答。

坐下的时候，她试探性地笑起来，双手交叠在餐桌上，百般踌躇地说："其实……我是不是还是付一下房租比较好呢？不然总感觉过意不去。"

齐孝川不带感情地反问："你刚想的是这个？"

"是啊，"她说着，将桌子另一边的咖啡杯拿过来，倒了水，用指甲轻轻敲打杯壁说，"要是一点钱不拿，我真的会很不好意思。稍微给一点好吗？我知道你不缺那点钱，就当是帮我的忙了。"

他别开视线，言简意赅道："不行。"

"我都说到这个份上了——"

"不行就是不行。"他还是挂着那副直接能上新闻播音的严肃表情。

她苦笑，顺便用让人无法抵抗的嗓音呼唤他："求求你！"

"……"

骆安娣脸上堆满蜜糖似的笑："小孝。"

齐孝川被拽着衣袖轻轻摇晃，与此同时，他后知后觉意识到一件事，骆安娣似乎比他想象中不老实多了——过去他偶尔也猜疑，她在某些时刻的为难究竟是无心还是蓄意，而眼下，说是无师自通也行，反正别人吃哪一套，她肯定不至于一点不知道。

最后，齐孝川还是一边查收着收款一边回了房间。

骆安娣则继续美滋滋地坐在座位上，轻轻笑起来。

隔天上班，有名男性来到天堂手作门外，兜兜转转。店员好奇地走出来询问，然后才被打听"骆安娣小姐在不在这里上班"。她回过头去召唤前辈，骆安娣正在帮顾客穿玻璃珠，听见声音起身，解开围裙的同时走近。

她推门出去，外面的空气与店内不同，素不相识的男性已经转身，从车上取下巨大的包装袋，放到门口的迎客地毯上。

"这是订购的中餐，已经买过单了。请您和您的同事享用。"男人递出签收单与圆珠笔，笑着递出去道。

"哇！安娣请吃饭吗？"有同事已经扑上来，将下巴抵在她肩头大呼小叫。

另一边的同事则念叨："什么什么？订的是什么？干炒牛河还是蛋肠粉？"

"啊！是蛤蜊汤！这个季节的蛤蜊啊！大出血！太破费了吧！"

"减肥期间竟然有蛤蜊吃，好感人，原来不是天花板漏水！是我的眼泪！"

"你的口水还差不多吧……"

身为当事人，骆安娣倒是最默不作声的那一位，顿了顿才笑着问："可以问问是谁订的吗？"

"稍等，我看一下。"送蛤蜊汤来的外卖人员也要临时检查，"'小孝'

先生……他的落款是这个。"

自己称呼自己"小孝"的人，世界上只有一个。

她忍不住眯着眼睛笑起来。

等到午休时间，骆安娣先一步挤进休息室，靠在门上拨通了电话。

那边响了几声才接通。

"喂？"齐孝川的声音起初有些沙哑，但很快就拿远，咳嗽了两声才接着说，"干吗？"

骆安娣说："谢谢你买的饭。"

他开口："哦。"

她又说："等你有空，我还做好吃的给你可以吗？比猫饭好吃的那种。"

"嗯。"齐孝川也不知道自己为什么这样，总之就是不肯多说话。

她不介意，只是一个劲笑出声："小孝，你就不能说长点的句子吗？"

"……"他正站在落地窗旁，一边往外看一边出神，从高楼大厦上找到手作店的招牌，"不用谢。"

骆安娣笑着挂断了。

只听门响，她先脱口说了"欢迎光临"，紧接着就看到熟悉的面孔。

朱佩洁怯生生地颔首，摆脱说话先嗫嚅的习惯，鼓起勇气问了："请问，点评软件上办理会员的优惠券可以用吗？"

迎接她的，是绝不会刺伤任何人的笑脸和声音："当然，很乐意为你服务。"

朱佩洁站在柜台另一端，内心无数次感谢天感谢地，感谢阳光照耀大地，居然又让她遇到上次的店员。她也不知道自己怎么就打开了话匣子，无缘无故啰唆这么多，偏偏对方一点也没有不耐烦，认认真真倾听着，时不时还与她眼神交流。

朱佩洁说："其实我最近工作稳定下来了，已经过了试用期，工资不高，但保险齐全，也够用了。心情一好，就想着假期也找些活动来打发时间……然后就想到了这里。"

"祝贺你啊。还跟妹妹住在一起吗？"骆安娣微笑。

"是啊，今天也想做点有意思又用得上的东西。"

骆安娣抿了抿嘴唇，随即提议："不如来做手工冷制皂吧？很精致，送人也拿得出手。过上了新生活，也可以考虑给朋友送送礼物。"

朱佩洁想也没想就答应下来。

将皂基切碎，倒入模具。骆安娣说话的语气仿佛多年的朋友，亲昵而有分寸，让人很舒服："慢慢来，最后加一些花籽会很好看。"

朱佩洁犹豫了好久，最后还是给自己加了把油，主动问："那个，不知道可不可以留下联系方式呢？"

"交个朋友"这种话无论如何也说不出口，她正窘迫着，担心对方回绝，却意外地听到温和的答复："可以啊。"

骆安娣掏出便利贴和笔，飞快写下号码，一看就是经常应付这种场合，说明的台词也绝不会让人尴尬："需要预约课程的话，随时都可以发消息给我。假如店里有什么活动，我也会主动通知你的。别担心。"

虽说结果与初衷不太一致，但朱佩洁还是很高兴。

她抑制不住笑，友好地说道："那个，我在那边街区的一间文化传播公司上班，我们也承接一些个人业务的。虽说我技术不算顶尖，但假如你不介意，需要制作名片之类的东西的话，麻烦一定要找我——"

骆安娣笑着，丝毫看不出受打扰，看起来真心实意地应答道："好的，谢谢你。"

齐孝川专程提前完成工作，空出了中间的时间，独自下楼，越过地下通道，慢慢步行去骆安娣就职的店。

接待的店员见到他时仍然从容，按照规章制度请了购入会员时签订的负责人过来招待。

骆安娣微笑着给予问候，每一个细节都完成得令人心旷神怡："齐先生，中午好。预约的藤编课已经准备好了，请往这边的座位走。"

在其他人看着的场合，她对他的服务态度绝不会有任何不同，打招呼、介绍茶点、决定课程、嘘寒问暖，骆安娣只是游刃有余地完成工作。

齐孝川抑制不住自己，视线不禁围绕着她打转，可又在她看过来时垂下头。拙劣的佯装总能在烂漫的眼睛下糊弄过关，值得庆幸，又惹人喟叹。

其他店员取了装工具的竹篮来，放置在桌上时又提供了湿巾。

不远处的桌子边刚好坐着很久以前遇到过的主妇班，太太们今天是来做编织，看到他时主动走近搭讪："你又来了？"

"好难得啊，这个年纪的男性能坚持一直来这种店。"

"呵呵，之前那个骑摩托车的店员都放弃了，你倒坚持不懈呢。"

齐孝川对寒暄没兴趣，所以只闷头翻看宣传册。但她们却迟迟不走，甚至已经开始邀请他去逛画廊。骆安娣刚好从一侧过道经过，他倏地捉住她，把她吓了一跳。

"啊。"骆安娣转过身，恰好对上他求救的眼神，只可惜她完全没看懂，只是笑着问，"司康吃完了是吗？更喜欢芝士还是蔓越莓的呢？"

他真的气到内伤，又说不出话，只能继续任由用手工聊以慰藉的家庭主妇们将他视作同类，硬生生聊了二十多分钟。

过来的时候，骆安娣放下自己的手作箱，笑着问："决定好做什么了吗？一般的客人都要先练习上手，不过你一直手很巧，基础也很好，所以就选定一个模板，直接以此为目标努力吧。"

齐孝川还在记仇，没好气地翻阅教学书，点了点其中的页面。

"这是小动物的窝，怎么想到做这个呢？"她说，"客人没有养宠物的习惯吧。"

骆安娣还记得他不喜欢狗。小时候，她家园丁有一只心爱的西施犬，经常围着齐孝川打转，但他根本不领情，总是满脸不高兴地拍着身上的狗毛说"烦死了"。

他回答："可以给亚历山大·麦昆。"

骆安娣愣了一下，好像这才恍恍惚惚意识到那是谁一般："麦昆？啊，麦昆啊。"

"嗯。"齐孝川并没有改变习性，还是不喜欢宠物，尤其是猫和狗。不过是她养的，所以不讨厌而已。

只是不讨厌罢了。

大的工程量一个午休做不完。菊底编织法比想象中更难掌握，做到最后雏形都没出来，堪称齐孝川晋升为高段位手工匠人的路上巨大的绊脚石。

他告一段落的时候，骆安娣正在为其他客人解答疑问，齐孝川没过去打扰，直接原路返回了公司。

之后工作也很忙，开会中途还被叫出去签了两次文件，接了一次跨国电话。

终于结束时，他捂住脸在座位上坐了好一阵。

秘书从邮箱发来了下个月的日程，走过来顺便拿走桌上确认过的合同："今天也加班？"

"不，"他闻声已经起身，拿起包和外套，边打呵欠边往外走，"回家了。"

骆安娣搞完了卫生，和负责关门的同事道别，换过衣服，迈开步子就要踏入等待交通灯转绿的队伍。

她是最不起眼的普通人中的一员，庸庸碌碌，安安静静，做好了就这么生活一辈子的准备。然而车停在了人行道旁，霍地鸣笛，将她的注意力也吸引过去。

齐孝川解开自己的安全带，倾身去开副驾驶座的门。

骆安娣在原地傻笑一阵，然后才坐上去。

关上车门后的第一件事是问他怎么来接她，她说："你今天不用工作吗？"

"……每天都必须工作，"他好像没听懂问题的用意，自顾自地说，"今天有其他更要紧的事。"

"是因为电视剧上线吗？"骆安娣查看日历，从备忘录中挑选有可能的来问他。

他也不否认："差不多，反正想回去。"

齐孝川侧过脸，意味不明地疑虑，随即磕磕绊绊地发出声音："咳，系安全带。"他回想起别人为她效劳的情形。

"啊，"骆安娣照做，有些迷糊地笑自己，"弄好了。走吧。"

他一路上都沉浸在一种微妙的自怨自艾当中，以至于下车后还脸色铁青，闷头往室内走。

反而是她四处张望，留意到关不关心都无所谓的芝麻小事。骆安娣如获至宝："花园里变成黄刺玫了……小孝，原来不是小叶栀子吗？"

齐孝川头也不回，嘴巴比死鸭子还硬："不知道。"

骆安娣不轻易罢休，一个劲地继续追问："我记得上次还是小叶栀子的。看起来新松了土，是临时改种的黄刺玫吧？"

齐孝川索性缄口不言，假装没听到。

"是吧？是吧？是吧？"她跟着他转，他还是不说话。

到最后，骆安娣抱起猫询问："不过，园丁是请的哪里人呢？也不知道技术如何——"

齐孝川正在喝水，霎时间停下动作，果断回答："荷兰，在本国读的园艺，从业很多年。放心。"

他心甘情愿滑入了她设置的圈套，内心也隐约迟缓地感到不快。

万幸她根本没有戳穿的意思，只意味深长地笑着回答："那就太好了。"

早晨，骆安娣去上班，本来准备随便用麦片糊弄一下早餐，谁知刚拧开盖子，就听到身后传来男声问："你就吃这个？"她没防备，吓得手滑了一下，一下把东西砸在了地板上。

新的家政已经过来上班，却不会全程在家，如雇主所希望，只在没有人的时候造访，仿佛田螺姑娘般补充食材、清洁完就离去。

因此骆安娣俯下身收拾，但有人比她更快一步。齐孝川已经俯下身，将瓷片收拾在一起，皱着眉警告她："不用你做这种事。"

骆安娣的手悬在半空中，十分不解地发出声音："为什么？"

一句"我不情愿"卡在喉咙眼，假如让齐孝川在坦白这句话和找趟火车撞上去之间挑一个，相信他一定会毫不犹豫地选择卧轨。所以他的回答是："因为……你不是大小姐嘛。"说出来后他又想去跳海，结合实际情况，这台词着实有阴阳怪气的嫌疑。

好在骆安娣似乎并未觉得被冒犯："你今天怎么还在家里呢？不用上班吗？"

齐孝川沉默了一阵，像是在考虑该不该立刻夺路而逃，但最好，他还是老老实实像被加农炮抵住额头般交代："……今天要去看守所。"

周翰耀成的妻子尚未被提审，暂时关在看守所。起初没有机会会客，如今终于得到了通知，当然，齐孝川从中也没少进行打点。

他还是决定去见她，虽然绞尽脑汁也完全想不到有什么好谈的，但总觉得必须聊一聊。就是这种令人焦躁的境况，仿佛跌落深井，余光捕捉到降下的蜘蛛丝，理智分明能做出毫无希望可言的判断，却又不可能真的不去握住它。

清晨，骆安娣的头发随意地盘起，穿着淡黄色的防晒外套，素面朝天地望着他。

她的表情不显得悲伤，也没有一贯的微笑，正因此，那股微妙的悲天悯人才油然而生："我陪你一起去吧。"

"什么？哈？什么？"齐孝川边说边下意识往外走，结果是剧烈地撞到门框，捂着肩膀，狼狈不堪地装模作样，"不需要。我又不是需要接送上学的小学生。"

但骆安娣就像没听到似的，她那自动开关的听力系统又开始运作了，转身拿了包，脱掉外套，穿着吊带长裙，稍微涂了唇膏出来："走吧。"

他愣在原地。

她却走近来，以好像要挽住他手臂的姿势抬头，望着他的眼睛，无辜地问："你想独自去见捅了你一刀，但对你来说又很重要的人吗？"

面对直击灵魂、向灵魂袭去的问题，齐孝川没来由地发不出声音。

骆安娣看着他，不急于等待答案，忽然伸出手，齐孝川没来得及回避，就被贴住了侧脸。

她手掌的温度不算滚烫，也绝不冰凉，就是那样仿佛不存在的触感。她摸了摸他的脸，没有情愫掺杂，只是一种温柔的表达。

到最后，她还是坐上了副驾驶座。

齐孝川暗地里控制着不把自己往小学生的角色思考，骆安娣突然说："没关系。我也时不时等着你的司机接送啊，不也是小学生吗？"

他大为震惊，表面还要强装镇定："出于保险……你没有特异功能之类的吧？"

"嗯？说中了吗？"骆安娣反倒很惊讶。

"……没有，"齐孝川强调，"那你觉得我现在去要问她点什么？"

没必要问"为什么刺我"，动机他心里早已有数。至于如何作案，踩点多少次，什么时候开始，了解这些属于警察的工作内容。

他承担不起她的哀伤，但他也知道，除他以外，并没有比他更适合解决她的悲痛欲绝的人。

如果齐孝川的情商能挨过及格线，那他现在一定不当总裁，而在参加那种专程把观众当傻耍的选秀节目，甚至有可能在唱自己随便花三分钟写段旋律填点词，然后请五六个职业音乐人编曲，再冠冕堂皇说是自作曲的狗屁流行音乐。娱乐圈专收这类人。别的不说，他的长相确实适合。

他只是不知道要怎么做。

骆安娣想了想，回过头，看向他，说："问问她……这些天过得怎么样？"

"……"

"假如你不知道该说什么，那就假装吧，假装你们的关系还如以前。"骆安娣朝他露出安抚的笑容，"或许她自己也清楚，这其实不是你的错，不是任何人的错。"

齐孝川有些迟疑，吐出的是陈述句，末尾却又转化为不确定："这不是我的错？"

她只是微笑，尽管那从近处看来与真实的笑容有所区别。人们常常无法接受命运，因为它总是事与愿违，连挣扎的余地都未曾有过。

他不知道她为何清楚，但事关人心，她时常是对的。

齐孝川如释重负，回答道："好的。"

心情好起来的时候，气色也肉眼可见地变好，朱佩洁和同事道别，随即从还未到家附近的地铁上下车。抵达那间名叫"天堂"的手作店时，接收过她预约信息的店员已经主动出来迎接，将她领进去，登记后才说："是骆安娣的客人吧？请稍等，她马上就过来。"

果不其然，不到半分钟，就听到珠帘后响起不会让人感到焦躁的脚步声。平稳而轻快，转瞬就被微笑着的脸取代。

骆安娣从后面走出来，熟稔地打招呼："上次做到一半的作品和工具，我都准备好了。请往这边来。坐窗帘边可以吗？"

熏香的气味也好，轻音乐也让人放松。

朱佩洁落座前，骆安娣为她拉开了卡座。把脚搁在垫脚上，然后像是小时候乘游乐设施旋转茶杯一样被慢慢推近桌边。

"上次做到什么地方了呢……"骆安娣轻轻地说，"先融化色粉吧，要仔细地研磨哦。我去取一下食用色素和之前新买的香精，等会儿可以好好挑选一下。"

朱佩洁笑着答应了。

再回来的时候，骆安娣还带了温度计，又把用完的各种材料收好，顺便拿给她看储物柜那边的照片："上次做的皂基的部分非常漂亮，像水果果冻一样。"

"是呢，"朱佩洁也不顾忌地感慨，"看起来好好吃。"

"所以等做好以后也要小心误食……你们家没有小孩子吧？"骆安娣问。

她总能自然而然令人放下心来，不由自主地说些心底话，秘密也好，牢骚也好，她都照单全收，认真地聆听，郑重地答复，仿佛排解心病的最佳医生，所有不安与疲惫都烟消云散。

朱佩洁说："没有，我妹妹去寄宿学校了。所以现在就我一个。骆小姐呢？"

"嗯？"骆安娣正在帮忙打发，搅拌的声音有些太响亮，以至于没能听清，闲聊的同时还要适当加入对课程的说明，"等会儿打发其他颜色的油要注意时间哦……你刚刚问什么？"

"骆小姐，"朱佩洁想了想，还是问了更具体的问题，"你结婚了吗？"

骆安娣笑了："还没呢。怎么会这么问？"

"因为你看起来就很受欢迎……"朱佩洁误会了，难免不好意思。

她却连连摆手，甚至脸颊也泛起红晕："哪有，我一点也不受欢迎啊。"

正说着这样的话，就有后辈走上前来，先笑嘻嘻地和朱佩洁问候，然后才附到骆安娣耳边低语。骆安娣听到后并没有什么异样，只是把工具交接给同事，道歉后补充了一句"加点竹炭粉"就走了出去。

她来到门外，朝来的陌生人露出笑脸："请问您是？"

加班到了昏天黑地，还要去酒店的线下会议露面。结束后，齐孝川筋疲力竭地起身，就连秘书帮忙按电梯时的告别，他也只给了个眼神草草了事。

电梯里还有其他人在。

他记得今天苏逸宁并不在与会人员名单上，但他此时此刻却站在里面，与另一位前几天才在曼哈顿和齐孝川通过电话的大拿一起。

齐孝川走进去，没主动和任何人闲聊。

他们离开的时间比他早，出去时，苏逸宁冲他笑了一下，齐孝川觉得有点倒胃口。但他还没缓过来，更倒胃口的事就发生了。苏逸宁临时与助理报备一声，转身掉头折返回来。

齐孝川理所当然地缺乏好脾气，用"你要打劫"的眼神看过去。

苏逸宁却轻飘飘地笑着："我想，有些事还是事先打个招呼比较好。刚才那位曾经在印度做天然气生意的老先生，相信你并不陌生。但有些事，齐先生或许还不知道。"

齐孝川略微挑眉："说来听听。"

苏逸宁游刃有余地说道："第一，他指不定是你故人。或许小时候在家里遇到过……不过，是哪个家就不一定了。"

担任听众的那个人直冷笑，他小时候可是跟帮佣和司机住在一起。

"第二，他膝下无儿无女，此番回国，是来寻找老友的遗孤，以便托付遗产。"苏逸宁说，"齐先生不妨猜猜是谁？"

第十一章

雨季过去以后，黏腻腻的空气肆无忌惮地回溯，神经病就像雨后春笋般，一簇簇地从拥有吸引怪胎体质的女人周围冒出来。虽然很不想承认这一点，但齐孝川更不愿意做没有自知之明的人，他知道自己也算其中之一。

他到底是什么时候开始变成神经病的？

和苏逸宁在电梯里的对话以沉默结束。直到最后，齐孝川都没作答，单纯觉得苏逸宁为了在这瞎说一通，不惜陪他一起从二楼搭乘电梯到负三层，傻得没边。但他不仅没提醒苏逸宁，还故意引他走出来，直到电梯关门开始上升才开口："关我屁事。"

"说话真粗俗啊。"或许是修养使然，苏逸宁并没有流露出嘲弄，"齐总没有考虑去做做绅士改造吗？"

齐孝川懒得理他，毫不犹豫地反讽道："你怎么不问我有没有考虑去给燕子造窝。"

他走出去，苏逸宁这儿才开始按电梯，不知道是不是不耐烦，一连按了好几下。

齐孝川并没有感觉到恶作剧得逞的快乐。

那位华侨是否和自己有关，他当然不是一无所知。早在一开始，该调查的就调查过。

他在上班期间联系不到秘书，正担心那家伙是不是上洗手间掉马桶里了，走出去就遇到另一位助理，温声细语告知他秘书在楼下行政那边。

齐孝川本来也只是想问他下午去不去打高尔夫，索性拿着新球杆下了楼。

然后就遇上刚结束面试的仲式微。

难得看到小混混没穿皮衣皮裤，而是西装笔挺，手里还拿着简历，头发也抹了发油，一副电视剧《加油吧实习生》里的青涩模样。

刚刚才被面试官以一句"你会说中文吗"激怒的仲式微正在气头上，一双灰色的眼睛直瞪过来，疑惑不解地问："你怎么在这儿？"

齐孝川心说这是我公司，我不在这儿能在哪儿。

"该我问你吧。"

"我来找工作啊。"仲式微挥了挥手里的文件夹。

会有人去微软应聘却不认识比尔·盖茨的吗？齐孝川有点无语："你求职之前都不百度一下公司？"

看着仲式微那大耳朵图使用"动耳神功"的样子，齐孝川只觉得发人深省，自己公司竟然能让这种人来面试，再不努力估计很快就得在业界被淘汰出局。

然而齐孝川转身才去部门那边转了一圈，然后倒了杯咖啡回去，短短五分钟内就又见到了三次仲式微。最后一次，他还喃喃自语"这怎么出去"，看到董事专用电梯时眼前一亮，齐孝川也没刻薄到真不让他进来。

电梯门关上前，有经过的员工和齐孝川恭恭敬敬打招呼。齐孝川也简单做了回应。仲式微这才觉察到不对劲，错愕地确认："你是这里的员工？什么级别的？很牛吗？"

齐孝川用纸杯喝着手磨咖啡，面无表情地回答："还行。"

"哇，真人不露相啊。看他们叫你'齐总'，你是富二代？不对，我记得骆安娣说过小孝不靠父母来着……那我还是别来这里上班了，万一你公报私仇对付我怎么办？估计我就只能要么找工会，要么找最顶头的上司了。"

那也是我。齐孝川说："骆安娣以前到底都说了我些什么？"

"也就偶尔提一嘴吧，"仲式微轻笑，"倒是你，之前被捅了一刀，骆安娣就拒绝了苏逸宁去照顾你……你真不是故意的？怎么会这么巧。不过也别多得意，你还不知道吧，骆安娣她啊，遇到需要她救助的人的时候根本就——"

齐孝川替他把剩下的台词说完了："根本就没办法拒绝。"

"你怎么知道？"

齐孝川把纸杯拧扁，若无其事地板着脸，答非所问地说下去："所以才得意。"

仲式微用混杂着同情、困惑、愤怒的表情看向他："……"

齐孝川记忆中，那天在医院醒来，见到她第一眼时，心里的确有过密密麻麻的恨意，恨自己为什么始终无法摆脱她，但又远不止于此。

看到她的时候，会有把一切都奉献给她的欲望，她光是存在，就已经足够治愈他，比一切露营、泡温泉、喂小动物和做手作都更有用。

多谢你的母亲诞生你，感恩你的父亲养育你。齐孝川从未如此谢谢过什么。

"不过是被捅了一刀而已，骆安娣就能抛下他到我这里来。那不就说明他也算不了什么吗，"腹部的伤口已经逐渐愈合。那一点点微妙的疼痛与记忆中被眼泪打湿的手臂一起，变成微妙的愉快。齐孝川说，"我会扳回一城的。"

藤条放进水里浸泡，晒干后再进行编织，交叠，缠绕，同样地再来一圈，循环往复。

藤编不是特别令人讨厌的活动，但也没有多令人喜欢，放在几年前，齐孝川做梦也想不到自己竟然会这样擅长。不过仔细回想起来，也不是完全无迹可循。小时候干洗车，他总能很快找到最高效的方法，长大了卖女装，他也轻易就能把包装折叠好，甚至推开员工自己坐到缝纫机前修补瑕疵。

做细致活并不容易，但店里的一切设施都在尽可能抹去这种辛苦，所以自然而然也变成了享受。

最重要的是，对面还坐着比月光更像月光的人在。

然而，千防万防，也还是有煞风景的。

"小安姐，小安姐，"高洁款款走来，小小年纪长相就极大气，穿着白色为主色调的 Balenciaga，白色连衣裙显得温柔，短短的黑发更是整洁利落，给人相当好的第一印象，"可以到我那边帮我看看吗？"

在她身后跟着的，是另外一名同事，正因无法令客人满意而露出惭愧的表情。

骆安娣起身，先扶住高洁的肩膀，随即才说："有什么不知道的，问小若也是一样的。你看，我这里不是有其他客人嘛——"

"他算什么其他客人。"高洁纯粹地笑着，瞄了齐孝川一眼，"齐叔叔，我可以和你一起上课吗？"

对于齐孝川来说，怜香惜玉比让他当场给她两千块钱还难："不行。走开。"

"谢谢，你真是太好了！"高洁已经坐下了。

小大人实在是太讨厌了。齐孝川忍不住想。

"小安姐，你知道步行街那边商场新开的甜品店吗？他们的舒芙蕾很好吃。"比起沉默寡言的齐孝川，高洁发起话题的技术更加娴熟，而且还懂得投骆安娣所好，实在是狡猾至极。

齐孝川正想着这种东西算什么，开了间甜品店有那种黏糊糊的一口卡路里抵一顿的吃食又怎么样，糖对身体百害而无一利。骆安娣就两眼一亮，高高兴兴地说："真的吗？"

"嗯！你看他们发到照片墙的图片，多可爱呀。"高洁还把手机伸过去，手臂搁到了齐孝川在看的手工教学书上，害得他血压直升，不高兴地抱怨"你挡到我了"。

想要专心致志做手作是多么地难啊。

齐孝川愤愤不平地想道。

他一直等到高洁走开，其间心不在焉地做着手头的工作，好像对她们的对话根本不感兴趣。然而做到一半，骆安娣忽然惊呼一声，及时发出惋惜的感叹："啊，尺寸好像太小了。"

齐孝川面色不善地抬头看向她，随即又埋下脸去，不同意，也不反对："是吗？"

"这要重做就麻烦了，本身工程量也不小，"骆安娣伸出手，接过来转着圈打量，"我想想要怎么改……"

高洁也正仰着头端详，齐孝川劈手夺回去，没什么表情地说："没关系。"

骆安娣望着他，也不再执意要求什么了，只是默默转过头，继续帮高洁改她那一团糟的作品。

齐孝川不知道是第几次从天堂手作店直接返回公司加班了，进门时，正准备下班的员工都吓了一大跳，不知道留下还是继续走比较好。

未料老板根本没心情和他们搭话，脸色难看得惊人，一言不发就进办公室了，一路惊醒所有归于寂静的自动感应灯。

夜色渐深，收到骆安娣消息的时候，他正准备去公司厨房弄点吃的，才弄了微波意大利面，正边咬着叉子边看美股和新上市的 A 股，就收到消息提醒。

骆安娣问他：还在工作吗？

齐孝川斟酌了片刻，反而有些纳闷，按理说，手作店早该关门了才对。他走到落地窗边，下意识又想去找那间店的灯光，可惜只有黑压压一片，果然打烊了，什么都没看到。正收回视线，忽然看到楼下路灯与树木旁边站着的身影。

公司楼层很高，他视力也不差。骆安娣穿着一双毛茸茸的靴子披着披肩，卷发盘起来。于他而言，她总是显眼得有些令人费解。

他回答：嗯。

有那么一会儿，他甚至已经编辑好了"你过来玩吗？我下楼接你"这种话。

她打电话过来，他接通了。齐孝川的第一句话是"有事吗"，就三个字，口吻也不太客气，说完自己也有点后悔。

骆安娣下班后的善后做得有点久，耽搁了不少时间，结果司机主动打电话来问了一趟，估计是确认雇主八成又要通宵加班，所以准备打道回府待命了，顺便确认一下另一位服务对象的动态。得知齐孝川还在加班，所以她才过来看看。

骆安娣说："没什么事。小孝，也要注意休息。"

她转身就走。

正要挂断，听筒另一端传来略微急促的声音。齐孝川像是经历了剧烈的纠结，勉强地吐出不符合自己风格的邀请："那个……去看电影吗？"

深夜场次的电影没有太多挑选余地，他们去看怀旧的《诺丁山》。

还记得小时候，骆夫人很痴迷爱情电影，家里也有专门的地下放映室，让当时没开过什么眼界的齐孝川舌挢不下。不仅如此，她显然对自己的爱好十分自满，动不动就要叫上大家一同欣赏电影，就连最爱拿学习做挡箭牌的骆吹瞬也不能幸免。他们三个孩子与骆夫人一个成年人一起看《罗马假日》。

奥黛丽·赫本是骆太太的挚爱，她曾不止一次地感叹，赫本的一生是多么跌宕起伏、精彩纷呈："就像一部真正的电影一样。这么完美的女人，却没能获得一段尽如人意的爱情，真是太悲伤了。"说到这里，她的眼睛里也渗出眼泪。

骆吹瞬对恋爱丝毫不来电，当然，也可能是他年纪还小的缘故，总之他只打着呵欠回答："那又怎样？有什么可悲伤的。对她的评价不应该局限于感情生活。"

"但女人……在这世上终究很难，还是有个男人做依靠比较好。"说到这里，骆太太便抚摸起骆安娣的头发，"我和你爸爸都希望你过得轻松些，找个值得信赖的人，让他一直照顾你。假如物色不到，还有弟弟，吹瞬，以后就靠你了，知道吗？"

骆吹瞬避开妈妈的怀抱，轻笑一声道："胡说什么呢。"

骆安娣稚嫩的脸庞上停留着不会动摇的笑容。

齐孝川坐在一旁，没有加入对话，仅仅看着银幕里把手伸进真心石假装被吞掉手臂的男主人公。

时间回到现在，已经物是人非，电影里的角色还在上演着属于自己的剧情。

他们买了爆米花、哈根达斯和其他零食进来，齐孝川没吃晚饭，饥肠辘辘，但只把食物伸向骆安娣。

骆安娣一边埋怨"会长胖的"一边吃，齐孝川望着她，不知不觉，稍有不慎，心就先胃一步被填满了。和她在一起，总是会隐隐约约有满足和安心的感觉。

她忽然"嗯"了一声，抿了抿嘴唇，将嘴里的话梅核吐出来，像是换乳牙的孩童，傻乎乎地苦笑。

附近没有垃圾桶，她正环顾四周，身旁伸来手掌，齐孝川轻声说："吐到我手里。"

骆安娣不由得睁大了眼睛。她没有带纸巾，情愿吞下去，但他一直催促。素来没吃过什么苦的娇气性格终究作祟，她还是将头低下去，伸手压住耳畔的头发，小心翼翼将舌尖的食物残渣送到他手心。他没流露出任何一丝一毫的嫌弃。

齐孝川想问问苏逸宁那天提起的事，他在电影接近尾声时转头，猝不及防看到出乎意料的画面。光影落在骆安娣的面容上，她出神地望着电影，嘴角微微笑着。没来由地，齐孝川觉得她随时都会流泪。

散场后，他们久久都没从空旷的放映厅里离场。

"像童话一样的故事，真好啊。"骆安娣微微眯着眼睛，开心地笑着说，"不觉得生活需要这样的幻想吗？灰姑娘遇到王子，灰小伙遇到公主，多幸福啊。"

齐孝川没有回答，站起身来，朝她伸出手说道："走吧。"

今晚没有月亮，他们乘车驶过一盏又一盏的路灯回家。

第二天并没有安稳地降临。

清晨天蒙蒙亮，齐孝川比往常更早地起了床，破天荒地在床上坐了一会儿，准备去晨练，就听到外面叮叮咚咚一阵响。拜前一天为下次看电影做准备了解了《华尔街之狼》所赐，他吓得以为是警察吼着"FBI！Open the door！（联邦调查局！开门！）"破门而入，出去才发现是骆安娣。

"怎么了？你为什么——"他诧异。

"小孝，对不起，是高洁的爸爸……"骆安娣眉峰微蹙，不安地解释，"我现在必须去找她。"

齐孝川仍不清楚什么状况，但还是第一时间拿着车钥匙跟上去。有他送她过去，总比临时叫出租车便捷。

到高洁家附近时，齐孝川才意识到，被国产"联邦调查局探员"接走的另有其人。

高枫因经济犯罪被逮捕，这种事估计很快就会刊登见报。高洁独自披着毛毯坐在家中，菲佣也悉数被请出卧室。只有接到联络赶来的骆安娣畅通无阻，进门后就被即将上高中的小女生牢牢抱住。

"怎么办？爸爸会不会坐牢？他们说他是罪犯。"这对这个年纪的中学生来说着实超过负荷，"小安姐，我好害怕，我的家到底会变成什么样？"

作为陪同者，齐孝川也沾光进入高洁家的宅邸，但只抱着手臂停留在门外。他自觉尴尬，拒绝了菲佣送来的咖啡，透过门缝，能看到交谈中的女人和女孩。

骆安娣的脸恰好被落地灯挡住，成为视线的死角，因而辨认不出神情。唯独知道她抬起手，将高洁抱紧的同时抚摸起少女的头发说："别害怕。"

高洁泪眼婆娑地仰起脸来："你能理解我吗？"

抱住她的那双手时常灵巧而熟练地刺绣、编织，进行各式各样的制作。

骆安娣凝视着她，笑容像盛满玻璃器皿的温水，蒙上了湿润的雾气："我也遇到过，比这还可怕一千倍一万倍。"

少女的五官拓印出记忆里的影子，两者一点也不像，却又那么地相像："真的吗？"

"我的爸爸也是这样，被朋友欺骗了。那个人毁掉了我的家，却在国外过着富足的生活。"那双手攥住比它更纤弱娇小的手。骆安娣望着未知的方向，平静地说下去，"我非常非常地恨他。"

她们在说什么？

只看到二人唇齿张合，齐孝川抱起手臂，没有接近去听的打算。倏忽间，刚刚被婉拒过咖啡的菲佣操着流利却不标准的普通话关切道："齐总，我们高枫先生他没事吧⋯⋯"

"暂时还不知道，"就算对方摆出一副身处悬崖边缘摇摇欲坠的神情，齐孝川也不会违背事实说任何好听却能安抚人心的话，"但他这种位置的人，一般没有十全把握，上面也不会轻易批逮捕令。"

说白了凶多吉少了。

眼看着对方的脸在一瞬间变得煞白，本来想问的事也变得有些难以启齿。不过推断起来，高枫及其公司近年来风头正盛，被关注到也没什么好大惊小怪的。

再回头，就只见到骆安娣突然贴近的面孔。她来到门边，双手拢着门，只露出一张红润而光洁的脸，忧心忡忡地说道："小孝⋯⋯"

"要回去了吗？"不经意间，齐孝川暴露了自己只想着这一件事的事实，"那个⋯⋯她⋯⋯还好吧？"

"很累所以睡着了，好像昨晚一直没有睡。"说实话，对于他人的眼泪和脆弱，骆安娣已经司空见惯。可即便如此，她还是富有同情心，会为与自己无关的悲惨遭遇而焦急，也因不会伤害自己的将来而担忧。

齐孝川绞尽脑汁掏空脑袋，最后想出来的关心人的方式是："要不要给她叫杯珍奶？"

"不用了。"骆安娣一点也没生气，只是望着他叹了一口气，"小孝，要不是我知道你不是故意的，否则真想对着你胸口来一拳。"

他不解其意，试探着回复："别客气？"

骆安娣局促的脸上终于浮现起笑意，她伸手，握着拳，轻轻抵住他的胸膛。那底下是心脏，骆安娣推了一下，齐孝川丝毫没有感觉到疼痛，有的只是宝石被镶嵌到器具中的知觉。

她转过身，笑着说："接下来我打算在高洁家陪她几天，就先不回去了。"

齐孝川完全没想到会有这种事。

他起初愣了一下，皱眉时坏态度一览无遗，仔细想想又不可能没皮没脸地求她不要，或者不管三七二十一直接驳回，最后也只能说："好。"

回去之后，他才想起自己还要上班，早餐还没吃，上午有两个会议，下午还要去机场，晚上又要赶回来。

假如说这些年里，齐孝川关于平衡个人生活与工作有什么心得的话，那无疑是忍耐。麻木和冷酷是最好的美德，在获取金钱的领域里，高效率才是不二法门。他不想被任何没有意义的事束缚，虽然说有可能也谈不上束缚。

虽说住到一起之后，平时也很少遇到骆安娣，但偶尔看到冰箱里的蔬果汁，或者早晨落在玄关的发绳，总会清晰地意识到她在。这些破碎的细节于他而言，就是掉落到地砖缝隙里的砂糖，就算要抛却尊严才能品尝也在所不惜。可是，他知道她其实不讨厌被需要。

齐孝川的存在实在是太煞风景了，自我厌恶令他连续几天都是低气压风暴眼，谁见到他十里外就要绕行，生怕被卷入寸草不生、兵荒马乱的灾难中去。

秘书算是例外，毕竟习惯了，外加颇有一番"阎王要我三更死，我撑死也活不到五更"的自暴自弃心态，照旧配合高强度工作。

繁忙之中，齐孝川骤然意识到什么，默不作声盯着他看了好久。

就在秘书以为自己马上就要被下令去泰国变性的千钧一发之际，老板却淡淡地说了："你能力挺强的嘛。"

秘书能感觉到疑问号从自己额头缓缓升起："……"

"反应快，抗压能力不错，交际能力也很强，就连每年来不了几次的电工你都能称兄道弟。"齐孝川还在我行我素地评定综合能力，"也该给你加薪了。"

秘书战战兢兢、将信将疑地回答："谢谢？"

"多纳点个人所得税吧。"他已经交由他去办。

不知道算不算是一种感恩，秘书决定邀请齐孝川一起去体验各种各样的爱好。

一开始，齐孝川当然是拒绝的，他很忙，真的很忙，也不管秘书刚加完薪有多高兴，迎头就是一盆冷水，不耐烦地呲嘴道："我没空陪你去踢室内足球，也没时间跟你去骑山地自行车，更没空跟你去蹦床。你是我女朋友吗？怎么不让我陪你去做瑜伽呢？"

"哦，原来老板你想去做瑜伽，好嘞，立刻安排！"秘书成功会错意，扬扬得意地回击，"但你不是有空去'天堂'做藤编嘛！"

齐孝川无法反驳。

这些日子里，他的确做了一些放在往常绝不可能做的事。这是否意味着他也有了培养爱好的可能性呢？

齐孝川鬼使神差地接受了。

这是活动尤其丰富的一天，一大清早，他先跟秘书去参加了山地自行车骑行。车是秘书不知道从哪儿变出来的，齐孝川只想着参与一下，于是随便调试就骑上了。结果刚开始他就胜负心爆棚，勇冲第一航线，反倒是秘书气喘吁吁掉队，到最后连俱乐部合影都没蹭上。在群里看到照片，只见齐孝川大大方方被几名资深山地自行车骑士搭着肩膀站在中间，一副完美融入的样子。

之后是蹦床。这项活动看起来简单，其实有一定危险，同样是需要教练陪在身边的。想要玩得出彩，必须拥有一定的核心力量。秘书事先练习了几个礼拜，自信满满上前，结束后又摆出过来人的派头，告诉齐孝川"一定要小心，这个很容易起不来"。齐孝川一声不吭，直接上去，秘书去上了个厕所，来回不超过十分钟，那时候齐孝川已经轻而易举完成一系列动作。

下午去了瑜伽教室。齐孝川在听老师讲解姿势，秘书收到来电，想问问要不要接，结果反而被齐孝川教训说："你有没有认真听讲啊。"实在很难判断，一天前还口口声声说着"别烦我，没兴趣"的人到底是谁。

最后晚上才是室内足球。那时候，秘书已经很疲惫了，非常想喝上一锅热气腾腾的海鲜砂锅粥。然而齐孝川却屡次怒喝他不许走："就十个人，你走了我们怎么踢！"如果说之前秘书对自己上司的态度是"你是社畜的敌人"，那现在就是"你根本不是人"。

结束时，自始至终，齐孝川都参与得相当投入，却没流露出一丁点高兴，走的时候还骂骂咧咧："累死了，等睡一觉起来估计浑身都得散架。"

秘书腹诽的声音有点大："那你别那么较真不就好了？"

齐孝川的沉默来得没什么理由，上车后，车窗没升上去。他忽然说："但今天的活动，你都准备得挺认真啊。"

齐孝川的人生准则并不复杂。别人如何对他，他就如何对别人罢了。

运动的确能让人消解压力。但遗憾的是，他还是没有在其中获得什么更多的乐趣。

反倒是在瑜伽教室时碰到了认识的人。天堂手作店的老板在那家瑜伽馆办了长期会员，撞见穿着运动服的齐孝川时还难以置信，提问过后才确认是本人。

女人感慨说："你竟然有空来这里。"

"这是第一次，也是最后一次。"齐孝川不自觉说了句意味深长的话。

"我以后也估计不能常来了。手作店要开分店了，到时候肯定会更忙。"

齐孝川本来漠不关心，却在突然想到什么时回头："那骆安娣……"

"可能会要调到新店做一段时间吧，毕竟是不可多得的人才，也是我们店独一无二的王牌。"女人回答，"不过放心，不会很久。毕竟一店收入有损失的话，二店也岌岌可危。那可不是明智之举。"

他恢复那践得没边的态度："你知道就好。"

"到时候我们会在新店举办一次媒体公开课，齐总愿意莅临吗？"

齐孝川想都没想就说："不愿意。"

然而女老板笑盈盈地说："啊，那就没办法了。苏逸宁一定很高兴，能独占那天负责授课的安娣——"

"我去总行了吧？"他已经摸清了这奸商的套路，恰如她也清楚他的七寸一般。

齐孝川有理有据地想，截至眼下，他能坚持的爱好只有手作这一项。本来还有太极拳，但事实上只是因为有比赛，外加不需要任何金钱上的投入而已，他要做的只是穿着轻便，去公园跟老年人们打成一片，借用他们的广播和录像带。

可是，就目的来说，他也并不是真的喜欢手作。

他只是喜欢去那个声音在的地方，看到那张笑脸，做与那双手一致的事。

爱是精神病毒，他希望骆安娣变得幸福。因为这个愿望，向来坚定的他也开始游移不定、左摇右摆。一时间认为自己就是那个被选中的人，一时间又恨不得掘地三尺，把光武帝刘秀那样的人找出来才配得上她。

数日没见到骆安娣，有那么一会儿，他甚至产生了她是否从未与他一起生活过的猜想。

　　或许一切本来就是他的幻想，遇到翅膀卡在树杈的天使这种好事怎么可能轮得到他。齐孝川的运气向来很糟，沦为被拐儿童，又以乞讨为生，唯二的好友都接连死去。

　　高枫正在接受调查，高洁也被迫搬到更为简陋的公寓。

　　齐孝川驾车过去，在楼下就拨打了骆安娣的电话。她本来在吃饭，匆匆忙忙到楼下来，穿着软绵绵的家居服，卷发也如星河般淌落颈窝，垂在身前。

　　骆安娣说："小孝，你怎么过来了？"

　　她朝他微笑，齐孝川便下意识撒谎："顺路。突然想一个人走走，就直接过来了。"

　　"你是走路来的？"她很诧异。

　　不论家还是公司，到这里的路途都无异于越野马拉松，他只能用一个谎言去弥补另一个谎言："不，地铁。很久没坐了，就想试试看。"

　　多么拙劣的谎言啊，偏偏她会相信："我现在还不能离开这里，那你回去也坐地铁吗？我送你到地铁站吧。"

　　这一刻，齐孝川不由得在心里为自己几秒前才鄙视过的谎言鼓掌，转过身后回答说："好。"

　　最近的公路正在维修排水系统，因而四处都用护栏围住，人行道无法涉足，行人也都只好走在马路边沿，不方便到了极致。

　　齐孝川不动声色绕到道路的外侧，让骆安娣得以在里面行走。

　　属于两个人的空气太寂静，他忍不住说："你打算什么时候回去？"

　　"去你家吗？"她笑了笑，风轻云淡地回答，"嗯……等高洁没那么需要我的时候吧。"

　　他没来由地冷笑："你还真是一点都没变。"

　　骆安娣不说话，齐孝川却渐渐收敛笑意，用更为惘然的阴沉神情说道："我倒是变了很多。"

　　"比如呢？"

　　和骆安娣在一起时，身体与心脏都变得放松了，他说："以前我觉得，想救助谁的心情绝不是喜欢。但现在，我也不知道了。"

她微笑着，转过头望向他，心平气和地说："你现在想救助的人是我吗？"

"……是又不是。但至少，你救助别人的时候，我不觉得开心。"他目视前方，侧脸仿佛浸润在灰蓝色的浅滩，即便有过笑容，那也绝对只残存伤感，"不过，我从不寄希望于得到你的感情。"

她的感情是这世界上最难得到的事物，比辉夜姬所要的宝器更珍贵，比泊瑟芬的存在更容易凋亡。他比表现出来的更讨厌失去，不断地否认，借此来确认自己仍然拥有。

骆安娣猝不及防地停下了脚步，她忽然叫他的名字："小孝。"

"你是在吃醋吗？"她问他。

看向她的时候，齐孝川竭力维持着气定神闲的表情："没有。"

"但你这看起来就像是吃醋，"她肆无忌惮地走近了，仿佛不惧怕狼的兔子，抬起明亮的双眼直视他，那眼神纯粹得令他恐惧，"你想让我对自己好一点吧？"

"是。"艰难的对话中终于出现了安全的提问，他像是松了一口气。

但这是不对的。

掉以轻心是不对的，不识好歹也是不对的。

随处可见的街头，面无表情的男人和笑着的女人。

"以前我问过，长大后可不可以嫁给你。现在想来，那时候真傻。"骆安娣笑起来，"你可以做我的男朋友吗？"

Chapter 12

♥

第十二章

　　恰如盛满熏香的玻璃器皿在室内被打碎，不知道是福音还是诅咒，瞳孔收缩，眉峰也愈发蹙紧，齐孝川出乎意料地平静，只是疑虑地看着她。

　　骆安娣也注视他。

　　良久，他想说什么，刚开口，却猝不及防有不止一名陌生人从身旁经过——这还是在道路中间。

　　尴尬。

　　被迫中断对话的男人和女人只能略微移动位置，让行人通过，两个人终于踏上台阶回到人行道。然而，再站定，之前仿佛醉酒般酝酿的气氛已经不复存在。徒留下两个人面面相觑。

　　齐孝川开了口，却先回应她的前半句话："是很傻。"

　　骆安娣以溶解食盐般的微笑说："就试试看嘛。"

　　一点都没变。和以前那个说"你再考虑考虑嘛"的骆安娣一模一样。

　　有着天使的笑容和嗓音，所吐出的台词却更近似恶魔的低语。齐孝川正在暗自惴惴，骆安娣话锋一转："其实，我一直很想和人去一次游乐园——"

　　他像是下了决心，但这承诺并没有那么容易说出口。试一试吧，那就试试看。再说了，人生在世，齐孝川也经历过不少戏剧性的折磨，但非要挑出一个最无法接受的，那只能是眼睁睁看着骆安娣的愿望无法实现。

　　骆安娣的目光驻留在齐孝川脸上，想观察出他究竟是怎么想的，可惜齐孝川就算不在赌桌上也是只适合冷笑的"扑克脸"，就连以前他代表公司召开记者会，都有网民在天涯和猫扑上骂他"顶着张臭脸给谁看"和"什么态度，他以为自己是日本女明星吗"。

终于，她在他口中听到了回复："那就去。"

齐孝川望着她，说："那到时候我来接你，其他事再短信联系。"

他转过身，想象自己是不看爆炸现场的007，缓步走入了地铁进站口。

说骆安娣完全不惊讶是假的，那个齐孝川竟然像被生擒了似的，二话不说就照办，没有任何白眼或抱怨的迹象。

她用力眨了眨眼，仍然恍恍惚惚，接到手作店老板的电话，估计是要商量新店的事，于是边听边转过了身。

骆安娣有所不知的是，就在她转身后不到半分钟，齐孝川就原路返回离开地铁站，闲庭信步回去停车的位置。大费周章圆谎也好，无条件投降顺从也罢，都是他心甘情愿，没什么多余的话好说。

天堂手作店要开分店了。

媒体公开课的主讲是老板本人，助手则由全店业绩第一，并且遥遥领先第二名的骆安娣负责。这样的安排经过公示，没有得到任何异议。大家都其乐融融期待着那一天，也为此做筹备。

那一天，骆安娣正在帮忙依次与届时预定要来的媒体确认座位数，老板从楼上下来，头发、肩膀和双手都缠满了毛线，末尾还吊着环针，快步扶着栏杆对她说："安娣，你过来一下。"

她挂断电话，然后上了楼。

糖果屋般的办公室里只有她们两人独处。老板难得一见露出正儿八经的神情，说："你来这里也有几年了，说实话，一开始我很担心你。你好像无欲无求，不是说这样不好，只是在现如今的时代，确实也不多见……一直到现在，我也还是认为你身上有很多不确定性，并不是一个值得我信赖的员工。"

那个往常吊儿郎当的老板竟然说了这样的重话，即便是骆安娣，也不由得局促起来，踌躇是不是该道歉。

但是，老板马上就接着说了下去："我准备把主要精力用到新店那边。你也去看过门面了，规模是比这边大的。一店的店长，我想交给你做。"

说实在话，骆安娣有考虑过这种情况。

假如说要选店长，又熟悉业务又有本科文凭的她自然是最优选。她喜欢手作，也喜欢现在店里的环境，面对十全十美、符合心意的好事，自然没有拒绝的道理。

当务之急是要让媒体公开课顺利进行。

手作的文化需要也值得宣传，等有更多人对 DIY 的魅力有所领略，天堂手作店也会更加成功。

不过，在那之前，她还有更值得关心的事。

他们选择了在店门口碰头。齐孝川正好从公司离开，直接过来接她。上车的时候，骆安娣笑眯眯地先提了问："你看看我，今天有没有什么不一样。"

"不知道。"齐孝川想也不想就直接回答。

当时秘书和司机都在车上，计划先送秘书到附近，司机再一起下去。听到上司如此毁灭性的发言时，秘书一个激动，按捺不住，直接给了他一个肘击，也如愿以偿换来了齐孝川当下就想把他头拧下来的眼神。这种不顾个人生死，先天下之忧而忧的伟大精神着实令人钦佩。

所幸骆安娣仅仅笑着说了："做男朋友的话，可不能这样啊。"

"那要怎样？"齐孝川对措辞已经开始能省则省，也不知道是吃了多少空心虾条才能这么又瞎又没心肝，对自己畅通无阻直达地狱的感情生活浑然不觉。

"要好好回答啊，"骆安娣缩起头发，轻轻摇晃着头，示意两侧的耳垂说，"我特意戴了新的耳环，是不是很可爱？"

齐孝川不由得盯着瞧，神态酷似看到逗猫棒的猫，嘴上回答的是："还行。"

"嗯……'还行'就好。"骆安娣端正了坐姿，笑嘻嘻地对他说道。

已经到达了目的地的秘书迟迟不肯下去，充满执念地看着他们质问："什么？什么？我听错了吗？是我太久没去采耳所以把'舔狗'听成了'男朋友'吗？"

骆安娣先做了回答，她忽然更换座位，挽住齐孝川的手臂，笑着说："怎么样？我们很般配吧？"

"齐总，你不是前几天才说过我是你的女朋友的吗？我心碎了，真的心碎了。"秘书故意说着整蛊的话，在齐孝川拿出刀来前逃之夭夭。

司机也把驾驶座的位置交给齐孝川。

眼看着骆安娣自己系上了安全带，齐孝川内心五味杂陈，随口问她道："你最近有跟苏逸宁碰面吗？"

"嗯？苏先生？"骆安娣回答，"最近比较忙，好像连他的消息都忘了回。"

她对上他探究的目光，纳闷地倾斜脑袋。然后，齐孝川才解释："……你竟然也有不回人消息的时候啊。"

"哈哈哈，你把我当什么啦。"骆安娣笑出声，"事情多了，我也会忙不过来啊。"

"不是，"他补充，"只是以为你喜欢照顾所有人的心情。"

她一怔，随即扶着下颌思考起来："啊，这么说确实……不过想怎么做和实际能怎么做是不同的嘛。我又不是圣人。"

"其实我之前就想问，你现在对高洁是怎么想的？"

"她的处境跟当初的我很像，虽然爸爸没到进监狱的地步。她还是青春期的孩子，我陪在她身边就能帮到她。"

"……"

齐孝川从后视镜中扫了一眼骆安娣。为他人付出的程度往往与共情的深浅挂钩。但不知道为什么，他总觉得她并没有在遵循这条正比例法则。

到游乐园以后，齐孝川去换门票，骆安娣则在喷泉前等待。她抬手充当遮阳帽前檐，漫不经心看向他的背影。

也许是为了搭配游乐园的格调，齐孝川今天没穿正装，也不是平时那样偏把自己往土气折腾的打扮，不起眼的卫衣加衬衫，头发也未经打理，随意地被风吹乱，仿佛大学班上最神憎鬼厌的模范生，动不动就用考试不给你抄来压你一头。

虽说比起洗车、送比萨、卖女装的过去，如今齐孝川的身价可谓直线飙升，未来更是不可限量。然而，有些抽象或具象的习惯，他还是保留到了眼下。

他走过来时，她正一个劲朝他微笑。

"怎么了？"齐孝川疑惑。

"没什么，"骆安娣回答，"还没开园，我们先等等吗？"

"不用。"他才说出简短的两个字，就有身穿员工制服的人专程靠近，客客气气地为他们引路。

他们是在众目睽睽下直接入园的。虽说从小没少感受"特权"，但这种境况下骆安娣还是有些难为情。倒是齐孝川自行其是，悠哉却笃定地告知她："这不是特权，只是多花了钱而已。"

等进入游乐园内，一切顾虑就烟消云散了。

他们去挑选纪念品。骆安娣随意查看的时候，齐孝川则像傻子一般在小动物周边旁走不动路。女性店员之间交换眼神，会心一笑，大概见多了这种直男见到可爱小物件后暴露本性的情况。但事实与她们所想的大相径庭。下一秒，齐孝川就把目光投向她们，在转瞬紧张起来的气氛中说："这里每样一只包起来。"

骆安娣刚好顶着试戴的长耳朵头箍经过，好奇地问一句："你在干什么？"

"你喜欢这些吧？"齐孝川用问题回答问题。

骆安娣笑着说："喜欢啊，你要买给我吗？"

"寄到家里去？"

"还是算了吧。"她却说，"我现在有钥匙扣，玩偶很占地方，而且麦昆会认生。帽子太夸张了，买回去也用不了。就买我头上这个吧。"

齐孝川和那些文学作品中的有钱人形象终究有着天壤之别，她一发话，他也不强求，颔首就取消订单。

与外在形象不同，骆安娣热爱刺激类的项目，尤其是过山车。因为购置了顶配门票，所有项目连排队环节都能略过，她一轮接一轮地乘坐过山车，齐孝川就在休息区帮忙看包，偶尔仰起头来，逆着刺眼的日光眺望游戏设施。

在三到四轮过山车后，骆安娣兴冲冲地跑过来，灿烂地问他说："你不想玩吗？"

齐孝川将浓缩果汁的瓶盖拧开，递到她手里："你玩得开心就好。"

她接过，没着急喝，反而面带笑容看着他："小孝，你之前来过游乐园吗？"

"……"

"没有来过，所以才要尝试啊。"骆安娣头头是道地说，"我觉得有趣的东西，也很想分享给你。"

齐孝川回复："你饿了吗？他们这里有主题餐厅——"

骆安娣握住了他的手，她说："跟我一起去坐过山车吧。"

他能拒绝她吗？至少，他从来没有完全成功拒绝过她。

齐孝川被按到座位上，四个牛高马大的工作人员齐上阵为他系上了安全带。虽然知道他们是在贯彻与收费相匹配的服务，但结合情境，怎么看怎么像要送他去午门斩首。

骆安娣就在隔壁，轻车熟路地安抚他不要怕。

她的手好像忘了松开。

他并不收拢，也不挣脱，只是轻轻摊开，若即若离地悬在她手背。

过山车开始运转了。

上坡，下坡，留足期待，突然落下，跌宕起伏。

他回想起了大学时代，新生时期，向他告白的异性络绎不绝。齐孝川就像泰森，一个个将她们悉数不留情面地击倒在擂台上。其中不少是级花、校花，女孩子们心里难免也有困惑，倘若他不是取向不同真的很难说得过去。但被问起来时，他的答案却有些不期而然。

齐孝川想把精力放在赚钱上，为此牺牲所有消遣也可以。再加上童年缺失这一因素，游乐场也不是什么必须去的地方。

猛然下降时，骆安娣与前后排其他乘客一起发出了尖叫声。

她只是寻常地喊叫，他却在那一刻不由自主违背了之前约束自己的规则。齐孝川紧紧握住骆安娣，她回头看向他，那是最能扰乱他思绪的笑靥。

骆安娣说："很害怕吗？"

他望着她的眼睛，精神素质好到就算坐在跳楼机上也能正常参加高考的齐孝川说："嗯，很害怕。"

模糊不清的风景中，她笑了笑，没再说什么，只是用力地握住他。心的一夕九起中，他试着将自己油然而生的贪求和眷恋合理化。

离开过山车的座位时，齐孝川还真有些不适应。骆安娣与工作人员道谢，追上来时询问道："还在难受吗？要不要去洗手间？"

他摇头，随便地坐下，默不作声想把被迫翻江倒海的小脑重启。见他毫无预兆地精神放空，她站在一旁，也忍不住无可奈何地发笑。

骆安娣突然伸出手臂，将他的上半身揽进怀抱里，用宛如灯泡外壁般温暖的声音说："没关系，休息一下，慢慢就好了。其实我也有点不舒服。来，给你治愈之力——"

齐孝川动弹不得，脑海里有数十种应对方案，主要为立刻推开她并抱怨"热不热啊",假装接电话然后直接脱身以及冷笑着阴阳怪气"还治愈之力,又不是电子游戏",剩下的也都大同小异,至多只是推人力度和嘴巴犯贱的具体内容的区别。

明明立刻就能做出判断,他却无缘无故地陷入迟疑。

骆安娣好像经常拥抱别人,小时候在其他人嫌弃的情况下拥抱了运动会上呕吐的女同学,长大后又好几次抱住过受打击的高洁。

治愈之力是真的存在吗?或许真的有也不一定。

终于轮到骆安娣对他使用。

其实可以就这样接受,每个人都是这么做的。齐孝川犹豫再三,还是环住了她的腰,动作僵硬,声音冷清。

"反弹,"他说出他从未想过自己会使用的幼稚台词,瞬间感到疲倦至极,"还是治愈你自己吧。"

趋利避害是人的本性。有这样一说,所谓"好人",其实只是待你好的对象,而"坏人"则也不过是于你个人而言的坏而已。骆安娣从未觉得讨谁喜欢困难,获得好感对她来说手到擒来,就算是牙牙学语的无行为能力人,也与生俱来懂得偏向照顾自己的那边。但凡是人,总会希望被温柔对待。

人心是多么软弱啊。

所以才会如此轻易地被摆布。

可是,就在此时,眼前出现了离经叛道、违背规律的男人。齐孝川轻轻拍了拍她的背,像安慰,又像是为了缓解自己的窘迫。

骆安娣太诧异了,百思不得其解:"为什么?"

"你不是也不舒服吗?"他轻描淡写地回复,顺势起身,"你小时候身体那么差。"

她反而坐下了,倾斜着身子靠在长椅上,树荫下很凉爽。骆安娣回想着过去,再起身时拍了拍裙摆,垂下眼睑时愈发凸显睫毛的修长,笑着说:"就因为这个,那时候真的抢了吹瞬不少风头。"

"你们是姐弟,生病而已,怎么能说是风头。"

"也是,你说得对。"

"……"

骆安娣双手背到身后,快步超过他,随即转过身来,笑着问:"接下来要不要去坐摩天轮？"

齐孝川毫不停歇地超越她，目不斜视地回答："不去。"

"可是……"

"一个停不下的铁皮箱子，两个人在电视、电脑什么都没有的里面大眼瞪小眼，还要被运到掉下来必死无疑的天上。真正的情侣才会去吧？"齐孝川满不高兴地说道。

骆安娣顿了顿，足以令人生疑的沉默过去后，她才乐呵呵地说了："小孝，你的思考方式好奇怪啊。"

被这么说了反倒心虚，再改口又很没面子，况且，说实在话，大部分时候，他根本不关心与自己缺乏金钱关联的听众在想什么："走吧。"

虽然要准备一系列与新店开业有关的工作，但眼下的值班也不能落下。被新来办理会员的老奶奶索要联系方式时，骆安娣笑着从围裙里掏出便利贴和圆珠笔，像往常一样写上自己的名字与手机号。

接过时，顾客皱纹里堆满了笑容，老年人对喜恶的表达有时候和孩童一般，从不遮遮掩掩："什么时候来你都在吗？"

"一般来说会提前一个月排班，您可以在店里看到，随时打电话询问我也可以。"骆安娣和蔼可亲地回答。

老奶奶点点头，将工具帮忙收好："你是这里的店长吧？"

"不，您误会了，我不是哦。"回答以后，她才回想起前些日子老板的那一番话。假如她足够扬扬得意，那现在就可以说"借您吉言，马上就是"了。

不过，的确是好事啦。

宣布晋升安排在了二店开业之前。

老板简单地在大家面前宣布了一下，薪资待遇和其他问题则留在私底下商量。

最近，骆安娣还住在高洁家。离法院开庭还有一段时间，但高枫的老同学兼同事已经着手为高洁准备出国留学的诸多事项。她也到了搬回去的时候，所以整理了换洗衣服和洗漱用品，装在背包里直接离开。

对这位新店长，老板有叮嘱过："你可以自己去设计和定制一下名片，最好是加急，到时候公开课会来很多人，肯定能派得上用场。记得要票据，我给你报销。"

应该随便找一家就可以了。

骆安娣翻出手机，准备在电子地图里搜搜看，不小心手滑点到了通话记录。朱佩洁最近才来过店里，也事先预约了课程，因此浮在顶端。她模模糊糊捕捉到相关的记忆，好像离店里不远，于是尝试着拨打过去。

朱佩洁还在工作时间，接到电话的刹那仿佛被神谕劈中，猛地起身，不顾座椅喑哑的响声冲出去。

烈日炎炎下，她只是咬紧牙关不断地奔跑，额头上冒出汗珠也不理会，走到十字路口四处张望，眼睛蓦地一亮，然后高声朝对面大喊："骆小姐！骆小姐！这里——"

骆安娣也看向朱佩洁。交通灯换了颜色，她快步走来，迎着温热的微风，举起手机。

她说："可以打电话呀。"

"啊？"接到骆安娣，朱佩洁太高兴了，以至于一时半会儿没听懂。

"像那样叫我也挺好的，只是大家都在看——"骆安娣不好意思地笑道。果不其然，周围的行人都纷纷看向这边。

"啊！"朱佩洁这才感到难为情，晒红的脸变得更红，"我真是急坏了……"

两个人肩并肩走回朱佩洁就职的写字楼。

虽然容易被骆安娣搅得心绪起伏，从而变得冒冒失失，但面对工作，朱佩洁还是努力在让自己找回状态。牵动她心情的骆安娣本人却毫无自觉，也不会有任何介意，自然而然地和她说笑。

大致表达了自己的要求后，朱佩洁系统性地记录下来，先一步道了祝贺："恭喜你晋升。"

"谢谢。"骆安娣笑着回复。

"会客厅被领导占用了，所以只能委屈你来这里。我打印一下合同，稍微等一等。"朱佩洁忍不住问，"骆小姐，那你之后……还会在店内接待会员吗？"

骆安娣的回复让她松了一口气："必要的时候当然会的。只是管理上的工作会增加，届时我们会提高其他店员的水准，为客人带来更好的服务。"

突然意识到气氛的改变，朱佩洁也有点难堪。怎么就聊起工作了呢，明明不想给她添麻烦的。然而，即便是这样一丁点细微的失落，也完全收进骆安娣眼底。

"这是你妹妹和你的合影？"她的目光落在工位的办公桌上，那里立着相框。里面是朱佩洁和妹妹在主题公园的城堡下一起拍的相片。

"还是去年。"看到妹妹无忧无虑的笑脸，朱佩洁不由得笑起来，"那时候她才考完试。所以两个人一起去了，游乐园这种地方，就是要和最重要的人一起去啊……"

骆安娣看着她的神情，目光有过短暂的空洞，但很快就再度恢复了笑意："是啊。"办公区的水缸里有热带鱼在游泳，她说，"前几天，我也和人一起去了游乐场。"

分明不是什么需要沉默的时刻，无缘无故，朱佩洁却不受控制地停顿了。她想，原因或许出在骆安娣那张不分喜怒哀乐、永远只有善良的脸上。她们的关系本不亲密，又或者说其中一方根本不适合向任何人倾吐内心，只是聊天而已。

聊聊天应该没什么吧。

"玩得很开心……但是呢，他是很难猜透到底在想什么的那种人。"骆安娣搅拌着咖啡，将奶精破坏在棕黑色的水潭里，目光悬浮在杯沿，不疾不徐地说，"不过还是挺开心的。"

朱佩洁单手撑着侧脸，面不改色，不假思索就脱口而出："其实骆小姐你也是这种人吧？"她是说出来后才醒悟的，连忙解释，汗也来不及擦："我不是那个意思。只是觉得你很沉稳，总是不露声色地关心到每个人的每个细节……骆小姐说猜不透，应该就是真的很难搞吧？毕竟你在我心里已经是会读心术的级别了。"

"什么？"骆安娣笑着，"我没有超能力啦。你是这样看我的吗？"

"偷偷说一句，其实顾客私下的聊天群里都这么说……是好的意思，是夸奖啊。"朱佩洁害羞起来，"真的很难想象，你也会有猜不透的人。"

骆安娣低下头，小口地啜饮咖啡。

朱佩洁双手捧着拿铁杯，在这一刻同样坦白："不过，世界上就是会有这种人的吧。很多年前，我也在工作的地方遇到过。长得帅气，眉头总是皱着，对钱之外的东西都不感兴趣的那种人——严格来说，他还是我上司。"

沉闷而绝望的夏夜中，她被揪住头发，冠以莫须有的罪名推搡出去，跌坐在混凝土的地面上。马上，行李和其他东西都接踵而至，被扔到头上。又痛，又热，又委屈，又难过。同为客服的女孩子们同仇敌忾地谩骂着，朱佩洁无处可去，在这座城市无依无靠。回老家？怎么可能呢？家人还指望她寄钱回去，再说了，第一班巴士估计也得等天亮。她不想露宿街头，却也想不到办法。为什么会这么痛苦？

齐孝川绝不是白马王子那类角色，他适合更有威胁性，也更卑劣的形象，比如钟楼怪人卡西莫多。

他对颠倒黑白的行径深恶痛绝，认定不和睦是事业亏空的开端，因此绝不可能容许他们在自己的管辖范围内胡作非为。

回忆起过去，朱佩洁还感觉一切都像做梦："他长得很好看，但我对他印象最深的却是下颌角。有次我被客户骂，还威胁要给差评，为了业绩，只好一个人坐在座位上掉眼泪。他突然就出现了，从身后靠过来，把我的耳机摘过去贴住说'以后不方便为您提供服务'。我看着他，头一回见到天生下颌角这么精致的人。因为他名字后两个字的谐音是一种病的名字，所以我们都叫他'齐哥'。前段时间，我做错了事，也因此和他见了面……我和他已经不是一个世界的人，也再不能在他面前抬起头来了。"

骆安娣望着她。

朱佩洁的神情像是观测到星座的少女："但我还是喜欢他。"

真好。

实际上，骆安娣也是这么说的："真好啊。"她笑了。

齐孝川收到骆安娣的短信，说是之前租的房屋有点漏水，房东通知她回去一趟。明明最近完全没下雨，也不知道究竟是哪里漏水，假如是水管，也不知道会不会遇到什么麻烦。正放任担心加倍，却在书房听到外面密码锁的声响。

他迎着动静出去，就看到骆安娣正俯下身去抱猫。梳着零散辫子的长发倾泻而下，她慌张地抬起头，迷惘地看向他。

"骆安娣？"齐孝川忍不住质问，"你在干什么？"

"啊，我过来接下猫而已。"骆安娣笑起来，不留神根本觉察不了其中的困扰。

平时他都在加班，按理说应该是不在家的，真是失策。

她抱起猫站在门口。两个人也没有别的话好说，骆安娣微微笑着挥手，轻声说："那我先走了。"

齐孝川在原地站了一会儿，然后才想起追出去。

她还在院子里，他主动撑住门："我送你吧。"

"不用了。"骆安娣回答，"我叫了出租车的，师傅就在外面等。"

她这么说了，他也不好坚持，只能默不作声目送她出去。

骆安娣一路往外走，一次也没有回头。下坡路略微颠簸，怀里的猫暖烘烘的，她脸上的笑意渐渐消散了，取而代之的是一声长长的叹息。已经消失在观望者的视野中，她回过头去确认了一下，然后才站定。

等的士多耗费了将近二十分钟，上车时还被司机询问大半夜是不是出去玩。三更半夜，独自一人，骆安娣掏出手机，将拨号界面停留在报警前一秒。

其实她内心并不紧张。

已经习惯了。

参加高考时，她也是孤身在异地，因为是插班生，所以单独被分到了偏僻的考区。一个人整理了两三天要使用的生活用品，坐着乘客寥寥无几的巴士离开。考场到宿舍有很长一段路，要经过一小片天然未经打理的湿地。考务特意事先提醒过，几几年有谁失足滑落水域，又有谁在这里遇到了劫匪，最后再来一句软弱无力的"不过现在治安好些了吧，大概"。内容也好，倒装的句式也好，完全无法令人安下心来。

骆安娣躺在有樟脑丸气味的床上，忍不住想象了一下自己遇难的情形。想要呼救，都不知道该联系谁，就算死了，也只徒然麻烦社区的公职人员。

爸爸、妈妈和弟弟会不会在那边等着她呢？就像家庭音乐会时那样，妈妈弹着钢琴，弟弟拉着中提琴，爸爸则在给小提琴调音。

看到她时，妈妈笑着说："哦，好孩子，你来了。"

爸爸也开口："安娣，过来。马上就要开始了，今天是马勒的《悼亡儿之歌》。"

唯一没对她说话的就是弟弟，骆吹瞬的双目下坠，宛如海鸥在音乐的风浪中旋转。他用德语轻轻唱和："我总以为他们出远门去了，马上就回来，他们只是去漫长地散步，马上就回来……"

骆安娣向他们走过去，慢慢地走过去。她像卖火柴的小女孩，想做的只是靠近那温暖的壁炉，烤一烤冻僵的双手。

背后有声音呼唤着她。

"姐姐，姐姐。"

她回过头看到骆吹瞬。他刚刚明明还在拉中提琴，此时此刻却又出现在了背后，骆吹瞬握住她的手，神情肃穆地说道："你不能再往那边去了。"

"可是……"骆安娣困惑极了，像是被沙尘蒙住了脸。

骆吹瞬的口吻很坚定，梦里的他和现实一样可靠："跟我走，我带你离开。"

"吹瞬，"她不住地说着，但并没有反抗他的手，只是任由他牵着自己经过一个又一个拐角，"吹瞬，其实没关系的。我很想你们。"

"那边不是你该去的地方。姐姐，"他们忽然到了池塘边，不知为何，水面另一端并不是水底，反而能隐隐约约看到天空、围栏与家里的宅邸。骆吹瞬按住骆安娣的肩膀，毅然决然地说，"我们是双胞胎。只要一个人活着，那另一个人就也还活着。你要像爱我一样爱你自己。"

她原本微笑着，眼泪却在眼眶里打转，能做的只有竭尽全力回握住他。

他没有推她，只是静静地望着她。

她自己松开了他，后退，随即落了下去。

冰冷的水扑面而来。

骆安娣深吸一口气醒来，脸与头发都湿漉漉的，周遭围满了高考考点的考务人员和医生。她睁开眼的时候，大人们喜悦地庆贺，医生将为她擦拭降温的湿毛巾取下来，告诉她："你中暑休克了知道吗？还好没影响到考试，下次小心一点。"

转眼间，竟然就过去那么久了。

骆安娣走进之前的家门，把亚历山大·麦昆放在地上。她在收拾过的床铺上坐下，回想着过往，已经不再像以前那么伤心。

印刷好的名片很快就寄了过来，设计精美，果不其然，朱佩洁在工作上顺利不是没理由的。

这一天，骆安娣起得比往常早，先到一店和老板会合，两个人乘坐搬运公司的厢式车到了二店。装饰公司前一天已经过来布置过，他们也验了货，非常不错。

两个人又把室内整理了一遍。

新的分店装修不比一店差，甚至更加宽敞，教室的设备也十分先进。宣传是老板和骆安娣一起拍案敲定的，宣传公司那边效率很高，导致骆安娣的工作量一下增加了许多，因此来宾名单全由提拔为店长助手的同事完成，老板只负责过目签字。

最先赶到的媒体朋友已经拿着相机到处试拍了几张。骆安娣正忙着安置花店送来的鲜花，回过神来时已经入镜。她也大大方方比了个剪刀手，回头询问店长："今天上课全程都要拍照吗？"

"何止拍照，策划案后面加了附件，你再看一看。"老板在将徽章的别针解开，"还有电视台过来录像采访呢。"

骆安娣若有所思地点了点头，内心想的是，也不清楚齐孝川知不知情。

他向来不喜欢拍照，其他商场人士的百科照片无一不是彰显精英气质的完美照片，唯独他是记者会上回答提问时一副"你蠢吗"的嘴脸。实际上，当时记者不知从哪儿挖出他被领养前的黑历史，旁敲侧击问了几句，未料他毫不作声，一言不发就让保安请人出去，从此留下文明社会只用脸骂人的高素质美名。恰巧齐孝川还长了张超出平均线太多的皮相，以前公司刚做出点成绩时上新闻，他本人的照片还被网友询问是哪个明星在出演企业家的传记电影。

不过她多虑了，齐孝川是知道的。

只不过，再怎么讨厌上镜也不可能不去。那天她走后，他在起居室整整坐了一晚上，把《行尸走肉》第二季看完了。

公司还有很多事要处理，想放纵也只能在这一个晚上。任何影响效率的情绪必须今日事今日毕。就算什么都没解决，问题也只能留在眼下，他必须继续往前走，为自己负责，为自己的事业负责，为工作负责，为全公司上下左右所有人的工作负责。

天蒙蒙亮，他和打太极认识的教哲学的退休大学老师约好一起吃早茶。他说请客的时候，太极拳好友露出了意味深长的笑容。

齐孝川真的不是害怕，他不是因为怕才叫上别人一起的。前哲学老师刚考的驾照，执意要开他那辆青苹果绿的节能两座车上路，齐孝川对这种小事向来不在意，自然而然就坐上了腿都伸不直的副驾驶座。

两个人到天堂手作店分店的时间不算早，齐孝川和前哲学老师一起出示了邀请函进去。

迟迟没看到那个人。

他专心致志地在人群中寻找她，旁边的朋友时不时主动搭话。

前哲学老师这次没再聊哲学："你是来见你喜欢的人？我们上次在线上聊天也有说，你们前段时间是住在一起吧？这不是发展得很顺利吗？"

"嗯，"齐孝川也不知道自己为什么就下了判断，"但我觉得很快就要不行了。"

"这怎么说？"

齐孝川本来没打算回答，但朋友看过来，他只能说："……她只是同情我。"

他不擅长和骆安娣相处。和她在一起的时候，自己总会变得尤其扭曲、变形、不受控制。齐孝川像一个编程完备的电子游戏，极少出问题，24小时运转，然而，骆安娣是唯一的作弊码，只要输入，他就立刻宕机。这不是个好兆头。

灯光忽然暗下去，老板和分店店长都走了上来，灯光重新亮起，手作课程开始。

台下的所有人都拿到了工具，一部分饶有兴趣地尝试，另一部分则只是观望。齐孝川对针织不陌生，轻而易举就按照流程进行。他忍不住看向骆安娣。她正在协助手工。

骆安娣喜欢什么呢？他已经赚了很多钱。如果她有喜欢的人，想和那个人成为情侣，他也一定会竭尽全力，绑架那个人的家人做人质也好，拿好处诱惑他也好，不管要他付出什么代价。在此之前，他绝不会成为她的阻碍，任何人都能用怜悯和需要救助的姿态来牵绊她，只有他不行。和自尊倒无关。

课程圆满结束，掌声雷动间，骆安娣仰起头望着灯光微笑。齐孝川拊掌，旁边的朋友又在说话："我还是头一次见你笑得这么开心。"

再别过脸，他的笑容已经褪色。齐孝川回答："要你管。"

就在这空当，他确认自己余光瞥见了苏逸宁。室内已经开始分发蛋糕。齐孝川微妙地产生警惕，苏逸宁却只从容不迫地微笑着。

骆安娣正把切好的蛋糕送到每一桌，顺便示意旁边的店员把红茶递过来。她拿着转了一圈，苍老而沉稳的声音响起得很突然。他问："你叫骆安娣？"

"嗯？"骆安娣回过头，笑意加深，显而易见只把对方当成寻常顾客，"您好。我是天堂手作店一号店的店长骆安娣。"

老人品了一口红茶，似乎对茶并不满意，脱下帽子抬头："我找了你很久。你之前都不愿意和我见面，是还在为我和你父亲的误会生气吗？"

骆安娣的笑容里掺杂了些许疑惑："什么？"

转瞬间，她就回过神来，眨了眨眼，转身准备请同事代劳。

有人认出他们其中一个："那是在印度发了家的曲国重先生吗？"

"天啊，不会是真的吧？"

"曲老竟然来这种地方？"

"刚刚他们在说什么？他和她父亲的什么误会？"

快门声和闪光灯霎时间聚集。

骆安娣被堵塞了出口，但她保持了礼仪，毫不失态地退回原本的位置。这是不能出意外的一天，不能给店里带来任何负面影响。

她微微一笑，曲国重也已走到她面前。

"那纯粹是误会。"曲国重语重心长地追忆起当年，"那时候孟买发生恐怖袭击，我被牵扯其中。我国内的代理律师出于职业操守替我完成了一切，料理和你父亲合作的工程。我也没想到会这样……"

骆安娣微笑着："曲先生——"

镜头声仿佛声控灯般此起彼伏。

曲国重凝视着她："那个团队的所有人都被我封杀了，但我知道，无论如何都换不回你父亲母亲的生命。我不知道该怎么求你原谅。"

骆安娣终于不再逃避，清澈的目光落在他身上。她轻声细语地说道："曲先生，的确，这就只是误会。我没有怪你，你也过好自己的生活吧。"

白发苍苍、满脸皱纹的老人看起来几欲落泪。

齐孝川坐在人群中，已经到了不起立就什么也看不见的地步。他环顾一周，店老板正在和报纸媒体的记者交涉版面，苏逸宁已经不见了。他勉为其难从缝隙里能看到骆安娣，她面带微笑，还是那样游刃有余、宽宏大量，完美到无可撼动，善良得恰如其分。

全场顾客差不多都在鼓掌，为这温暖人心的戏剧性重逢。

他们一定都感到幸福了吧，或许也觉得被治愈了吧。目睹了与自己无关的画面，内心却能感到充实。

齐孝川目不转睛望着骆安娣的脸，将编织好的毛线通通拆开，随即伸手抵住前面人的肩膀。"借过。"他说。

真是讽刺啊。

真是火大啊。

只有他一个人怎么都改不掉皱眉的习惯吗？

记者正拿着相机其乐融融在提要求："可以请骆小姐看镜头吗？"

真是让人不舒服。

"滚。"齐孝川惜字如金，推开荆棘般缠绕城堡的记者们，旁若无人、毫无教养可言地步入殿堂。在那静谧而热闹的中央，是年迈的贵族与落难的公主。他们或困惑或茫然地看过来，自恃高贵，天生骄傲，再怎么放低身段，也与青蛙变成的乞丐不搭调。

他穿着漆黑而单调的正装，以一丝不苟的年轻面孔向周遭透露警告的意思，可是，自始至终，视线都只停留在她身上。

骆安娣的待人接物理应无可挑剔，笑容与声音自少儿时期就受严加管教，时时刻刻尽善尽美。纺锤林立的阁楼中，令她免于沉睡的咒语仅此一句，"只因为我是公主"。不抱怨，也不责怪别人，只因为她一直要求自己是个公主。

他横冲直撞地闯了进来。

直到那一刻，她都在想，她究竟哪里有疏漏，怎么会让他发现。

流氓，神经病，无礼之徒。旁边人在斥责，在诘问，用愤怒而庸俗的眼神看向他们。但他视若无睹。

齐孝川落落穆穆越过所有人去牵她。

骆安娣跌跌撞撞被带离所有人中间。

第十三章

他拉着她往外走，什么也不顾，大多数人都惊呆了，也有少部分敏锐的记者挣脱出来，认出齐孝川后一个劲猛按快门。

直到走出去，齐孝川才想起自己是坐车来的，其尴尬程度无异于玩游戏时，掏枪对准怪物却发现没有子弹，或者购买钻戒时要了鸽子蛋，信用卡却用不了。总而言之，相当难堪，十足窘迫。

恰好有出租车在眼前停下。

背后是充满好奇心的豺狼虎豹，面前是唯一得救的出口。

齐孝川头也不回，甚至在骆安娣想扭头看时按住她的肩膀。他果断打开了的士的车门，尽可能轻缓地将她往里面推。

骆安娣被按着坐到了柔软的皮质座椅上，却发现齐孝川没有进来的意思。

齐孝川侧过脸眺望着不远处，心里盘算着之后的处理方案。万幸他们还有为数不多的隐私意识，总算是没跟过来。

他问她："带了钱吧？"

"嗯？啊，带了。"她支支吾吾回答他。

"那好。"他作势就要关上车门。

骆安娣忽然撑住了车门，便于通勤的平底鞋鞋跟踏在柏油路上，她仰起头叫他："小孝。"

齐孝川不疾不徐回过头，尚未缓过神，毫无防备，只见她倏地起身吻他。

车门敞开了一阵，司机疑惑地回过头时，身为乘客的女人已经坐回座位，关上车门。

出租车扬长而去，留下送行的男人站在原地。

后视镜里的道路渐渐被甩在身后，车载电台也被换到舒缓的音乐，然而，紊乱的心跳却迟迟没有平复。

骆安娣像下了决心似的，手肘抵住靠背，支撑着上半身回头。透过后挡风玻璃还能看见齐孝川，他一动不动，辨别不清究竟是什么表情。

不知道为什么，本该愧疚或难为情的，她却忍不住笑了起来。

手指还微微发麻，心也悸动着，血好像都涌到了脸上，骆安娣一点也不惊慌。

车一路驶回了家里，她付了钱下车，上楼时哼着歌。进门后，亚历山大·麦昆第一时间奔跑过来。她弯下腰摸了摸三条腿的黑猫的头，烧好水后，门忽然打开了。

当初这里的住宅是苏逸宁帮忙联系找的，加上为人还算君子，所以他一直保留着钥匙。

她也没表露出不满，只是很长一段时间里都以为身为堂堂大企业继承人的苏逸宁是房屋中介，甚至还在小若要租赁房屋时推了联系方式给他。苏逸宁错以为是她给他的试验，兴致勃勃地挤出时间完成，未料第二次、第三次，骆安娣还介绍买卖不动产的信息给他。苏逸宁这才觉得不对劲，抽空解释自己不是房地产经纪人。

苏逸宁之前已经透露过自己的家境，可正式介绍自己的家业还是头一次，内心惴惴不安，但又并非完全没自信。往常那些女孩子，要么早就知道他究竟是谁才来接近他，要么就是知道后欣喜若狂。只可惜骆安娣根本没有波澜，与听说他的父母是工地工人的反应没有区别。

眼下，他只不过去接了一个父亲秘书的电话，事情尽在计划内，原本应该是这样的。但再回到前厅，所目睹的并不是预料之中的圆满结局，而是恶龙掳走公主后落荒而逃的残局。他追出去，只看到齐孝川气势汹汹回来，踏着所有人对新一轮惊人之举翘首以盼的视线，面色阴沉，游刃有余。

苏逸宁无论如何都想不明白，齐孝川到底做了些什么。只知道他已经喧宾夺主，拿起麦克风请诸位记者联系他秘书取车马费与润笔费。等到这一切结束，他又单独去找店长。两个人嘀嘀咕咕地交头接耳。

最终，苏逸宁做的选择是直接去找骆安娣。

骆安娣正在加热两份猫饭，一份给麦昆，另一份淋上酱油自己吃。

她慢慢地回答："没有发生什么事啊。"

"呃，"苏逸宁难得一见地语塞，却还是继续说下去，"但你已经见过曲老了吧？"

"曲国重？"骆安娣望向他。

苏逸宁的台词总算输出得畅快了一些，笑容也悬浮在脸颊上："是的……他是你父亲的朋友吧？之前也跟我说了许多你小时候的事。我竟然不知道，你父亲原来就是骆先生……曲老说到自己有些对不起你的地方，膝下没有儿子女儿。他想把所有的遗产都留给你啊！"

一席话里的重点究竟在何处一目了然。骆安娣无声无息地放下餐具，终究镇定地看向他。她没有流露出抵触、厌恶或者愤怒之类的负面情绪，仅仅说道："其实我不想要。"

"安娣，你别冲动，"苏逸宁脸上的笑容从头到尾都没有退却过，"那可不是一笔小钱。"

"不是钱的多少的问题……"

"那笔钱足够你跨越阶级了。况且也是你应得的不是吗？曲老本来也要分给你父亲的。"

骆安娣垂着头，像是雨夜里休憩的鸟，将脸埋进羽毛中间："那他应该早就给我爸爸，而不是我。"

苏逸宁没有对她这个人不耐烦，只是想要打破眼下对话无论如何都驶入僵局的死胡同而已，因此抬高了分贝："你爸爸不是过世了嘛。"

骆安娣没有说话，只是默默看着他。

"对不起，我不是那个意思。我只是太希望能顺利地与你在一起。"苏逸宁已经意识到口头失态，但他并未放在心上，毕竟，比他更频繁在言谈上栽跟头的另有其人。某些人整天嘴里没一句好话，字字都带刺，恨不得把所有人都得罪完才如愿。就算面对有好感的女人，也一副对方欠自己几百万人民币的态度。骆安娣原本就是好脾气，这样的人都能被她原谅，更何况他区区一句话的口误呢。

她看着他，终究还是重新端起自己那份猫饭，一口接一口地把它吃完。

"苏先生，"骆安娣说，"有件事，我想要告诉你。"

苏逸宁眼睛里闪烁着希冀的火苗，满怀期待地回答："你说。"

"我没有任何隐瞒的打算，之前也不是没说过。可你好像没理解我的意思。我对你，"骆安娣微微笑着，熟悉的神情粘在五官上，不会脱落，只是并没有看起来那么单薄，"没有那种想法。"

"什么？"

"我回应不了你的感情，想开诚布公和你说些真实的感想。我一直在努力帮助别人，希望其他人能幸福快乐。就因为这个，有时候，我甚至在考虑放弃和牺牲一些想要的东西，只要能成全别人。但是，"骆安娣靠在窗台边，夕阳从脊背伸出手臂，将她拥入怀中。过去的某个时间点，与她同样站在这里的还有另一个人，"我其实也有喜欢的人。"

她的最后一句话是死刑。

苏逸宁不是很理解自己究竟听到了什么，迷惑填充了头脑，他站在原地。

不论是"喜欢的人"还是其他，骆安娣不打算继续说下去。

苏逸宁站在不属于自己的客厅里，像是雕塑，也像其他随处可见的障碍物。

骆安娣接了个电话，似乎与工作有关，是店里出了些状况需要人手。她重新收拾了东西，将亚历山大·麦昆驱赶到房间，随即绕过他离去。

外面的风竟然已经凉爽起来，天空很明朗，她长舒一口气。

其实她接到的电话与一店有关。老板告诉她，值班店员不擅长操作新媒体器材，又不会关闭电闸，所以要劳烦她临时回去检查。

已经到了打烊的时间点，乘坐地铁过去又花费了一些时间。

天黑得比往常早。

骆安娣打开店门，里面一片漆黑，最先看到的是设备亮起的荧光。她率先走过去关闭，确认了电源，又想起自己上一次从图书馆借的手作书还留在店里，差不多也到归还期限了。凭借记忆，轻车熟路去开灯。

万籁俱寂中，她伸出手在墙壁上摸索，手掌掠过转角，骤然触摸到意料外的温度。她吃了一惊，猛地想要抽离，却反倒被攥住了手腕。

骆安娣被迫贴住他的脸颊。

月亮在迁徙，透过窗外玻璃般的光线，她依稀辨认出他："小孝……"

齐孝川纹丝不动地注视她，与此同时覆住她的手背。他的眼睛原来那样明亮，目光流转的情形极其绮丽。他缄默，不动声色地令气氛趋向于恐怖。

骆安娣没有后退，试图撤回手。齐孝川就在这一刻向前走，胆寒延绵不断，他已经将她逼迫到无处可退的境地。

他的口吻像是酝酿着怨恨："为什么那样对我？"

"什么？小孝？"她挤出笑容，有讨好与谄媚，也没忘记添加安抚人心的魔法，"你指的是什么？"

齐孝川显得比想象中泰然："我问你为什么要那样对我。"

他像是将自己用木乃伊绷带包起来躺进棺木的僵尸，与世隔绝前最后看了一眼灰蒙蒙的天空，一言不发便甘心沉入地下。她却在这时候出现了，怎么赶都赶不走，笑意绵绵，翻来覆去问他为什么不说"晚安"。他受不了她，终于让她如愿以偿地道了声"晚安"，但她还是没有离开，整日像太阳般照耀他即将毁灭的灵柩。

你没有喜欢的东西吗？你没有其他更重要的事能做吗？你不是还有其他需要你的人吗？

有很多问题想问，他却什么都没说。

敬谢不敏是徒劳，避之若浼也毫无作用，他只能对她俯首称臣，受她奴役。

恰如此刻，他终于俯身亲吻骆安娣。

齐孝川升入高中后的第一个生日，骆安娣准备为他举办一场生日聚会。万幸他夜观天象、未卜先知——实际上是园丁站在梯子上修剪松树时，偶然看到他们在布置现场，回去以后多嘴告诉他的。总而言之，齐孝川连夜敲响骆安娣的卧室门，开门见山拒绝，以至于显得有点像自作多情——毕竟惊喜派对尚且还在保密中。

到最后，取消倒是取消了，但生日礼物还是如期而至。

齐孝川拆开一看，是一卷录像带，他找了一台机器播放，里面存储着骆安娣十一岁生日聚会的影像。她头顶戴着皇冠，不是普通家庭购买蛋糕时附赠的金箔纸皇冠，而是货真价实的紫水晶装饰品，在大家的簇拥下吹蜡烛。

相比之下，作为双胞胎，同一天生日的骆吹瞬却极少上镜，原因是都在应酬。来宾中不少是与骆老板有商业来往的伙伴，他小小年纪就有义务承担责任，这就是骆家的儿子。而女儿则由母亲陪同，在一旁作为帮衬微笑，面对发出问候的客人颔首回应。

什么意思？

齐孝川认为最合情合理的推断是她在炫耀。但这么做的人是骆安娣，所以如此寻衅滋事便成了无稽之谈。

他不擅长也没兴趣揣测别人的心思，转头就去询问当事人。她只是笑嘻嘻地回答："也给小孝感受一下我开心的时候。"

齐孝川面无表情，只继续瞄了一眼录像带，随即吐出一句令所有人始料未及的台词："尽说假话。"

"……"

"这算哪门子开心？"他直接把录像带抛回给她，转身就走。

骆安娣检查了水电，将手提包拎上，锁住门转身。齐孝川正站在路灯下等待，垂着头，像是在核实地上是否有钱可以捡。

听到脚步声，他这才抬起头来。她正用亮晶晶的眼睛看向他，一言不发，带着专注的神情伸出手，轻轻揩去他嘴角的唇彩印。

齐孝川并不躲闪，只是很深地看着她。

骆安娣抽回手，沾着亮片唇彩的手指翕动，与此同时笑起来："刚刚不小心蹭到了。"

说得像是意外，但其实是必然。

那种时候没沾到才奇怪。

夜色已经深了，骆安娣准备回去，齐孝川打电话让司机把车开过来。等待途中，她临时想起该问他为什么在这里。

"我和你老板讨论到下班，她说她出去接个电话……"谁知道那自作主张的女人竟然私底下有给员工和顾客凑对的兴趣爱好，齐孝川习惯把握每一分每一秒，黑灯瞎火地用手机翻起工作邮件，根本没注意到天色越来越暗。骆安娣也是在完全不知情的状况下被诬骗过来，又恰好没开灯，因此才有那《夜访吸血鬼》般的一幕。

"可以先去便利店买点吃的吗？"骆安娣摩挲着双手，朝他微笑道，"其实我晚饭没有吃饱。"

齐孝川颔首，先她一步向前走，看她没反应，于是把手递过去。

她犹豫了片刻，小心翼翼地笑了一下，随即把手放到他手心。他的手很暖和，与那张冷冰冰的脸有着天差地别。

齐孝川把骆安娣的手带进外套口袋。

司机把他们送到了骆安娣即将超期的出租屋，理由无他，纯粹是为了那只名叫亚历山大·麦昆的蠢猫。它看到齐孝川就蹭上来，丝毫不顾及他那"别烦我"的脸色，可谓是一点眼力见儿都没有。

骆安娣却笑眯眯的，分别铺好沙发和自己那简陋的海绵床。

齐孝川倒是抱着手臂说："我睡地上也可以。"

"那可不行，会着凉的啊。"骆安娣皱着眉。

他什么也没有说。

不只是地板上，天桥下、高铁站、地下通道里，他并没有什么不能生存的地方。她明明知道，但在她这里，他永远是值得她关心和爱护的那一个。即便这只是她的习惯。

齐孝川在公司加班后已经洗漱过，本来就足够筋疲力竭，此刻草率地上床，转眼就要陷入梦乡。却听到脚步窸窣，骆安娣拽着海绵床，不顾剧烈的动静搬运到客厅另一侧。她躺下，打着卷的长发落满枕头。

"小孝。"她问他。

"怎么了？"尽管马上就要睡着，他还是勉强自己回复。

她说："跟我说说这些年你的事吧。"

他按捺住了反问的念头。齐孝川的这些年索然无味，实在无从提起，非要说的话就是一个劲围绕赚钱进行。散漫地提了几条，骆安娣也时不时做出回应，例如他提起大学时，她会感叹"没再做会长啊"。

他没来由地问"你希望我当会长吗"，她就不好意思地回答"因为感觉很酷"。

他提到女装，她又支吾"好像听说过"，他却不解风情地扫兴说"别想了，当时还不流行做品牌，不知道也正常"。

他累极了，本身每天也生活得比较规律，工作和处理各种问题又占去了大部分精力，终于还是不知不觉就睡着。

她说："小孝？"

齐孝川不吭声。

骆安娣从海绵床上坐起身，起立后慢慢走过去。夜色中，他的面孔被疲倦与不容侵犯的戒备浸润。她伸出手，把蜷缩在他胸口休息的猫咪抱开。

到了清晨，他们一起吃早餐。虽说齐孝川不讨厌顺路上班，但很不巧，骆安娣今天休假，所以只能在门口分开。

"我之后会搬回你那里去。"骆安娣吃着齐孝川买回来的小笼包说。

齐孝川提前联系秘书去干洗店取正装，拿开手机点了点头："我预约了周末的编织课。"

她送他到门口，突如其来地提出："我们的关系，可以先对店里的人保密吗？"

有那么一瞬间，他试图反省自己究竟哪里见不得人。但她很快就做了解释："因为大部分顾客都认识我，我又刚成为店长，实在不想因为一些别的事引起争议——"

有什么事是无法解决的呢？只要骆安娣希望，那就没有。

齐孝川笃定地回答："好。"

他本来该下楼，临时又折返回去。她还没关门，正俯下身盛猫粮。齐孝川默不作声看了一会儿，冒着迟到的风险慢条斯理，也不知道该不该道歉："那个，假如有一天，你发现自己遇到了真正喜欢的人，随时告诉我。"

骆安娣望着他，微笑着一言不发，过了一会儿，她说着："小孝。"

骆安娣拂过他上衣下摆，说："沾到猫毛了。"

齐孝川在公司楼下遇到仲式微，那一刻，他们在一大清早看到对方真晦气这件事上达成了共识。仲式微是来参加第二轮面试的，对于自己公司竟然让这种人进了二面，齐孝川拿车钥匙的手微微颤抖，刹那间险些否定这些年来自己与公司其他员工的全部努力。

他们站在走廊尽头闲聊。

准确来说，齐孝川只是自己想站在那里，仲式微不知道为什么也凑过来，真是毫无自知之明。

仲式微说："我跟你说，我最近又新文了个文身……"

齐孝川说："你别跟我说。"

仲式微说："美国总统换成了那个谁呢，你知道吗……"

齐孝川说："我不知道。"

齐孝川不留情面地告诉他："你走消防楼梯下去吧。不送。"

仲式微刻薄地剜了他一眼，径自就去乘电梯："知道了。我走就是了，本来还想跟你说骆安娣的事的……"

"什么事？"他抢在他面前挡住了电梯按键。

仲式微觉得逗他玩实在有趣极了，故意坏心眼道："嗯……你想知道什么呢？她大学有过几个前男友？"

"不，"未料齐孝川无声无息地侧目，平静而坦然地回答，"我只想知道有没有人让她伤心过。"

过去的都只是过去。话是这么说，他独独不愿任何令她不快的人侥幸从惩罚中逃脱。

走的时候，仲式微忍不住感慨了一句："我们也算朋友了吧。"

齐孝川波澜不惊地说："我前两个朋友都死了。"

"……"仲式微狐疑地看了他一眼，终究是说，"但你秘书不是没有吗？"

正为加班头疼的易伟豪先生猛打喷嚏，业余爱好是打太极拳的退休哲学教师也在打喷嚏。

担任店长的第一周，骆安娣的工作并不算顺风顺水，不过好歹过关了，只能展望未来，寄希望于以后越来越好。

齐孝川来店里的时候，她正在忙碌。他特意绕了两圈，远远地与她对上目光。骆安娣微微一笑，他略微点头，随后才去座位上。

编织课程与以前一样，可以选择自己想要做的手工艺品。吸取上次做猫窝的教训，他这回没有选太难的，而是挑了中规中矩的毛线帽。

之前的宣传课起到了作用，新来的学生很多，有店员主动向他提出共用宣传册的请求。他想着方便骆安娣，所以也没拒绝。

年轻女性们朝他投来欣赏的目光，齐孝川却只埋头盯着毛线。

毛线，毛线，毛线。

掌握了基础的织法，真正开始在老师的教导下动针，旁边的家庭妇女还是头一次来时的那一组，对齐孝川来讲也称得上是熟面孔。

女性们自然而然就能谈天说地，他不方便加入，也没有加入的意思。她们谈论工作、家庭和兴趣爱好，热火朝天，兴致勃勃。齐孝川不断动着针，转圈，抽开，循环往复，默不作声。他像是变成了僵尸。

直到骆安娣走过来，带着一如既往的笑容询问："怎么样？"

"骆小姐，你来了。"有年长的顾客回答。

另一个说："我正不知道怎么做呢，一不注意就弄出个洞来了。"

新来的没贸然插嘴，只是默默打量着情况。

骆安娣接过未完成品，干脆利落地拆开，娴熟地重新打一遍。

齐孝川这一天头一回停下动作，只专注于盯着她看。

老师忙了起来，学生反而悠闲。年纪能当他妈妈的主妇颇感兴趣地搭讪："你交女朋友了吗？总是一个人过来，我给你介绍吧？是哈佛毕业的博士生，人也很清秀，根本找不到这么好的女孩子。有空见见面怎么样？"

织针动个不停，一遍又一遍地密密编。骆安娣继续编织，丝毫看不出异样。

齐孝川感觉喉咙堵塞，艰难异常，却又很快纾解，只好凭借本能做出答复。

"不用了，"他说，"我有女朋友，你们不认识。很漂亮，也聪明，我觉得比谁都好。"

"……"

不易觉察的惋惜与奇异的目光同时集中过来。

齐孝川讨厌无偿变成别人的注意力的中心。他又不是街心公园，不卖票，谁都能去看看。正满不高兴地想要瞪回去，却猝不及防迎上主妇杀伤力十足的眼神。对方不知道是不是手工水平没他高所以心怀嫉妒，积怨已久，偏要咬住这件事不放。

主妇条理清晰、字正腔圆地问他，那架势像是包青天审问嫌疑犯："真的假的，你有女朋友？不会是微软小冰吧？"

齐孝川喝了口今天店里的茉莉花茶，听到这话，一口气差点没上来："你怎么不问我女朋友是不是动画片里的呢？"

结果对方认真地反问："是吗？"

他望着她，什么都没说。今天的手作课大概就只能上到这里了。齐孝川正要起身，阿姨却主动提议道："好，我信了，那你来做个快问快答吧。至少也让我了解一下你喜欢的类型。"

"就算我喜欢微软小娜也跟你没关系。"他作势就要走。

然而，对方只用一句话就让他停下了脚步："看样子是真有这个人了。你这么想保密，该不会是我们都认识的人吧……"

偌大的教室内，除了音响播放的沙滩 ASMR 以外，就只有骆安娣移动织针的声音。

齐孝川算是领教到了年龄压制的厉害，为了不让嫌疑扩散，他二话不说就坐下了："你要问什么？"

"快问快答的规则是要在听到问题的一瞬间就作答哦。"

不开玩笑，他的脾气真的不好："知道了。"

快问快答这种游戏的目的就是测出人最真实的反应，假如有针对性地提问，回答者很难不泄露任何信息。

"你喜欢你女朋友？"

"废话。"

"你女朋友是女性吗？"

"你故意的吗？"

"不要用问题回答问题，你喜欢长头发还是短头发？"

"短头发。"

"你女朋友的口头禅是什么？"

"什么'噶'什么'噶'？没什么特别的，但她大笑的时候很豁达。"

"有什么担心她的吗？"

"尿糖高。"

随便问了一连串，最后大家都认同：

"说得像模像样的……"

"看样子是真的。"

"竟然真的交女朋友了啊。"

"那当然。"齐孝川得意扬扬地带上门出去了。

骆安娣完成手头的修改，之后又给她们添了一次茶水。当墙壁上的挂钟响起来的时候，她和柜台后的同事打过招呼，去休息室换过衣服下班了。

她走出去转了两圈，最近旁边的几家店都不约而同开始装修，骆安娣左顾右盼，时不时低头查看手机，最终走进了一间新开的甜品店。

齐孝川正在用电脑，她走过去，坐下时发现桌上摆着一杯小兔拉花的拿铁。

"哇……"她刚发出声音，他就向她推过去，顺便抬手示意服务生。马上，对方就把已经切好的蛋糕送过来。

骆安娣轻轻搅拌咖啡，通过沉底的冰块形状能判断出还没送上来多久，她笑起来："这家店我喜欢很久了，没想到分店会开到这边来。今天人也好少啊。"

齐孝川不作声，只是默默盯着她看。

骆安娣的手指、手腕和脖颈都相当纤细，很适合戴戒指、手链和项链。他沉浸在无端的思考之中，不小心陷落到她究竟适合哪种首饰的推断中去。

是骆安娣把他叫醒的，她将杯子放回餐桌上，拿起叉子说："你刚刚回答她们的时候说的不是我吧？"

他勉为其难将目光从她身上抽离，随即回答："嗯。是我喜欢的女艺人。"

"沈殿霞？"

"你怎么知道？"

她笑着，将蛋糕分成方便入口的大小说："以前吹瞬告诉我的。"

"他跟你说这些干吗？"他显露不快，倒不是为了别的，单纯有种聊天记录被兄弟外泄的被背叛感。

"我很好奇啊，想知道你喜欢什么类型的异性，明星也好啊。就让吹瞬去帮我问。"骆安娣吃着蛋糕，笑盈盈地说，"他一开始骗我说是全智贤，我心里想着肯定没戏了。然后他才说实话。"

原来当初骆吹瞬向他问这个问题就是为了骆安娣，齐孝川后知后觉才明白。

这种很多年前的秘密被挖掘出来的感觉很奇妙，他默不作声思索起来。

她忽地又问他："你为什么喜欢沈殿霞？是因为她唱歌还是演戏？或者是做主持人？"

齐孝川十指相扣，搁在身前拉伸，脸不由自主地埋下去。他没有对其他任何人坦白过这一点，此时此刻下意识隐藏表情："没什么，就有一种自以为是的错觉。我总觉得很亲切。"

"什么意思？"

他没有对她说谎的打算："我不记得小时候亲生父母的事了，一点都不。但是，有时候会隐约感觉我妈妈很胖。"

她不发表任何多余的评论，只是望着他，耐心地回复说："嗯。"

"其他就不知道了。到底现在活着还是死了，"他放松手臂，不紧不慢地说道，"有没有找过我……也不重要了。"

她问他："要吃蛋糕吗？"

齐孝川摇了摇头，顿时又自得起来："刚刚她们都被我骗到了吧，一点也没往你身上想。"

"嗯，"骆安娣的笑像果汁涌过洁白的吸管内侧，露出一点暖洋洋的颜色来，"但她们刚刚都在说，下次要叫你和你女朋友去野餐呢。"

"……"他的嘚瑟顿时垮台，相当不满，"谁要跟她们去野餐啊。"

他们没有一起回去。

骆安娣去了一趟超市，买东西出来的时候下了雨。她返回去借了百货商场的伞，出来没走几步，就有人从身后走来，不容回绝地进到伞下。

苏逸宁接过伞柄，替她撑到了更高的地方，不以为意地发出特别的问候："恭喜你当上店长。"

"谢谢。"面对祝贺，骆安娣还是给出中规中矩的答复，但其余的，她也就不再提起了。

苏逸宁又一次开门见山，透着自暴自弃般的悲壮风格，决然道："我觉得我们也不是完全没有可能。"

骆安娣丝毫没让疲倦外露，这是她的拿手好戏，她轻轻笑着推拒："……苏先生。"

他也懂得搬事实来讲道理："假如你对我真的没感觉，当初为什么对我那么好？"

"我只是想帮你。"

"真的吗？"苏逸宁的爱像滚烫的烟灰，落到薄薄的布料上转眼就能烧出孔，"我不求其他，只希望你认清自己的心意。"

他撂下要求，掉头离去，手里还紧紧握着雨伞。

她眼睁睁望着自己从百货商场借来的雨伞被拿走，自己则停留在屋檐下，外面还是宛如屏障般厚重的雨帘。

工作中途抽空吃已经迟到很久的晚餐，秘书拆开筷子，随口询问："上次那个报价你看了吗？"

齐孝川罕见地吃饭不积极，有些魂不守舍，牛头不对马嘴地说："我讨厌玩'快问快答'的主妇。"

"什么啊？"秘书根本不知所云，甚至想伸手去探他额头，看看他们公司每年为高层人员投的智商保险是不是该启用了。

新一个月的日程安排出来后，齐孝川意识到接下来一段时间，再想去天堂手作店打毛线比较难。他抽空在打烊前又去了一趟店里，即便知道骆安娣已经下班，还是轻车熟路让店员把他做到一半的手工作品取来。

他匆匆忙忙塞进公文包，和其他极具职业气息的装备看起来，毛线帽和编织工具显然格格不入。

加班结束，他打着呵欠乘车回家，提前让司机停下，也方便倒车。

司机笑着用多嘴一句代替道别："齐总最近心情很好啊，比起平时格外善良。"

齐孝川蹙眉，头也不回地走开的同时暗下决心，下次必须让司机停到离家门口密码锁只有五厘米的位置，看谁还敢说他善良。

身体里夹带着薛定谔的疲惫，他回到家，先去洗漱。

按理说，眼下骆安娣已经住过来了，但还是没碰到面。他本来也想着去敲个门或打个招呼，作为房屋的主人，问问缺什么也行啊，但后背实在急需休息，因而还是先一步到了卧室。刚打算慢慢躺下去，门忽然被推开，他吓了一跳，整个人栽进床里。

骆安娣穿着衬衫睡衣，只略微笑一笑，把门关上，就朝他这边走过来。

齐孝川感到慌乱，支撑着连忙下床立正，严谨程度堪比新兵受训。

她坐到他床沿，自顾自地把腿收上去，反而率先盖上了被子，平躺着舒了一口气。

齐孝川问了一个愚不可及的问题："你还打算回去睡吗？"

骆安娣侧过头看向他，扶着被褥说："应该不了吧。"

他也躺上去。说实在话，那一刻的齐孝川并没有想太多，只是觉得床是自己的，灰溜溜逃走很没面子，于是就自顾自睡了，甚至还风轻云淡劳烦骆安娣关灯，毕竟控制的按键在她那一侧。

室内陷入黑暗，他本该等待睡意汇合，但无缘无故，新的疑问却在脑海里萦绕。齐孝川尽可能让自己的语气平缓："你交往过几个人？不想说可以不说。"

"嗯？"骆安娣抿了抿嘴唇，"有几个吧，小孝呢？"

他可是长着一张不幸福的脸的男人，当初对她吐露的回绝也绝非虚言。没有想过自己会与谁一起生活，人生规划的尽头就是孤独老死，最好进焚化炉时能周身放满钞票，凸显自己活着的意义——假如这种行为不违法的话。这样的角色当恋爱绝缘体再正常不过。

齐孝川轻轻咳嗽，答非所问："他们之中有没有人欺负过你？"参考她为人处世的法则，他又多补充一句："只要让你觉得勉强了就算数。"

骆安娣失笑，回复说："放心，没有。我也没有你想的那么逆来顺受。"

她其实心情不算愉快，再怎么情操高尚的人大约也会烦躁与苦闷，因此才会有种种王妃车祸或伯爵醉酒的真实案例。骆安娣闭上眼睛，微笑以近似自保的动机攀上嘴角，她喃喃自语似的说："小孝，你说过，我有什么事都可以请你帮忙，对吧？"

漆黑一团的夜色是齐孝川的默认。

骆安娣发出既属于她，又不那么像她的声音，仿佛被套上铁箍的心噼里啪啦挣脱，重新又跳动起来："我们做好不好？"

他听到了她的话，字句清晰，也没产生任何误解。齐孝川不急于回应，他有着值得信赖的判断力，也时常许下比任何人或任何事都更可靠的承诺。而她千真万确真的需要他。

齐孝川深深地皱眉，不愉快地反问："干什么？你突然间吃错药？大晚上不睡觉了是吗？骆安娣，你要睡过来就老实点——"他怎么可能没听懂，只是想发挥一番挖苦讽刺的特长，却又碍于对象是别人时绝无可能存在的顾虑收声，句末硬生生吞下去的话是"不要得寸进尺"。

要说适应他这杀千刀做派，骆安娣自居第二，就算是齐孝川的秘书也不敢称第一。她一点也没生气，反而咯咯直笑。

他以为事情到这里就结束了，终于准备下床再去一趟浴室，顺便准备留宿其他房间。

她却坐起身，打开灯，轻轻松松地说道："小孝你没交过女朋友不是吗？"

"那也不代表你有什么义务，"他面色极差，凶得好像下一秒要走进的不是走廊而是军火库，"这里又不是手作课教室。"

骆安娣笑了笑，卷发如同海藻般落在肩头。她时常给人以无忧无虑的印象，但那实则只是镶嵌着宝石的金丝斗篷，在世界残酷的日光下熠熠生辉。

齐孝川和那些容易上当的饭桶不同，从一开始就没彻底相信过她天真。他曾经以最狭隘的目光观察她，用最恶毒的揣测逼迫她。

"你的喜欢难道不就是这么一回事吗？"质询时，他内心没有遭受过一丝一毫道德的谴责。

尽管如此，她也没有受伤，甚至从容地给出答复："可能是吧，那你喜欢我吗？"

她是他见过的最难以理喻的女孩与女人。骆安娣看似柔弱，却也只是看似而已。她那疑似白骑士综合征的慕弱癖好也好，对他例外的过度狂热也罢，齐孝川从未对一个人如此敬畏，强烈到一定程度，以至于偶尔还能转化为恐惧。

齐孝川自以为最值得夸耀的美德是冷漠，凭借这一点，他才如愿以偿过上更为理想的简洁生活。骆安娣与拥有这种观点的他大相径庭，她像在浑身涂满了蜂蜜，散步一圈，身上就会沾染数不清的寄生虫。

他本该远离她的。

齐孝川觉得自己中了某种精神病毒。

骆安娣笑着回答："我没有那个意思。只是想做而已。"

他目不转睛地看着她，其实并没有那么确定，只是试探性地问了一句："你喝了酒吗？"

"没有啊。"她笑起来。

"那就是和谁打赌了？"

她还是摇头："也没有。"

他终于还是问："你心情不好？"

骆安娣的目光牢牢跟着他，游刃有余地袒露笑容。

齐孝川面无表情地转过身，一步又一步地走近。他坐到床沿，望着她，极度近似厌恶地说："你还真是可恶啊。"

别人利用她的温柔，她利用他的温柔。不可否认，人与人之间，有时就是利用与被利用的关系。

她对他的吻早有准备，因而只略微仰起脸来迎接。双手如鱼得水般地向他背后延伸，却在勾住的一瞬间被抓住了。齐孝川攥住她的手腕，居高临下地睥睨她。骆安娣自然得令人心生怨怼。

关于这档子事，要想评判出最佳对象很难，但善于侍奉到虔诚的地步的终归不会是输家。

到最后反倒是骆安娣难为情，负责情欲的感官已经鼓鼓囊囊，饱胀到难为情的地步，但他仍只关心她是否满意。

骆安娣想说够了，终究又顾及自己最容易泛滥的同情心，总不可能自己畅快了就把对方一脚踢开。但她也没想到，那一刻的允准就是追悔莫及的前奏，齐孝川这才拿起刀叉开餐，之后就是过火的折磨。

她去淋浴的时候不肯让他帮忙，坚持要自己进去。他也没厚脸皮到那地步，于是先去更换床单，随即拿着毛巾站在门口等待。

"你为什么心情不好？"齐孝川破天荒地主动发起话题，也不知道是不是破禁享乐过后的反噬作祟，虽说语气里听不出什么自惭形秽的迹象。不过倒也无可非议，要是真有那么感动，还不如现在上山烧炷高香。

骆安娣正慢吞吞支撑着浴室门冲洗，一时间没能听清那模糊的体贴："什么？"

他靠在墙边，尽量压低声音舒了一口气："真的有人欺负你了吧？"

她已经敞开门，丝毫不以为意，径自接过毛巾，擦拭之后穿上更换的衣服。他背过身，清了清嗓子才汇报去倒杯水，再回到房间时，她已经躺下了。

骆安娣躺在松软的被褥之中，惬意地眯着眼睛。假如可以的话，齐孝川真想把她身边的环境全部改造成那样，只要能让她永远像这样开心，他什么都愿意做。

意识到自己内心产生这种肉麻的想法时，他有过转瞬即逝的自怨自艾。不记得是第几百次问这个问题，齐孝川说："咳，有人欺负你吗？"

她躺着，没头没尾地翕动嘴唇。骆安娣像在说梦话："嗯。"

比起"果然"更先占据头脑的想法是要打开搜索引擎关闭痕迹查找一下"如何让一个人消失"，齐孝川伸出手，在她闭着眼的情况下想抚摸她的脸颊。但就连那样简单的动作也停止了。骆安娣说："你啊。"

她说："你就一直都在欺负我。"

他冷静过了头，像是对判决早有预料的重刑犯，就这么稀松平常地问："那你要怎么才能原谅我？"

"没关系。"骆安娣吐出了很有她风格的答复，再度睁开眼睛，懒洋洋地朝他微笑，"我会告诉你，是因为我只能追究你。其他人我根本不在乎。所以说到底，我也在欺负你。"

"我知道。"齐孝川实话实说。

他只是不介意。

他们并不顾及她的感受，受到帮助的人里，几乎所有人起初都会惊讶，但久而久之绝大多数都会习惯。这就是人，自尊自爱，适应力极强。她对待别人善良，唯独对他是伪善。她的本性或许并不像信徒们所希望的那样光芒万丈，相反小心眼、爱嫉妒、刁钻，和所有最普通的人一样，也会想尽办法、不择手段地获取爱和确认自己被偏爱。

他为自己即将深入了解的真面目惴惴不安，却又无法阻止和挽回。

骆安娣的体力并不如他，此时此刻已经累了，末了询问："那为了扯平，你有什么希望做的事吗？可以的话，我也会帮你。"

齐孝川思索了片刻，随即回答："再做一次？"

早晨，骆安娣打电话跟老板请假，作为全勤达人实在反常。更叫人备感怪异的还是另一边，齐孝川分明出差去了机场，还临时叫了鱼翅捞饭的外卖送到天堂手作店，附言是感谢一直以来的授课，然而明明主要负责他的骆安娣根本不在，简直是莫须有的致辞，颇具欲盖弥彰之感。

虽说齐孝川的行为着实畏畏缩缩、意味不明，但事实上，他的补偿充分具备远见。骆安娣临时缺席这一天，店里的确纰漏比往常多许多。

他之所以不表明态度也是出于无奈，总不可能爽朗露面，大大方方谢罪说"我把你们新任店长弄得下不来床，不穿秋衣秋裤出不了门"。不过话说回来，因为是他，估计还得多补充一句"是她先邀请我"，不为推卸责任，纯粹就是讨人不爽，专在不该严谨的地方严谨。

不论是吃饭、看展览还是最简单的会面，骆安娣连续拒绝了曲国重许多次。

不得不说，落难凡尘的仙女也具备神威，很难想象骆安娣被冒犯时会有的反应。不知道是不是顾虑这一点，曲国重也没采取什么非常规手段。他到底对她和她的家人是什么想法暂且存疑，当然，最有可能的还是不想拉低印象分。

齐孝川在入住酒店的私人酒吧落座。那里是整栋建筑光线最好的位置，他只喝柠檬汁，坐在窗户边，先用手机调出教程，随即从包里翻出毛线和纺织工具开始编织。

绕圈，上针，下针，织空心针很灵巧。

他一味地专注其中，分明知道对面坐下了人，也没有多在意。直到曲国重开口，齐孝川才发觉是他。

"齐总的爱好很特别。"那一天被搅黄了局面，按理说，曲国重对他不会有多少好印象。

齐孝川花了好大力气才摆平当日残局，又费时间又费钱，要不是为了骆安娣，绝不可能那么麻烦。他没回话。

"嗯……"曲国重摸索着下巴感叹，"我也一直在考虑要不要去天堂手作店办理会员呢。"

齐孝川终于开口，并不是欢迎同好加入手作爱好者联盟的态度，尽管他也不觉得自己有多痴迷："你有什么事吗？"

曲国重打量了齐孝川一阵，良久才加深笑意，仿佛得出了并不适合与他继续绕弯子的结论，终于直奔主题道："我想和骆小姐见一面，好好聊一聊。但她似乎并不情愿。不知道齐总可否帮忙疏通和劝说一下呢？往后，我曲国重一定会在生意上多加照拂。"

身处有钱能使鬼推磨的贸易市场中，这的确是个诱人的条件。出于工作上还有往来以及尊老爱幼传统的缘故，齐孝川仁至义尽地没直接说"做梦吧你"，而是文质彬彬、很有素质地回答了："你可以现在飞回印度，新德里和华盛顿的时差有九个半钟头，飞回去的航班上睡一觉，落地了还能再睡一觉。"

曲国重显然没想到这年轻人嘴上如此不留情，神色一沉，没当场大发雷霆，只扬手示意不远处的助理。

玻璃茶几上多了一张照片。

齐孝川腹诽他该不会示好无果就扔出一张香艳的私密照片出来吧，那也未免太暴躁。然而，令人大跌眼镜的是，那却是一张与威胁八竿子打不着的留影。

上面是一名男性幼童，正坐在儿童车里，看向未知的方向。

什么东西？骆安娣的私生子？

年代并不契合啊。

齐孝川漫不经心，就要狐疑地冲对方怒目而视。然而，刹那间，他像是顿悟了什么。

男童的长相越看越眼熟，竟然与他根本不愿联想的某张脸相像。那副面孔，每天剃须面向镜子时他都会见到。

他生性多疑，脱口而出的第一句也很慎重："这是谁？"

曲国重只叹了一口气，反问他道："听闻齐总幼年被拐，辗转各处，身世凄苦。我当时还说怎会有如此命苦的人。不料今日倒印证了是真的。齐总，你真的连自己也不认识？"

"这是……合成的？"齐孝川翻转照片，故意摆出不耐烦的脸色，"你找谁伪造的照片？"

他被拐后多年四处漂泊，记忆模糊不清，找不到故乡和家人，因此连幼儿时期也一并失去。

"当然不是，你可以拿回去请专家辨别。他们也会告诉你同样的话，这是真实拍摄的，齐孝川，你的照片。"曲国重满面肃然，却已不经意占据了主动权，"或者，还是叫你的本名比较好呢？"

他是连自己姓甚名谁都不知道的人。出生时父母给的名字早已从印象中抹去，齐孝川真正感到被挑衅是从这一刻才开始。

他不动声色地按捺怒气，熟稔地伪装镇定："我不吃这套。亲生父母，我也已经请专业人士掘地三尺找过，他们都失败了。曲老先生随便从影视基地聘请几名职业演员就想戏弄我，会不会太失礼？"

然而，恰恰相反，曲国重的语气更稳操胜券："我只能告诉你，你做不到的事，我能。至少，这张照片就是凭证。"

"……"

"你难道不想见见你父母吗？"沧桑的声音在循循善诱，"只要你劝骆安娣与我把话说开，这一切就能实现。"

第十四章

久远到落满尘埃的记忆里，他们的驻扎地是一间废弃工地的仓库，事头端着搪瓷碗稀里呼噜吸绿豆糖水，又直接用手捏着炸两送进嘴里，一边大嚼特嚼，一边对着门外遭暴晒的空地高声说话。

"你就挣那么点钱，说得过去吗？新来那几个叫你一声'哥哥仔'，你就想帮他们来讹我。细路就是细路。"行话夹杂着方言，那精于从灰色地带榨取财富的男人杀鸡儆猴，厉声喝道，"蛤蟆，你食面，可不能食完碗里的就把碗底翻过来。"

男孩孤身站在太阳光如瀑布般倾泻而下的屋檐外。不是首次受罚，更多是看别人领教这招的厉害，头上一般要顶张扑克牌，不许低头，只一个劲挨晒。饥肠辘辘，汗如雨下，前一天晚上挨过打，眼下已头昏眼花。

"蛤蟆，我与你说话，你连应都不应？！"非要说愤怒，其实也不过那样，更重要的是做给后头几个新来的小孩看，让他们知道要靠自己"牵鱼"，往后也更好操控。事头将吃完的碗直接扔了过来。

即便如此，被殴打的"蛤蟆"也纹丝不动。

不久之后，他当时为之伸出援手的小孩就死了。是过年时的事，自己跑出去冻死了。没有人会对此发出抱怨以外的感慨。

与往年一样，事头和事头婆带他回老家吃年夜饭。事头他妈的饺子包得很好，偶尔甚至会给他几毛钱的红包，也不知道老人家知不知道儿子在城里靠什么赚钱。

外面鞭炮响的时候，事头婆曾望着他说过："一眨眼，蛤蟆也这么大了。要是我们仔仔还活着……"

眼看妻子揩起眼泪，事头就笑："晦气，蛤蟆不也跟我们生的一样。"

乍一看，也其乐融融。

但在那之后，他在审讯室外指认了组织他们乞讨的两夫妇，事无巨细将清楚的内情全盘托出。

进入福利院后，除却院长和叔叔阿姨，他就不再与其他人来往。

托他那战略性装病的福，身边都是些病了的孤儿。假如是这个年龄的正常孩子，大概早就受不了了，但他并非如此。再者，他很快就被安排了读书的学校，从此后往来学校和福利院之间，倒也没什么麻烦。

事实上，当时对他动过领养念头的大人比预计的要多。

起初，的确需要克服多年的营养不良，但恢复些许后，拜一点印象都没有的亲生父母所赐，他的确还算有张见得人的脸，最重要的是性子安静。那一年，所在地区有社会福利单位工作的抽查，经过筛选，他被送到了市区的福利院。而大喊大叫、拿东西砸自己、有危险性的孩子则移籍到了别处。

最初有过一对外国夫妻想领养他，他依稀记得他们来自加利福尼亚州的某个城市，但不巧，当时突发传染性病毒流行，结果不了了之。

后来则是一对记者。他去他们家住了一段时间，但那对父母似乎因为他遇到什么都只考虑实用性、感情比较迟钝而感到受伤，因此也作罢。

然后，一对以司机和帮佣为职业的夫妇出现了。

乘务员轻柔的呼唤声也未起到作用，后座的秘书听见声响，看不下去，索性上前，先以带有歉意的微笑请走对方，随即轻轻摇晃他的手臂："老板，老板。"

齐孝川是骤然醒来的，疲倦烙印在颅骨内侧隐隐作痛。他抬手，抵住额头询问："到了？"

面对上司难得一见的糊涂状态，秘书只轻轻发笑，随即提醒："还有几个钟头。你刚刚睡得不太安稳，乘务员来问你身体有没有什么不舒服。"

他摇头，否认，理智已经回到脑海，马上就问起工作的事。

齐孝川只是梦到过去。

离开机场，先回公司，继续凭借飞机上那几个钟头被梦搅乱的睡眠加班。

秘书曾经无比认真地询问他："我们究竟为什么要这么拼死工作？"而他也严肃地给出答案："因为我们还没有死。"

看在秘书尚且还有家室——虽然是女朋友，他提前让他回去了，自己接着又忙碌了好一阵，之后直接在休息室睡觉。早晨洗漱过后到楼上健身房跑了一会儿步，然后看了眼时间，随即抽空去天堂手作店。

他是去还织针的。毛线帽已经完工，织好它那天是在车里，他神志恍惚了好一会儿，内心充斥着"这么简单？这么简单？就这么简单？"的疑问，忍不住觉得自己根本无须办理会员，自己在家自学，再拿数码相机拍摄、剪辑一下发布，就能成为才艺博主去抢全球手作店的员工的生意，贩卖线上课程，争做互联网推广手工活的第一人。

如此一来，顺着这个思路想，那些辛辛苦苦赚钱，再一鼓作气花钱去治愈辛苦的人也不至于那么不可理喻，至少能为他创造财富。

他走进店门，骆安娣不在，齐孝川也不是非得见她，匆匆忙忙归还了工具就要离开。

背后响起一道奇特的呼唤声："齐哥！"

已经很多年没有人这样称呼他，齐孝川回过头，略微狐疑地眯起眼。自从有过和肯尼迪与秦始皇一致的经验后，他对陌生人的防线比从前拉得更高。

不过，朱佩洁马上就改口，换成时下更正常的叫法："齐老板。"

"哦，朱佩洁。"齐孝川记得她的名字，当初女装店里每一个人的名字、家乡、担保人是谁他都记得一清二楚，记忆力太好并不会给他造成困扰，"你好。"

朱佩洁问："你……你也是这家店的会员？"

他还没来得及回答，柜台后的店员已经微笑着插嘴："齐先生可是我们这里的常客，技术也很精湛，他作品的照片经常留在纪念墙最中间呢。就连安娣姐都说他了不起。"

就算公司被经济期刊点名赞扬、CEO专门采访，齐孝川也没像这一刻一样，露出如此自满的笑。

无声地炫耀过后，他也不说告辞的话，略微颔首就走。新来的实习店员已经守候在门边，体贴入微地为他拉开门，毕恭毕敬地道了声感谢。朱佩洁却追了出来。

她本来是不想说的，但又想起某日某个女人对她笑着说"真好啊"时的模样，美丽到了一定地步，居然会显得有些伤感。

朱佩洁的喘息逐渐归于平静，她问："齐老板，要不要去喝杯茶？"

齐孝川望着她，手臂上搁着外套，他微微皱眉，倒不是为了别的，纯粹日光有些刺眼："还有事，就不了。"

她抿了抿嘴唇，一字一顿用力地问道："那什么时候有空，我可以请你喝茶吗？"

那个微表情令他想起骆安娣，齐孝川的神色不自觉缓和。他说："不用了，谢谢。"

"嗯，嗯。"朱佩洁用力点了点头。再抬头，她依然笑着说："那你好走。"

"好。"他说。

齐孝川要转身，这是朱佩洁最后一次叫住他。她突如其来地问他："齐老板，你认识骆安娣骆小姐吗？也就是现在那家店的店长。"

齐孝川没有回答，但端正地转过身，目光静默无声地探究起对方。

"认识的吧？其实我知道，是店里的小若告诉我的。"女人的直觉何等敏锐，放置在情感的领域的雷达尤甚，但有时候，这正是伤心的来源。朱佩洁说，"我和她是在'天堂'遇到的。之前骆小姐找我设计名片，所以我们私下见了一面。当时骆小姐和我闲聊，有说过她和别人出去玩，但是，对方是个很难猜的人。"

"……"

她吞咽了一口唾沫，接着说下去："我很惊讶，真的很惊讶。因为按理说，骆小姐总是在观察别人，照顾别人，怎么会有她看不透的人。但后来，我想来想去，又觉得也不是不可能。喜欢谁的时候，太想自己的感情得到回报了，但又不确定，和关心则乱一个道理。所以会觉得不明白。"

突如其来说了煽情的话，她自己也羞涩窘迫起来。朱佩洁的头压得越来越低，难以自控地开始转移话题："反正，我的意思就是……那个什么，前几个礼拜我还在商场超市外面遇到骆小姐和一个男的，那个男的抢了她的伞就走，很不讲道理，真没素质……"

齐孝川望着她，也不知道究竟有没有听进去。只是半晌后，他就笑了起来。那是朱佩洁第一次见到他那种笑容。

"你这人有点怪，"他说，"不过挺好的。"

她看着他的背影远去。与多年前相比，齐孝川并没有那么多变化，至少在她眼中如此。朱佩洁长久地站在原地，像是回味这有生之年仅此一次的恋爱。心动是自讨苦吃，尽管无法遏止。已经不会再做伤害自己的蠢事，也不会再任由重要的人伤害自己，看向前方，步入明天。单恋就连结束也是孑然一身，她接纳这场长达数年的浩大失恋。

齐孝川回到家，骆安娣不在，他发了个消息过去，还没坐下就收到回复。她在他父母家。

恰如世界名著《俄狄浦斯》，世界上百分之八十的父亲都是儿子的敌人。这个数据得不到证实，但至少对齐孝川而言，年少时，他的确偶尔会有跟他爸打一架的冲动。他们的争执模式像《头文字 D》里的车神父子——拓海他爸拿着东西毫不客气胖揍拓海一顿，拓海满脸跩相，一副要干出点什么大名堂来的架势，酝酿好久，却只把桌上老爸的照片扔到地上，简直就是老虎的样子、凯蒂猫的叫声。

齐孝川命令司机飘移回去，司机严格遵守交通法则，把他送回爸爸妈妈的家。

他进门，先在菜畦看到爸爸的身影，随即径自上了楼。

露台的窗户没有关，洁白的轻纱向内拥，他走过去，看到她正抓着遮阳帽的帽檐，以确保它不被风卷走。

骆安娣转过身，卷发簇拥着精致的脸颊。他忍不住走上前，替她掠开那些凌乱的屏障，她倒是不介怀，抬起头嘴角上扬。她的吐息永远温热得恰到好处，与填满善意的笑眼一并，从不透露一星半点的心绪起伏。

他用侧脸靠近她耳廓，没有实质的触碰，仅仅若即若离地交错。

齐孝川从未对骆安娣有过任何想象，但她每时每刻都在给人留下既定的印象，可能是温顺的、可爱的、知书达理的、落落大方的。只是可能，所以她的违背也不涉及原则。骆安娣似乎想贴过来，他却躲开了。

"我有话要对你说。"齐孝川说。

退休前所从事的职业使然，齐孝川的妈妈尤其擅长烹饪，与此同时很反感家里请帮佣。虽说在她经历的雇主之中，确实是有骆夫人那样善解人意、体谅他人的人，但大多数还是颐指气使的类型。总而言之，不论儿子给了多少钱，她都坚持不请任何帮佣。

得知这一点时，他们正坐在餐桌边享用晚餐。

骆安娣惊喜地回过头，对着齐孝川笑道："齐阿姨和你一样呢，你不是也不喜欢请人嘛。这就是母子吧。"

"我只是不喜欢在家里碰到不熟的人。"齐孝川专心低头吃饭。

他们的对话很简短，却恰到好处吸引了另外两位长辈的注意力。

齐孝川的爸爸在喝汤，此时此刻握着勺子，喂了自己一口空气，齐孝川的妈妈则直接把筷子给弄掉了。

齐孝川和骆安娣不明所以，一个挑眉用看精神病的眼神看过去，另一个也懵懵懂懂望着他们。

是齐叔叔先提问的："呃，那个什么……安娣啊，你也知道孝川家里什么样啊。"

"嗯，知道啊。" 骆安娣笑着回答。

骆安娣还没搞懂，齐孝川倒是明白了，他也不着急，百无聊赖地用餐巾擦拭过，随即将背往后靠，等待他们开诚布公明确提问。他这人向来在接招上很沉得住气。

果不其然，齐爸爸就按捺不住了，主要还是齐妈妈的眼神接二连三飞来得太着急，他在妻子的催促下艰难地开口："齐孝川，你让安娣去你家了？"

假如要挑难听的说，那齐孝川想都不用想就能如滔滔江水滚出一大堆，然而为了骆安娣着想，他还是得组织一下措辞。

但骆安娣本人就没有这么多顾虑了，语气轻快，神色明朗，干脆利落地说："是呀，其实最近我就住在小孝家里。"

齐孝川的妈妈闭上了眼睛，估计在竭力不让自己发生上一次和小姐见面时出现的状况。

齐孝川的爸爸瞪大了眼睛，随即起身，一巴掌朝齐孝川挥了过去。这一动作停在半途，因为骆安娣还有后半句。

她笑眯眯地说："最近我们在拍拖呢。"

齐爸爸顿了顿，手还是继续挥了下去，重重砸在齐孝川背上，疾呼道："好啊！齐孝川！你真是有出息了啊！"

餐桌上的盘子震荡发出响声，齐孝川强忍被打出内伤的疼痛："还说不上有出息吧——"

"孝川啊。"就连齐妈妈都揩起了眼角，欲哭无泪地摇起头。

骆安娣也始料未及，完全没想到会是这样的局面，不过，她还是立即挽住齐妈妈，边抽纸巾边轻声劝慰起来。齐孝川反而镇定如常，起身端起自己的餐盘，径自离开餐厅，只期望能尽快摆脱这修罗场般危险的境地。

他配不上骆安娣，这件事他早就知道，不需要任何人提醒。齐孝川还没纯情到为这点质疑就动摇自己的抉择，别人怎么想，他毫无兴趣，也不会因此改变主意。

正把餐盘放进洗碗机，厨房的门响了一下，是妈妈走进来了。她收拾过餐桌，现下转移阵地到里面，站在他身旁，重复与他同样的工作。

齐孝川没急着走出去，只是微微抬着双臂留在原地。好一会儿，他确定没有自己能帮忙的步骤，因此转过身。妈妈却发出声音。

"孝川，"她低着头，望着水槽里逐渐洗净的双手道，"说心底话，妈妈不希望你和安娣在一起。"

这并不令人意外。

从以前开始，妈妈就很疼爱骆安娣，既恨不得她是自己女儿，又十分庆幸她不是自己女儿。前者的希望自然好理解，喜欢的东西，自然巴不得是自己家的。后者也不难懂，比起她这样的工薪阶层，自然还是生在骆家物质条件会更好。

齐孝川觉得自己总不可能道歉，因此只好模棱两可地说了："嗯。"

但接下去的话却与他所猜测的截然不同。

"你是我看着长大的，我知道你这孩子很倔强，很独立，从不依靠别人，什么都喜欢自己解决。就算大家都仰仗你，你也只会嘴上嫌弃，实际什么都包揽下来。孝川，你就是这样的孩子。"妈妈低着头，操劳过多年的脊背突然显得那样瘦小，曾经在别人面前哭诉的那个女人是她，眼下铿锵顿挫说教儿子的也是她，"我们给你起这个名字，并不是要你孝顺。而是要你记得一路上帮过你的大人。我们也是能帮你的。你爸和我只是希望你知道。"

刚来这里时，男孩沉默寡言，不会哭闹，也鲜有笑容。从不与人走得太亲近，却很快接受了称呼他们"爸爸"和"妈妈"的要求。

但正因为如此轻易，所以事实才浅显——他不会把他们当成爸爸妈妈。

"妈妈希望你找的，是家庭更圆满一点，能照顾你，她喜欢你多过你喜欢她的女孩子。"汗水流进了眼睛，酸涩得有些疼，她说，"你太喜欢安娣了，喜欢多的人会吃亏——"

齐孝川尴尬又怪异的神情终于引起注意，齐妈妈疑惑地瞥向他，他只好作答："……我以为妈你很喜欢骆安娣。"

"喜欢啊，当然喜欢了……"她有过迟疑，很快又陷入沉默。母亲嗫嚅着，艰难而悲哀地承认了自己人性中不那么完美的一面，她说，"可是，你才是我的儿子啊。"

他不知所措。

哪怕是被威胁要砍断手脚的时候，或者连续一个月只喝没多少食材的菜粥时，齐孝川都没有像现在这样惘然过。与他并没有血缘关系的人低着头，原本仅仅是沉默，却在抿起嘴唇和咬牙后俯下脸去。

妈妈泣不成声。

他走上前，肢体自己动了起来。齐孝川不明白为什么，冥冥之中就是这么做了。他僵硬地抱住她，怀里所恶恶发抖的，是妈妈的思念、恐惧与不安。

吃过晚餐，齐孝川驾车载骆安娣回去。

一路上，拜刚刚那场小插曲所赐，骆安娣没有像往常一般乐于打破寂静。反倒是齐孝川忍耐不住，随意打开了车载电台。

古典乐如潮水浩浩荡荡地涌出，她终于愉快起来，轻轻打着拍子，小声地哼歌。

看到她高兴，他才也放松下来。

"他们……没有恶意，只是怕我影响你。"齐孝川说。

"嗯，是吗？"骆安娣靠在车窗边，百无聊赖地叹了一口气，"其实是担心我拖累你吧。"

"……"

她闭上眼睛，像自言自语："真正爱自己孩子的父母，是不会希望孩子的伴侣像我这样的。经历足够可怜，会让人不想扯上关系。"

齐孝川不愿意对骆安娣撒谎，但也没有默不作声："我乐意。"

这是他自己做出的选择，就算要付出代价，也甘之如饴。他之前也没料到自己竟然愚蠢至此。但她柔弱的外表下破坏力惊人，所谓原则，他早已亲自双手奉上，任由她像撕毁扇子与丝帛般消灭得一干二净。

人生数十年，他不否认事业有意义，但如今才觉得不一样，过着过去自己绝对想象不到的生活。

这不是打道回府的道路，骆安娣也是许久后才觉察，转头望着他的侧脸想发问，齐孝川却郑重其事地直视前方。

这场归途比预想的更费时，回到的目的地也比原本更遥远。站在庄园外时，骆安娣缓缓下了车，脚踩在松软厚重的落叶上，望着熟悉到时不时在梦中见到的屋顶，她久久难以萌生实感，因此侧过头，试探性地看向这一梦境的始作俑者。

齐孝川迟迟等不到她主动向前走，于是甩了甩手臂，主动推门向前。庭院极其宽广，以前惯例是驾车前行。但他还没物色好清理人员，索性徒步观光。

旧地重游，一切都恍如隔世。

植被杂乱无章，池塘干涸，经过那片荒芜到一点残荷不见的泥泞时，他不由得停下了脚步。

屋顶逐渐从遮蔽中现身，骆安娣失魂落魄地走近了那栋宅邸。

想说的话很多，却又堵塞了咽喉，眼眶里干涩得挤不出水滴，已经很久不曾回忆这里。她回过头，朝齐孝川笑了一下。

"我回家了，"她的声音微不可察地轻颤，笑意像圆滚滚的血珠破碎，终于汇作淅淅沥沥的细雨，悄然淌下来。骆安娣垂下头，宛如十二点后的辛德瑞拉，抖动裙摆，只有灰尘簌簌跌落。骆安娣用玩笑的口吻说，"可是，我怎么变成这个样子了呢？"

她只是随口一说，却像刀子来回在他骨骼上削过般疼痛。

骆吹瞬，真是太丢脸了。死了以后也没脸见他了。齐孝川暗暗想着，与此同时觉得自己面目可憎。

他以为她过得很好，他以为她会得到很多爱。严格来说，她也的确办到了，他只是难以控制地自责。

"骆家破产，这里拿去拍卖以后被买下了。本来好像要开发成度假村，但工商局那边没批准，也就耽搁了……我买下了这里，你可以随意处置。闲置可以，推平或者重新卖了也可以。"齐孝川说，"只要你想。"

罕见地，骆安娣居然丝毫没发现他的难堪与挣扎，笑着问："突然对我这么好，不会是有什么事要求我吧？就是之前要和我说的那件吗？"

他也不再掩饰，单刀直入："是关于曲国重的事。"

提到这个名字，骆安娣的笑容也未曾消失，她回答："你说。"

"我想求你原谅我。"齐孝川有些语塞，勉为其难描述那天他的所作所为，"他想通过我联系你，我有点激动，和他闹掰了。假如他一气之下直接回印度了，再也不来中国了……呃，对不起。"

骆安娣用力眨了眨眼睛，没想到他如此郑重，居然就为了这个："没关系啦，没关系的。"

"……"

"真的，"她加深了笑意，"我根本就不想要他的财产。"

顺利得惊人，他反而有些不确定："真的？"

"嗯，"骆安娣示意身后十余年前骆家的住处，自然而然地说道，"而且，你现在都送庄园给我了。我的男朋友这么厉害，我要那么多钱做什么呢？"

尽管不愿意承认，但齐孝川还是为她对他的称呼短暂愉悦了一下，他突然说："随便什么时候，在哪儿都行。"

"什么？"

"一次就好，说你需要我，"他皱眉望向她，仿佛马上就要将头颅低下去，"我就会来帮你。"

童年时，有那么一次午后，草籽漫天飞舞的天际下，骆吹瞬轻轻摆动着膝盖，手掌撑到身后，懒散而随意地仰起头。

他闭着眼，好像打瞌睡似的说："就非得是齐孝川不可吗？"

骆安娣正摆弄刚摘的紫云英，回过头时露出淡淡的微笑，她反问："你不喜欢他吗？"

他摇了摇头，把腿上那本加来道雄的《平行宇宙》拿下去，顺势挽住她肩膀。四肢纤细、同样略微自来卷和双眼皮的双胞胎倚靠在一起，他说："不是。只是很难想象，你为什么喜欢他——"

急切地寻求被需要，这样也算喜欢吗？

回去的路上，骆安娣仍然坐在副驾驶座上。

手提包里多出一大串沉甸甸的钥匙，但比起这个，重新拿回家的感觉更令人感到沉重。她暂时还没想好要拿那里怎么办，因为那里不仅仅是曾经生活过的住宅，也是弟弟死去的地方。

骆安娣是突然开口的，她说："你这算变成了自己最讨厌的样子吗？"

"什么？"齐孝川抽空看向后视镜。

"以前你觉得，我把喜欢和同情你、想帮你的心情弄混了吧。你一直坚持我那不是真的喜欢，只是觉得你可怜而已。"骆安娣仿佛在挖苦人一般，兴致勃勃地打量起他的表情，刻意放慢语速说下去，"但你现在也很想帮我，不是吗？"

能言善辩到能在种种严肃场合与和自己利益对立的各路人士争论的齐孝川难得沉默。末了，他根本不去辩驳她，承认得有些逆来顺受："是。"

"'是'？"她笑嘻嘻的，那种若无其事使坏的姿态令人想起读书时，她对着老师大大方方承认喜欢他的场合。唯一的区别是，当时的他心急如焚、气得翻白眼，而如今却连抵抗的斗志都抛弃了。

齐孝川目视前方，认怂的一瞬间竟然有些如释重负："是，对不起。以前是我错了。"

骆安娣仿佛没有想到似的，自己真让他乖乖低头了，实在收获巨大，令人大跌眼镜。

她笑眯眯的，止不住地故意逗他，伸手拽住他衣袖，两眼弯弯地说："怎么会这么好说话呢？小孝？怎么会态度这么好？我不会是在做梦吧？"

闻声，他才变回往常那副恶劣的态度，用力躲开，顺便不耐烦地回复："别弄，开车呢。"

骆安娣独自下了车，齐孝川倾斜着身子，以说不出什么情绪的脸色道"我回公司加班"。她也点点头，一直目送车离开才转身。

往回走的时候，笑容一点一点褪色，她掏出手机，不费吹灰之力就在未接来电中找到那个号码。拨出去的时候，心情谈不上好或坏。她用侧脸与肩膀夹住手机，伸手去翻找包里的门禁卡。

与此同时，电话已经接通，她波澜不惊地开口，对着听筒另一端的人说："喂，我是骆安娣。之前您说过，我可以联系您——嗯，嗯，我不是为了那个，只是有事情想请教您，曲老先生。"

升职为店长后，最直观的感受终究是工作任务的加重，店里的 KPI 终于切实落在了自己身上，完成自己的任务之余还要关心其他职员。

为了切实能尽到店长的责任，骆安娣分出了百分之四十的时间到店员身上，然而，她的业绩不降反升，但身为受益者的当事人并没有多么欢欣雀跃。

那是与以往没什么不同的一天。

骆安娣正招待着客人，忽然接到前台的对讲机联络，说是有想请她担任讲师的顾客在办理会员。以往不是没有这种情况，毕竟但凡上过她课程的，基本就不会再选择其他店员。这种情况下，大家口口相传，把她的名字和工号介绍给朋友也很常见。因此，她没有想太多，轻车熟路地过去自我介绍，随即请那四名女士到指定位置落座。去取花果茶时，甚至听到同事在窃窃私语"这得多少提成"。

骆安娣不为所动，风轻云淡地回到岗位。送上宣传册，翻到推荐的目录页面，隐隐约约总觉得自己正受到关注，她微笑着看回去，对方其中一人忽然说："我们是苏逸宁先生介绍来的。"

骆安娣停滞住了，倒也不能说感到嫌恶，只是实在是不知道该做何反应才好。

"是吗？这样啊……"脸上带着半凝固状的笑容，她还是没让当时冷场。

等到那一天的工作结束，在店长专用独立休息室换衣服时，她特意用手机编辑了感谢的信息，以及假如能帮到他的话，自己也很高兴的客套话，统统发给了苏逸宁。

原本以为只是普通地推荐客人，但很快，骆安娣就意识到自己大错特错。因为隔日，同样的流程又发生了一遍，这一次是三名年轻女性来办理会员，购买了骆安娣的课程，然后在骆安娣说"多谢光临"时猝不及防来了和前一批新会员大意相差无几的台词："谢谢苏逸宁先生就好了。"

这一次，骆安娣仍然有片刻的怔忪，但比上次应付起来更为轻巧，如顺水推舟般轻笑："好的。期待下次光临。"

送走她们，她回去柜台后，继续在系统内勾选时间，操劳工作。然而才忙了一阵，就忍不住闭上眼睛，总觉得有些眩晕。

这当然不是结束。

之后整整一个礼拜，骆安娣每天都能接到新的会员。她没等到名额爆满，就主动早早提出了不再接受预约。即便第二天她就发过表达敬谢不敏的信息出去，苏逸宁却好像置若罔闻。

这也就罢了，课程中途还有其他插曲。

扎羊毛毡到中途，其中一名经介绍过来的女顾客便发起话题，兴高采烈地询问："听说骆小姐和苏先生的初次相遇很浪漫，具体情况是怎样的呢？"

骆安娣原本正在讲解戳刺规则形状的方法，突然被打断，想说下去，却显而易见没人在听。她只能挤出笑容，尽可能委婉地把话题带回去："私人话题等会儿再聊吧，我们先把这里做完好吗？"

"好吧，好吧。"女顾客倒也没坚持，只是略感扫兴地往嘴里塞点心。

骆安娣留意到另一位客人的作品，舒缓地出言指导："像我刚刚那样打个结，速度会更快的——"

然而对方却只笑吟吟地问她："骆小姐，你现在有男朋友吗？"

骆安娣保持微笑，借工作的由头起身。绕过珠帘时揉着太阳穴，她只觉得自己仿佛被逼进迷宫，眼下不仅没找到出口，身后还四处是追兵，着实令人头疼。

她喝了一口水回座位，意外发现桌边出现了另一个人。

朱佩洁也是来上课的，早到了一刻钟，因此暂且还在等待。她坐在旁桌，本来也只想旁听一下自己将来要做的内容，未料却撞上越看越让人火大的一幕。她不想与人正面起冲突，但正义感又实在难以按捺，终于还是趁骆安娣离开的空当上前。

"你们那样会让讲师困扰的。"她努力摆出严肃的脸色。

对方面面相觑，各自交换眼神，倒是没和她发生争执，多一事不如少一事地别过头不回话。

骆安娣在架子后听了一阵才进去，笑着与两边都颔首问候，随即去给课程收尾。等到结束，她才去找朱佩洁。通过之前名片的交流，两人的关系已经不仅仅是店里认识的那样简单，颇像朋友地握着手，热火朝天说了好一会儿话。

"我去取一下工具。"骆安娣说着，出去时撞到同事，不免还吓了一跳，"小若，你在这里干什么？"

同事笑一笑，把请假条交给她："我这周五想去看牙医，麻烦安娣姐批一下。"

骆安娣筋疲力竭地下班，进门后手指头都动不了，倒在客厅的地毯上就要睡。

不知道休息了多久，耳畔似乎传来过脚步声与男人"怎么躺在这儿"的埋怨。但实在太累，她根本无暇顾及，转瞬又落入新的梦乡。

醒来是因为食物的香味。

骆安娣睁开眼睛，没有着急起身。齐孝川刚洗过澡，甚至没来得及穿上衣，盖着毛巾在拆筷子，搅拌了两下面条，瞥见她醒来，于是侧身去拿纸袋里的菠萝油。

她瞥到他腰间留疤的伤痕，匕首留下的印迹尚且清晰可见，在紧实的腹部线条间尤其显眼。

齐孝川似乎料到她不想动弹，索性拆开包装送到她嘴边。骆安娣试图去咬，但不是那么好用力，反而被蹭了一脸黄油，笑嘻嘻地抽出手来，握住才开始吃。

她咀嚼着，将另一半递给他，他直接拿过来继续吃。

骆安娣还想多看两眼，齐孝川却忽然起身，套上卫衣才回来。

他坐下继续吃饭，她忽然走近，站在旁边犹豫了好久，末了蹲下身，忽然叫了一声"小孝"。他才侧过头，她就靠过来亲他。

骆安娣有点难为情，"嘿嘿"笑了两声。

齐孝川没什么反应，面无表情地望着她，好一会儿，他才冷不丁问："你喝了冻柠茶？"

"咦？"她吓了一跳，霍地掩住脸，眼睛在指尖后逡巡，"有气味吗？很重吗？"

"还好。"他倒没放在心上，回过头拿起手机，查看起公务的讯息，"我喜欢那个味道。"

即便听到了答复，她仍然捂着嘴，欲哭无泪地委屈道："好丢脸。"

他盯着屏幕，飞快解决了三两个需要回复的状况，随即把通信工具扔到一边，回头看向她，意味不明却坦然自若地说道："不会，你稍微把嘴张开点。"

"太丢脸了——"她还在害羞地自怨自艾。

齐孝川毫无预兆地话锋一转，突然地问她："上次那个针织帽，我送给我爸了。下次我织个东西给你，好吗？"

骆安娣不明就里，下意识笑起来："好啊。"

就在发出尾音的那一刻，他出其不意地倾身。

乘虚而入原来如此容易。接吻是给予与索取双重性质的结合，唇舌交缠的瞬间，骆安娣肩膀微微后缩，却在下一秒被臂弯阻截脊背。

齐孝川的存在干燥而温暖，那是一双凭借自己力量赚取生活的手。手指抚过她耳廓，仿佛为了堵塞空缺而侵入。

比起最初，他的亲吻已经熟练许多。说出来的话某人听到大概又要恼羞成怒、死不承认，齐孝川是天生的情种，一点就着，易燃易爆。骆安娣持续承受他的吻，目眩神迷，不由自主抚摸他那挨过刀子的伤疤。

众所周知，齐孝川素来讨厌亲密关系，痛恨打架斗殴在内的肢体接触，但此时此刻，不止一次的情事过后仍无意识来回抚摸骆安娣后颈的正是他本人。

途中她有过嬉笑，甚至在他莫名其妙困惑时拿回主动权，沾沾自喜夹带着宠溺说"还是交给我吧"后，没半分钟，就重新落到被掠夺的位置。好几次她难挨到极致，不是累，只是差不多到了限度，却猝不及防发现他还盯着自己。

齐孝川抱着她去洗漱，骆安娣乐得接受伺候，腰酸背痛，却有力气指使他说"用这个沐浴露""我想涂一下润肤乳"和"好想喝热牛奶"。

决定结束之后，他倒是真就没再继续，老老实实重新冲凉。懒得换床上用品，所以索性换了房间，端着热牛奶进来给她。

骆安娣双手拿着马克杯，又覆下脸颊感受杯壁的温度，喝了一口，随即笑眯眯地说："放了好多蜂蜜啊。"

"嗯。"记得她的喜好而已。他嘴上的回答是，"刚好蜂蜜有多。"

她向来不追究他这些细微之处的故作无情，自顾自提及心底的烦恼："好累啊，明天还要上班。"

"你不喜欢上班？"齐孝川神色不变，内心却有些讶异。他一直以为她是真的很爱这份工作。

骆安娣仿佛看穿他的心思，径自回答他未曾提起的疑惑："我很喜欢这家店，也很喜欢自己的职业。但是，没有什么工作一定顺风顺水，总还是会有烦恼的。"

"我——"他刚开口，却突如其来被女人的手捧住脸。

齐孝川从没被谁如此轻佻地摆弄过，他也不会允许别人这么做。假如这个人不是骆安娣的话。

她说："没关系。"

她像是在对他许诺什么，这一点稍微令他感到寂寞。作为弥补，那一天晚上，她还陪他聊了一会儿天。说是陪他聊天，其实只是骆安娣单方面有些睡不着。齐孝川强打着精神，其间好几次还特意假装睡着，都被她放软装可怜的声音害得放弃。

她问他："换我问你了，小孝，你有没有特别想要的东西？"

他困得眼睛都睁不开，毫不掩饰不耐地作答："美金。"

"不是这种啦，"她一点也不生气，反倒发笑，"重要的人呢？"

"骆安娣，你真的很喜欢讲废话。"他作势生气，只可惜对她来说无效。

他濒临被睡意吞没，她又提醒他："你之前织的毛线帽送给了齐叔叔？"

"嗯。"他没否认。

的确有这么回事，齐孝川托在他加班连轴转时闲得无聊的司机去兼职同城快递。收到那顶用了两种针法织的、纹路花里胡哨的毛线帽，他爸爸迫不及待打了个电话过来，问他："这是什么？我未来儿媳妇织的？"当时他还不知道骆安娣与齐孝川的关系。

齐孝川冷酷无情地打破他的幻想："是我织的。"

已经到嘴边的"带回家来看看"硬生生扭转成"手艺不错"，齐孝川他爸说："不过你这帽檐上怎么还有个图案？挺时髦的啊，很难织吧？"

"也没有。是教手工的老师说这样比较好。"齐孝川的声音仿佛死者的心电图，平稳到了不堪的地步，"也就从下往上织，数几针就圈织双螺纹，数几厘米换平针，按书上的配色来，最后用深色的绣一下边缘。"

"哇，你这臭小子，就像新东方厨师把颠锅说得跟玩一样啊。"嘴上只有调侃，但显然，爸爸还是很喜欢那顶帽子的。

回到眼下，第二天，两个人难得早晨同一时间起床。

主要原因是齐孝川忘了关闹钟，硬生生把骆安娣也吵醒。他加热了前一天家政准备的早餐，两个人坐在餐桌两端享用。

骆安娣说："你不是说可以给我也做个什么吗？"

那是当时为了撬开她的嘴才随口说的，但齐孝川也不否认自己答应过，因此只略微考虑过，回复道："你想要什么？"

她还在想，有些难以定夺似的："羊毛毡？"

"那个我做得很差。"他飞快地说。

"没有很差吧？第一次做都那样。况且，我还没见过最终成果呢。"骆安娣说，"虽然比起你平时的水准是差一点。"

他也不纠缠："嗯。"

没能吃完餐盘里的食物，骆安娣已经喝起茶水，顺便摸着膝头上的猫，突然说："还是因为小孝你心太软了吧。"

"什么？"齐孝川像听到有人说施瓦辛格可爱、蒙娜丽莎丑陋或者郭德纲美艳，感觉离谱到说不出话来。

"因为做羊毛毡要戳羊毛吧？一直戳到毡化。其实我也遇到过这种客人，戳羊毛的时候会觉得怪怪的。那可是一直拿着针刺什么啊，不觉得跟容嬷嬷一样吗？"

"不觉得。"

骆安娣一个人说得很起劲，齐孝川却什么都没听明白。

他不是那么喜欢她的猫，与急切表达好感的仲式微或其他人不同，从第一次起，他就直言不讳地承认。这倒不是对亚历山大·麦昆的偏见，而是整个宠物团体都不在他个人的兴趣范围内。齐孝川不是很能体会因饲养什么动物而产生心绪起伏的现象。但是，他对她拯救什么的念头，又还是有所了解的。只不过，齐孝川对与自己相似的事物多半有敌意。

天气还算不错，骆安娣去上班。

问题自然是不会消失的。只要不克服，麻烦就会一直找上门来。

打着苏逸宁旗号过来的学生还是络绎不绝，骆安娣除了继续给已经签约的顾客上课别无他法。午休时间，她正在吃店内阿姨做的套餐，突然之间接到消息，拿着筷子抬起头，就看到同事捧着大束鲜艳的黄刺玫进来。

"哦！"年轻女性在喜出望外地喊叫，"安娣姐！这是你最喜欢的花吧？"

骆安娣草草喝了一口玉米排骨汤，擦拭着嘴巴起身，满眼疑惑地走近。同事已经拿起花束中间的卡片，面带微笑读出声来："'不断地重复决绝，又重复幸福……'是诗吗？是哪个诗人的诗吗？哇，这花肯定花了不少钱，很浪漫嘛。"

　　听到这一句时，骆安娣已经放慢脚步，停在原地迟疑。

　　果不其然，同事已经念了下去："……'苏逸宁'。"

　　骆安娣象征性地笑了笑，伸手接过去。

　　"跟韩剧一样啊，太帅了吧。"

　　"他在追求你吧？苏先生真的是在追求你吧？"

　　"之前你们不就时不时见面吗？"

　　骆安娣轻轻挪动花束间花朵的位置，小时候，包括花艺课在内的各式课程，她几乎都上过："那是因为苏先生有事情找我商量。这也是为了感谢才送的吧，所以是我喜欢的花。"

　　这时候，骆安娣已经具备了对这类状况的免疫力与预知能力，所以当下就发了感谢和推辞的短信过去。

　　然而还是一语中的，不偏不倚，第二天就额外附加了一束红玫瑰。

　　骆安娣把花筛选了一下，修剪打理，一枝都没有用在店里，反而全部插进了之前在藤编课程做的花瓶，送到邻居的店里去。周遭最近很多新店开业，正好派上用场。就这样持续了几天，原本还担心做得太隐晦，以至于苏逸宁始终没打退堂鼓，没想到隔了几天，他派来的使者们倒发作了，也不知道是不是要完成王子殿下的旨意。

　　第一批和第二批都表达了不满。年纪大一些的以高高在上的姿态说教了两句，难对付的还是年轻那一批，交头接耳，以一种"我们有小团体所以更了不起"的阵势冷嘲热讽。骆安娣自然不会与任何人起正面冲突，但靠近时，防不胜防地被追究失物。

　　"喂，老师，"女生周身，是过去高洁带来的同伴的那种嚣张气场，然而又和她们不同，更卑劣，更厌恶，更加缺乏善意，"上次我们在店里丢了一只手表，店里是不是该负责啊？"

　　骆安娣纹丝不动地微笑，温声细语询问："是什么时候遗失的呢？确认是在我们店里吗？"

"我们怎么会撒谎？"

往常温柔的女性破天荒露出不让步的一面："那也不一定吧？"

"那手表可是宝格丽的新款，要多少钱你知道吗？你累死累活多久才能存那么多钱啊？"毫无理由地，话题就延展到了其他方面，"不过做捞女而已，你心里是不是觉得自己很了不起？"

有那么一段时间，骆安娣什么也没说，她只是凝视着她们。

说实在话，那一刻她并没有觉得很受伤，只是纯粹感到有些难过。按理说，她们从未被她伤害过，为什么能无缘无故地选择伤害一个无辜且素不相识的人？

店里有一部分店员已经听到骚乱，纷纷往这边看，却又碍于店长没有召唤，只在旁边竖起耳朵旁听。

曲国重的时间并没有那么廉价，他每分每秒的入账金额抵得上普通工薪族一整个季度乃至一年的薪水。但他还是来了，原本只在外面向前台报出了骆安娣的名字，却恰恰好撞上这样不巧的时刻。

他看到骆安娣的背影。

在她的童年时期，他见过她，不止一次。骆安娣是总在弟弟背后的女孩。

他经常去见她父亲，暑热时一起垂钓。他常年患有低血糖，原本定好了调节的时间，老友的女儿却巧妙地留意到他脸色不佳，突兀地递给他糖。

那时候，他并没有想到她是唯一活到最后的那个。

曲国重使了个眼色，保镖已经走上前去。他不是想帮她出头，只是想回报她那颗糖果的恩情："谁会要你那么一只破表？"

曲国重不是明星或科研专家，回国或者在哪里出现都不算什么大事。但偏偏这几名女性正是苏逸宁家产业的职员，因此有人认出他来。僵持不下，以至于对峙之间，最先开口的是骆安娣。

"你好，"骆安娣侧着身，笑容像是某种电子程序编写的表情，薄薄的一张卫生纸，服帖地悬挂在额头前，"最好先在外面办理了课程再来这边区域哦。"

曲国重完全不觉得这算冒犯，开门见山地回答："骆小姐现在在忙？"

"正在工作中。"她也不卑不亢地作答。

他二话不说就示意助理上前，撂下一张空白支票，示意道："希望能借用你一会儿工作时间。"

骆安娣目光向下移动，良久才伸出手，轻轻摘过那张支票，面带微笑重新抬头，手上则轻轻折叠它："不用了。原本每个人就有休息时间。况且……是我主动邀请您来的。"

坐上曲国重的车前，骆安娣在车门前停下，自然而然地任由身边人为她打开车门。坐上去后也轻飘飘地报出了想喝的饮品种类，甚至没忘记提醒不用加冰块。

她对被人照顾适应到极致，这种从小到大生活在优越条件中的气场是不会骗人的。什么都习惯待遇规格最高的，细枝末节的事都习惯别人为自己做。

曲国重语重心长道："你想开了，愿意联系伯伯。伯伯很高兴。"

"您误会了。"骆安娣喝着柠檬苏打水，慢条斯理地说，"说我完全没怪过曲老是假的，但要说真有多么讨厌和怨恨，那倒也不是。我联系您并不是要接受您的好意，只是单纯想知道一件事。"

听到她的推拒时，曲国重也没有急于流露不满。

"前几天，小孝……齐孝川和我提到他与您闹得有些不愉快。他的确在待人亲切上有所欠缺，但以他的个性不会无缘无故得罪利益相关的人。"骆安娣以平淡无奇的口吻说道，"问他一定听不到实话，所以我想来请教您。曲先生并不是我的敌人，对吗？"

她回头望向他。

好像觉得谁可怜似的，可是并不让人感到不尊敬。悲悯而不高高在上，与多年前暑热中在树荫下递给他糖果的小女孩一模一样，坚定又温柔。

独自一人度过了这么多年，骆安娣自认还算乐观、阳光、积极向上，非要说她和学校或职场周围的女孩子们有什么不同，大约也就是时常去墓地这一条。

不知道这算不算是一种潜意识里的不独立，总而言之，一直到家人过世这么多年后，她还动辄考虑要去坟前看看，和其他人回老家探望父母的性质是一样的。

这一次，齐孝川也说要去。她得以更下功夫准备了一番，不用乘巴士，有人接送，这样一来就方便多了。

骆安娣背着不规则的行囊出来时，司机连忙上手帮忙，顺便问是什么。

"是小提琴。很久没拉了，手有点生。但今天是爸妈的结婚纪念日，"骆安娣笑着说，"以前家里总在这一天办家庭演奏会。"

说来尴尬，齐孝川竟然是头一次知道，原来骆家的弦乐表演并非随便挑了个日子进行。

一路上，大家的气氛轻松又沉重。轻松是指骆安娣和司机两个人聊得热火朝天，欢声笑语，非常愉快。而负责沉重部分的则是正在车上争分夺秒看文件的齐孝川。

"小孝，"骆安娣说，"虽然这辆车确实比较舒服，但我们说话很吵吧？这样用功效率不会不够高吗？"

齐孝川瞥了她一眼，没什么所谓地回答："效率低的时候就多花时间，反正做总比不做好。"

"你以前念书也是这样吗？"骆安娣忍不住翻起旧账，想到当初学生时代，齐孝川的成绩总是名列前茅。顺便一提，原本她只是中等偏上，后来也是受到他的感染，扎扎实实在学习上努力下功夫，才在初中低年级就打好了不错的基础，养成了不错的学习习惯。

齐孝川却在拉仇恨这件事上天赋异禀："念书没必要这么卖力。只想在应试考试里拿个高分还是不难的。"

"你知道你说这种话，"骆安娣支撑着脸颊苦笑道，"多少学生会恨你恨得牙痒痒吗？"

齐孝川理直气壮回答："我不知道。"

司机留在停车场附近，齐孝川和骆安娣进入墓园。

天朗气清，台阶延绵不绝。骆安娣来过许多回，因此只觉得一切都很平常。倒是齐孝川回过头去，忍不住张望起远处的风景，从城郊的高处远眺，聚集着他们心血的繁华都市那样渺小，什么都不是。

她没有告诉他，之前有一次，她其实考虑过邀他同来。

很快抵达父母与骆吹瞬的位置，她先照惯例祭拜一阵。齐孝川只是稍作悼念。

骆安娣边忙碌边说："其实按习俗，好像不能像我这样常常扫墓，好像说是会打扰逝者。"

面对这种封建迷信的说法，齐孝川能做的回应自然只有冷笑和嗤之以鼻：

"人都死了，还会被打扰啊。我最烦骚扰，还是不那么着急死好了。"

骆安娣被他这句戏谑逗得发笑，弯腰去打开琴盒，顺便附和他："我也觉得。要是吹瞬这么小气，等我到那边去，一定狠狠揍他一顿。"

"你会揍人吗？"这倒引起了齐孝川的兴趣。

"不要小看我。"骆安娣微笑着，已经将小提琴架好。

不论音准还是指法，齐孝川都一窍不通，但还是默默聆听她的演奏。

骆安娣并非天才，当初学习也只不过是在同龄人中中规中矩的水准，几个公主王子都在学习，她只不过比他们多一个目标，为了与父母、弟弟一同演奏，才坚持了下去。不过，当表演家庭弦乐这一机会不复存在时，学习乐曲的条件也烟消云散了——这把琴还是骆安娣去琴行临时租来的。

其间她有过曲调的偏移，却坚持拉到了最后。

音乐渐歇，齐孝川站在一旁，忍不住问了："这是《女巫之舞变奏曲》？"

"嗯，是妈妈最喜欢的曲子。"骆安娣有些意外，"你也知道吗？"

"哦，嗯。"他的答复显得颇为不近人情。

他的小提琴启蒙来自童年时她对他的突发提问，她缠着他，强迫他听她拉了一小段帕格尼尼的曲子，随即两眼发亮地询问："你觉得我的运弓怎么样？"

他当时兴趣无几地回复："这种事你去请教老师啊。"背后却留意起小提琴演奏。因为不知道她那天拉的是什么曲子，也没好觍着脸当面问，所以只背后听了一首又一首古典乐。

骆安娣随口一句话，她早已不记得了，齐孝川却始终埋藏于心。并没有多么珍惜，也不算什么好的记忆，他只是恰恰好没扔掉，仅此而已。齐孝川将原因归结为自己太闲，即便上课和打工将一天处于清醒的二十个小时填得满满当当，他居然还有空隙去考虑她；其次则是太懒，没好好清理过脑容量，否则如此细枝末节的小事，他怎会过了这么多年都还记得。

扫完墓之后，骆安娣委托司机临时绕道，专程拐到了熟悉的冷面店。

附近有项目施工，店里熙熙攘攘，座位上沾着粉末与灰尘，不算太干净。骆安娣正用眼神寻觅店老板，齐孝川径自走到座位边，脱下外套，随意地丢到座位上，自己却坐到对面。骆安娣想拿起外套再落座，对上他寂静的目光。

齐孝川说："就坐上面吧。"

冷面送上来，两个人都低头吃面。

冰冰凉凉的面条伴着酸酸甜甜的汤汁入口。

骆安娣忽然想到，这还是第一次有家人以外的人陪她在这儿吃面。她望着他，本来是想道谢的，齐孝川丝毫没会意，困惑了一阵，霍地恍然大悟，临时翻出纸巾递过去，随即继续进食。

他并不像她认识的任何人，或许这句评价有些感情色彩在，但他的确很特别。

她说："小孝。"

齐孝川不抬头，也不吭声，分明听到了，也只给她一个眼神。这就是回应。

"我去找了曲国重。"骆安娣说，"我总觉得你和他有点不对劲，所以就去问了问。"

他放下筷子，不以为意地回望她。齐孝川很少自乱阵脚。

她说："一开始也有点纠纷，不过他不会为难我，所以还是告诉了我你爸爸妈妈的事。他们已经过世了，家在比较偏僻的山区，所以没看到过你的消息，也不那么容易被你找到。假如你希望，还能联系上其他亲戚。"

他酝酿了几秒钟，终究快刀斩乱麻，可惜却是抽刀断水："你没必要理曲国重。我说过，我希望你能只做你想做的事，不想做的，我一概帮你解决——"

"这就是我想做的事。"骆安娣打断他，缓缓把头低下去。她说，"我知道你不需要我，也知道你不想得到我的帮助。所以这只是我一厢情愿。我帮你，不关你的事。你不用放在心上。"

付过餐饮费，两个人走出去。

距离停车的位置还有一段距离，齐孝川和骆安娣没有牵手，不远不近隔着一定的距离往前走。

她猜不到他在想什么，也没有想过要去猜。快要到达目的地时，他才追问她，只有寥寥几个字："他们找过我吗？"

她没有选择撒谎，摇摇头道："家里还有另外六个兄弟姐妹，如今也都散了。"

曲国重告知她时没多少惋惜。他见过的风浪与起伏比她多，这世界并没有那么多浩浩荡荡、汹涌澎湃的悲剧，没有那么多眼泪，也没有那么多爱。更多的只是麻木的现实。光是生活就足够把一些人碾平。

他们根本没留意过一个儿子的失踪，没有寻找过他，甚至轻易淡忘他的名字。那在他们的生活中不是什么值得人停下脚步的插曲。

"你妈妈确实有点胖，要看照片吗？你一直在等他们吧——"骆安娣顺势想要去翻包。

他按住她的手，握紧她，转瞬即逝地朝她微笑。

解开咒语，青蛙还是青蛙，童话原来真的只是童话。得知真相的刹那不知是幸还是不幸。

他记得多年前的生死关头，还是孩子的自己不断在水中下潜，上浮，那一刻倒也没想过父母。他习惯了仰仗自己。

"我不知道。"齐孝川的神情很平静，仿佛针刺进漆黑的夜色，无声无息，万籁俱寂，"也有可能，我一直等的人只有你。"

第十五章

午餐司机在附近吃的三明治，又蹲在广场上喂了一会儿鸽子。突如其来下雨了，他买了瓶汽水，回到车上去等待电话。

齐孝川和骆安娣站在屋檐下，外面淅淅沥沥下起小雨。她伸出手，雨滴滚落到手掌心，轻轻摆动，水珠就顺着纹路流下去。

他忽然去捉她的手，将她拉回来，用拇指揩去上面剩余的水渍，又松开，说："别玩了。"

"我叫司机送伞过来吧。"他开口。

她没有阻拦，只是淡淡说了一句："我还是很喜欢下雨的。"

他的动作暂歇，不动声色地放下手机。

她接着说了下去："小时候看过一本英国人写的书，其中一个故事叫《雨滴项链》。说是小女孩劳拉的教父是北风，北风送给劳拉一串雨滴项链，让她可以不被雨打湿，同时还能操纵下雨。那时候我还小，信以为真，觉得很神奇，一个劲想要。但那是假的，不管家里多么有钱，也买不到能呼风唤雨的项链。"

齐孝川百无聊赖地接了一句："就算这样也喜欢？"

"一开始很讨厌。总觉得雨啊，天气啊，就像生活里怎么都躲不掉的坏事。但是，后来也留下了一些好的回忆。"她微笑着目视前方，不急不缓地说道，"所以就喜欢上了。"

她回过头看他。

他猝不及防，如同迎头被泼了整整一杯子月光，从头到脚，说不出话来。

齐孝川并不避让，直勾勾地望回去。

"那还是挺容易让人嫉妒的。"他没头没尾地说。

骆安娣没能理解其中原委，因此发问："什么？"

他却不肯再说。

回去那几个钟头的漫长旅途中，骆安娣忍不住累得睡着了。其间隐隐约约感觉到停车，司机和齐孝川似乎做了几句类似"别吵醒她"的对话。最终，开车的人换成了齐孝川。

他们又开了一阵子，再醒来时，骆安娣身上盖着车上准备好的毛毯，车窗外是平易近人、缺乏任何特殊性的居民区。

直到下车，齐孝川才发觉她醒了。他拜托她在楼下等他，她还是坚持跟他一起去。没有电梯，因此两人踩过重重叠叠不知道多少级台阶才上楼。接到联络的老人家已经等候在门口，对待齐孝川相当亲热，完全不像是第一次见面。

事实上，他也的确来过这里许多次。他们是周翰耀成的父母。

准确来说，他们是在周翰耀成住院后才有的来往。

在此之前，齐孝川和周翰耀成也不是没聊过各自的家人。比起齐孝川那种难得一见的《雾都孤儿》情节，周翰耀成的经历寻常得多。他从小就是异想天开的优等生，没费什么力气就考上建有蓝色跑道的知名大学，出国当交换生、保研都顺风顺水。他的父母是普通的县城公务员，一开始也为儿子的出人头地高兴，但渐渐就感觉到孩子太成器的负面影响——想干什么的时候，周翰耀成根本就不受控制，离开国企，又离开私企，最后创业，种种动荡都让他父母连连摇头。但出人意料地，他们对齐孝川的印象很好。

最初几次见面，都是他匆匆忙忙踩在探视的最后时间点来医院，穿得乱七八糟，眉心蹙起，旁若无人地走进病房。也不多说话，就来看看化疗期间的朋友怎么样，假如遇到家属，也只草草颔首，转头就走。真正说话则是在太平间，所有人都在哭天喊地，齐孝川站在一旁，一个接一个地打电话。联络殡仪馆的是他，与医院沟通的是他，忙碌到最后一个与遗体告别。

在病痛中煎熬了那么久的友人干瘪瘦弱。齐孝川没有流泪，轻声说了"回见"。

遗孀被判刑后，周翰耀成的遗照就被移回了父母家里。齐孝川时不时会寄去抚恤金，但半年过后，他的父母就陆续退回。他们都有自己的退休金，也不是贪好财富之流。唯一一次主动联络齐孝川，还是为了替儿媳妇求情。齐孝川没答应，但也没有落井下石。

他买了一些慰问品，没有留下来吃晚饭，只是去周翰耀成小时候的卧室转了几分钟。骆安娣看到照片上的男人，并没多问。

下楼的时候，她才感慨说："短短十来年，怎么就走了这么多人呢？"

"有人出生有人死，本来就是最普遍的自然法则。"他发动车子，淡淡解答了她的感慨。

再去上班时，不知道算不算之前的一系列措施有成效，苏逸宁终于开窍了，竟然主动驱散那群来妨碍手作课正常进行的会员。

不过花还是照常送来。最近一次是香水百合。骆安娣心情不错，但没收下，依旧和以前一样分枝包装，送给周围其他店做装饰。

工作终于步入正轨。

她当上店长后，业绩稳中求进，困难也一一克服。

作为感谢，骆安娣请每个店员喝了冰咖啡。她正在自己的办公室里，门敲了两下，过去同一时间进店工作的同事探出头来："安娣姐，我想问问你下周日有没有空？那天我休假，想去逛街买几件衣服。你能陪我去吗？"

骆安娣略微想了想："我可能要来店里。"

同事的表情一瞬间垮台，伤心地请求："安娣姐，其实，我妈妈最近要出戒毒所了。我想打扮得用心一点去接她。但我也没有其他能参谋的朋友，我只信得过你——"

"小若……"骆安娣迟疑半晌，末了还是同意，"那好吧。"

她在同事脸上看到如愿以偿、得到满足的笑容，骆安娣不否认，她的确喜欢那样的时刻。骤然想到什么，骆安娣又提议："我还有一个朋友，就是也来过店里的朱小姐，把她也叫上吧。佩洁人很好，你们或许也很合得来呢。"

话音刚落，小若刚刚的欣喜若狂便消失不见。她直言不讳："我讨厌她。"

对于这种反应，骆安娣倒是始料未及："她订的是我的课，你们也没怎么打过交道吧？"

"就是不太喜欢，麻烦你不要叫别人了。"

小若往后退，走到门边时又笑了笑，郑重其事地说："那就谢谢你了，安娣姐。"

"记得多跟妈妈谈——"

骆安娣的话没能说完，就被门关上的响声中断，夹在门缝里进退不得。

回到家里，家政才刚做过清洁离开。

骆安娣把亚历山大·麦昆抱到新的猫爬架上，随即坐到沙发里，默不作声地发起呆来。

齐孝川递矿泉水给她，她也没听见，整个人像沉浸在自己的世界中一般走神。三只脚的猫咪又来到她身边，轻轻推搡她的手。骆安娣也就自然而然地满足它的要求。

他目不转睛看着她抚摸猫的手。

圣艾琳从十字架上救下圣塞巴斯蒂安，洁白而小巧的手覆盖在他伤口上，就奇迹般地治愈了伤口。

齐孝川坐到骆安娣身旁，把猫抱开，恢复坐姿，整个过程犹如行云流水。她蓦地回过头，他仍然是与往常一般无二的恶劣表情，仿佛手头握有几百万的债务未能收回。

"对不起，"她觉察到气氛的改变，因此笑着说，"我忽然有点想妈妈。"

"没关系。"他回答，倏地侧过脸，不经预告就把她抱到自己身上。

霎时间，骆安娣就被他推到略高的位置，重心尚未落准，徒然不安地望向他。齐孝川仰头吻了她一下。骆安娣没有抵抗，放任他加深这个吻。

循序渐进，温水烹煮。

齐孝川压倒她，骆安娣试图并紧双腿，却已经迟了。他的手段不仅仅是威逼那么简单，男人在床上的无耻属实无师自通，必要时温柔得害人不浅，却又突然一反常态，泄露出凶恶与粗暴。

即便如此，他也还是有令人扼腕叹息的缺憾。

耳背与鼻尖都摩挲过，她问他："小孝，你是不是很爱我？很珍惜我？"

即便到了这关头，他都还是全然不受情迷意乱所干扰，煞风景地反问："你是指哪种爱？"

齐孝川从未在口头上被人占上风，有得必有失，也成功自食恶果。

骆安娣猛地支起身，伸手推他那张与和善扯不上半点关系的脸。他们四肢纠缠，临时还需整理衣衫妆发。

骆安娣不容分说地回绝："我从图书馆借的书要还了，现在必须看书。"

齐孝川则嫌弃地抱怨："你这手摸了猫的。"

"那又怎么样嘛。"骆安娣嘻嘻笑着，不论是否清楚自己被偏爱都敢有恃无恐，甚至继续挠了挠他的下巴。

他果不其然，除几句不爽的言辞外缺乏其他表示，默不作声纵容她戏弄。抚摸他下颌角时，欣赏的念头飞速从脑海闪过。她的确正享有一名除性格外无懈可击的男性。

她的手指掠过他前额，他像在思索什么一般垂着眼，她停止移动，他便不自觉地抬头，让她能用掌心盖住他眼睑。

他像棱角分明的石膏体，说心底话，她并没有寄希望于能看到他示弱。正出神，她只觉得手臂微凉，齐孝川突如其来舔舐她的手臂。骆安娣吓了一跳，匆匆抽回去，假装生气，又忍不住发笑："你是狗吗？"

只因为她没关注他，就无意识做些吸引注意的行为。齐孝川拒绝承认这一点。

骆安娣舒舒服服地躺上沙发，举着中山由依的缝纫教学书读起来。齐孝川索性打开电视机，抱住她从他身上越过的膝盖，慢条斯理观看足球比赛的转播。

无止境的日程，令人眼花缭乱的文件，夹在工作空隙间胡乱摄取的能量和睡眠，这就是组成齐孝川十余年来的一切。

按理说，明知他在工作还打到私人号码的人理应是有要紧事，然而刚接通，谈吐向来没什么包袱的年轻人就迫不及待地问候："你们公司楼下的咖啡店好像是刷员工卡消费。"

齐孝川一个字都没回，直接挂断。自始至终，目光都没从电脑屏幕移开过哪怕半秒。

一直到午休结束，秘书过来送荞麦面时拿着手机，边看边说："群里炸开锅了。好像说有个来终面的，骑的摩托车，在地下车库剐蹭了你挖来的财务的后视镜。现在又在一楼点了杯美式坐着不走。"

"他不是我挖来的，是熟人要我安排。"这是他要说的第一件事。齐孝川破天荒为自己辩解，尽管往常他都是不关心别人看法的怪人，而后还有第二件事，他抬起手，在立架上随便敲了敲，"我 ID 卡在外套里，你拿下去给那没脑子的刷一下。"

原本以为这样就足够送客，齐孝川甚至还很够意思地托人了解了一下人事情况，得知仲式微综合评定逊色，录用可能性较低才安心。

秘书离开前露出谜一样的微笑，掩嘴调侃："我竟然没听说，曲国重曲老先生都变成你熟人了。上次媒体提到我们公司的发展史，还夸你平易近人、冬日可爱。我记得你采访时都没露几个好脸，要不是口才好，真怀疑人家下次直接编你职场霸凌。就这样还能夸得起来。也不知道去哪座庙里开了光，齐总人缘见长啊。"

齐孝川终于在一整天里头一次被分散了注意力，面无表情抬起头，望着他说："滚。"

不怪他对此高兴不起来，当时在手作店的媒体公开课上引发轩然大波，即便事后拿了足够的物质补偿来封口，也不足以引发后来几家撰稿人的偏爱滤镜。

都是拜骆安娣所赐。

"天堂"方也有意去做出说明并道歉，不知使用了什么手段，结果是齐孝川在本人不知情的状况下有了一个"嘴巴很贱但其实是热心肠"的形象。

从以前开始，骆安娣就时不时以"其实小孝不是……而是……"的句式开头，乐此不疲说上一大堆自己对齐孝川的看法。齐孝川通通否认，判定那不过是她单方面的妄想。可惜显而易见，他的反对意见根本是螳臂当车，她不仅固执己见，还逐步将那种离谱的标签介绍给其他人。

下班的时候，他盘算随便去吃点什么解决晚饭，刚坐上车，就看到戴着头盔、骑摩托车的男人飞驰而过，追逐着他上了马路。

齐孝川对于此人交通意识的淡泊程度非常之惊讶。仲式微还更罔顾法律地侧身敲窗。齐孝川无所谓地拨了个号码，联系自己在太极拳交流大会上认识的朋友等会儿一起在潮汕火锅店见，随即扬长而去。

曾经在大学讲授哲学必修课、如今也老当益壮时不时抓着朋友谈论"我思故我在"的朋友已经在店里等待着，提前点了火锅和全套牛肉。

齐孝川进来时脱掉外套，被问候说"怎么表情看着跟股票跌停了一样"。

两个人坐下开始吃饭，顺便聊起生活琐事。

"之前为了调整睡眠才打的太极拳，结果这几天又开始颠三倒四了。"前任大学老师边倒香醋边说，"你就没有睡不好的时候吗？有没有什么偏方推荐一下。"

齐孝川沉默片刻，仿佛没听见一般。就在这个话题是时候翻篇之际，他突然开口，言简意赅地回复："性生活？"

"……"

仔细想想，之前的他也曾有睡眠困扰。大概是加班过头的缘故，一度还过上了纽约时间的作息，后来也拿到了药物，勉为其难能够入睡，但新的烦恼又接踵而至。

他至今相信，当时接连不断的噩梦是诅咒的一种，与久别重逢时骆安娣断言他不幸福具备异曲同工的性质。

齐孝川讨厌幸福，不愿意与其沾边。总觉得一旦幸福就是违背规则，虽然背叛的对象混沌不清。或许是童年时的自己，又或许是骆吹瞬、周翰耀成或者周翰耀成那位牺牲自己也要让他陷入不幸的遗孀。与此对应，他也不喜欢被这类不具备实体的条条框框约束，光是思考就头痛起来——

"齐孝川，齐孝川。"朋友的声音将他从思绪中唤回，他指着橱窗外，"那是你认识的人吗？"

他顺着指引的方向看过去，仲式微正表情不佳地趴在外面，正像杀人魔似的伸出手指指指他。

身侧的手机在振动，齐孝川掏出来，就看到消息。

仲式微：好家伙，吃东西不该叫上朋友吗？

橱窗外的男生已经绕道去找入口。

"谁跟他是朋友了……"齐孝川腹诽。

身边却传来低低的笑声。前大学哲学讲师发表观点："你也变成被很多人喜欢的人了嘛。"

同事有驾照，租借了一辆轻便的女式车，驾驶到车站外来接骆安娣。骆安娣也有一段时间没去购物过，她并不是物欲特别强的那类人，做手作起初也与之息息相关。比起名牌服饰，自己编织和制作的更加特别。

"安娣姐，你其实有男朋友吧？"副驾驶座的门刚关上，同事就突兀地提问，神色自若，仿佛真的只是八卦心发作才问问看。

骆安娣维持着微笑，波澜不惊地望了对方一阵。最后，她若无其事地加深笑意，轻轻说道："怎么突然这么说？确实是有啦。"

小若目视前方，握着方向盘，没有回答，只是继续追问下去："他人怎么样？有钱吗？家庭环境如何？性格好不好？"

骆安娣微微皱起眉，尽可能用微笑推辞道："对你来说，这应该也不是什么很重要的事情吧？"

"怎么可能不重要呢？"同事猛地认真起来，音调抬高，甚至不管不顾地看过来，"安娣姐你总这样。这可是关系到你自身的大事，必须慎重考虑才行。"

她忍不住笑了："我当然自己会考虑好。"

停车后，她们才进入商场。

骆安娣实在没什么可购买的，只是看到洗发露时有点犹豫，拿起来辨认上面的文字。过于热情的店员主动靠近，立刻开始推荐热门的产品，甚至要提供生产公司配送的试用装。她轻轻挤了一些在手心，是会令人不由自主微笑的香味。

从香味中抬起头，面对店员关切的眼神，她笑着说道："感觉我男朋友会喜欢。"

光想起自己和某人正在一起生活，就是一件让人心旷神怡的事。

齐孝川其实和他父亲并不相像，性格更是有着天差地别。他不仅和幽默风趣这种特质毫无关系，而且还经常弄不懂别人感到有趣的点。还是中学的时候，学生会里的高中部学姐讨论起受欢迎的异性，其中齐孝川理所当然榜上有名。

"虽然很帅，也很强势，很有安全感，"学姐头头是道地分析，"但不适合一起生活。"

正在看言情小说的学姐突兀地用了一个词："'冷面郎君'啊他是，最好就一个人孤独终老好了。"

在那之后，回到家，骆安娣无意中鹦鹉学舌这段话给齐孝川本人听。他对于自己被评价"一个人孤独终老比较好"不以为意，反倒在意起更莫名其妙的话题："'冷面郎君'是什么意思？烤冷面的吗？"

至今想起来，骆安娣还是忍不住微笑。

和小若一起出去，骆安娣沉浸在愉快的心情中，面对同事关于生活的抱怨，还是严丝合缝给予回应。小若去开车，骆安娣也放慢脚步等待。有辆朴素的商务车停在路边，不知为何，大白天却亮着车灯。

　　差不多过了十几分钟，骆安娣都迟迟没能等到小若。她张望四周，稍微往前走了两步，顺便拨通电话号码。

　　忙音持续不断地响起。

　　这一带原本很安静的。

　　汽车发动声响起时，骆安娣缓缓回过头，与此同时向后让出通道。

　　灰色商务车的车灯调到了最大挡。

　　她条件反射眯起眼，但身体也已经退出通车的空间。视线恢复过来后，听到猛打方向盘时轮胎与地面摩擦的声响。

　　车子疾驰朝自己撞来。

　　四肢动弹不得，头脑的运转也停歇，这不是她距离死亡最近的一次，但也与那回相差无几。诸如"逃跑""求生""活下去"之类的词语在短短一瞬间被拆解了，她知道该那么做，可身体却反应不及。

　　腰部被挽住了，身影袭来，她被一股力量带去一旁，猛地滚落。即将要碰到墙壁，却被拉走她的人垫住，发出令人胆战心惊的闷响。试图伤人的商务车未曾踩过一脚刹车，径自飞速远去。

　　"你没事吧？"骆安娣慌慌张张地俯下身，伸手去扶他的肩膀。

　　救下她的人捂住肩膀，即便躲过了袭击，经过刚才的翻滚，必定也伤得不轻。然而男人露出脸，却不是什么陌生人。

　　苏逸宁吸着气，忍耐着疼痛关切道："你怎么样？骆小姐，没有受伤吧？"

　　救护车赶到得还算及时，在那之前，骆安娣替苏逸宁调整了姿势，确保伤情不会加重。

　　"苏先生，你怎么会在这里？"她惶惶不安，还是挤出最后剩余的精力去问他，"你为什么——"

　　"我在这边投资了一家店，今天刚好过来看看……没想到……"苏逸宁挣扎着回答。

　　他们一起乘上了救护车。

　　思绪仿佛在暴风雨中的海面上飘摇，骆安娣始终无法平静，直到很久之后才发觉自己的手正被握着。苏逸宁紧紧攥着她，仿佛那是什么救命稻草，松开就会坠入无间地狱。她默不作声，体会着因失血逐渐发麻的指尖。

他是在马上要进入建筑时开口的。

苏逸宁竭力地喘息，吐出每一个字都像历尽了艰难险阻，男人死死按住肩膀，仿佛炫耀自己翅膀的天使："骆小姐。"

骆安娣一声不吭地凝视他。

充斥不同寻常的违和感，女人眼睛里像是积蓄了雨水，深深地蕴藏在笑容底层的脉络中。她与他对上目光，光这一瞬间，就已明了他的用意。无须多言，她都知道的。骆安娣对索取和给予的流程再了解不过。

"骆小姐，"苏逸宁的深情像是碎了一地的镜子，掷地有声的话语，温良恭俭的声音，他说，"帮帮我。"

白花花的灯光像梦一样，骆安娣漫长地呆滞，仿佛整个人都与失血的指尖一并麻木了。霍然感到冰凉的水滴落额间，抬手去摸才发现是错觉。不论鼻子还是眼睛，统统都是干燥的。

抵达急诊楼，医护人员眼疾手快推着身为病患的苏逸宁下车，骆安娣跟在后面，有人上前来催促缴费，她应付完才往里面走。

救助，帮忙，伸出援手。

脚步是突如其来放慢的，不寻常的感觉从肠胃深处涌上来，拼命抑制，却无法阻挡。

"呜呃——"骆安娣掩住嘴，身体被呕吐欲促使着前倾。理应不是食物中毒，也没有怀孕迹象，她剧烈地眨起眼睛，浑然不知自己为何如此。

护理师找到她，将她领到病房外由医生说明情况，结束后才进去。

苏逸宁已经包扎过伤口，卖力地支起身，出声说道："骆小姐。"

不知道是因为自小优渥环境的耳濡目染，抑或是因为纯粹的基因优越，男人长着一张矜贵的面孔，不经意间会流露出一种哈姆雷特式的忧郁。能令他烦恼的事绝非一日三餐、安营扎寨，他也从未缺衣少食。苏逸宁每天为之奔波的辛苦并非吃穿用度，而是更加高级和精致的存在。骆安娣也不能说完全不理解。

他说："等一下警察会过来，好像也和商场联络过了，不是在公路上，所以应该不会往危险驾驶那边判定——"

她看着前方。

"骆小姐？骆小姐？你没事吧？"

一连被叫了好几声，骆安娣才回过神，很慢很浅地点头："谢谢你。今天实在是太危险了。"

"我是心甘情愿救骆小姐的。现在想来，当时还好我在那里。要是不在，真的不知道会变成什么样……"苏逸宁自言自语一般接连不断说下去，"虽然现在受了伤，但只要你平安无事就好。"

他絮絮叨叨还有许多话要说，也的确正说着，骆安娣却像独自沉没到水底般无声。

按道理说，这并不是什么陌生的状况。她已经做过许多次。受伤的人就在眼前，楚楚可怜，等待对她来说再熟练不过的魔法。骆安娣脸上逐渐浮现起微笑，却迟迟没有开口。

病房里的座椅没有靠背，很不舒服，墙壁白得有些刺眼，消毒水的味道不好闻，毫无遮盖暴露出来的纱布与男性身体让人感到非常不安。视野扭曲，颜色重影。骆安娣终于发出了声音，她温和地说："我会帮你的。"

听到这句台词时，先前隐隐约约掺杂的局促彻底消散，苏逸宁总算松了一口气，一切都是值得的。费尽心思筹谋，自己为此受伤，抱着如果败露身败名裂也在所不惜的觉悟搭建这座城堡是值得的。她就应该住在那种地方。就算临时去调查，也找不到任何证据。不懂金钱的用处的人即为无能之辈，再怎么有能力赚钱也是蠢材。

他更加用力地握住她，手指翕动，继而牵住整个手掌。

骆安娣的手是冰冷的，像志怪神话中能实现愿望的玉如意一般。

非要说的话，苏逸宁也还没被狂喜冲昏头脑。使他有些困惑的是，骆安娣明明微笑着，从头到尾也没有眨过哪怕一次眼，凝视的方向却十分微妙。

她全神贯注地往前看，可是，目光所落下的位置并非他的脸，不是他受伤的位置，也不是窗外，而是介乎墙壁与他之间的空隙。那里空无一物，她却望着那里。

未知的本能作祟，如鲠在喉，苏逸宁直觉不要问比较好。

这是只对她才有用的计划，只有完全了解她的人才清楚其效用。绑架她，禁锢她，将她留住。骆安娣绝对无法放着需要帮助的人不管，更不用提是因她才落入不幸的对象。当局者迷，旁观者清。或许她自己没有明确的自觉，但周围总有人能觉察。

他试图用其他话题拉回她，不过突发状况来得措手不及。

骆安娣起身，从容地说："我先出去打个电话。"

她走到病房门口回头，苏逸宁目送着她。她朝他笑了笑，轻轻颔首才离开，出去后小心谨慎地关上门，转身时遇到护士，又客气地问候了一句，波澜不惊，看不出丝毫异样。

骆安娣往前走。

被抓住，被摆弄，被索求，不断地、不断地帮助，不求回报。她一步一步地向前。

笑容是一点点褪色的，但也没有诸如慌张、愤怒、悲哀之类的情绪。她所做的只是向前走，鞋跟与地面碰撞发出的每一道响声都在颅内回荡。骆安娣像行走在一束光也没有的黑暗之中，茫然、恍惚地朝前走。

她像是变成了没有血也没有肉的东西。医院门口人来人往，她的长发蜷缩在肩头。有被爸爸妈妈牵着手的小孩忍不住打量她。骆安娣头也不回地走了出去。

半个小时后，离开的人始终没有回来，苏逸宁开始觉得疑惑。他掏出手机拨打骆安娣的电话，没有忙音，但铃声在近到令人咂舌的地方响起。他环顾一周，发现掉落在座椅下方的手机。

他匆匆忙忙拿起追出去，还没到电梯门前就被护士以及赶来调查录口供的警察拦截。握在手中的手机一只在拨出电话，一只在收到电话。

手机铃声不断响起，仲式微从沙发里抬起头，边打呵欠边说："啊，是我女朋友。"

齐孝川对他移情别恋速度之快有过片刻的惊讶，但转念一想或许这才是正常情况，像某些人一样初中时就被小学生纠缠，之后耿耿于怀十余年的人才奇怪。

通宵加班的齐孝川心情雪上加霜，当场就下逐客令："请你吃晚饭，还借了地方给你过夜，也算做慈善了吧？我现在要下班，你也五分钟之内给我消失。"

"你这人情绪好不稳定啊，翻脸比翻书还快。"仲式微骂骂咧咧，还是尽快收拾起了包。前一晚在火锅店听说有人买单，于是一时兴起就多喝了几扎啤酒，没办法骑摩托车回家，地铁也停运，末了还是去齐孝川公司蹭住，"也就骆安娣受得了你了。"

最后那句是一时兴起附加，却火上浇油得让齐孝川更为不爽："现在只剩三分钟了，再不走我马上用内线打给安保。"

他本来预约了上午的进阶毛毡课，但眼下实在太困，因此索性亲自去店里取消。

骆安娣迟到并不常见。他询问司机，至少想了解一下骆安娣的出行状况。得知她没联系，又随手打给了家政。

夜不归宿啊。

齐孝川默默地想，真是和以前一样，让人感到难以理喻。

下落不明。

他站在车边，在脑海中如礁石裸露的，是久远到模糊的记忆。骆安娣的父亲邀请齐孝川一家共进晚餐，那似乎是他们两家人唯一一次在同一张餐桌上用餐。那是临行前的送别，骆老板主动提议敬齐孝川父母一杯，尚且还是中学生的孩子低头进食。

自始至终，骆安娣都没看齐孝川一眼。

高三时的他对此十分满意。用餐后去落满月光的院子里散步，骆安娣跟在他身后，齐孝川明明知道，却什么也没说。

是她主动开口的。即将升入高中的骆安娣对他说："小孝。"

她无数次这样呼唤他。

骆安娣说："以前对不起，我太烦了，你很头疼吧？"

他远远地注视着她，一言不发。她接着说，脸上带着他无比厌恶的笑容："你以后一定会很幸福的。"

然后就消失得无影无踪。

齐孝川将司机从驾驶座上拉下来，坐上去前，仲式微刚好骑着摩托车出现，询问"你去哪儿"，却得到"打骆安娣电话"的指令。

前一天熬夜处理了颇具刁难性质的工作，开的不是自己平时的车所以不适应，现在，这一刻，除却睡觉实际想做的事只有戳羊毛毡，一次又一次，将羊毛塑造成想要的形状。

齐孝川烦躁到极点，毫无根据地兜兜转转，终于认清自己的愚蠢。

暴雨如注如同落幕，他早在回家的第一站就做出了剩余四个目的地的推测。在驾车进入骆家的"唐顿庄园"时，他最先发现打开的门锁。齐孝川没有上楼，只是收起伞往里走，在一楼转了一圈，二楼也空无一人。骆安娣原本的卧室早已落满灰尘，公主床也只剩下光秃秃的床架。他以为又扑空，预备前往下一个可能找到她的地点。然而，当他正准备撑伞回车上，鬼使神差地从窗户往外望。

从前在她二楼的卧室，透过茂密的枝叶，能看到花园里波光粼粼的水面。骆安娣很喜欢那个池塘。

捞起少年溺毙的尸体后，水便被一滴不留地抽干，积年累月，只剩下污浊不堪的泥泞。裙摆肮脏，浑身湿透，女人在滂沱大雨中孤零零地伫立。他看到骆安娣。

借身边人满足自己救助欲的骆安娣，利用和他的异性关系排解烦恼的骆安娣，真面目不高尚也不善良的骆安娣。

黑漆漆的伞明亮得惊人，将混沌一片的世界彻底点亮。

该做出行动，要说点什么。

看不清来人，只是不再淋雨的瞬间，她俯下身呕吐。无论怎样搜刮过往，都找不出骆安娣如此狼狈的时刻。全身每一个部位、每一寸皮肤、每一滴血都在穷极抵制。不行了，吃不消了，受不了了。她现在就要倒下了，从父母那里得来的教诲就像事不关己、高高在上的洋娃娃，只会睁着自鸣得意的玻璃眼睛俯瞰她。

不行了。有声音在胸腔里不止一次地重复。吃不消了，受不了了。

不行了。

吃不消了。

——现在我满身是泥，我又冷又湿，我受不了了。

齐孝川屡次与她说话，但都没能得到回应。他先帮忙催吐，伸手压住她的舌背往里伸，丝毫没有嫌恶，随即探了探她显而易见发热的额头。他转过身，估计着从池塘底部上岸回去车边的距离。就在这一刻，再回头，就见到她伸出的双手。

骆安娣濒临跪倒，手臂却得到凭依。男性的手指伸进口中，痛苦被更为真实的呕吐欲覆盖，她终于吐了出来。脊背正被轻柔地拍打着，混乱的视野也渐渐恢复，她看到总皱着眉的男人。

小孝。

她向他伸出手臂。

指尖在发抖，白皙的手腕上血脉可见，那是一双孤苦伶仃的手臂。

"小孝，"弟弟死了，爸爸死了，妈妈也死了。钱和房子，什么都没有了。骆安娣布满雨水的脸上露出笑容，那是他有生之年里见过的最伤心的表情。她曾经催眠自己一切都只是故事，她是故事，回忆里的齐孝川是个故事，每一个与她有关无关、希望从她这里得到帮助的人都是故事。故事结束，就会变回以前的样子。她的手臂拥抱住他，骆安娣将湿漉漉的脸贴过去，声音从孱弱的胸腔里传出来，"好暖和。"

齐孝川接纳了她的拥抱、眼泪、可怜与痛恨。

他惘然若失地目视前方。

"好暖和，好舒服，小孝。我想一直，"她闭着眼睛，没有声嘶力竭，也没有泪如雨下，只是呼吸般无声无息地说道，"跟你在一起。"

"不要离开我。"

第十六章

浪潮时起时落的浅滩，丝毫不累赘的风，如眼泪般温热和煦的日光。

骆安娣从梦里醒过来，身上盖着松软的被褥，肩膀被挽住，身边的人在翻书。纸张摩擦的声音窸窸窣窣，听觉里粗糙的颗粒感使得神经放松。

齐孝川像是觉察出什么，侧过身时发现她醒了，从容地取了温度计，顺便倾身贴过去。

"不发烧了。"关于昨天所发生的事，他一概不提。

她抬起眼睛，无意识地贴过去蹭他。

假如放在往常，齐孝川一定会有些不知所措，但眼下，他只是摸了摸她的脸颊。

回来的路上，齐孝川接了不知道多少个电话。

一开始是仲式微，他打的是视频电话，酷似俄罗斯人的面孔在镜头那端以熟练到能将"八百标兵奔北坡"倒着念的普通话水平疯狂询问："怎么了？到底怎么回事？骆安娣发生什么了吗？我打了她二十多遍电话，刚刚怎么会是警察接的？她是不是被人欺负了？需要我想办法拿点重型枪炮过来吗？"

怎么想办法啊？他是有认识的军火库的人吗？齐孝川想也不想地按掉。

其次是朱佩洁。之前齐孝川过去的时候，她刚好也在手作店，大概在周围潜伏，旁听到了什么，外加女人的第六感作祟，她火急火燎翻出不知道几百年前收到的名片联系他，竭力克制着不安说："齐老板，找到骆小姐了吗？今天她没来上班，我的课程不要紧，可是她没出什么事吧？"

她们的关系什么时候这么好了？齐孝川随便应付了几句，朱佩洁却不依不饶，恨不得当即要求齐孝川举着身份证拍张照承认是本人并对自己的发言负责，直到确认骆安娣暂时安全，她才挂断电话。

然后是天堂手作店的老板。最近二店的营业额不错，一店交由骆安娣打理后人气更是不降反升，以至于她开始咨询起成立公司的相关事宜。也不知道是担心骆安娣这个人，还是担心店里的摇钱树，总之他也主动关怀："安娣怎么了？要是压力太大，我可以给她多放点假的，记得提醒她好好休息——"

无良资本家。虽然齐孝川说这话时也能联想到自己员工如此斥责他的架势。

接着是齐孝川他爸。说"为老不尊"有点过了，但那老头实在没个老年人的样子，最近还去学街舞，害齐妈妈一个劲笑着抱怨"跟你儿子搞反了吧"。齐孝川的爸爸还没得知骆安娣的事，纯粹过来问："我周末有一个结课演出，会表演潘玮柏的《反转地球》。你要过来看看吗？"

"什么东西啊——"此时此刻根本无暇理睬这种恶作剧般的提议，齐孝川怒极反笑，无话可说地准备挂断。

结果还被老爸继续追问："怎么？你看不起潘帅？我知道，你们这个年代都喜欢飞轮海是吧？"

压力积攒到一定程度，齐孝川继续踩油门，电话终于最后一次响起。

秘书说："齐总，我清理了工作邮箱，你之前要我给你找的那个资料——"

"别吵。"齐孝川撂下简短而干脆的拒绝，直截了当地收线。

留下秘书在那一端无比困惑，无辜地朝身边同事微笑："我又做错什么了吗？"

万幸，齐孝川在家庭医生的嘱咐下照顾了骆安娣一整晚，她恢复得很顺利。

他比她先起来，准备好了早餐。

骆安娣穿着在意识不清醒的状态下被换上的衣服，绑带部分被捋得比平时她自己系得还好，足以看出帮忙的人究竟有多心灵手巧。

她坐下，慢慢喝他煮的粥。他却停下筷子，默默看着她，为了能在她说出要求的第一时间就行动。

可能是吃得太急了，她呛住咳嗽起来，他递过水，手悬在她肩膀上方，犹豫了半天，总算笨拙地覆下去。

吃过饭之后，身体稍微补充了一点能量，齐孝川驾车载骆安娣去警察局。

嫌疑人已经被抓获，毕竟车牌号和车型都大大咧咧出现在了监控录像当中，没费什么力气就逮捕了他本人。但调查的流程还是要走。

说实在话，齐孝川是公务员执行公务时最烦的那类人之一，过度戒备，脸色难看，外加气场的确恐怖，实在影响心情。其间，对方律师忍不住提醒了一句"请问齐先生可不可以停止恐吓"，结果反倒被他皮笑肉不笑地回敬"我不是一个字都没说吗"。

面对所谓规则，他已经仁至义尽了。假如能让他许个愿望的话，齐孝川很希望现在、立刻就天降小行星将这里夷为平地。他实在不想让骆安娣再被迫耗下去。

"看样子情况就是这样了，"警员拿着手机进来，随口说道，"作为受害人之一，苏逸宁先生也马上要从医院过来。不然我们就——"

骆安娣的神情岿然不动，只不过单手小指和无名指不自觉地蜷缩了一下。

齐孝川倾斜目光，然后恢复原状，平静地走上前去，若无其事地挡在他们中间，一边漫无目的地翻着记事簿一边说："我们预约了医生，下次吧。"

他给骆安娣披上外套，搂着她的腰出去。

离开时，齐孝川很从容，他握着车钥匙，在看到苏逸宁的车的瞬间将手抬在车门上，遮住了骆安娣的视线。

司机一直在车上待命，齐孝川给了他原路返回的指令。再看向后排，骆安娣原本望着车窗外，他有些迟疑是不是该打个电话让谁来陪陪她，下一秒，她回过头。

"你要去公司了吗？"骆安娣说，"我也去上班吧。"

齐孝川目不转睛地盯着她，终究没像偶像剧里霸道的男主角一样畅所欲言来一句"我养你"，反而有些自杀威风地回答："你想去就去，不想去就不去。叫司机送你。"转头又重新示意司机全程陪伴："伟豪等会儿会过来，公司也能提车。"

齐孝川重新返回，苏逸宁也以受害人和证人的身份到场。齐孝川走进去，默不作声地等待了一刻钟，秘书姗姗来迟。

开车撞骆安娣的司机咬死自己是报复社会，但在路边等待那么长时间的行为本就可疑，撞向骆安娣就扬长而去，之后也并未肇事。况且，还有更为恐怖的可能性——

齐孝川看向苏逸宁，苏逸宁正气定神闲地坐着，时不时吐出几句不痛不痒、控诉嫌疑人的台词。费用给足了，威胁也恰到好处，人证、物证都不存在，他们拿他没有办法。他做事向来周密，必不可能落下把柄。

仿佛挑衅一般，苏逸宁也回望向他。

良久，齐孝川忽然间脱口而出："苏先生很卖力。"

苏逸宁微笑起来："那当然。与骆小姐有关的事，我必须上心。我与齐先生不同，齐总白手起家，走到今天着实不易，是在这商界摸爬滚打沉浮过的。我则没用多了，从骆小姐那儿得到的照顾也多得多。"

话里有话，油水相隔，实在讨厌。

他一点反省的意思都没有，浑身洋溢着即将如愿以偿的满足。事实上，苏逸宁很瞧不起齐孝川。他的贫贱，他的无趣，他的过于板正。曾几何时，有过那么短暂的一段时光，他也觉得他们或许能聊得来。但很可惜，命运总爱捉弄人，偏偏骆安娣出现了。

被审视的齐孝川蓦然问："我记得，苏总好像有位关系十分亲近的姨妈。"

苏逸宁丈二和尚摸不着头脑，并不清楚他突如其来提到他长辈的原因："怎么了吗？"这可不是适合病急乱投医的场合。

齐孝川只是静静地说下去："我与她有过一面之缘，发生了口角，闹得不太愉快。似乎害得她再也不光顾天堂手作店。"

苏逸宁狐疑不决地打量他。

"她的打扮尤其醒目，因此很容易给人留下印象。手作店周遭餐厅有店员目击过她去消费。贵公司的地址并不在附近，周围也没有什么社交场所，说她只是专程过来喝杯茶未免太不合理。驾车撞向特定人选这种事，光看照片，极有可能出错，所以观察一阵，了解目标的行迹才好。"齐孝川镇定过了头，以至于显得有些冷酷，"骆安娣大部分时间都在店里。假如去调查前段时间'天堂'附近的监控，会不会发现这位司机的踪迹？又或者，会不会发现他和谁在周围某家店碰面的监控录像呢？"

苏逸宁十指相扣，不慌不忙："您的意思是，这名司机不仅是蓄意伤人，还是受人指使才这么做的？"

"我与令妹来往了一段时间，听她说过苏总为人谨慎。相信一定不会反对调查。"

"那是自然。"苏逸宁并不担心。一来他并没有亲自露面去交涉，二来天堂手作店旁边的店面那么多，一时半会儿不可能立刻找到。况且这种私人调查本没有强制力，凭借他的财力，还能挨个贿赂过去，让他们拒绝提供录像。

齐孝川没表情地颔首，终于决定结束这一番无聊的对话。走出去之前，他又回过头，百无聊赖地挑明道："录像我复制了两份，一份提交给了检方，他们会怎么判断那是他们的事。但另一份我给了你父亲和他掌权的决策层，我们还要继续来往，我想他一定认得出你的手下，同时好好考虑你作为继承人的能力。"

苏逸宁以为他只是提议，进度却猛地抵达了终点。他对此始料未及，诧异地发出声音："你怎么——"

他不知道他想问什么。齐孝川甚至懒得挖苦人，单纯用填满嘲讽的神情看过去："因为骆安娣喜欢那些店。"

他的话有些少头没尾、难以解读。

在苏逸宁质询的眼神里，齐孝川近似大发慈悲地说下去："那些店的投资人、加盟者都是我。手作店周围的状况我都一清二楚，只是没想到你竟然可怜到这种地步。我现在没有什么都不管地弄死你，不是看在你爸的面子上，也不是因为法律，单纯是怕她伤心。骆安娣心地很好，但你最好别指望我也如此。"

话已至此，苏逸宁也清楚了大概情况。他的父母常年忙于事业，除却姨妈，家人并没有那么看重情义。保证他不被追究绰绰有余，但令爸爸妈妈失望才最具影响。

始作俑者是他最嗤之以鼻的乞丐，却在这一刻看都不看他一眼。齐孝川实事求是地警告："我从小就不知道'善良'两个字怎么写。"

骆安娣接触手工是在小时候，她在爸爸酒庄的剪彩仪式上刮破了礼服，于是偷偷躲了起来。

齐孝川来找她，自作主张用针线包替她缝补了一番。回去以后，她对灵巧的手产生了无限向往，请家里的帮佣准备器材，从此开始照着书本做些物件。

司机送她回到家，略微收拾了一下东西，骆安娣就重新回店里了。

她的遭遇尚未传开，缺席也只用身体不适带过。骆安娣核对过会员课程，径自上楼，弯腰更换垃圾袋。

身后的门忽然响了响，她回头，就看到贸然造访、脸上布满迟疑的同事。

"怎么了吗？小若。"骆安娣脸上是一如既往的温柔神情，直起身来说，"工作上有什么需要帮忙的地方吗？"

看样子同事并不是为了公事忧虑，她说："有学生早到了。"

她们一起下了楼，抵达前厅前，骆安娣都目不斜视。然而，小若像是实在按捺不住似的，终于提问道："安娣姐，那天我去找车的时候遇到了交警，所以才没能及时过去……你没事吧？"

骆安娣的脚步不曾停下，继续以固定的幅度向前迈，声音也仍然清脆："嗯，没什么事。别担心。"

但同事似乎没有就此打住的意思："是吗？那就好。我听说经常来店里的苏逸宁先生也在场？他还好吗？"

"没有什么意外，放心好了。这些不是你要担心的事。"回复不紧不慢，客气却不生硬，很符合平时骆安娣的作风。

"那就好，"像是尚未达成目的，问题还在继续，"苏先生一直都很关注安娣姐，之前介绍朋友过来，又送了花。他家里条件很不错，长得也还挺帅的……安娣姐，你不觉得他喜欢你吗？"

絮絮叨叨的劝告从耳畔流淌而过，骆安娣的侧脸依旧愉快，却默不作声。

小若动用着逞强的本能，接下去说道："他条件不错，最重要的是全心全意对安娣姐你好。是他的话，肯定能够保护好你的。只有他才配得上你——"

走在前面的背影霎时间停顿，骆安娣转过身笑了笑。她说："你很希望我和他发展点什么吗？"

起初小若有些紧张，但很快就选择抓住机会，她据理力争："没错，他那么爱你，家境也好。比起那种对你不冷不热的男人来说好一千倍、一万倍。有些人卑鄙无耻，根本就是在利用你的善意。安娣姐，我希望你能过得更好。你应该接受苏先生，而不是那类只会消耗你的对象。只有苏逸宁才配得上你。"

她安静了一阵。

骆安娣转身，掀开门帘进去，本该说说笑笑的坐席间是一片尴尬的死寂，直到她们露面，大家才临时寻找起话题，却还是异常微妙。小若这才意识到自己忽略了场合，骆安娣倒对周遭好奇的打量视若无睹。

正当所有人都准备默契地转移话题时，她说："我已经和齐孝川在一起了。"

她回过头来，在众目睽睽下面带微笑，像是回答小若，又吸引了在座每一个人的注意。骆安娣还是第一次说出这样的心底话，温和从容，轻松笃定："我和他小时候就认识。你应该从苏逸宁那里听说过我的事了吧？以前我就是现在这副德行，甚至更加严重。我总想着别人开心就好，自己怎么样都无所谓。我要力所能及地帮助他人。就因为这样，大部分人都喜欢我，觉得我不骄不躁，好脾气也好说话。但一开始见到齐孝川，他就不需要我，也不指望任何人帮忙。他从来不会利用谁的善良，时刻戒备别人的好意。在他眼里我就是个麻烦，可他还是向我伸出援手。我第一次遇到这样的人。"

骆安娣一直认为自己感情比常人迟钝。童年的岁月里，许多时候都被她用傻笑搪塞。然而，初次品尝自尊心的苦涩来得并不算太晚。夜晚打工结束的末班车上，突如其来的幻想袭来——年轻女性多多少少有过类似的幻想，变成盖世英雄的意中人骑着白马来找自己。然而，她却意识到自己并不是那么想见他。直到死都在齐孝川心里保持公主的形象也很好，多年以后，他回忆起来，她还是那个雪夜里穿着呢子斗篷、长发梳成辫子，被爱与关怀簇拥着的小女孩。

齐孝川曾经质疑过她。他对她的常态直言不讳，骆安娣那了解别人伤口，随即就上前治愈的行为模式，他全都看在眼里。其实齐孝川的不安有理有据，他咄咄逼人，认为她对他也是如此。她妈妈从他妈妈那儿得知了他的身世，她也由此知情。

然而，齐孝川终究还是有所疏漏。

他替她捞起球的时候，她甚至连他的名字都不知道。

回到眼下，同事难以置信地注视着她。突然间，原本正在粘装饰品的主妇叹了一口气。女人说："年轻真好。"

随着她的一句话，其他主妇也纷纷附和。一时间，室内重新恢复其乐融融。

朱佩洁背着单肩包进来，模模糊糊觉察到气氛古怪，所以开口询问。

"没什么，"骆安娣却笑着说，"一起做今天的手作吧。"

应酬是齐孝川认为商业场合最浪费生命的活动没有之一，但出于生计考虑，他还是能以无可挑剔的状态完成任务。推杯换盏间，恐怕真正有对各项演讲认真评级的人屈指可数，但他一定算一个。

与人不冷不热地寒暄完，齐孝川故意拿着高脚杯准备去露台吹风。门被推开，他还以为是谁，看到曲国重后满不在乎地回头，一个字都不肯先说。

曲国重的助理比他更介怀，老人家本人却不在意，大概自己心里也清楚，拿人亲生父母要挟确实伤人情，挥一挥手让他退开，走上前道："齐总酒量如何？"

齐孝川没有自曝弱项的习惯，索性反问："曲老不是回印度了？"

"几处往返而已，俄罗斯有生意，今年在巴黎也置了地产。"曲国重说，"你有没有考虑过也到法国和我做邻居啊？"

齐孝川回过头，没有喝醉，加上秘书几乎每隔半小时来一次电话，所以忍住了没回答"考虑个鬼"，转而说："倒也没必要回来。"

曲国重舒了一口气，笑着走近说道："老友的女儿在这里，我怎么可能安下心来走呢。"

齐孝川有点困惑地思索了一下，一言不发地果断离去。

万幸没喝太多，加之酒的质量不错，因此没有宿醉。隔天是提前几周特意空出来的假期，骆安娣也提前起床，本想去提供叫醒服务，意外发现扑了个空。等她穿着睡衣过去，齐孝川已经连早餐都做好了，拿着锅铲在她背后问："你在干吗？"

休息时间，齐孝川的打扮就像最不起眼的上班族，假如不是脸和身材出挑，恐怕刚踏进人群就被轻易淹没。可是低下头，看到自己也同样平平无奇的打扮，骆安娣总忍不住会心地笑起来。他们其实都这么普通。

齐孝川正在用筷子，觉察到视线，因而看回去。

"怎么了？"他问。

骆安娣摇摇头，笑嘻嘻地说道："不管你变成什么样，我都会一眼认出你来的。"

他稍作迟疑，继而嘲笑："不知道是谁，见了我两面，都称赞我刺绣做得好了，还不知道我是谁。"

"那是因为太突然了。"骆安娣一点都不气馁，"我原本以为自己一辈子都不会再碰到你了。"

这种事就算是假设也足以令他不快。齐孝川面色铁青地催促她快吃。

走的时候，骆安娣匆匆忙忙。齐孝川站在门边等待，默不作声观察了一会儿，然后重新折返，替她拿了帽子。

骆安娣戴上后朝他微笑，可爱得像是快融化的冰激凌。齐孝川伸出手，替她将旁边的帽檐再往下压，把她微微泛红的耳朵也盖住。

他们驾车进了公园，因为事先预约过，所以没有其他游客。

进去以后，空气明显比其他地方更好，宽广的湖面上倒映出矮小连绵的山坡。两个人走在小径，各自看着周遭的风景。

太阳暖融融的，绿油油的草地柔软而蓬松。骆安娣慢慢地坐下，掺杂着香气的风吹来，遮阳帽掩住了脸颊。

齐孝川站在一旁，漫无目的地环顾四周。

她仰起头，不由得发出清清爽爽的笑声。

"小孝，小孝。"她去捉他的手，"你怎么跟牧羊犬一样——"

他也坐下，与她肩膀碰着肩膀。骆安娣眯起眼睛，嘴角沾着湿漉漉的笑意。

他忽然想吻她。

她别过脸，像是看穿他的所有杂念，递过台阶，只等他以假惺惺的勉强如愿以偿。

齐孝川贴近，给出短暂的接触。

她又牵了牵他衣袖，于是他再度吻她。

齐孝川的目光不自觉躲闪，骆安娣望着他的侧脸："小孝，讲个冷笑话好不好？"

"不。"他拒绝得斩钉截铁。

齐孝川这辈子从未用话语讨谁喜欢过，他的言谈准则向来只有"气死人不用受法律制裁"这一条。

骆安娣也没有坚持，只是发出了一个表示惋惜的单音节。她看向远处，草地很舒服，天气也很好。

他用余光瞥了她一眼，内心有片刻的挣扎。

"咳，我没试过。"齐孝川说，"就只讲这一个。"

- 01 -

齐孝川从不相信"不成功则成仁"这种鬼话，亲生父母姓甚名谁早就忘得一干二净，他简直是现代版从石头里蹦出来的孙悟空。

养父母倒是好人，力所能及为他提供了好的成长环境，只期望他考个差不多的大学，找份差不多的工作，娶个差不多的老婆，过上差不多的生活，做个六十分万岁的差不多先生。没想到自家孩子从小主意就正，才上初中，就在学校回收手机赚钱；高中时更是靠专利费一口气拿了他爸一年的收入回家；大学就更不用提了，同龄人还在享受进入社会前最后的校园生活，他过年收下父母意思一下的压岁钱，转而回赠给他们房产证。

很长一段时间里，骆安娣不知道，也不关心这些。

她比弟弟早出生几分钟。在那个试管婴儿等人工干预生殖技术还不流行的时代，龙凤胎足够成为不错的话题。

骆夫人也很以此为荣，虽然没到像电视剧里一样自夸"我的肚子真争气"的地步，但这确实是喜事一桩，尤其在像他们这样的家庭里。

儿子是可以传宗接代的，是家族的希望，也是财产的第一继承人。

当然，女儿也很好。

也。

骆吹瞬出生时进行了常规的智力检测，那时指数就令医护人员特别留意。

后来进入幼儿园，与其他小朋友对比，他的出类拔萃彻底藏不住了，小学中学连跳几级，最后成为少年大学生。他优秀到超出了"别人家孩子"的范畴，大人们就算提起，也绝不会拿他和自己的孩子比较。毕竟非要比较智力高低，连成年人都比不过他。

不知该说是美中不足还是万幸，作为他的双胞胎姐姐，骆安娣却没有特别聪明。

就像美国系列动画片里所说的那样，女孩子是由砂糖、香料、一切美好的事物组成的。骆老板的教育方针向来是"穷养儿，富养女"。因为骆安娣是作为女孩出生的，所以很多问题都不需要考虑，只要仰仗爸爸和弟弟就行了，家业与她没关系。将来嫁个好人家，那就是她的归宿。既然是女孩子，就开开心心地穿着裙子抱着洋娃娃，看着电视吃奶油蛋糕吧。

骆安娣有幸运的自知之明。她从未承载过任何期待，因此也没背负过丝毫压力。吃穿住行都是最好的，甚至比弟弟还优越。骆老板很注重拓宽孩子们的视野，培养孩子们的爱好，时不时带着他们两个人去打高尔夫、品茶、参观博物馆。在有些项目上，骆安娣比骆吹瞬做得更好，年纪小不懂事的时候，也曾有过要比弟弟更吸引爸爸妈妈注意的念头。她理所当然地选择了发挥优势，在自己更擅长的领域来讨人欢心。茶艺和花道，滑雪和冰舞，小提琴和芭蕾。她也的确得到了夸奖。但是，与想象中相差甚远。

骆老板称赞了她一番。还没来得及雀跃，父亲已经多补充一句："女孩子修身养性是好事，男孩子就不能这么蹉跎了。"

爸爸妈妈已经对她足够好。

当地生男生女待遇不同的风俗闻名全国，宗族观念，嫁女倒贴，诸如此类思想泛滥成灾。与之对比，骆老板和骆太太已经很好。

直到上小学，骆吹瞬和骆安娣都还经常一起睡觉。不是没有各自的卧室，而是习惯了和对方在一起。

被雇来照顾他们的用人是一名上了年纪的老妈妈，很像迪士尼《彼得·潘》里那只戴着女仆头饰，用嘴叼着孩子们放到摇篮里盖上被子充当看护的伯恩山犬。她经常犯困，而且倚着门就能睡着，还会打呼噜。骆安娣和骆吹瞬时常偷偷地笑，然后趁着这个机会爬到某一方的床上，把跳棋棋盘摆出来，又或者共同读一本英语连环画册。他们会用头轻轻撞对方，吃中间有蔓越莓的司康饼，压低声音笑个不停。

假如那时候有人去问骆吹瞬为什么——他明明已经能读懂《时间简史》，轻而易举地分辨猎户座，自己在家制作交流电发电机，却还像孩子一样跟姐姐做着幼稚的游戏，那时候的他一定会笃定地回答，因为那是他少有的，觉得自己还像个孩子的时候。

大人不喜欢他们黏在一起。

爸爸和妈妈对他们很好，比其他父母更好。但是，比起别的事，他们更不喜欢他们没有边际。男孩子不像男孩子，女孩子不像女孩子。骆安娣可以任性，也可以骄纵，她可以犯错，但不能拖累骆吹瞬。

"我知道你们是双胞胎，彼此比其他兄弟姐妹更相互依赖一些。但是，"私底下，妈妈告诉骆安娣说，"吹瞬是要经常跟爸爸去应酬的，要学不少公司的事。他要成长成男子汉。你也有你要学的东西。女孩子最重要的是温柔，善解人意，然后被别人喜欢，这才是最重要的。你们不一样，知道吗？"

骆安娣和骆吹瞬被迫长大了。

他们有各自需要变成的人，即便没有人愿意。已经是中学生的骆吹瞬安慰她："我们就是我们，大人就是要管着小孩，我们只要表面听话，偷偷不受影响就好了。阳奉阴违，你知道'阳奉阴违'是什么意思吗？"

还是小学生的骆安娣鼓着腮帮子回答："当然了。我当然知道'阳奉阴违'是什么意思。"

在"男主外女主内"的传统模式中，女性要完成的不仅仅是家务事，还有社交场合的完美表现。拉拢感情是优秀女性应履行的义务，有人情味是必备技能，能不得罪人并被大多数人喜欢是堪比勋章的荣誉。

骆安娣大概很有天分。

她的外貌、谈吐以及与生俱来的气质自然起到了很大的作用，但在她本人看来，赢得人心并没什么难的。这个秘密，她从未和任何人吐露过，也不怎么常常想起。

每个人都渴望被温柔对待，只不过有的善于掩饰，有的直白明了罢了。

善良是美德。

这是骆安娣人生中学到的最重要的事。

她身边总是簇拥着很多很多人。不仅仅因为她长得漂亮、家里有钱，更缘于她来者不拒，对任何人都亲切有加。最出乎意料的是，只要来到她周围的朋友，绝大多数都会变得心平气和，摆脱戾气，同样变得更容易接纳他人。与其说温柔会传染，倒不如说或许每个人内心最深处潜意识里都还是想做个好人，只要和骆安娣在一起，这种想法似乎就正当化起来，与此同时也具有了可实施性。

　　但是，也有不少人得到后就想要更多，甚至于独占。人总是贪得无厌，也的确有人性本恶这一说法存在，骆安娣同样遭受过恶评，其中频率最高的词语是"方便"和"虚伪"。觉得找她帮忙很便捷，或者单纯指责她伪善。

　　即便如此，大家还是争先恐后地往她身旁拥来。

　　觉察到异常的时候，骆吹瞬已经上了大学，经常跟着导师或在学校，难得回一次家。他隐隐约约也觉得姐姐装腔作势过了头，但也没多发表什么意见。他在成长这件事上也还是新手，拥有聪明的头脑不意味着心志就有多超乎寻常。当时，骆吹瞬也有自己的烦恼。

　　父母朋友的子女是除家人外离她最近的人，相当于城堡的第一包围圈。他们其实本性并不坏，但有钱人家出身，在许多大人点头哈腰的恭敬下长大，见过的世面也非同凡响，难免有一定的阶级意识。他们也喜欢把这层理念套到骆安娣身上，怀揣着初具雏形的保护欲，对一些外来者萌生恶意。

　　那是一个暖洋洋的午后。

　　骆安娣小睡过后下了楼，朋友们接二连三来到家里，在花园里支起桌椅和阳伞，一边做功课一边吃点心。骆安娣早早完成了自己的那份，顺便去帮别人写。钢笔没墨水了，正等待墨水送过来，有王子公主已经耐不住性子起身玩耍。

　　不管穿着再怎么昂贵的童装，读着学杂费再如何高的私立学校，他们终究是孩子，一起做的游戏也是最平凡的躲避球。

　　没有人会拿球扔骆安娣，所以她永远都是安全的，只需要笑嘻嘻地跟随拿球的人象征性转动身体。

　　圆滚滚的球沐浴着日光，远远看起来金灿灿地发着光。金色的球飞了出去，移动到用人的儿子脚边。

　　他们不客气地高声喊叫，差使他把球还回来。但齐孝川实在不识好歹，竟然没能领会自己理应毕恭毕敬亲手送过去，反而径自抛掷过去。

球本该落在另一个孩子身上，他却灵敏地躲开了，临了还庆幸地低呼了一声。正因他的闪避，球砸中了骆安娣，紧接着滚进了池塘。

　　那是他们第一次见面。

　　骆安娣第一次见到齐孝川，只有他是外来者，她身边却围着一圈人。

　　"球掉下去了。"有人在问，"谁去捡球？要去叫大人来吗？"

　　"没必要那么麻烦。喏。"另一个孩子扬起下颌，示意暗自艰难吞咽着的齐孝川道，"让他去不就行了吗？"

　　骆安娣喜欢他的脸与神情。齐孝川总在抗争着什么，一副不喜欢妥协的样子。他的长相符合她在看《泰坦尼克号》时对小混混男主角的幻想，只不过比他少了些轻佻，多出几分刻薄。他二话不说就纵身跳入水中，在场所有人都吓了一跳。她头一个飞奔到岸边。

　　骆安娣不确定自己那一刻究竟更担心还是更期待。

　　虽说不够聪明，但她向来都比同龄人早熟。

- 02 -

　　被金色的球砸中那一刻，骆安娣下意识瑟缩，心和身体都像发抖一般。并不痛，反而是心脏麻麻的，短时间内动弹不得。她望向他，他也迅速地掠过她。目光有过交汇吗？骆安娣不确定，她牢牢地注视他，即便他已经别过脸去，面色不佳地听别人说话。他一次都没有再看她。

　　骆安娣无法转移视线。

　　她甚至没能留意他们在说什么，只知道他的表情肉眼可见地由差变得更差。周围的孩子们肆无忌惮地起哄，但这一切在她耳里都只是杂音一样的嗡鸣。她看到他伸出手，齐孝川探进人与人之间的缝隙，随即挤出去。自始至终，他都一言不发，嘴唇紧抿。

　　那时候恰好是夏天，发传单和夜市摆摊的打工足够把他晒黑，虽说因为年纪小，很快又会白起来。他比他们之中的任何人都更强健，身体线条也更漂亮，那是生活所留下的健康的痕迹。

直到水花溅起，骆安娣才从纷飞的遐思当中清醒。她飞奔而去，仿佛花蕊聚拢般俯下身去。水面波光粼粼，白色的棉袜沾上了污泥，她却什么也不在乎。

转眼间，齐孝川已经从池塘里爬出来，将打湿的头发向后捋，宛如松了口气似的挑眉。他把球递向她。有可能因为认识她，知道她是这一家的小女主人，也有可能因为她离他最近，并且一直望着他，还有可能是因为他砸中了她。

骆安娣接过那个球。

水沿着他的指尖落到球的表面，她接过后，又从球下方滴落到她裙摆。

一滴接着一滴，打湿了衣襟，也弄脏了脚背，骆安娣却只是站在原地。

齐孝川没有多与她进行接触，转过身时张望一周，像是纯粹为了确认怎么回去原本的位置。她本能感觉到他马上就要离开，内心的唯一一个想法就是与他产生联系。情急之下，她只记得电影里绑住对方的办法都是婚嫁。骆安娣吐出了他们见面后的第一句话，那是她少有地觉得自己聪明的时候，尽管的确不合时宜。

骆安娣说："长大以后我可以嫁给你吗？"

她记得很清楚，他满脸写满了荒唐，难以置信到仿佛下一秒就要骂出声，却还是只回答："哈？"

她很快就正式认识了他。齐孝川的父亲和母亲都在骆安娣家就职，他们都是非常好的人。骆家有三位司机，齐孝川他爸就是其中一名。骆安娣尤其喜欢这位叔叔，开车送她去学校的时候，齐孝川的爸爸常常会说些趣事，把大家都逗得哈哈笑。他是个细致入微又体贴周到的人，每到重要的节日，他还会专程提醒骆安娣。

齐孝川的妈妈就更别说了。她是一个坚韧且温柔的女人，骆安娣的妈妈经常和她一起聊天。她喜欢听骆夫人弹钢琴。像是天生有缘似的，虽然对西洋乐器一窍不通，但倾听琴声时，齐孝川的妈妈总能精准地猜测出骆安娣她妈妈的心情。后来，在骆夫人的鼓励下，齐妈妈拾起了曾经唱歌的爱好。她们就像高山流水的知音般相见恨晚。

骆安娣是旁听到他的名字的。

齐孝川向大人自我介绍，老实巴交地说"叔叔阿姨好"，但完全没有孩子该有的羞涩、厌烦或者其他常见情绪。骆安娣认为他的一言一行都很显眼，总是和周围人格格不入，却丝毫不会动摇。

等到其他人离开，她才走上前说："齐孝川，你叫齐孝川？我是骆安娣，我可以叫你小孝吗？"

骆安娣记得很清楚，齐孝川回过头的瞬间，她就知道了，他一定早就发现了她在关注他，只不过碍于情面不提而已。

她记得他说了："嗯。"

还是初中生的齐孝川回答："我知道你是骆安娣。"

那一天球落入水中，身边的朋友也听到了骆安娣的"玩笑话"。有女孩子问她为什么，骆安娣故意傻笑着反问"他不是很帅吗"。

"但他配不上你。"他们像这样振振有词地说。只提及外貌自然只是蒙混过关的谎话，骆安娣还小，并没有想过那么长远的事，仅仅觉得喜欢。

而且很快，她又知道了另一件事。

齐孝川比别的孩子更懂事，正因如此，他明白父母受雇于骆家意味着什么。

齐孝川一家人都住在骆安娣家的庄园里。他们的房屋离主宅有一段距离，虽然不及其他建筑那么豪华，但也宽敞整洁，设施齐全，最重要的是能一同享受院里的环境，能拥有以他们的收入本不能享受的风景。

就算自己无所谓，为了父母的处境着想，齐孝川也绝对要优先忍耐骆安娣。

一开始，他想的是要绝对顺着骆安娣。

骆安娣给他起了奇怪的绰号。都说三岁一代沟，不管怎么想，对于那个年纪的孩子，齐孝川也应该是大哥哥的身份才对。然而，骆安娣显然没有这种概念。她就喜欢称呼他"小孝"，嗓音时高时低，带着小女孩独有的天真气息，像肥皂泡似的飞满了半空。他闲下来的时候还好，只可惜大部分时间，齐孝川都忙得分身乏术，对待近似十万个为什么的打扰也耐心有限。

所以很快，他对自己的要求降低到了不让骆安娣难堪。

不知道这么说是否失礼，但骆安娣在给人添麻烦这件事上似乎天赋异禀。即便是齐孝川，也有在管不住嘴的少年时代，被拎着耳朵教训"不许这么跟安娣说话"的时候。

他忍无可忍坦露了自己的观点，结果却遭到不是亲生胜似亲生的父母的一致反对：

"你出去随便找个认识的人问问，谁不说骆安娣最善解人意。"

"就是，别说添麻烦了，安娣总是帮别人解决困难呢。"

齐孝川内心的疑问无法解答，究竟是他疯了，还是大家疯了，又或者骆安娣那副乖巧懂事的皮囊下其实藏着一个根本不讲道理的疯子，明明没认识多久，相互根本不了解，比起陌生人也好不了多少，就无缘无故地对他区别对待。

她好像乐于见到他不爽却拿她没办法的神情。

骆安娣给齐孝川送礼物，不管他是否接受就塞给他；她和他上同一所学校，没有任何告知就来了；她大大方方地告诉别人她喜欢他，害他沦为所有人茶余饭后的谈资，丢脸丢到他未来二十年都不知道究竟在哪儿的外婆家。

到最后，齐孝川对自己的要求一降再降，终于只剩下象征无可奈何的底线——只要不撕破脸就行。

不偏不倚，骆安娣很少发脾气，更不用提对齐孝川。他在内心为自己设置的行为准则终于几乎丧失全部意义。

这正是骆安娣想要的结果。

《蓝色生死恋》这部电视剧风靡一时时，班上同学都在看。骆安娣也是如此。大家都默认孩子什么都不懂，但实际并非如此。恰恰相反，正因为是初中生，所以才更按捺不住与喜欢的人牵手、拥抱和亲吻的冲动。

那是一个具有灰姑娘色彩的爱情故事，男主人公居高临下地拿权势压制女主角，用各种利益诱惑女主角，却被女主角以一个耳光断然拒绝。他怒吼"我用钱可以买到一切"。从中骆安娣更深刻地确认了一个事实。

她所想要的，不是钱能够买到的东西。

得知齐孝川是学生会会长，骆安娣很快就也加入了学生会。初中部和高中部共事的机会其实并不多，但只要能多和他接触，她就觉得很开心。那时候，骆安娣喜欢齐孝川的事已经不是秘密，他们甚至会恶作剧式地追着他称呼"童养夫"。

在学校礼堂结束会长发言，齐孝川回到自己班级的队列站定。身后的同学凑过来低声谈笑。他们说："齐孝川，你就是他们家的童养夫吧？等她过了十六岁就能摆酒席了。"

假如还是几年前，他早就与人大打出手了，但习惯这件事实在很可怕。他只是麻木不仁地回敬了一句"你说话这么难听是爸妈教的吗"，转头就不再搭理。

那一天，他也是如此熟练地恶语相向，唯一的不同在于他回头时偶然捕捉到她的眼神。骆安娣将一切收入眼底，隔着人群呆呆傻傻地望过来。齐孝川本来错开了视线，似乎想要假装没看到，但她仍然纹丝不动地默默打量他。好一会儿过去，他突然间又回头。

作为课题奖项获奖人的学生代表还在发言，齐孝川却倏地违背规则，径自对同学说着"抱歉，让一下"，穿越人群来到她跟前。他的神态看起来冠冕堂皇，仿佛所作所为只是公事公办。可他低下头，轻声对她说的却是："别听他们说的。"

有那么一段时间，骆安娣每天都委托司机，一定接送自己和齐孝川上学放学。齐孝川对此十分抗拒，起初咬咬牙也就吞回拒绝的话，到后来习惯了，偶尔还是会脱口而出"不了，谢谢"。

他有时候骑车，因为等到了下午反正要逃课出来打工。但学校领导逐渐在翻来覆去的猫抓老鼠游戏中掌握诀窍，与其对他穷追不舍，倒不如直接在学校单车棚守株待兔。

拜这所赐，也上演过好几次老师躲在四处蹲点逮他的谍战片剧情。被抓现行多次，齐孝川逐渐开始把车停在学校附近男科医院的家属院里。一直到他偶遇副校长去治疗功能障碍，两个人尴尬地相顾无言良久，最终以齐孝川骑着车来了一句"我兼职要迟到了"收尾。从那之后，为了避免这种危险事件再度发生，他才转移阵地。

把车停在附近，还是有一段路程需要步行。骆安娣及时让司机停车，自己下来走路。

齐孝川走在前面，速度也好，步幅也罢，都和骆安娣不是同一个级别。她常常跟得很吃力，末了都要被迫小跑。

他脸上的表情明摆着是嫌弃，行为举止也显而易见恨不得把她甩掉，然而余光总是与她的影子不期而遇。到最后，他仍然不回头，却意味不明地放慢脚步。

骆吹瞬放假回家，他说："我不懂，我真的不懂。你是怎么想的？"

骆安娣正在准备圣诞节要送给大家的礼物，每个是朋友或不是朋友的人能得到的都是一样的，只有齐孝川的不同。

齐孝川不会收下那种实体的东西，他对礼物向来无感，对她的则无条件推辞，所以骆安娣准备做姜饼人。

她说："什么怎么想的？你要吃我做废的作品吗？"

"连礼物都唯独不收你的，就算这样，你还要坚持送吗？"骆吹瞬尝了尝，味道不好也不坏，凭借他对齐孝川的了解，他甚至可以想象齐孝川一本正经反问"想吃饼干为什么不直接去超市买"的样子，"你确定他会吃吗？"

骆安娣戴着烘焙手套，在用人的帮助下打开烤箱，笑嘻嘻地分心回答："嗯，只要稍微装可怜，说自己做得很辛苦，小孝就不会拒绝了。"

极有可能是错觉，骆吹瞬总觉得自己好像在姐姐背后看到了类似恶灵的另一面。不过压抑太久了，单独特别想对某一个对象使坏也没什么。他认为这是憋慌了的表现，自我安慰一番，提前在内心决定了齐孝川的可怜宠物的属性。假如姐姐喜欢，那有什么不好呢？反正她绝对没有在捣乱的自觉。

骆吹瞬随便地回答："那好吧。祝你顺利。"

骆安娣认认真真做了很多版本。做废的就自己吃掉，或者麻烦厨房的帮佣和院子里的园丁爷爷帮忙解决。最终得到满意的成品，万分珍惜地用纸袋包装好，放进礼盒，准备好送给齐孝川。

值得一提，这个计划她很早就敲定了。然而这一年的圣诞节正是周末，学校莫名其妙流行起举办派对，骆安娣被四处争抢，早早地就失去了抽时间给齐孝川送礼物的自由。

最终，她还是趁平安夜晚上偷偷溜了出来。

夜晚的室外风凉，骆安娣穿着红色的呢子斗篷，像出门采草莓的小红帽般踏过雪地。四处万籁俱寂，她出来没有告诉任何大人。

齐孝川的父母还在工作时间，屋子里很安静，她蹑手蹑脚地爬上楼梯，小心翼翼地推开门。灯已经关上了，昭示着房间主人已经入睡。骆安娣屏住呼吸走近，慢慢地坐在他床边。

他是骆安娣第一次喜欢的人。她还是个孩子，没有更多乱七八糟的想法，只是觉得他很好，真的很好，想经常看着他，和他靠得再近一些。

齐孝川睁开眼，看到她时吓了一跳，但很快又恢复冷静，语气平稳地问："你在这里干吗？"

骆安娣笑嘻嘻地替他压紧被子，放下礼物说："我想学圣诞老人给你送礼物。"

或许是睡糊涂了的缘故，齐孝川一反常态，竟然没有推辞："白天拿不是一样的？"

　　她内心有过一点点小后悔，早知道就送更有纪念意义一点的了。但姜饼人也很好，毕竟是她费尽心思努力烤出来的。在送之前不久，她还特意旁敲侧击问过他"你喜欢饼干吗"，他的回答也迅速——齐孝川这一点实在非常好，他原则上是不撒谎的，所以想了想就回答"喜欢吧"。

　　"当然不一样啦，"骆安娣说，"我走啦。"

　　临分别时，她又对他说："我想听听你对礼物的评价。"

　　那一个周末结束，骆安娣都没能从齐孝川那里听到任何对礼物的感想，没有溢美之词，也没有不屑一顾的差评。礼拜一上学，她照常在私家车后座听着英语。下车时，却出乎意料发现齐孝川站在校门口。那对往常分秒必争的他来说实在罕见。

　　骆安娣纳闷他在等谁，只见齐孝川朝她走来，塞给她整整一袋的姜饼人曲奇，造型比她之前做的更精致。她接过，茫然地抬起头，就看到他像在回避什么似的撇过脸，漫无目的地望着别处，淡淡地说："其实可以加一点肉桂，口感会更丰富。不一定要用模具，造型以后冰冻，之后切开，效果也一样。还有蛋白霜，你没做过戚风吗？怎么突然想做饼干——"

　　骆安娣感觉他似乎误会了什么："……"

　　"这是我做的，你可以试试看。"齐孝川终于看向她，神情依旧别扭得难以言喻，板着脸道，"教程我之后发给你，按我的方法做成功率会更高。"

　　骆安娣有些哭笑不得："小孝……"

　　齐孝川像是意识到自己刚刚太过严肃，他临时纠结一番，试着改变态度。

　　"加油。"他郑重其事地拍了拍她，"你一定行的。"

- 03 -

　　齐孝川的手很巧，用一针一线做手工也好，在家自己做冰激凌苏打也罢，对他来说都轻而易举。不管多么复杂的步骤，他只需要扫一眼，最多也就浏览一遍，就能不费吹灰之力地百分百还原。

　　骆安娣吃了他做的饼干，造型、香气、味道，根本无可挑剔。她毫不保留地向齐孝川传递了赞美。虽然也没做他会客气的心理准备，但齐孝川的反应还是令人意外。

他一点都没沾沾自喜，反倒理所当然地冷笑一声："那当然，我周日花了一下午钻研的。"

"和谁一起吗？"骆安娣有些难以置信。毕竟对大多数人来说，烹饪并不是什么趣事，她也是在帮佣的陪同下才完成的。尤其拿到齐孝川那张详尽到能去拍美食视频的食谱，不知道他到底钻研了多少次，才能让每个步骤尽善尽美到这地步。

然而齐孝川却好像不明白她的意思："什么？我一个人。"

实在很难想象齐孝川一个人在厨房里钻研怎么做姜饼人的情形——他就是这么一个很难用常识判断的人。身边有不少人认为他古怪，但骆安娣却只是发笑。

她为他感到伤心也就是很快的不久之后。起因无他，只能说是骆安娣积年累月的举动终于让齐孝川觉得自己该做点什么。

《伊索寓言》里有个这样的故事，风和太阳打赌，比赛谁能将路上某人的衣服扒下来。风呼啸而过，坚持不懈地猛吹行人，但人反倒把衣服裹得更紧。太阳出来了，所做的仅仅是照耀着他，没等多久，人就宽衣解带，把衣服脱了下来。在他们俩的关系里，骆安娣是太阳，齐孝川就是那个行人，只不过更加固执一些，晒得都快中暑了也不肯脱。

骆安娣有种人畜无害的"不识相"，对喜欢他这件事供认不讳。老师和同学都知道了，齐孝川作为被喜欢的人，生存空间也在非自愿的情况下遭到压缩。客观来说，他的确算是受害者。当时齐孝川有些怨言。

想到找个女生当挡箭牌是一时兴起，他选了语文课代表，并且安排了一个不周密也不翔实的计划。

骆安娣对此一无所知，那一天她带着小提琴，准备去拉给他听。骆安娣很喜欢齐孝川的卧室，也经常过去，摆出显然不介意在那儿滞留的姿态。为了防止这种情况发生，齐孝川先发制人，养成了她一召唤就主动到骆家宅邸去的习惯。他被迫待在她那儿，总比她赖在他这儿不走来得好。

骆安娣噔噔噔跑上楼，敲了敲门就进去。她练习这支曲子好久了。但门推开时，她看到的，却是比自己大几岁的女生坐在齐孝川桌前，翻着齐孝川的《古汉语词典》。

这位身为语文课代表的女生甚至侧过头，从容不迫地低声问："这不是那个……"

齐孝川只介绍了一个人："哦，介绍一下，初中部的骆安娣。……我爸妈在为她家工作。"

语文课代表轻轻地点头。

齐孝川让骆安娣进来，骆安娣却只是笑着，难为情地说："下次我再过来吧。"

骆安娣从齐孝川那里听到了应允的回复，她后退，极为缓慢地退出去。说实在话，当时的骆安娣只是凭借本能善解人意。但当侧过身的一瞬间，心就后知后觉迟钝地觉察到了。那是看漫画《犬夜叉》时才有的收缩感，很难受，很辛苦。

她到底还是个在读初中的小女生，正处于青春期，再怎么佯装成熟稳重，也还是会有最平凡的情绪起伏。

她戴着洁白无瑕的面具走下去，乍一看并不会觉得失魂落魄。外面下了雨，她没带伞，深吸一口气后加快脚步。道路两旁种满了茉莉，香气刺得鼻子很痛。

骆安娣湿漉漉地回到屋里，走过的地方像蜗牛经过，留下深深的痕迹。用人拿着毛巾追上来，她已经倒在床上，默默地把脸朝下。胸口已不再传来拧紧的疼痛，却像黑洞似的填不满。

那一天，她发烧了。

骆安娣的免疫力向来很差，病毒和精神病毒都能轻易击倒她。后者，她直到这时候才发现。

那之后，齐孝川被他爸爸修理了一顿。说骆安娣一点歉疚都没有，那也是假的。但她被蒙在鼓里。被父母亲保护得好所以天真烂漫，这毋庸置疑是她童年时期最大的弱点。

齐孝川护送骆安娣放学，专程到初中部教室来接她。她不是没疑惑过。齐孝川表情很臭——但他平时脸就臭，齐孝川态度很差——他什么时候态度不差？或许有人会不相信，一开始她完全没头绪，直到过了一天才隐隐约约品味出来。

骆安娣去问骆吹瞬："他是被齐叔叔逼着陪我的？小孝不会真的讨厌我

吧？"

骆吹瞬在看图鉴，风轻云淡地回答道："谁知道呢。"

骆安娣像是一只漏气的气球企鹅，身体慢慢地瘪下去。她站在原地，有些迷茫地盯着未知的方向。

骆吹瞬飞快瞥了她一眼，又翻了一页书，随即说："真难得。"

"什么？"她看向他。

"别假装不知道，你其实很擅长看气氛。"骆吹瞬说着，不知道算不算恶趣味作祟，他故意模仿了她对齐孝川的称谓，"但只要碰到跟'小孝'有关的事，你就一下变傻了。"

她望着他，像玩偶似的眨了眨眼，忽然笑起来。骆安娣彻底偏离重点地说道："'小孝'这个称呼很好听吧？我真的很喜欢。"

见证了现场演绎的"一秒变傻"，骆吹瞬很想像古早漫画里的角色一样两腿伸直头朝下晕倒。他总算知道了，他的双胞胎姐姐有多认真地喜欢着齐孝川。

简直无可救药。

齐孝川高考的时候，骆安娣送了他一个寺庙里求来的护身符，用她编织的钥匙链串好。他没有拒绝，接过后翻来覆去看了好几遍，唯一用来表达感谢的话语是："这个是怎么做的？"

骆安娣笑着回答："秘密。"

齐孝川却完全不解风情，拿起来像验钞一样对着太阳打量，说："网上搜一下就有了。"

那时候他们还不知道，分别的序曲已经奏响了。

骆安娣偶尔会猜想，那首曲子一定是《G弦之歌》。她曾经本来要拉给他听，却没能如愿的曲目。

齐孝川的爸爸辞职，骆安娣的爸爸答应，这一切都是大人们的事。等到骆安娣知道，结局已经敲定了。她是先从妈妈那里听到的消息，虽然立刻就想去问齐孝川，但顾及他还在复习，所以又搁置了。

趁着下午茶的时间，骆安娣故意绕到一楼，从后面看着正在忙碌的齐阿姨，假装随意地问起："阿姨你们要走吗？以后就不住在我们家了吗？"

"是啊，"齐阿姨对她历来没什么防备，不过这种事情，本来也就没什么好防备的，"我们要搬家了。"

为了隐瞒自己心里密密麻麻的孔，骆安娣刻意保持嗓音的明朗："小孝也会走吗？"

自己问了个蠢问题，骆安娣其实是知道的。

回去以后她伤心地哭了。

骆安娣为自己的初次心碎哭泣，她从未体会过那样的痛苦。虽然在别人看来幼稚得不值一提，但她还是个孩子。那时候的她含着金汤匙出生，想要什么就有什么，没有挨过饿，也不曾受过冻，连跌倒的次数都屈指可数。

夕阳覆盖了碧蓝的天空与云，紫色与橙色的夜幕降临，骆吹瞬来到她的卧室，坐到她的床上，伸手穿过她卷卷的发丝。

他说："别哭了，不是还有我吗？你在我就在。"

"但你是我弟弟。"她抬起头，眼睛像蒙上雾气的玻璃球，又有些勉为其难地妥协了，"好吧，总比布娃娃好一点。"

在这段回忆里，齐孝川的经历称得上是题外话。

他没能在原本的城市参加高考，转学又更换住处，爸爸妈妈喜气洋洋，他对环境改变这种事没什么异议，毕竟早就习惯了形形色色的跋涉。再加上高考来临，根本无暇去顾虑其他。

齐孝川考上了名牌大学。父母比过年还高兴，但对他来说，这只是完成了一个既定的任务。他趁暑假为自己未来几年里的赚钱途径做了准备，进入大学后先尝试了一段时间两手抓，后来才专攻事业。

起初没钱雇佣帮手，因此，那时他也曾有过合伙人。说得这么正儿八经，其实也就是一个寝室的同学。同学没别的不好，就是吊儿郎当外加手欠，有一次齐孝川和他说正事，他竟然把他包上的护身符解下来把玩。

当时齐孝川还指望着他出钱，嘴张了又合，终究没说出什么难听的话来，试图拿回去，却被嬉皮笑脸地搪塞说："我就看会儿，这你女朋友送的？"

"不是。"齐孝川对这种话题深感无趣，敬谢不敏。

"有用吗？难怪你成绩这么好。我上这大学都是找关系买的。明天我考专八，"寝室同学兼合伙人不容分说，"也保佑保佑我呗。"

他就这么拿走了，齐孝川觉得他实在脑子有病，有那闲工夫封建迷信怎么不去多背俩单词。他当时觉得也没什么，只不过一个邻居家小妹妹送的符罢了。结果隔天回来，随便插科打诨问起，就看到室友一脸爽朗道："啊，那符不管用啊！我专八题都没答完，一时生气给丢了！"

然后他还要说："你不会生我的气吧？"

齐孝川刚收到他的一笔转账，面无表情地想了想，权衡利弊回答道:"没事。"

在那之后，他们还合作了小半年。事实证明，齐孝川在经商上不乏头脑，但他这位合伙的室友也是真的缺心眼，看这生意有钱可赚，觉得齐孝川倒腾起来也挺轻松，于是决定自己出去干。

他们解除合作的前一个月，齐孝川就已经有所感知。他丝毫不觉得意外，因为打从一开始就没觉得能经营长久。托过去某些经历的福，齐孝川对这种公子哥可谓是知根知底。说实话，就算这位合伙的朋友不主动走，他也会开始明推暗就把他往外踹。

额外一提，这位大学同学自立门户后所迎来的理所当然是血本无归。齐孝川看似游刃有余的生活下处处都有棘手之事。

正式散伙那一天，这位室友还是想好聚好散的。他约齐孝川到教学楼楼下见面，准备单方面纪念一下奋斗的青春——虽然齐孝川完全不觉得这算奋斗，况且真正做事的只有他一个人。齐孝川下了楼，一想到将来就没有利害关系，忽然涌上一种陌生的冲动。他的步伐越来越快，抵达对方跟前时完全准备就绪，二话不说就揍了上去。

时隔大半年，他没头没尾地发作："让你动我的符！"

- 04 -

骆吹瞬的毕业典礼邀请了齐孝川，他背地里偷偷开玩笑，说"这是把你当一家人的意思"，顺便冲一旁的姐姐努嘴。

齐孝川垮下脸，满不高兴地反转立场，反倒教训他："那是你亲姐，你胳膊肘往哪儿拐呢？"

骆安娣为弟弟毕业感到高兴，虽然她自己还没升高中。他们去旁听了名牌大学生讨论专业问题。出来的时候，齐孝川和骆吹瞬继续热火朝天地说着话。他们总有很多可聊的，喜欢的作家、新出的游戏、皇家马德里进了几个球，从蜘蛛侠谈到尼古拉·特斯拉，然后又从脉动饮料谈到海王星。

他们聊得很投入，脚步也越来越快，甚至发出细碎的笑声。不知道说到什么，骆吹瞬轻轻侧身，故意撞了一下齐孝川。他们是特别好的朋友，有过那样的时候，骆安娣很羡慕他们。

齐孝川不会和她这样。她想，假如她也是男孩子，会不会就能跟他们像这样一起玩了呢？

骆安娣一步一步跟在他们后面，不算亦步亦趋，只是不远不近地走着。大学校园里很多楼梯，她看着前方太过出神，一不小心就崴了脚。稍微撇了一下，也没有闹出太大动静，一瘸一拐了一会儿就好了，所以很快就继续前行。

回到家下车，骆吹瞬叫齐孝川去看他新买的航模。家里不缺钱，赚到的奖学金也没别的用处，骆吹瞬索性全拿去培养兴趣爱好。这就是其中之一。齐孝川没有不感兴趣，点头答应，却说稍等一下，让他先走。

骆吹瞬进了室内，齐孝川忽然转过身。

骆安娣刚好从与他们不同的车上下来，就对上他不带感情的眼神。齐孝川抱着手臂，慢条斯理地站在旁边观望。骆安娣不明所以，接过旁边司机递来的珍珠手包，同样用探究的表情看回去。

他就在这时候做了决定。齐孝川忽然向她走来。

没有距离感的缺点在这一刻暴露无遗，他离得太近了。骆安娣原本抬起了头，但随着他一步步接近，也不由自主地被威压强迫得低下头。

齐孝川想干什么？她百思不得其解。

他忽然去翻胸口。打工也好，普通的外出也罢，齐孝川时不时背那个包，说好听点是老成持重，说得难听就是土里土气。但和大多数同龄人不一样，他是真不在意形象，只顾及干净整洁与否，时不时髦都无所谓。可惜偏偏长着这样一张脸，以至于平平无奇也是帅哥。

齐孝川递给她创可贴。

骆安娣怔住了。

"干吗？"他很不耐烦，晃了两下就作势要收走，"不要就算了。"

她当即接过，像猫咪扑玩具似的，笑眯眯地说："小孝，谢谢你这么照顾我。"

他没有照顾她。齐孝川那多云转阴的脸色正在大声宣告。但面对骆安娣无邪的笑容，他终究没能说出口。

后来，他唯一一次坦诚是在分别时。

预示着分别的聚餐结束后，大人们留在室内说话，他们到了庭院外。外面种植的是她最喜欢的黄刺玫。

"以前对不起，我太烦了，你很头疼吧？"骆安娣笑着说，"你以后一定会很幸福的。"

她吐出这句话后的短短几秒就是结局，后来无数次出现在他噩梦的末端。就像尘埃落定、剧终落幕一般，不论前面发生了怎样的桥段，破产、世界末日也好，外星人入侵地球也罢，末尾都会是骆安娣笑着对他说"对不起"的样子。

骆安娣的话落下来时是眼泪，透明而轻盈，但击中齐孝川时却变成流星的碎片，在心上留下不可磨灭的印迹。

无须鼓足勇气，她就说出了那段告别。骆安娣还不够成熟，对恋爱的认知也模棱两可，她喜欢他，或许只是觉得他很特别，对他不需要她这件事感到费解。他没有脆弱的时候，总是这样坚强，她无法乘虚而入，所以耿耿于怀。

分开之后的事，大约没什么人想知道。

一朝一夕之间，处境便发生了天翻地覆的转变。对她来说，那个夏天是在抽水泵巨大的轰鸣声中度过的。只要闭上眼，那响动就会轻而易举盖过蝉鸣、古典乐。

骆吹瞬的死不是毫无前兆。他突如其来被侵占了学业，需要进修公司事宜。家里的情况不容乐观，唉声叹气的时候多了，以往的闲暇大大减少。他整晚整晚地睡不着。骆安娣倚靠在门边叫他的名字，他起身走出来，一声不吭地把门关上。

那是一个与以往没有什么不同的午后。烈日炎炎，骆安娣坐出租车回家——当时家里的司机只剩下了一名，基本都在爸爸那边帮忙，用人也清退了大半。她付账后下了车，一瞬间胸口传来剧烈的疼痛。

骆安娣俯下身，用力喘息着缓过来，顿时有种不安的预感。

骆吹瞬的身体漂浮在睡莲中间，像是一艘睡着了的小舟。她忘记自己当时怎么想的，又做了什么。只记得爸爸妈妈都哭了。

父母亲的心血可以说是全白费了。父亲一蹶不振，母亲反倒支撑着出去维持局面。有那么一阵子，妈妈好像变成了以前的爸爸，杀伐决断，果敢英勇。爸爸成日酗酒，失去培养多年的儿子的他在痛苦中无法自拔。骆安娣曾经偷偷跟在爸爸身后，看他在空荡荡的花园里黯然神伤。

骆安娣说："爸爸……"

她想说些什么，却在听到骆老板的下一句话后彻底陷入沉默。爸爸说："假如你也是男孩该多好。"

父亲猝然离世的消息传来，母亲第一时间从公司赶往医院，也就在这趟行程上出了意外。骆安娣不喜欢水面，也讨厌有人进医院。她也伤心了很长一段时间，但人生总是要继续。就算变成了别人眼中可怜的对象。

她还是好好地学习，好好地生活。

骆安娣的第一个男朋友是大学的学生会会长。男生很受欢迎，尊重所有人，成绩也不错，单身了大半年，不知为何就关注了新生学妹中的她。他主动向她示好了几次，倒也没有强人所难。

那时候，骆安娣会回答同学的提问说："我最近没有喜欢的人。"但其实是谎言。不是最近，她已经很久没有喜欢的人。

她不讨厌学生会会长。他在备考名牌大学研究生，如此情况下还能分心来追求她，着实凸显诚意。骆安娣倒也没打算过孤独一生，考虑一阵还是答应了。

大学是能与形形色色的人打交道的地方，许多孩子在那里才逐渐形成完备的人格。

也有人在接受过善意后对骆安娣感到好奇："每次看到你都会觉得匪夷所思。世界上怎么会有你这种人？你到底是怎么长大的？安娣，你真的是人类吗？真的真的不是天使吗？"其他交好的同学也附和。

骆安娣只笑笑就带过。

当然，基数大，变数就也变大，像异类一样厌恶她的人也层出不穷，尤其集中在某几段时间内。论及骆安娣所交男友的共同点，无非就是男性和优秀这两条。这样的境况下，就算她一个人不在意，也不乏有其他女生萌生不服气的心情。万幸簇拥骆安娣的人永远不会少，因此能替她规避大多数风险。

闹得最大的一次还是大二，有女生公开抨击她装富二代并脚踏多船"养鱼"，言辞激烈，甚至借题发挥到影响校风上。骆安娣对所有人都一视同仁太过友善，显得缺乏边界感，的的确确算是不妥之处。但不管怎么说，也没有到应该被放大到被单独拉出来公开批判，甚至要接受处分的程度。

事情最后由校方做定夺，建议只想对付情敌的女生给骆安娣道歉。对方自然千万个不情愿，在教务处当场撒泼，继续破口大骂。然而女生家庭背景确实雄厚，老师也立在一旁插不上话。

那样难听的谩骂密密麻麻刺来，骆安娣也有过羞耻与难堪。但很快取而代之的，却是读过的外国名著中的片段。故事里的女主人公沉浸在自己的幻想中，借此来回避现实的荒谬。她原谅他们，因为他们不知道自己正在做什么。当艰难的时候，女主角就会这样告诉自己，因为她是公主，所以没有什么能让她受伤或令她困苦。她原谅他们。

正因为无能为力所以才要这样想，正因为势单力薄才必须这么自我安慰。多么愚蠢、可怜又孩子气的方法。

骆安娣蓦地微笑。

"你笑什么？"女生怒不可遏，"你这是在笑什么？"

她笑了笑，舒缓而平静，高高在上地说道："我原谅你。"

巧合的是，临近大学毕业时，她与这名女生在一次作业中被安排在了一起。那时候骆安娣早已恢复单身，时间原本就能冲淡不愉快，加上骆安娣态度仍然亲切，又雪中送炭帮了几次忙，对方居然态度一百八十度大转变，主动向她道歉，典礼时还抱着她流泪，俨然一副密友姿态。

骆安娣只感到麻木。

人心复杂，却也微妙得很容易摆布。

活着的二十多年里，似乎并没有什么人例外。唯一一个，也在回忆里模糊到濒临消失。这么久过去，或许他改变了也未可知，变得和其他人一样，向她伸出手索取点什么。她年少无知时愿毫无保留地给他，可她现在一无所有。

除了温柔，她已经什么都没有了。

骆安娣不想再见到齐孝川。

她从学校毕业，拒绝了企业的邀约，一意孤行去手作店就职。

工作内容是她的爱好，招待学员并获得青睐对她而言易如反掌，骆安娣如鱼得水，虽说薪资平平，但每天还是过得不错。

　　没有喜欢的人，也不再去考虑恋爱的事，或许，可能，一个人也没关系，反正这么多年也习惯了。

　　那一天预约很多，发放试听券没多久，门口客人排列成队。骆安娣弯下腰替会员看了作品，随即起身，往橱窗外看去。垃圾箱旁站着一名流浪汉，正试图伸手翻找食物。她慢慢走出去，继而转身，回到柜台后取了自己从家里带来的三明治。再走出去时向他打了招呼："你好，你吃这个吧。"流浪汉接过，然后她才转身，将新一批客人迎进店内。

　　她并没有留意马路对面，也没看到从街头电力箱后结束躲藏走出来的男人。

　　此时此刻，距离公主和骑士的扮演游戏重新开始已不足二十四个小时。

齐孝川和园丁发生争执，起因只是些鸡毛蒜皮的小事，当然是对方擅作主张降低种子规格在先。但他性格太差，说话不懂收敛，执着于激怒敌人，以至于人家直接把园艺铲朝他砸了过去。事发突然，闹到了派出所。因为是外国人，还惊动了大使馆。

骆安娣很生气。

齐孝川本来还骂骂咧咧，一副对比赛结果不满的角斗士状，这下慌了神。

一大清早，骆安娣就在家里剁排骨，声音响到仿佛来了个后厨工作经历长达三十年的阿姨。

齐孝川站在门口，坚持了几分钟，还是打电话给公司请了假。他在沙发上不安地坐了一会儿，试图阅读渡边淳一的《钝感力》和《女人这东西》。本来以为只能做个掩护，没想到真的读了进去。快速翻阅，没能看完，他已经跳起来，控制自己不把它们扔进垃圾桶，唯一的读后感是：什么东西，狗屁不通！

他走进厨房，骆安娣已经开始切洋葱。

那么大的厨房，齐孝川却不知道站哪儿好，只能手足无措，像个被抛弃在街头的壁钟。他想帮忙，但才伸出手，东西就被骆安娣拿过去。

憋到最后，他也没能先开口，还是骆安娣背对他问："你知道自己做错了吗？"

"没……"齐孝川才开口就噎住，硬生生把话咽了回去。

"你看吧，你根本不知道自己做错了什么。"说着，她抬起手，擦拭脸颊的同时低下头。

他忽然意识到她哭了。

齐孝川才上前，却发现自己也鼻子发酸。

洋葱的效力缓慢上升。他猛地蹙眉，按住她肩膀。两个人对视，骆安娣眼睛红红的，却并不悲伤，所以徒然显得滑稽。她边笑边哭，他也一个劲掉眼泪。

"小孝，你哭得好奇怪。"她实在按捺不住笑。

"我知道。"齐孝川别扭地承认，面无表情地别过脸，任由刺痛眼睛的泪水流下来。他大概是全世界最不适合哭这种表情的人。

齐孝川推着骆安娣的背，把她送出厨房，然后拿了湿纸巾给她，再重新进厨房，把剩余的洋葱处理好。他不怎么做菜，但只要是细致活儿都很擅长，所以这点事不在话下。

再走出去的时候，骆安娣坐在椅子上，抬起头来笑着说："谢谢你。"

他又被治愈了。

有的时候，齐孝川并不确信自己会爱什么人。但骆安娣时常会用实例击破他的怀疑，比如在他到而立之年时还能让他尝试改变自己。

到最后，他还是和起争执的园丁好好商议了一番，同时为自己当时的某些出言不逊道歉。

在咖啡厅被服务生不小心弄脏手帕时，他不会再动辄冷言冷语；秘书因病落下工作的时候，他也不至于情商为负值地落井下石了；在公园下象棋输给钢铁厂退休大爷的时候，他也能控制住不记仇了。

齐孝川学会与人为善，这件事几乎引起他周围人的恐慌。

而齐孝川要向骆安娣求婚这个谣言也是从这时候散开来的。

前大学哲学教师和长着白人面孔的俄罗斯族年轻人在潮汕火锅店碰头，边吃饭边讨论最近得到的消息。二人分明年纪相差很大，却能如此自然地来往，真不知道是托了谁的福。

老头说："他要怎么做啊？"

仲式微拿着筷子，在热腾腾的水汽里走神，半开玩笑半认真地回答："搞个热气球拉个横幅？或者请她吃顿饭，然后搞间屋子放满气球，很浪漫地单膝下跪那种？"

老人家忍笑很辛苦，擦拭着老花镜说："感觉他是那种过年祭祖也不会给祖先下跪磕头的人。"

"可不是嘛。"仲式微也满脸讥讽，"搞不好还看一圈祖坟说，'这块地不错，推了建个新工厂吧'。"

一老一少两位男同胞笑成一团，却忘记背后不能说人坏话的大道理。

天谴没降临，先降临的是人为报复。

自从发现这间离公司不远，营业时间也长的餐厅后，齐孝川就大刀阔斧地投入资金，保证注资超过百分之五十，成为主要老板。

店内装潢没改，但整体价位和格调都改得合他心意，从平价餐厅变成小众聚餐地点，营业额不跌反涨。作为决策者，小气鬼齐总确实有两把刷子。

包厢门隔得很远，没听到开关的声音，他绕过屏风，突然出现在他们背后。

齐孝川把外套扔到仲式微头上，坐下时挽起袖口说："在讨论自己要埋在哪儿？"

"安娣呢？"仲式微支起身，就想环顾四周找学姐。

老教师替他把外套拿过去："难得你今天不加班。"

"你们刚刚在说什么？"他端起水杯。

"你是不是要向骆安娣求婚？"仲式微工作这么久了，一点都不知道读气氛。他最新的工作单位是一家普通私企，不论职场还是情场都还算得意，毕竟这家伙说到底也是个帅哥，还是有点特色的那种，最近已经被很多个女同事邀请去看电影吃饭。

齐孝川差点把茶喷出来。

"放屁。"他反问，"你们从哪儿听来的？"

八卦之火在熊熊燃烧，只见两个人对视，最后以整齐划一的姿势翻转手机，把屏幕递到他眼前。

那条社交动态是这样的：天哪！某人平时看着没什么人性，关键时刻还挺浪漫的嘛！（偷笑）（偷笑）（玫瑰）

配图是一个戒指盒，后面背景显而易见是齐孝川那楼层高得令人担忧消防安全的办公室窗户。

评论区还有他对其他人"是谁的"的提问的回复：嘻嘻，不可以说哦！

齐孝川生生单手折断了下牛肉的公筷。

他出去打了个电话，伴随着火锅咕咚咕咚的声音，能清晰地听到他在怒喝"易伟豪"三个字，其间夹杂着"你找死""你是不是干腻了""你想拿失业保险金是吧"。

齐孝川的秘书在社交网站上有三万粉丝，也不知道这杀千刀的家伙平时发点吃的饭、送女朋友的礼物的动态，到底是怎么涨的粉丝。

值得一提，那戒指是齐孝川他父母的结婚戒指，金子的，没有钻石，足够有年代感。他爸爸让他拿去珠宝店清理一下磨损。齐孝川比较忙，就放手不管，叫秘书去取了，哪能想到这家伙会如此不称职，误解就算了，还干出这种整蛊游戏般的蠢事。

三人成虎，谣言越传越广。不同的时间，不同的场合，身边的人真的开始陆陆续续向他提出建议。

首先是手作店的老板。

自从骆安娣当上店长后，店里的工作越来越忙，外加花名叫小若的店员时不时会用宫斗剧里冷宫幽怨嫔妃的眼神窥视他——虽然不久后她就辞职了，齐孝川还是没再去名叫"天堂"的手作店。

但手作店的老板和他在同一个瑜伽教室上课。

因为是私人课程，所以不用碰面，但敌不住她在门外会客室等他。

齐孝川背着包穿着运动服往外走，老板跟在后面唠唠叨叨："最近安娣有看去海岛的真人秀综艺，你求婚要挑个好地方。要是舍得花钱，欧洲那边跑一趟啊。节俭一点也行，斐济、冲绳应该都不贵——"

齐孝川只当她疯了。

其次是与齐孝川没有血缘关系的亲爸齐师傅。

齐师傅学街舞已久，最近的汇报表演曲目是《双截棍》。齐孝川不想去的，他对这项活动的评价向来都是"浪费时间"。但骆安娣去了，还一副为难的样子说"你不去的话，就没人给我和齐叔叔拍合影了"。他当时评价"那种照片有什么意义吗"，最后还是提前结束工作，早早赶到现场，匆匆往里赶。

也就是那天晚餐，齐师傅鬼鬼祟祟地把他拉到后院开辟出的菜园，神秘兮兮建议他："你去拜一下菩萨吧。"

"什么？"齐孝川以为自己听错了，毕竟这话题跟老父亲刚才的节目完全没关系。

"我都看了小易发的。哎哟，你跟安娣求婚，哎哟。"齐孝川几乎怀疑自己秘书交际花的程度是不是足以认识奥巴马，齐师傅止不住地感慨，"你还是去求求菩萨吧，这样成功概率大一点。"

命题真假不说，齐孝川真的很在意这一点："你为什么觉得我会失败？"他和骆安娣好歹也正儿八经名正言顺谈了这么久恋爱。

"所以你真的要求婚了吗？"没想到齐师傅话锋一转，直接反客为主。

"没打算。"假如面对区区这种境况就骑虎难下那就不是齐孝川了，他理直气壮，无所谓地给出否定。

"行吧，不奇怪。反正也成不了。"齐师傅念念有词转过身，"你们俩拍拖也不是你开的口对吧？"

当时齐孝川假装毫不在意转身走了，实际刚转头就意识到自己无法反驳。当初他们确定关系是她开的口，虽然说没规定这种事非要男人或者女人干，但他一路上确实比较被动。

最后一个则是命运。

从应酬的餐厅出来，齐孝川在对面广告栏看到海岛旅行的宣传海报；穿越办公区，齐孝川瞄见员工摊在桌上的婚纱杂志；在一楼大厅外的花池外沿等车，齐孝川听到从旁边意大利餐厅走出来的女性在聊结婚话题。

好像全世界都在催促他求婚。

他和秘书在公司加班到深夜，中途他还没忘记问一下楼下还有没有人，假如有其他加班的员工，就帮忙叫个外卖。齐孝川自己不吃，他对口腹之欲向来很节制，只是半夜回去必定要去骆安娣卧室。

他们情侣同居是分房间住的，一来两人在要保持一定距离上达成了共识，二来齐孝川在要给骆安娣买张公主床这件事上相当有执念，几乎让人以为内心是个公主的人不是骆安娣，而是他。

齐孝川专门从官网订购，到了之后心满意足欣赏一番，下班特意去接骆安娣，拼尽全力才按捺住自己嘚瑟的心情。骆安娣一个劲微笑，不断询问"什么啊"，等看到时也很高兴。

深夜回家，齐孝川时不时要去骆安娣房间。并没有其他事，就只是看着。

假如骆安娣醒着，那就必定要做些什么才能睡觉。然而一折腾，睡眠时间就又要缩短。骆安娣上班太辛苦了，齐孝川经常告诫自己忍耐。

不过，与日常生活中温温柔柔的样子不同，恋爱中，骆安娣的个性并不被动。

秘书问齐孝川："你要取消瑜伽课的日程？为什么？"

"没有为什么。"总不能说在躲不想遇见的人，未免太丢脸。齐孝川冷冰冰地回答，"我昨晚趁骆安娣睡着量了她的尺寸。"

"什么尺寸？头围？"秘书问。

回复他的，是一个不留情面的眼刀。齐孝川说："我已经预约了珠宝店的咨询。"

求婚的地点，齐孝川还没想好。

不可否认，他最先考虑的竟然是被洗脑的海边。但他本身对这类活动都没兴趣，比起垂钓更喜欢踏青，比起游泳更爱登山。当然，直接在家里也考虑过，可是有屋顶的地方终归单调压抑。直到最后，他也左思右想没能下定论，骆安娣却主动提出要去以前的家打扫卫生。

转让房产时花了一笔不少的契税，目前，这座庄园已经是骆安娣的合法财产。

虽然说齐孝川合情合理地提出了雇佣专业公司帮忙的建议，但骆安娣很快就气鼓鼓地反对："不能什么事都让别人做。"

"至少我自己吃饭上厕所睡觉。"他强词夺理。

反正骆安娣不让。

她说："有些事重在过程，不要老是只盯着结果。之前你是为了什么去做手作的？"

他看了她一眼，没有着急说什么。

骆安娣匪夷所思，多追问一句："怎么了吗？"

"你。"他却说。

"什么？"骆安娣倾斜着头，彻头彻尾是没理解的样子。

"为了你去的，"齐孝川若无其事地回答，好像自己并没有说什么奇怪的话，"做手作。"

她的脸顿时涨红了。

他们还是两个人一起去做了打扫，当然，是在排水系统等一系列维护都已经完善之后。实话说就是没什么好清理的，毕竟都花钱请人做过了。不然齐孝川实在不懂自己努力赚钱是为了什么。他只想和骆安娣一起去那里面转转。

家里焕然一新，只有零零星星的工人在后面别院的房屋里刷漆。大概是齐孝川在薪酬上从不吝啬，因而劳动很快乐，以至于有人还在外放流行音乐。是回春丹的《初恋》，歌词有"分分钟都盼望跟她见面"，后一句是"默默地伫候亦从来没怨"。

他们在主宅，装潢已经重新整理。齐孝川无声无息地侧过头，骆安娣正专心致志去看墙壁上新装裱的画，太入神，很着迷，根本没觉察他目光。他望着她，良久，没来由垂下头，只有这样才能按捺上扬的嘴角。

骆安娣说："小孝，我想把这里租出去。"

他不吭声，先看过来，思索片刻才说："是影视制片公司要租？"毕竟之前也享有了挺长时间，不至于对自己持有的不动产一无所知。

"嗯。"她朝他笑了，接着补充道，"换来的钱就当我们俩的蜜月基金吧。"

她分明没提结婚，却照旧让他感到挫败。齐孝川愣住了，刚好秘书过来让他签个字。他转过身，从接过钢笔到递回去，一再疑惑自己哪里露了馅。

既然都被戳穿，那也没什么好再隐瞒。齐孝川别过脸，感觉十分没面子地躲避视线。骆安娣却怡然自得，慢悠悠地等待他。

到最后，他掏出戒指，朝她递过去。

她笑眯眯地要接过，可他没松手。齐孝川转过身，终于直视她。没有预想中的局促不安，作为替代的，是一种早已下定决心的大无畏。

他说："不用搞那些有的没的？"

"有的没的？"她笑着反问，烂漫的神情让他非常动摇。

齐孝川按下亲近她的冲动，顺从作答："吻手礼什么的。"

"小孝。"骆安娣摇摇头，"我又不是为了让你做骑士，才答应你求婚的。"

她简短的话比任何剪刀都锋利，轻飘飘挑断他最后因不安绷紧的弦。齐孝川低下头，手略有些无措。这一天，他上午刚开过会，下车步行脱了外套，因此穿的衬衫与西裤，露出令人心动的腰与脊背。

片刻的迟疑，仿佛难堪，实则是感慨。他叹了口气。

他上前吻她。

走出去的时候，天已经黑了。预约好的餐厅过了时间点，齐孝川有点头疼，好在家里还有速食的菌菇汤。骆安娣表现出好像从不受这些事干扰的天真状，看到什么眼熟的东西，又想要上前。

他突兀地强硬，握住她的手往身边拽。

"别离我太远。"齐孝川也不知道自己为什么会说这种话。

"这里是我以前的家，我不会迷路的啦。"骆安娣笑眯眯地回答。

"不是怕你迷路。"他只说这句，点到为止。

她倚在他肩膀，用和他同样的步调往前走。骆安娣难得一见如此露骨，过了一会儿，居然开口："你是离不开我吧？"

他抛给她一个诧异的脸色。

"小孝，其实你离不开我吧？"还是那样无邪的笑容，还是那种纯真的目光，然而，骆安娣的姿态实在很难让人像以前那样看待她。这种突发情况并非头一次，事实上，工作中、独处时，乃至于床上，偶尔也会有。

骆安娣可不是天使。

他窘迫过，没有难以置信太久，有些焦灼，半晌无语，末了冷笑。不过，那是只会对她才有的冷笑。

齐孝川也并非不识好歹的笨蛋。

"对。"他承认，"我没办法离开你，很怕你消失。一想到你在我身边，我就幸福得要死。到现在才求婚也是因为没自信。小公主，你满意吗？"

她望着他，好像想感叹"有出息了啊"，但最后还是发笑。骆安娣抱住他的手臂，在甜丝丝的笑声中说："我也喜欢你！"

——明明他没说过喜欢她。

齐孝川怎么想都想不明白，他真的有表现得那么明显吗？

结婚典礼在尚未处置的庄园举办。

本来没打算邀请太多人，毕竟齐孝川向来不喜欢应酬，也没打算把婚礼当作联络感情的场合。但骆安娣的态度截然不同，不仅请了职场上的人，还向能联系上的故友悉数发了邀请函，生生把席位拓展到媲美曾经的家庭音乐会的程度。

"因为我想大家知道嘛，"骆安娣孩子气地眨了眨眼睛，"我嫁给小孝了。"

在这种堪比核武器的攻略之下，齐孝川有再多意见都烟消云散。

不过，他也不是什么意见都没提出。齐孝川专程委托秘书去请了乐队，要求了以小提琴为主的曲目。

假如周翰耀成知道，会为他结婚高兴吗？

他们不是没聊过这回事。周翰耀成不止一次催他恋爱结婚，偏偏他对此毫无兴趣。要是他地下有知，估计会讨人嫌地恍然大悟，说什么"看不出你还有痴男怨女的天分"的鬼话吧。

假如骆吹瞬还在的话，看到这一幕，他又会说什么呢？

骆安娣说："他会夸我的吧。"

"什么？"他不明所以。

她身穿婚纱，笑着望向已经填平的池塘，想象那里即将种满树苗的样子："吹瞬会夸我的。因为我在梦里告诉他了，这是我想做的事，不是为了别人，是为了我自己。"

对于婚后生活，齐孝川有很多想象。

首先，他要和骆安娣去丹麦旅行，这是早就决定好了的。假期也批下来了，公司董事会不知道是什么立场，他也根本无暇去管，准备休息一段时间再说；第二，他们要生个孩子，这也是事先决定的。骆安娣本身对当妈妈有期待，不过暂时不急，先两个人一起享受一段时间。如果要孩子，房子会不会再宽敞一点比较好？楼层低的会更合适吗？在此之前，他从未想过自己能考虑未来的事，对齐孝川来说，工作似乎就是一切，他要做的只是给自己找点事做。

听完后，骆安娣忍不住笑了。

"你没有任何设想吗？"大概是嫌丢脸，他强行丢出了话题。

"有啊，"骆安娣说，"我想自己开店。"

"这和结不结婚没关系吧……"

"可是我现在已经很幸福啦。"骆安娣朝他笑了。

——有的时候，齐孝川会反省自己真的太好搞定。

我喜欢的人被很多人喜欢

小咪